GAEA

沙漠之矛 上

彼得・布雷特 Peter V. Brett —— 著
戚建邦 —— 譯

獻給丹妮與凱西

致謝

《沙漠之矛》是我至今嘗試過篇幅最長也最有挑戰性的作品，將八個主要角色融入一個完整的故事著實令我精疲力竭。要不是朋友與家人，以及最重要的，花時間閱讀早期版本並提供批評和建議，幫助它進化成你手上這本書的試讀讀者們的支持，我絕不可能完成這項工作。感謝你：麥克、麥特、丹妮、史黛西、艾蜜莉亞、傑、嫣、丹妮絲、科比、強、南希、蘇、我的經紀人喬書亞、我的編輯安和艾瑪、我的文編羅拉、我的海外出版社與譯者、以及當我整個生活都被初生的孩子以及嶄新事業弄得天翻地覆的情況下，致力將《沙漠之矛》變成有生以來最好的作品時，所有花時間寫信給我、鼓勵我的第一集書迷。感謝各位，你們就是我的一切。

公爵的礦坑
密爾恩堡
哈爾登園
陽光牧地
提貝溪鎮
安吉爾斯堡
河橋鎮
分界河
河橋鎮
安吉爾斯河
蟋蟀坡
林盡鎮
農墩鎮
牧羊谷
伐木窪地
來森堡
雷克頓
安納克桑廢墟
黎明綠洲
克拉西亞堡

THE DESERT SPEAR

沙漠之矛 上

目錄

序幕

心靈惡魔

序幕 心靈惡魔 333AR 冬

新月前夕，月光降臨前最漆黑的時刻。樹林中某根粗樹幹下方一小片全然的黑暗中，邪惡的實體自地心魔域滲出地面。

黑暗的霧氣緩緩凝聚成兩頭體形巨大的惡魔，粗糙的棕色皮膚上長滿樹皮般的節瘤。惡魔身長光到肩膀就足足有九呎高，一邊嗅著空氣中的氣味，一邊以那彎曲的利爪劃入冰凍的灌木和松樹。它們瞪大黑色雙眼環顧四周，喉嚨裡發出一陣低沉的隆隆聲。

確認周遭情況後，它們分散開來，各自彎腰蹲下，蓄勢待發。惡魔身後的絕對黑暗逐漸深邃，林床遭受腐化玷汙，另兩個虛無縹緲的身影凝聚成形。

這兩個身影較爲纖細，身高約莫五呎，皮膚黝黑柔軟，和高大夥伴身上的節瘤硬殼大不相同。細緻的手指、腳趾末端的利爪看來十分脆弱——如同女人精心修護的指甲又薄又直。它們的尖牙比較短，而且只有一排，口鼻部位沒有隆起。

惡魔的腦袋鼓脹，眼睛很大，沒有眼瞼，頭顱高聳呈圓錐狀。頭頂的皮膚布滿疙瘩及粗糙的紋路，在退化的獸角四周緩緩鼓動。

兩名新來的惡魔相互凝望良久，額頭抽動，在周遭的空氣中掀起輕微的震動。

其中一頭高大的惡魔發現樹叢中傳來動靜，隨即以令人咋舌的速度從暗處中抓出一隻老鼠。惡魔將老鼠提到眼前，好奇地打量牠。同時，惡魔的口鼻部位開始化身鼠形，長鼻子和鬍鬚抽動，上唇後方冒出兩顆門牙。惡魔伸出舌頭，測試門牙的銳利程度。

其中一頭瘦小的惡魔轉頭看它，額頭鼓動。化身魔輕輕揮爪，立刻將老鼠開膛剖肚，拋到一旁。在惡魔王子的命令下，兩名化身魔重塑形體，化身爲兩頭體形巨大的風惡魔。

心靈惡魔發出嘶嘶聲，離開黑暗的陰影，步入星光下。呼出的氣息在寒冷的空氣裡化爲白霧，但它們不覺得有任何不適，只在雪地上留下一排腳爪印。化身魔壓低身形，讓惡魔王子踏上它們的膜翼，穩坐它們背部，隨即躍入天際。

它們一路向北，沿途路過許多軀殼。不論大小，所有軀殼通通蜷縮在地，直到惡魔王子通過，接著回應震撼心靈的召喚，尾隨惡魔王子而去。

化身魔降落在一座高地上，心靈惡魔滑落地面，專注打量高地下的景象。平原上駐紮了大批部隊，白色帳篷聳立在積雪消融的泥濘地面上。駝背的高大馱獸站在魔法圈中，身上披著毛毯禦寒。營地四周的魔印威力強大，營區外圍還有臉上包覆黑布的哨兵來回巡邏。即使距離遙遠，心靈惡魔依然感應得到魔印武器上散發出來的力量。

營地的魔印之外，數十隻軀殼屍體零星散布在原野上，等待白晝的日光將它們燒成灰燼。

第一批抵達王子所在高地的是火軀殼。它們保持一段表示敬意的距離，大跳崇敬的舞蹈，高呼忠誠的吼叫。

惡魔王子頭頂再度抽動，所有軀殼鴉雀無聲。儘管因應惡魔王子召喚前來的軀殼越來越多，夜晚仍是一片死寂。木軀殼和火軀殼並肩而立，完全放下種族間的仇視，風軀殼則在天際盤旋。

心靈惡魔不去理會群聚而來的軀殼，目光專注在下方的平原，頭顱不停鼓動。片刻過後，一頭心靈惡魔看向它的化身魔，在其腦中灌輸命令；化身魔皮膚融化腫脹，轉眼化身爲一頭巨型石惡魔。所有群聚而來的軀殼無聲無息地跟在它的身後步下高地。

高地上，兩名惡魔王子和剩下的化身魔靜靜等待，冷眼旁觀。

當它們在黑暗的掩護下來到營地附近時，化身魔放慢腳步，揮手命令火軀殼展開進攻。

火軀殼是最弱最小的惡魔，體內燃燒的火焰會從雙眼和嘴巴四周竄出。守衛立刻發現它們，但火惡魔動作迅速，在守衛有機會反應前已經撞上魔印，對著力場狂吐火焰唾液。

火焰唾液擊中力場立刻熄滅，但在心靈惡魔的命令下，火軀殼將目標放在營區外圍的積雪上，火焰立刻將積雪化爲一片熱騰騰的蒸汽。人類守衛毫髮無傷，安安穩穩地待在魔印力場後方，但一股濃重炙熱的霧氣竄起，刺痛他們的雙眼，即使臉上蒙著黑布也無法隔離已被污染的空氣。

其中一名守衛衝入營地，敲響鐘聲。同時，其他守衛毫無畏懼地跳出魔印力場，舉起魔印長矛刺向附近的火惡魔。長矛刺穿它們層層交疊的銳利鱗片，一時間魔光大作。

其他軀殼自側翼展開攻擊，但人類守衛合作無間，戰鬥的同時以魔印護盾守護彼此。營區中人聲喧譁，更多戰士爭先恐後加入戰局。

但在黑暗和霧氣的掩護下，化身魔的部隊開始推進。前一刻守衛還在發出勝利的歡呼，下一刻他們就在惡魔衝出迷霧時驚慌失措。

化身魔輕鬆解決第一個遇上的人類，以沉重的尾巴摺倒對方，同時抓住對方的腳。無助的戰士被它高舉空中，脊椎如同鞭子般喀啦作響。接下來面對化身魔的不幸戰士都被同僚的屍體擊倒。

其他軀殼有樣學樣，成敗參半。人數較少的守衛登時處於劣勢，但大多數軀殼都沒有把握機會乘勝追擊，反而將寶貴的時間浪費在凌虐屍體上，而不是準備抵抗下一波來襲的戰士。

越來越多包裹面巾的男人衝出營地，迅速擺開陣式，以絕佳的效率屠殺軀殼。武器和盾牌上的魔印在黑暗中不停綻放光芒。

高地上，心靈惡魔冷眼觀戰，面無表情，絲毫不關心死在敵人長矛下的軀殼。其中一名心靈惡魔頭頂突然鼓動，朝位於戰場上的化身魔下達命令。

化身魔立刻反應，將手中屍體甩向營區外圍的一根魔印樁，擊碎木樁，在魔印力場之間製造出缺口。高地上，惡魔頭頂再度抽動，其他惡魔放下正在應付的敵人，穿越缺口闖入敵人營區。

戰士們手足無措，回頭看見火軀殼燒燬營帳，聽見他們的女人和小孩在大型惡魔衝入焦黑的內部魔印力場時尖聲慘叫。

戰士們齊聲喊叫，連忙趕去援助心愛的家人，部隊隨即陷入混亂。轉眼間，紀律嚴明、無堅不摧的部隊成爲各自爲陣的散沙，簡直和待宰的獵物沒有兩樣。

眼看營區就要徹底淪陷，化爲一片焦土；就在此時，一個身影走出中軍大帳。他和其他戰士一樣一身黑衣，但外罩的長袍、頭巾，以及面巾卻一片潔白。他的額頭上套著一圈金飾環，手持一把閃閃發光的金屬長矛。惡魔王子一看到他立刻張嘴嘶吼。

男人所到之處，人類紛紛大聲喊叫。心靈惡魔神色不屑地聽著人類賴以溝通的原始吼叫和吶喊，心裡十分清楚這種行爲所代表的意義。其他人類只是軀殼，這個人才是他們的心靈。

在此人的領導下，戰士們想起他們的任務，回到自己原先的崗哨。一隊人馬離開主陣，封閉外圍力場的缺口；另外兩隊人馬負責救火，還有一隊人馬引導無助的婦孺前往安全處。

其他戰士橫掃營地，闖入其中的軀殼無法與之對抗。沒過多久，營地中就像營地外那樣躺滿惡魔屍體。依然披著石惡魔外皮的化身魔，很快就變成唯一剩下的惡魔，要不了多久就會死在長矛下，只有在回復原來身分的情況下才能突破護盾組成的銅牆鐵壁。

高地上，惡魔抽動，化身魔當場遁入一道黑影中，煙消雲散，穿越魔印力場細微的空隙逃離營地。當化身魔回到主人身旁時，敵人依然在營地中搜尋它的蹤跡。

兩條纖細的身影在高地上站立數分鐘，透過無聲的震動交流。接著，惡魔王子同時望向北方，另一個人類心靈的所在處。

其中一名心靈惡魔轉向自己的化身魔，它已再度化爲大型風惡魔並跪倒在地，心靈惡魔順著它的膜翼攀爬而上。在它遁入夜空中的同時，另一頭心靈惡魔回過頭去凝視仍在悶燒的敵方營地。

第一部

不榮譽的勝利

第一章　來森堡　333AR　冬

來森堡的城牆根本是個笑話。

將近十呎高，厚度只有一呎，整座城市的防禦能力比最脆弱的達馬基宮殿還要不如。偵察兵甚至不須用到他們的鋼頂梯，大多數人用跳的就能攀上牆緣，翻牆而過。

「如此懦弱、輕忽的民族活該被征服。」哈席克說。賈迪爾咕噥一聲，未作回應。

賈迪爾精銳戰士的前鋒部隊藉著夜色掩護前進，數千隻穿著草鞋的腳掌在城市外圍休耕的農田雪地上踐踏而過。當綠地人畏畏縮縮地躲在他們的魔印後方時，克拉西亞人已經英勇地穿越滿是惡魔的黑夜展開進攻。就連惡魔都不敢招惹這麼多勇往直前的聖戰士。

他們在城市之前集結，但以面巾遮臉的戰士卻沒有立刻進攻。人類絕不在夜晚攻擊其他人類。當黎明的晨曦開始照耀天際時，他們放下面巾，讓敵人看清他們的面孔。

城門守衛在被偵察兵制伏時悶哼了幾聲，接著城門在一陣嘎吱聲中開啓，迎接賈迪爾的部隊入城。六千名戴爾沙羅姆齊聲發喊，擁入城內。

在來森人搞清楚發生什麼事情之前，克拉西亞人已經一擁而上，踢開房門，將男人拖下床鋪，赤身裸體拋入雪地中。

來森堡擁有一望無際的肥沃農地，人口遠遠超越克拉西亞，但來森人並非戰士，在賈迪爾勇猛善戰的部隊之前就像遇上鐮刀的雜草般不堪一擊。試圖掙扎的人立刻皮開肉綻，動手反抗者當場格殺。

賈迪爾哀傷地看著這一切。被打殘或打死的人都無法在大聖戰「沙拉克卡」中爭取榮譽，然而這是必要之惡。他得先像鐵匠的鐵鎚打扁矛頭一樣擊垮北方人的意志，然後才能將他們鍛造成對抗惡魔的武器。

女人在賈迪爾的手下以另一種方式擊垮她們時尖聲慘叫，又是另一種必要之惡。沙拉克卡即將到來，下一代戰士必須由真正的男人來播種，而非懦夫。

一段時間過後，賈迪爾之子賈陽在他面前的雪地上半跪行禮，手中的矛頭染滿血跡。「我們已經攻下內城，父親。」賈陽說。

賈迪爾點頭。「掌握內城，就等於掌握整座平原。」

賈陽第一次發號施令表現不俗。如果是對抗惡魔，賈迪爾就會親自領兵，他不願讓卡吉之矛沾染人類的血液。賈陽的年紀還輕，理應沒有資格穿戴指揮官的白色面巾，但他是賈迪爾的長子，流著解放者的血液。他身強體壯、刻苦耐勞，戰士或是祭司對他都是畢恭畢敬。

「很多人逃走了。」阿桑出現在哥哥的身後，補充道。「他們會警告周邊小鎮，而那些鎮民也會逃跑，試圖躲過伊弗佳律法的淨化。」

賈迪爾看向他。阿桑比自己兄長年輕一歲，比較矮，也比較瘦。他身穿達馬白袍，沒有護甲或是武器，但賈迪爾不會小看他。他的次子肯定比長子更有野心，也更加危險，而這兩人又比其他數十個弟弟還要強勢。

「他們只逃得了一時。」賈迪爾說。「因為他們丟下屯糧，逃入冬季的遍野雪地中。弱者會死去，省得我們親自動手，而在我的統治下，會及時補足壯丁。你們做得很好，兒子們。賈陽，派人去找幾間屋子囚禁俘虜，別讓他們凍死。讓男孩開始漢奴帕許。如果我們能除掉他們體內北方人的弱點，或許有些人能夠超越他們的父親。壯丁可以在戰場上充當誘餌，弱者會成為奴隸。任何處於生育年齡的女人都可以播種。」

賈陽一拳擊胸，點頭領命。

「阿桑，傳令其他達馬開始工作。」賈迪爾說，阿桑鞠躬。

賈迪爾看著白衣兒子大步離去。祭司們將會向青恩開示艾弗倫的旨意，任何不願意敞開心胸接受訓示的人都會被迫接受。

必要之惡。

當天下午，賈迪爾在充當來森行宮的宅邸內，於厚地毯上來回踱步。這地方和他在克拉西亞的宮殿相比之下簡陋得可憐，但離開沙漠之矛以來數個月餐風露宿的生活後，他十分享受這種文明的感覺。

賈迪爾的右手緊握卡吉之矛，將它當作手杖使用。他當然不須支撐物，但這把古老的武器爲他帶來權力，幾乎和他形影不離。他每踏出一步，矛柄都在地毯上發出撞擊聲。

「阿邦遲到了。」賈迪爾說。「即使他在黎明之後與婦孺同行，此刻也該抵達了。」

「我永遠無法理解你爲什麼要容忍那個卡非特，父親。」阿桑說。「那個吃豬肉的傢伙光是膽敢看你一眼就應該當場處死，但你卻把他當作朝臣般接納他的建議。」

「就連卡吉本人也會要求卡非特去執行適合他們的任務。」賈迪爾說。「阿邦比任何人都了解綠地，而聰明的領導人就懂得運用這種知識。」

「有什麼需要了解的？」賈陽問。「綠地人都是懦夫和弱者，比起卡非特也好不到哪裡去。他們甚至不配充當奴隸或是誘餌。」

「不要隨便說自己了解一切。」賈迪爾說。「只有艾弗倫了解世間的一切。伊弗佳告訴我們要了解我們的敵人，而我們對於北方人幾乎一無所知。如果我要帶領他們參與聖戰，就不能光是屠殺他們、統治他們，我必須了解他們。如果所有綠地的男人都像卡非特，那還有誰比卡非特更適合幫我解讀他們的想法？」

就在此時，門上傳來敲門聲，阿邦一拐一拐地步入房內。一如往常，肥胖的商人身穿色彩鮮艷，如同女人衣物般的絲綢和皮草——似乎是刻意穿成這樣來激怒樸實無華的達馬和戴爾沙羅姆。

守衛在他路過時嘲弄他、推擠他，但他們不敢阻擋阿邦的去路。不管他們私底下怎麼想，阻擋阿邦可能會激怒賈迪爾，而沒有人膽敢激怒賈迪爾。

瘸腿的卡非特將重心放在拐杖上，來到賈迪爾的王座前。儘管天氣寒冷，他紅通通的鬆垮臉蛋上依然滲出不少汗珠。賈迪爾厭惡地看著他，顯然他帶來重要的消息，但沒有立刻回報，只是站在原地喘息，試圖讓呼吸恢復正常。

「什麼事？」賈迪爾按捺不住，開口問道。

「你得出面阻止！」阿邦氣喘吁吁地道。「他們在焚燒糧倉！」

「什麼？」賈迪爾大驚，一躍而起，緊握阿邦的手臂，抓得卡非特失聲慘叫。「在哪裡？」

「城北。」阿邦說。「你從門口就可以看到濃煙了。」

賈迪爾衝到門前台階，立刻看見遠方的濃煙。他轉向賈陽。「去。」他說。「撲滅火勢，把下令燒倉的人給我帶來。」

邦。

賈陽點頭，消失在街道中，訓練精良的戰士如同列隊整齊的飛鳥般尾隨而去。賈迪爾轉身面對阿邦。

「想要人民捱過寒冬，你就需要那些糧食。」阿邦說道。「每顆種子、每粒碎屑。我警告過你。」

阿桑衝上前去，抓起阿邦的手腕，將他的手臂扭到身後。阿邦慘叫。「不准用這種語氣對沙達馬卡說話！」阿桑吼道。

「夠了。」賈迪爾說。

阿桑一放手，阿邦立刻跪倒，雙手壓在台階上，腦袋頂在兩手之間。「由衷地道歉，解放者。」他說。

「我聽了你那不要在北方寒冬之際大舉進攻的懦夫建議。」賈迪爾在阿邦的嗚咽聲中說道。「但我不會爲了……」他一腳踢起台階上的積雪。「這種冰雪沙塵暴而延誤艾弗倫的旨意。如果我們需要食物，我們可以從附近的青恩手中搶來，他們囤積了很多食物。」

「當然，沙達馬卡。」阿邦對著地面說道。

「你拖太久了，卡非特。」賈迪爾說。「我要你在俘虜中找出你的聯絡人。」

「如果他們還沒死的話。」阿邦說。「街道上躺了好幾百具死屍。」

賈迪爾聳肩。「都怪你來得太晚。去，審問你的商人同行，找出這座城市的領導人。」

「只要我敢發號施令，達馬們立刻就會將我處決，就算有你爲我擔保也一樣，偉大的沙達馬卡。」阿邦說。

這話說的沒錯。根據伊弗佳律法，任何膽敢支使位階較高者的卡非特都可以當場格殺，而賈迪爾的議會中有很多人都很嫉妒阿邦的地位，十分樂見他的死亡。

「我派阿桑和你同去。」賈迪爾說。「這樣不管多狂熱的祭司都不敢質疑你的命令。」

阿邦在阿桑上前時嚇得臉色發白，但他還是點了點頭。「謹遵沙達馬卡號令。」

第二章　阿邦　305-308 AR

賈迪爾在九歲那年被戴爾沙羅姆帶離家園。即使在克拉西亞，九歲都還太小，但那一年卡吉部族折損了很多戰士，若不盡快補充兵員，要不了多久其他部族就會開始搶奪他們的領地。

賈迪爾、他三個妹妹，以及他們的母親卡吉娃，住在卡吉部族泥磚貧民窟裡一口枯井旁的單房小屋中，他的父親霍許卡敏於兩年前的戰役中慘遭馬甲部族殺害。依照傳統習俗，同族戰士會出面接收陣亡戰士的寡婦，納為妻妾，並且養育他的孩子；但卡吉娃一連產下三個女兒，沒有男人願意將運氣如此之差的女人帶入家門。他們靠著地方達馬配給的口糧過活，一家人相依為命，一無所有。

「阿曼恩．阿蘇．霍許卡敏．安賈迪爾．安卡吉。」克倫訓練官說道。「你要隨我們前往卡吉沙拉吉找尋你的漢奴帕許，艾弗倫為你鋪設的道路。」他和卡維爾訓練官一起站在門廊前，兩名高大冷峻的戰士身穿黑袍，戴著訓練官的紅色面巾，面無表情地看著賈迪爾的母親淚流滿面地將他擁入懷中。

「從現在開始，你得成為家裡的男人，阿曼恩。」卡吉娃對他說。「為了我，也為了你妹妹，我們沒有人可以依靠了。」

「我會的，母親。」賈迪爾承諾道。「我會成為偉大的戰士，為妳建造一座宮殿。」

「這點我毫不懷疑。」卡吉娃說。「他們說我遭受詛咒，產下你後生了三個女兒，但我認為艾弗倫眷顧我們家族，賜給我們一個偉大得不需任何兄弟的兒子。」她緊緊擁抱他，淚水濡濕他的臉頰。

「哭夠了。」卡維爾訓練官說著，抓起賈迪爾的手臂，將他扯離母親的懷抱。賈迪爾的妹妹們目瞪口呆地看著他們帶他離開小屋。

「每次都這樣。」克倫說。「母親總是不肯放手。」

「家裡沒有男人照顧她。」賈迪爾回道。

「沒人叫你說話，小鬼。」卡維爾吼道，對準他的後腦狠狠捶下。賈迪爾雙膝撞上砂岩街道，他忍住沒有叫出聲來。他在心裡大吼大叫，想要出手反擊，但他克制住了。不管卡吉部族有多需要新血，戴爾沙羅姆都可以為了這種冒犯之舉而將他當場擊斃，就和踩死一隻蠍子沒有兩樣。

「克拉西亞所有的男人都會照顧她。」克倫說，回過頭去看向屋門。「在黑夜中拋頭顱、灑熱血，好讓她可以安然無恙地為了兒子離開身邊而潸然淚下。」

他們在街角轉彎，朝大市集的方向前進。賈迪爾熟門熟路，因為他常跑市集，雖然身無分文。香料和香水的味道令他心曠神怡，而且他也很喜歡欣賞武器店裡擺設的長矛和彎刀。有時他會和其他男孩打架，為有朝一日成為戰士做準備。

戴爾沙羅姆很少前往市集，到這種地方有失身分。女人、小孩，以及卡非特在訓練官面前爭相走避。賈迪爾仔細觀察這兩個戰士，盡可能模仿他們的一舉一動。

有朝一日，他心想，人們會在我面前爭相走避。

卡維爾看著一塊寫有粉筆字的石板，然後抬頭望向一間大帳篷，其上掛滿五顏六色的布條。「是這裡了。」他說，克倫不屑地哼了一聲。他們二話不說掀開門簾，大步走入，賈迪爾隨即跟了進去。

帳篷內部瀰漫一股焚香的氣味，地上鋪著厚重的地毯，到處都是絲綢枕頭、一排排的掛毯、繪有圖案的陶器，以及其他各式各樣的寶物。賈迪爾伸手觸摸一匹絲布，因那柔順的觸感而激動顫抖。

*我母親和妹妹應該穿這種布料的衣服。*他心想，看著自己身上骯髒而破爛的褐色窄褲和背心，滿

心期待自己換上黑戰衣的那天到來。

位於櫃台後方的女子一看到訓練官立刻失聲尖叫，賈迪爾抬起頭來，剛好看到她抓起面紗遮蔽自己的容貌。

「歐瑪拉．娃哈曼．娃卡吉？」克倫問。女人點頭，目光中充滿恐懼。

「我們來找妳兒子，阿邦。」克倫說。

「他不在家。」歐瑪拉說，但厚重的黑衣下唯一裸露在外的眼睛和手掌都在發抖。「我今天早上派他出門送貨。」

「去後面搜。」克倫對卡維爾道。訓練官點頭，朝櫃台後方的門簾走去。

「不，求求你！」歐瑪拉哭喊，跨步阻擋他的去路。卡維爾不加理會，將她一把推開，消失在門簾之後。屋內傳來更多尖叫聲，片刻過後，訓練官抓著一名身穿褐色背心、小帽，以及窄褲的男孩手臂走出——不過他身上的布料可比賈迪爾要好多了。他看起來約莫比賈迪爾大上一、兩歲，身材矮壯，營養充足。一群年紀較大的女孩跟著出來，兩名身穿褐衣，三名身穿黑衣，頭戴未婚女子的頭巾，沒有遮住容貌。

「阿邦．安哈曼．安卡吉，」克倫說。「你要跟我們前往卡吉沙拉吉尋找你的漢奴帕許，艾弗倫爲你鋪設的道路。」男孩聽到這些話，嚇得渾身發抖。

歐瑪拉慟哭失聲，抓向她的兒子，試圖將他扯回來。「拜託，他還太小了！再等一年，拜託！」

「閉嘴，女人，」卡維爾說著，將她推倒。「這孩子年紀夠大，吃得也夠肥。如果把他多留給妳一天，他就會像他父親一樣變成卡非特。」

「要驕傲，女人。」克倫對她說。「妳兒子有機會超越他父親，進而服侍艾弗倫和卡吉。」

歐瑪拉雙手握拳，不過還是伏在地上，顏面朝下，默默啜泣。沒有女人膽敢反抗戴爾沙羅姆。阿邦的姊姊擠在她身邊，同樣哀痛。阿邦朝她們伸出雙手，但卡維爾將他拖開。男孩哭哭啼啼地被他們架出帳篷。即使沉重的門簾垂下後，市集的喧囂擾耳，賈迪爾仍然聽得見女人們的哭聲。

兩名戰士領頭前往訓練場，完全不理兩名男孩，任由他們跟隨在後。一路上阿邦不斷哭泣，不停顫抖。

「你哭什麼？」賈迪爾問他。「前方的路光輝且榮耀。」

「我不想當戰士。」阿邦說。「我不想死。」

賈迪爾聳肩。「或許你會成爲達馬。」

阿邦渾身發抖。「那更糟糕，我父親就是死在達馬手中。」

「爲什麼？」賈迪爾問。

「我父親不小心灑了點墨水在達馬身上。」阿邦說。

「達馬就爲了這個殺他？」賈迪爾問。

阿邦點頭，眼眶中冒出斗大的淚滴。「他當場扭斷我父親的脖子。一切發生得太快……他伸手，喀啦一聲，我父親應聲倒地。」他嚥下一大口口水。「現在我是家裡唯一可以照顧我母親和姊姊的男人了。」

賈迪爾握起他的手。「我父親也死了，他們說我母親被詛咒，所以才會連生三個女兒。但我們都是卡吉部族的男人。我們可以超越父親的成就，爲我們的女人帶回榮耀。」

「但我很怕。」阿邦嗚咽道。

「我也怕，一點點。」賈迪爾低頭承認。片刻過後，他又恢復神采。「我們訂個約定吧。」

阿邦從小就在爾虞我詐的市集中耳濡目染，一臉懷疑地抬頭看他。「什麼樣的約定？」

「我們幫助彼此通過漢奴帕許。」賈迪爾說。「如果你跌倒，我會接住你。如果我失足，你……」他笑嘻嘻地拍打阿邦渾圓的肚子。「就當我的墊背。」

阿邦叫出聲，揉揉肚子，但沒有抱怨，訝異地看著賈迪爾。「你是說眞的嗎？」他問，伸出手背擦拭雙眼。

賈迪爾點頭。他們本來走在市集遮棚的陰影底下，但他抓起阿邦的手臂，將他拉到陽光下。「我以艾弗倫的光明起誓。」

阿邦展顏歡笑。「那我就以卡吉的珍寶王冠起誓。」

「跟上！」卡維爾吼道，他們連忙趕上，但如今阿邦的動作中多了一股自信。

通過沙利克霍拉大神廟時，訓練官們憑空比劃魔印，唸唸有詞地向造物主艾弗倫禱告。訓練場位於沙利克霍拉之後，賈迪爾和阿邦東張西望，四下打量戰士操演的景象。有些在練習護盾、長矛或是羅網，其他人則以整齊的步伐前進或是奔跑。偵察兵站在憑空聳立於地面上的鋼頂梯頂端，鍛鍊他們的平衡感。更多戴爾沙羅姆揮舞矛頭以及魔印護盾，或是練習沙魯沙克——徒手格鬥技。

訓練場四周一共有十二座沙拉吉，或稱學校，一個部族一座。賈迪爾和阿邦隸屬卡吉部族，所以被帶往卡吉沙拉吉。他們將在這裡展開漢奴帕許，成爲達馬、戴爾沙羅姆，或是卡非特。

「卡吉沙拉吉比其他沙拉吉大多了。」阿邦說，看著訓練場中巨大的中軍大帳。「只有馬甲沙拉吉勉強可以媲美。」

「當然，」卡維爾說。「你們以爲我們部族只是湊巧取名爲卡吉，解放者沙達馬卡之名的嗎？我們就是他一千名妻子的後裔，傳承他的直系血脈。至於馬甲部族，」他吐口水。「只是沙達馬卡辭世後接手統治的懦夫後代。其他部族各方面都比我們低等，永遠不要忘記這點。」

他們被帶往中軍大帳，發配拜多布——一塊簡單的白色腰布——他們的褐色服裝被人取走燒燬。現在他們已成爲奈沙羅姆，不是戰士，但也不再是男孩。

「一個月的稀粥和訓練就能把你身上的脂肪燒光，小鬼。」卡維爾在阿邦脫衣服時說道。訓練官厭惡地捶打阿邦圓滾滾的肚子。阿邦被這一拳打得向前撲倒，但賈迪爾在他落地前抓住他，一直扶著他，直到他的呼吸恢復正常。換好衣服後，訓練官帶他們前往軍營。

「新血！」克倫在把他們推入一間擠滿其他奈沙羅姆的樸實大房間時叫道。「阿曼恩·阿蘇·霍許卡敏·安賈迪爾·安卡吉，還有阿邦·安哈曼·安卡吉！他們現在成爲你們的兄弟了。」

阿邦當場臉紅，就和在場所有人一樣，賈迪爾立刻知道原因。克倫沒提阿邦父親的名字，這和直接宣告阿邦的父親是名卡非特沒兩樣——那是克拉西亞社會中最低賤、最受人鄙視的階級。卡非特是懦夫、是弱者，沒有能力踏上戰士之道。

「哈！你帶了吃豬肉的人的胖兒子和一隻瘦老鼠！」體形最高大的奈沙羅姆叫道。「把他們丟回去！」其他男孩哄堂大笑。

克倫訓練官怒吼一聲，對準男孩的大臉就是一拳。男孩重重摔倒，隨即吐出一口鮮血。笑聲戛然而止。

「等你脫下拜多布後再來嘲笑別人，哈席克。」克倫說。「在那之前，你們全都是吃豬的卡非特瘦老鼠。」說完之後，他和卡維爾轉身離開軍營。

「你們會爲此付出代價，老鼠。」哈席克說，最後這個字像是某種奇怪的哨音。他自口中拔下鬆動的牙齒，一把拋向阿邦，阿邦只是閉上雙眼，任由牙齒打在身上。賈迪爾搶到他身前，怒聲吼叫，但哈席克一夥人早就走遠了。

5

他們抵達後不久，就有人交給他們一副飯碗，粥鍋隨即擺了出來。賈迪爾飢腸轆轆，立刻朝粥鍋前進，阿邦的動作比他還快，但一名年紀較長的男孩擋在他們面前。「你們以爲可以比我先吃嗎？」他問道。他將賈迪爾推到阿邦身上，兩人同時跌倒。

「如果你們想吃飯的話，爬起來。」帶粥鍋來的訓練官說道。「排在隊伍最後面的人沒有飯吃。」

阿邦尖叫，兩人連忙爬起身來。大多數男孩已經排好隊伍，基本上是按照體形和蠻力來排的，隊伍最前面的就是哈席克。隊伍後方，身材最瘦小的男孩爭先恐後，深怕被擠到最後的位置。

「我們要怎麼辦？」阿邦問。

「我們去插隊。」賈迪爾說，抓起阿邦的手臂，將他朝隊伍中央拖去，那裡的男孩還是沒有腦滿腸肥的阿邦重。「我父親說表露在外的弱點比眞正的弱點還要糟糕。」

「但我不會打架！」阿邦抗議，渾身顫抖。

「你很快就會學會。」賈迪爾說。「等我把人打倒之後，你就撲上去把他壓在地上。」

「這我會。」阿邦同意。賈迪爾領頭走到一個對他們出聲挑釁的男孩面前。對方抬頭挺胸，面對阿邦，因爲他的身材比較高大。

「滾到隊伍後面去，新來的老鼠！」他吼道。

賈迪爾二話不說，一拳捶向男孩腹部，隨即踢中他的膝蓋。他跌倒後，阿邦立刻像根砂岩巨柱般壓在男孩身上。阿邦起身時，賈迪爾已經插入剛剛男孩的位置。他瞪向排在後面的人，他們立刻幫阿邦擠出一個位置。

他們的獎勵就是一瓢倒在碗裡的稀粥。「就這樣？」阿邦震驚問道。打飯的人瞪他一眼，賈迪爾立刻將他推開。房間各個角落早已經被年長的男孩佔領，於是他們退到一面牆邊。

「吃這點東西我會餓死的。」阿邦說，攪拌碗裡淡而無味的稀粥。

「總比某些人好過。」賈迪爾說著指向兩個灰頭土臉、沒有東西可吃的男孩。「你可以吃點我的。」看到阿邦依然悶悶不樂，他補充道。「我在家吃的也不比這裡多。」

⁂

他們睡在軍營中的砂岩地板上，只有一條單薄的毯子賴以禦寒。賈迪爾習慣與母親和妹妹擠在一起，於是蜷縮在阿邦溫暖的身軀旁。他隱約聽見遠方傳來沙拉克的號角聲，心知聖戰已經展開。他撐了好久才終於睡著，墜入光榮的夢境。

他在另一塊薄毯罩在自己臉上時驚醒。他使勁掙扎，但毯子被人從後方緊緊扭住。他聽見身邊傳來阿邦沉悶的尖叫聲。

四面八方拳如雨下，打得他空氣離體、頭昏腦脹。賈迪爾瘋狂甩動四肢，儘管他感覺自己有打中人，仍完全無法阻止對方的攻勢。不久，他已經四肢軟癱，全靠有人拉著罩在頭上的薄毯才不至於倒地不起。

當他以為自己再也承受不了，肯定會死在這裡，永遠別想贏得進入天堂的權力與榮耀時，一個熟悉的聲音說道：「歡迎來到卡吉沙拉吉，老鼠。」這個鼠字透過哈席克斷掉的牙縫中擠出。薄毯鬆開了，他們兩人隨即摔倒。

其他男孩哈哈大笑，鑽回自己的薄毯，賈迪爾和阿邦則縮成一團，在黑暗中低聲啜泣。

5

「抬頭挺胸。」賈迪爾在等待早點名時輕聲說道。

「我沒辦法。」阿邦哀號道。「我一夜沒睡，全身無處不痛。」

「不要表現出來。」賈迪爾說。「我父親說最軟弱的駱駝會引起野狼的注意。」

「我父親叫我躲起來直到野狼離開。」阿邦回答。

「不准說話！」卡維爾吼道。「達馬要來探視你們這群可悲的小鬼。」

他和克倫路過時完全不理會他們身上的傷痕。賈迪爾的左眼腫得完全睜不開，但訓練官唯一注意到的只有阿邦垂頭喪氣的模樣。「抬頭挺胸！」克倫說，卡維爾為了加強這個命令而一鞭甩在阿邦腳上。阿邦痛得大叫，差點摔倒，但賈迪爾及時扶穩他。

遠處傳來一陣竊笑，賈迪爾齜牙咧嘴轉向哈席克，哈席克只是冷笑回應。

實際上，賈迪爾自己也沒有站得比阿邦穩，但他不願顯露出來。儘管他頭昏眼花、四肢疼痛，賈迪爾依然在凱維特達馬走近時挺直腰身，瞪大完好的眼睛直視前方。訓練官退向一旁，畢恭畢敬地讓祭司通過。

「看到卡吉部族的戰士，沙達馬卡，解放者本人的血脈，退化到如此淒慘的模樣就令人傷心。」達馬冷笑一聲，朝地面吐出一口口水。「你們母親必定把駱駝尿和男人的種子搞混了。」

「你胡說！」賈迪爾無法克制地大聲吼叫。阿邦難以置信地看著他，但這種侮辱已超越他能承受的極限。眼看克倫迅速無比地朝他衝來，賈迪爾心知自己鑄成大錯。訓練官的皮帶在他的皮膚上留下一道滾燙的線條，將他擊倒在地。

戴爾沙羅姆並沒有就此罷手。「如果達馬說你是駱駝尿的兒子，你就是駱駝尿的兒子！」他吼道，反覆鞭打賈迪爾。賈迪爾身上只裹著一條拜多布，根本抵擋不了鞭打。不管他如何閃避或護住某個受傷部位，克倫總是可以找到另一塊沒打過的地方繼續打。他放聲慘叫，但訓練官只有越打越重。

「夠了。」凱維特說。訓練官立刻停手。

「你是不是駱駝尿之子？」克倫問。

賈迪爾掙扎站起，四肢軟綿綿地如同濕麵包。他一直盯著訓練官手中那條隨時準備再度揮下的皮帶。他知道自己若再維持傲慢的態度，訓練官會把他殺了。他會不光榮地死去，靈魂會在天堂之門外與卡非特共處千年，眼睜睜看著那些投入艾弗倫懷抱，等著投胎轉世的人們。這個想法令他害怕，但他父親的名聲是他在世間唯一擁有的東西，他絕對不能背棄它。

「我是阿曼恩，霍許卡敏之子，輩屬賈迪爾。」他盡可能保持語調冷靜。他聽見其他男孩訝異的抽氣音，準備好要承受接下來的攻擊。

克倫的表情憤怒扭曲，揚起皮帶，但在達馬輕描淡寫的手勢下停下動作。

「我認得你父親，孩子。」凱維特說。「他是個男人，但在短暫的生命中並未贏得多少榮耀。」

「我將會為我們兩人贏取榮耀。」賈迪爾承諾道。

達馬咕噥一聲。「或許你眞的做得到，但不可能是今天，今天你甚至比卡非特還不如。」他轉向克倫。「把他丟到糞坑裡，讓眞正的男人拉屎拉尿在他身上。」

訓練官面露微笑，在賈迪爾的肚子上捶了一拳。當他彎下腰時，克倫抓住他的頭髮，將他朝糞坑拖去。賈迪爾一邊移動，一邊轉頭看向哈席克，期待看見另一抹冷笑；然而一如所有在場的奈沙羅姆，那個年長男孩臉上是一副難以置信而異常恐懼的蒼白神情。

ठ

「艾弗倫看見奈的冰冷黑暗，心中毫不滿足。祂創造了太陽，帶來光明與溫暖，驅退虛無。祂創造了阿拉，這個世界，讓它圍繞太陽轉動。祂創造人類，以及服侍人類的野獸，然後靜觀自己的太陽爲他們帶來生命與愛。」

「但有一半的時間，阿拉得面對奈的黑暗，而艾弗倫創造的萬物對此深感恐懼。於是祂創造月亮與星辰，反射太陽的光輝，在黑夜裡提醒萬物他們並沒有被遺忘。」

「艾弗倫如此做後，相當心滿意足。」

「但奈也一樣擁有意志。她看向萬物，正玷污自己完美的黑暗，心中大爲震怒。她伸手想要壓毀阿拉，但艾弗倫起身阻止，她的手掌隨即凝止不前。」

「但艾弗倫還沒有快到可完全驅走奈的魔掌。她黑暗的手指輕輕拂過，已在祂完美的世界裡如同瘟疫般滋長茁壯。她墨水般的邪惡黑暗滲入岩石和沙粒，隨風而走，如同油垢般漂浮在阿拉潔淨的水面上。它橫掃森林，融入冒出地底的熔岩火焰。」

「阿拉蓋在這些地方扎根成長。它們是黑暗的生物，存在的唯一目的就是毀滅；在殺害艾弗倫的創造物中獲取樂趣。」

「但是看呀，世界轉動，太陽將光明與溫暖灑落在奈冰冷黑暗的產物上，令它們徹底消失。賜予生命的神燒光它們不自然的生命，阿拉蓋尖聲慘叫。」

「阿拉蓋絕望地試圖逃生，竄入陰影，滲入地底深處，污染地底核心。」

「在創造之心的黑暗深淵裡，惡魔之母阿拉蓋丁卡誕生了。身爲奈的僕人，它等待世界再度轉動，好派遣自己的子嗣爬回地面，對神的創造物展開報復。」

「艾弗倫看見了，於是伸手想要將邪惡逐出自己的世界，但奈起身阻擋，祂的手掌隨即凝止不前。」

「但祂，就和奈一樣，最後一次接觸世界，賜給人們方法，利用阿拉蓋的魔法反制魔法本身，即賜給他們魔印。」

「接著，艾弗倫爲了自己所有的創造物陷入掙扎，祂別無選擇，只能離開祂的世界，竭盡全力撲到奈身上，永無止盡地與她冰冷的力量搏鬥。」

「上界如此，下界也是如此。」

⁂

賈迪爾待在沙拉吉的頭一個月裡，每天都過得一樣。日出時，訓練官帶領奈沙羅姆在烈日下站立好幾小時，聆聽達馬講述艾弗倫的榮耀。男孩們因爲出操勞動和缺乏睡眠導致腹部空虛，膝蓋痠軟，但他們沒有怨言。只要一看到賈迪爾，鮮血淋漓、臭氣沖天地自懲罰中回來，他們就知道絕對不要質疑任何命令。

訓練官克倫狠狠地抽打賈迪爾。「你爲什麼受罰？」他問道。

「阿拉蓋！」賈迪爾叫道。

克倫轉身鞭打阿邦。「爲什麼要通過漢奴帕許？」

「阿拉蓋！」阿邦叫道。

「沒有阿拉蓋，全世界都會變成天堂樂土，沉浸在艾弗倫的懷抱裡。」凱維特達馬說。

訓練官的皮帶再度甩向賈迪爾背上。自從第一天他傲慢無禮的表現後，他每天都要接受兩下鞭刑。

「你們這輩子生存的目的爲何？」克倫問。

「殺阿拉蓋！」賈迪爾大叫。

他伸出手掌，緊握賈迪爾的喉嚨，將他拉到面前。「你會如何死去？」他低聲問道。

「死在阿拉蓋的爪下。」賈迪爾快窒息地說道。訓練官放開他，他深吸一口氣，隨即立正站好，不讓克倫另外找藉口打他。

「死在阿拉蓋的爪下！」凱維特叫道。「戴爾沙羅姆不會老死在床上！他們不會死於疾病或飢餓！戴爾沙羅姆死在戰場上，贏得進入天堂的權力。徜徉在艾弗倫的榮耀中，在冰涼甜美的牛奶河裡沐浴暢飲，還有數不清的處女可供享用。」

「阿拉蓋去死！」男孩們同聲大叫，搖晃拳頭。「艾弗倫萬歲！」

上完這些課後，會有人發給他們飯碗，抬出粥鍋。粥永遠不夠所有人吃，每天挨餓的都不只一人。年長的壯碩男孩以哈席克為首，早已建立起他們的階級系統，可以搶先打飯，但就連他們每人都只有一瓢粥可吃。想拿更多食物，或在爭奪的過程中灑出稀粥，就會引來無所不在的訓練官憤怒的懲罰。

年長男孩吃飯時，最年輕和最弱小的奈沙羅姆就會想盡辦法擠進隊伍。在第一天晚上遭人圍毆以及第二天被拋入糞坑後，賈迪爾一連數日都無法動手搶飯，但阿邦已學會把體重當作武器，所以每次都能幫他們佔到位置，即使是接近隊伍後段。

吃完粥後，訓練就開始了。

有專為培養耐力而設的障礙課程，以及長時間練習的沙魯金課程——一套套連貫沙魯沙克招式的搏擊技巧。他們學著在謹慎行軍甚至是快速移動中作戰。由於肚子裡除了稀粥什麼也沒有，男孩們的身材越來越像矛頭，與他們演練用的武器一樣修長結實。

有時候訓練官會派遣數組男孩去偷襲鄰近沙拉吉的奈沙羅姆，將他們打得鼻青臉腫。沒有地方是安全的，就連上茅坑也一樣。有時候哈席克和他的朋友那種年長的男孩會從後面騎上其他部族的男孩，把他們當作女人一樣插入。這是極度不名譽的事，為了免於這種命運，賈迪爾已經被迫踢開好幾個想要攻擊他雙腳之間的敵人。曾有個馬甲部族的男孩扯下阿邦的拜多布，但賈迪爾一腳將對方踢得鼻血直流。

「馬甲部族隨時都有可能展開攻擊，佔領水井。」卡維爾在該次攻擊後對賈迪爾說道。「或是南吉部族跑來搶奪我們的女人。我們無時無刻都必須保持警覺，不是殺人，就是被殺。」

「我討厭這個地方。」阿邦在訓練官離開後哀號道，幾乎落淚。「我期待月虧到來，回家探望我的母親和姊姊，就算只能過個新月也好。」

賈迪爾搖頭。「他說得沒錯。粗心大意，哪怕只是片刻，你都可能招來死亡。」他握緊拳頭。「我父親或許犯過這種錯誤，但這種事絕對不會發生在我身上。」

當訓練官結束一天的課程後，年長的男孩就會督導新人練習，而他們嚴厲的程度並不遜於戴爾沙羅姆。

「轉身的時候膝蓋要彎，老鼠。」哈席克在賈迪爾施展一招複雜的沙魯金時叫道。為了強調他的建議，他一腳踢中賈迪爾的膝蓋後方，將他踢倒在地。

「駱駝屎之子就連一個簡單的轉身都做不好！」哈席克哈哈大笑，對其他男孩叫道。他的發音依然因為被克倫打掉一顆牙齒而漏風。

賈迪爾怒吼一聲，撲向年長的男孩。他或許得遵從達馬以及戴爾沙羅姆的命令，但哈席克只是奈沙羅姆，他絕對不容許這種角色侮辱他的父親。

但哈席克比他年長五歲，再過不久就可以換下拜多布。他比賈迪爾強壯許多，且有多年徒手搏鬥的經驗。他抓住賈迪爾的手腕狠狠一扭，隨即扯直，接著迅速轉身，手肘使勁壓向被他緊扣的手臂。

賈迪爾聽見骨碎聲，看見骨頭插出自己皮膚。痛楚來襲前，他已經陷入一段很長的恐懼中。

接著他放聲尖叫。

哈席克的手掌蓋住賈迪爾的嘴巴，打斷他的叫聲，把他拉到面前。

「敢再對我出手，駱駝屎之子，我就會殺了你。」他斷言。

阿邦扶著賈迪爾完好的手臂，半拖半抱地將他帶往位於訓練場另一端的達馬丁營帳。帳門在他們接近時開啟，彷彿裡面的人在等待他們。一名從頭到腳包覆在白布中的高個子女人掀起門簾，只有雙眼和手掌裸露在外。她比向帳內的一張桌子，阿邦連忙將賈迪爾放在桌上。桌旁站著一名如同達馬丁般全身白袍的女子，但她並未遮蔽年輕貌美的臉蛋。

達馬丁不和奈沙羅姆交談。

阿邦放好賈迪爾後，隨即深深鞠躬。達馬丁朝門簾點頭，他幾乎是跌跌撞撞地逃出大帳。傳說達馬丁有能力遇見未來，光用看的就能看出一個男人將來的死法。

女人輕輕走到賈迪爾身前，在他遭受痛楚蒙蔽的眼前如同一道白色殘影。他無法分辨她是年輕還是年長，是美麗還是醜陋，脾氣是好是壞。她似乎完全不受這些世俗瑣事干擾，她對艾弗倫的虔誠遠遠超越所有凡塵的規範。

旁邊的女孩拿起一根包覆層層白布的小木棍放入賈迪爾口中，輕輕闔上他的下巴。賈迪爾懂她的意思，於是緊緊咬住。

「戴爾沙羅姆擁抱痛苦。」女孩在達馬丁走到桌前準備工具時，低聲說道。

賈迪爾在達馬丁清理傷口時感到一陣刺痛，接著又在她猛擰手臂接骨時感到劇痛襲來。賈迪爾緊緊咬住木棍，試圖依照女孩的指示讓自己擁抱痛苦，雖然他並不十分了解這是什麼意思。有段時間，痛苦彷彿超越他能承受的極限，但接下來，彷彿穿越了一道門廊，痛苦變成了遙遠的感覺，一種他意識得到、卻沒有眞正感同身受的東西。他張開下巴，木棍隨即掉落。

痛楚稍緩之後，賈迪爾轉頭看向達馬丁。她的動作熟練迅速，一邊縫合肌肉和皮膚，一邊低聲唸誦禱告。她將藥草磨成膏狀，在傷口上塗抹厚厚一層，然後拿一條浸泡過濃稠白色液體的乾淨白布包紮傷口。

她的力量出奇得大，將賈迪爾自桌上抱起，抬到一張硬板床上放下。她拿一個隨身酒瓶放在他的嘴邊，賈迪爾喝了幾口，立刻感覺全身溫暖，頭暈目眩。

達馬丁轉身離開，但女孩又在床邊待了一會兒。「斷過的骨頭會更加堅硬。」她喃喃說道，安慰著賈迪爾陷入夢鄉。

他醒來時，發現女孩坐在自己床邊。她將一塊濕布壓在他的額頭上，就是這個冰涼的感覺令他醒轉。他的雙眼在她沒有遮蔽的臉蛋上游移。他曾認爲自己的母親十分美麗，但和這個女孩相比根本不算什麼。

「年輕的戰士甦醒了。」她說著，對他露出微笑。

「妳說話了。」賈迪爾透過乾裂的嘴唇說道。他的手臂似乎被包覆在白色的石頭中，達馬丁包紮他的白布在他睡覺時變硬了。

「難道我是野獸，不該會說話嗎？」女孩問。

「我是說對我說話。」賈迪爾說。「我只是奈沙羅姆。」地位還不如妳的一半，他默默補充道。

女孩點頭。「我只是奈達馬丁。我很快就會贏得我的面紗，但暫時還沒有資格，所以我可以和任何人說話。」

她放下濕布，拿起一碗熱騰騰的粥到他嘴邊。「我想你在卡吉沙拉吉裡一定吃不飽，吃吧，這可讓達馬丁的醫療法術更有效。」

賈迪爾迅速吞下熱食。「妳叫什麼名字？」他吃完之後問道。

女孩面露微笑，拿塊柔軟的布擦拭他嘴角。「以剛有資格取得拜多布的男孩來說，你的膽子不小。」

「我很抱歉。」賈迪爾說。

她笑。「大膽不會帶來悲傷，艾弗倫並不疼愛膽小的人。我叫英內薇拉。」

「艾弗倫的旨意。」賈迪爾翻譯道，這是克拉西亞的慣用語。英內薇拉點頭。

「阿曼恩。」賈迪爾自我介紹。「霍許卡敏之子。」

女孩慎重其事地點了點頭，不過目光中透露著笑意。

「他很堅強，可以回去繼續受訓。」第二天達馬丁告訴克倫。「但他必須經常進食，另外如果他的手臂在我拆開綁帶前再度受創，我一定會要你負責。」

訓練官鞠躬。「謹遵達馬丁吩咐。」賈迪爾收到飯碗，並且獲准排到隊伍前面。哈席克在內的其他男孩都不敢質疑這個命令，但賈迪爾可以感受身後傳來他們怨恨的目光。他寧願在手臂包覆綁帶的情況下和人爭奪食物，也不想要承受那種目光，但達馬丁親口下令了。如果他不自願吃飯，訓練官絕對會毫不遲疑地將粥灌入他的喉嚨。

「你不會有事吧？」阿邦在他們平常吃飯的地方問道。

賈迪爾點頭。「斷過的骨頭會更加堅硬。」

「我寧願不要驗證這種說法。」阿邦說。賈迪爾聳肩。「至少明天就是月虧了。」阿邦補充道。「你可以在家休息幾天。」

賈迪爾看著繃帶，感到無比羞愧。他沒有辦法在母親和妹妹眼前掩飾這一切。才進沙拉吉不到一個月，他已經讓她們蒙羞。

月虧是新月期間的三天週期，傳說奈的力量在這三天會達到鼎盛。這段時間裡，找尋漢奴帕許之道的男孩會待在家裡陪伴親人，好讓父親們看看自己的兒子，提醒自己每天夜晚是爲了什麼而努力奮戰。

但賈迪爾的父親去世了，而且他也懷疑自己能讓父親感到驕傲。他的母親卡吉娃在他回家後完全沒提起受傷的事，但賈迪爾的妹妹們可沒顧慮那麼多。

賈迪爾與其他奈沙羅姆相處時，已習慣只穿拜多布和草鞋。但在全身除了臉和手通通包在褐袍中的妹妹面前，他覺得自己好像赤身裸體，而且他完全遮掩不了自己手上的繃帶。

「你的手怎麼了？」最小的妹妹漢雅在他一進門時就問道。

「訓練時弄斷了。」賈迪爾說。

「怎麼斷的？」年紀最大，同時也和賈迪爾最親近的妹妹英蜜珊卓問。她伸出手撫摸他另一條手臂。

她的同情曾爲賈迪爾帶來安慰，現在卻令他感到十倍的羞愧。他抽開手臂。「在練習沙魯沙克時弄斷的，不算什麼。」

「幾個男孩弄的？」漢雅問，賈迪爾想起某次在市集上自己爲了漢雅而出手打倒兩名年長男孩的事。「至少十個，我敢打賭。」

賈迪爾皺眉。「一個。」他大聲說道。

他的二妹霍許娃搖了搖頭。「對方一定有十呎高。」賈迪爾只想大叫。

「別煩妳們哥哥了！」卡吉娃說。「幫他擺餐盤，讓他一個人靜一靜。」

漢雅幫賈迪爾收好草鞋，英蜜珊卓拉開餐桌主位的板凳。凳子上沒有坐墊，不過她鋪了一塊乾淨的布在上面給他坐。在沙拉吉的地板上坐了一整個月後，這塊布像是奢華的享受。霍許娃連忙端來卡吉娃從熱騰騰的湯鍋舀到破陶碗裡的粥。

賈迪爾一家人平常晚上只吃白煮粗麥，但卡吉娃省吃儉用，每到月虧時總是可以吃到時鮮蔬菜。而今天是賈迪爾前往漢奴帕許後的第一次月虧，他碗裡甚至還有幾塊看不出是什麼肉的堅硬肉塊。賈迪爾已經好一陣子沒有看過這麼多食物了，而且其中充滿母親的愛，但他發現自己沒有什麼胃口，特別是他注意到母親和妹妹的碗裡都沒有肉的時候。他強迫自己吞下食物，以免侮辱母親，但只能用左手吃飯令他感到羞愧難當。

吃完晚飯後，他們一家人聚在一起禱告，直到沙利克霍拉的尖塔上傳來呼喊，宣告黃昏的到來。伊弗佳律法規定聽到沙利克霍拉的呼喊時，所有婦孺都要躲到地下去。

就連卡吉娃小小的土屋都有一間擁有魔印守護的地下室，並且連接到地下城，那是爲了預防城破而建，連結整座沙漠之矛的巨大洞穴網絡。

「躲下去。」卡吉娃對他妹妹們說。「我要和妳們哥哥私下談談。」女孩們遵照指示，接著卡吉娃叫賈迪爾來到掛有他父親的長矛和盾牌的角落。

一如往常，武器和護具彷彿批判似地瞪視著位於下方的他。賈迪爾強烈感受到綳帶的重量，但他心裡還有某種更加沉重的負擔。他轉向他的母親。

「凱維特達馬說父親死時沒有帶走任何榮耀。」賈迪爾說。

「那麼凱維特達馬對你父親的認識沒有我深。」卡吉娃說。「他從不撒謊，雖然我一連生下三個女兒，他從來不曾責罵我。他不斷讓我懷孕，供我們三餐溫飽。」她凝視賈迪爾的雙眼。「這些事情中都存在榮耀，與屠殺阿拉蓋沒有兩樣。在太陽下重複我的話，並且牢牢記在心裡。」

賈迪爾點頭。「我會的。」

「你現在已經換上拜多布了。」卡吉娃說。「這表示你不再是個男孩，不能隨我們一起下去。你得在門口等待。」

賈迪爾點頭。「我不怕。」

「或許你應該害怕。」卡吉娃說。「伊弗佳告訴我們，在月虧時，惡魔之父阿拉蓋卡會行走於阿拉上。」

「就連它也不可能突破沙漠之矛戰士的防線。」賈迪爾說。

卡吉娃起身，自牆上取下霍許卡敏的長矛。「或許不能。」她說，將武器塞到他完好的左手中。「但如果它突破了，守護家門就是你的責任。」

賈迪爾在震驚中接過武器，卡吉娃輕輕點頭，接著隨他的妹妹躲入地下室。賈迪爾立刻走到門口，抬頭挺胸，徹夜未眠，接下來的兩個晚上也是如此。

「我要有一個目標。」賈迪爾說。「等達馬丁拆掉我的綳帶時，我得重回打飯隊伍。」

「我們可以一起動手。」阿邦說。「就像之前一樣。」

賈迪爾搖頭。「如果要你幫忙，他們會以爲我不行了。我要讓他們知道我比之前更強壯，不然每個人都會跑來找我麻煩。」

阿邦點頭，思考著這個難題。「你得挑選比你離開前更前面的目標，但又不能前面到會激怒哈席克那一夥人。」

「你的想法就像商人。」賈迪爾說。

阿邦微笑。「我是在市集裡長大的。」

接下來幾天他們都在觀察打飯隊伍的狀況，目光落在隊伍中央往前一點，也就是賈迪爾受傷前所在的位置。排在那裡的男孩都比賈迪爾年長一點，比他壯多了。他們挑選了幾個可能的目標，然後在訓練時仔細觀察他們。

訓練和之前差不多苦。硬化的綳帶在賈迪爾做障礙練習時固定他的手臂，而訓練官要求他用左手投擲長矛和大網。他沒有受到特殊待遇，也不希望受到特殊待遇。皮帶還是照樣抽到他背上，而賈迪爾欣然接受，擁抱痛楚，心知每一下鞭打都是在向其他男孩證明，儘管身上負傷，他並不虛弱。

幾個禮拜過去了，賈迪爾努力不懈，一有機會就練習沙魯金，每晚睡覺前都要在腦中反覆演練。意外的是，他發現自己左手投擲及攻擊的能力一點也不遜於右手。他甚至會用硬綳帶去捶打對手，享受著如同沙漠熱風般襲來的痛楚快感。他知道等到達馬丁拆除繃帶時，他的傷將會因此而癒合得更好。

「我想，就挑祖林。」賈迪爾拆除繃帶的前一天晚上，阿邦終於說道。「他很高很壯，但打架時老是忘記課堂上學的技巧，喜歡靠蠻力取勝。」

賈迪爾點頭。「或許。他動作慢，如果我打倒他，沒有人會來找我麻煩，但我在考慮山傑特。」他朝排在祖林前面的瘦子點頭。

阿邦搖頭。「不要被他的身材騙了。山傑特排在祖林前面是有原因的，他的手腳打起人來像鞭子一樣。」

「但他的攻擊不夠精準。」賈迪爾說。「而且只要揮空就會失去平衡。」

「不過他很少揮空。」阿邦警告道。「對付祖林勝算較高，討價還價太過分是會搞砸交易的。」

第二天早上賈迪爾自達馬丁營帳回來時，男孩們已開始排隊打飯了。賈迪爾深吸一口氣，活動一下右手手臂，然後邁開大步，直接朝隊伍中央走去。阿邦已經進入隊伍了，距離他很遠，不會出手相助，就像他們說好的一樣。

最虛弱的駱駝會引來狼群。他聽見自己的父親說道，而這句簡單的建議消弭了他內心的恐懼。

「滾到後面去，廢人！」山傑特在看到他走來時吼道。

賈迪爾不理他，強迫自己擠出笑容。「艾弗倫眷顧你，謝謝你幫我佔位置。」他說。

山傑特臉上露出難以置信的神情。他比賈迪爾年長三歲，體形也壯碩許多。他一時遲疑，賈迪爾抓緊機會用力一推，將他推離隊伍。

山傑特差點跌倒，但迅速反應，在恢復平衡的同時踢起一片塵土。賈迪爾本來可以趁他失衡時攻擊他的手腳，但想要破除自己因爲受傷而變弱的謠言，他就不能只是打贏就算了。

四周傳來看熱鬧的歡呼聲，打飯隊伍自動轉彎，繞著兩個男孩圍成一圈。山傑特臉上的震驚神情迅速消失，扭曲成憤怒的神色，隨即展開反擊。

賈迪爾如同跳舞般閃避山傑特一連串攻擊，他的動作就像阿邦警告過的那樣靈活。最後，一如預期，山傑特揮出一記重擊，結果在沒有擊中目標後失去平衡。賈迪爾讓向左邊，矮身閃過攻擊，右手手肘如同長矛般頂中對方腰部。山傑特痛得大叫，跌向一旁。

賈迪爾緊跟而上，再度以手肘重擊山傑特的背部，將他擊倒。他的手臂在繃帶裡包了幾個禮拜，看起來又細又白，但骨頭倒是眞的感覺比較堅硬，就像達馬丁說的一樣。

然而山傑特抓住賈迪爾的腳踝猛力一扯，讓他整個人跌在自己身上。他們在塵土中角力，山傑特的體重和攻擊範圍都佔盡優勢。他將賈迪爾的腦袋夾在腋下，左掌拉扯右拳，擠壓賈迪爾的氣管。

世界逐漸變暗，賈迪爾開始害怕自己挑錯對手了，但就和痛楚一樣，他擁抱這種恐懼，絕不放棄奮鬥。他使勁反腳後踢，一腳擊中山傑特兩腿之間，對方在慘叫聲中放開賈迪爾的喉嚨。賈迪爾掙脫束縛，緊湊在山傑特的關節附近，不讓他有足夠的空間施展拳腳。慢慢地，他移動到山傑特的背後，一看到脆弱的部位——眼睛、喉嚨、肚子——立刻動手攻擊。

終於就定位後，賈迪爾箝制山傑特的右臂，扭到他的身後，將全身的力道放在雙膝上，頂住年長男孩的背部。當他感覺手肘扭到極限後，他用自己的肩膀將其固定，然後把山傑特的手臂向上頂起。

「啊！」山傑特大叫，賈迪爾心知自己只要一用力就可以扭斷男孩的手臂，就和哈席克當初對待自己一樣。

「你在幫我佔位置，是不是？」賈迪爾大聲問道。

「我要殺了你，老鼠！」山傑特大叫，另一手不斷擊打地面，身體也一直扭動掙扎，但沒有辦法甩開賈迪爾。

「說！」賈迪爾命令道，將山傑特的手臂頂高。他感受到這條手臂變得緊繃，心知它承受不了。

「我寧願墜入奈的深淵！」山傑特叫道。

賈迪爾聳肩。「斷掉的骨頭會變得更加堅硬，好好去達馬丁那裡享受享受吧。」他肩膀一頂，隨即感受到對方骨頭折斷、肌肉撕裂。山傑特痛得大叫。

賈迪爾緩緩起身，環顧四周，在眾人臉上尋找進一步挑釁的跡象，儘管有很多人瞪大眼睛看他，沒有人打算幫躺在地上慘叫的山傑特報仇。

「讓路！」卡維爾訓練官吼道，推開圍觀人群。他看看山傑特，然後轉向賈迪爾。「看來你還有點希望，小鬼。」他嘟噥一聲。「回去排隊，通通回去。」他叫道。「不然我們就把粥倒到糞坑裡！」男孩們立刻衝回自己的位置，但賈迪爾在混亂中朝阿邦比了個手勢，招呼他的朋友排到自己後面。

「嘿！」排在下一個的祖林叫道，但賈迪爾瞪他一眼，他立刻向後退開，爲阿邦騰出位置。

卡維爾踢了山傑特一腳。「起來，老鼠！」他吼道。「你的腳沒斷，不要期待我會在你被比你矮小一倍的男孩打倒後把你抬去找達馬丁！」他抓起山傑特完好的手臂，一把拉他起身，拖著他朝醫療大帳前進。打飯隊伍裡的男孩對他發出陣陣噓聲。

「我不懂。」阿邦說。「他幹嘛不投降算了？」

「因爲他是個戰士。」賈迪爾說。「面對阿拉蓋的時候，你會投降嗎？」

阿邦忍不住發抖。「那不一樣。」

賈迪爾搖頭。「不，沒什麼不一樣。」

五

賈迪爾拆除繃帶後不久，哈席克和其他一些年長的男孩就被轉去大迷宮城牆上受訓了。一年後，他們在大迷宮中換下了拜多布，存活下來的人，包括哈席克在內，常常會在訓練場附近穿著新黑袍閒晃，跑去造訪大後宮。就和所有戴爾沙羅姆一樣，他們在訓練結束後就盡可能與奈沙羅姆劃清界線。

對賈迪爾來說，時間過得很快，日子一天天無止盡地循環。每天早上，他聆聽達馬歌頌艾弗倫及卡吉部族的榮耀。他學習其他克拉西亞部族的歷史，得知他們比卡吉部族低等的原因，以及最主要的，爲什麼馬甲部族會看不清楚艾弗倫的眞諦。達馬同時也會提起其他國度，以及北方那些懦弱的青恩，說他們拋棄長矛，過著卡非特般的生活，在阿拉蓋面前搖首乞憐。

賈迪爾永遠不滿足於他們在打飯隊伍裡面的位置，總是處心積慮地想要向前邁進，好讓碗裡的粥能夠多上那麼一點點。他瞄準排在前面的男孩，然後一個接著一個把他們送去達馬丁的營帳，且總是帶著阿邦隨他一起前進。等到賈迪爾十一歲時，他們已經排到隊伍最前面，後面跟著幾個年紀更大的男孩，而且全都刻意遠離他們。

下午的時間就是接受戰鬥訓練，或充當戴爾沙羅姆撒網兵的目標跑給人抓。夜裡，賈迪爾躺在卡吉沙拉吉冰冷的石板地上，拉長耳朵聆聽外面阿拉蓋沙拉克的聲響，幻想有一天自己可以與其他男人並肩作戰。

隨著漢奴帕許的程序推進，有些男孩被達馬挑選出來接受特別訓練，讓他們踏上身披白袍的道路。他們會離開卡吉沙拉吉，從此銷聲匿跡。賈迪爾沒有獲選這項榮耀，但他毫不介意。他一點也不想要把時間浪費在研讀卷軸或是讚美艾弗倫上。他天生就註定踏上長矛之道。

達馬對阿邦比較感興趣，因為他識字，也會算術，但他父親是卡非特，而他們不喜歡卡非特，雖然理論上而言兒子不會繼承父親的恥辱。

「你還是作戰好了。」達馬終於戳著阿邦厚實的胸膛，對他說道。阿邦的體形還是和從前一樣巨大，但嚴格的長期訓練把他滿身脂肪化成堅硬的肌肉。的確，他已經成為令人望而生畏的戰士，而在確定自己沒有機會白袍加身後，他著實感覺鬆了一大口氣。

其他太虛弱或太遲鈍的男孩就被趕出卡吉沙拉吉，成為卡非特——被迫一輩子都穿著和小孩一樣的褐色服飾。這是世上最淒慘的命運，不但令家族蒙羞，還失去了進入天堂的機會。其中有些懷抱戰士之心的人會自願擔任誘餌兵，挑釁惡魔，引誘它們進入大迷宮中的陷阱。那會是短暫的一生，卻為失去機會的人們提供贏得榮譽以及進入天堂的希望。

十二歲時，賈迪爾獲准進入大迷宮觀摩。克倫訓練官帶領最年長、最強壯的奈沙羅姆爬上偉大的魔印城牆——一堵三十呎高的砂岩高牆，俯瞰下方曾是克拉西亞一整塊城區的惡魔屠宰場，當時的人口數遠比現在更多。場中到處都是古代遺留下來的小屋以及數十堵較為低矮的砂岩砌牆。這些牆有二十呎高，牆面上鑿有密密麻麻的魔印。有些牆很長，延伸向盡頭處後轉向，有些就只是一塊大石板或牆角。這些牆形成了一座隱藏許多深洞的迷宮，專門用來囚困阿拉蓋，等待黎明的到來。

「你們腳下的城牆，」克倫說著大力踏步。「守護我們的女人和小孩，甚至守護卡非特。」他對著牆邊吐了一口口水。「不讓阿拉蓋染指他們。其他的牆，」他揮手比向大迷宮中歪七扭八的牆，「作用在於把阿拉蓋和我們困在一起。」他說這話時緊緊握拳，所有男孩都感受到他身上展現出來的無比驕傲。賈迪爾幻想自己穿梭迷宮，手持長矛和盾牌，心情激盪不已；榮耀就在血跡斑斑的沙地上等待著他。

他們沿著城牆頂端行走，最後來到一座可以靠大轉盤拉起來的木橋。這座橋通往一堵迷宮內部的牆面，而所有牆面間都有石拱門相連，或距離近得可以跳過。迷宮牆面寬度較窄，有些甚至不足一呎。

「牆頂對於年長的戰士非常危險，」克倫說。「除了偵察兵以外。」偵察兵是克雷瓦克部族以及南吉部族的戴爾沙羅姆。他們是長梯兵，每個人都會揹負一架十二呎高的鐵頂梯。梯子可以單獨使用或交疊使用，而偵察兵的肢體靈活，能在沒有支撐的情況下站上梯頂察看戰況。克雷瓦克偵察兵隸屬卡吉部族掌管，南吉偵察兵則聽從馬甲部族號令。

「明年一整年，你們會協助克雷瓦克偵察兵。」克倫說。「追蹤阿拉蓋的行動、提醒大迷宮裡的戴爾沙羅姆，同時還要幫凱沙羅姆傳遞命令。」

當天接下來的時間，他們都在牆上奔跑。「你們得熟悉這些高牆，就像熟悉你們的長矛一樣！」克倫邊跑邊說。奈沙羅姆身手矯健，動作迅速，一邊高聲呼喊，一邊在這些牆之間跳躍，並且矮身穿越小型拱橋。賈迪爾和阿邦很享受這個活動並開懷大笑。

但阿邦魁梧的身材導致平衡感不佳，結果在一座窄橋上失足墜牆。賈迪爾連忙伸手抓他，但來不及了。「奈抓走我了！」他在拂過賈迪爾手指時咒罵，接著直墜而下。

阿邦落地前哀號一聲，儘管距離二十呎遠，賈迪爾依然看出他的腳已摔斷。

他身邊傳來一陣駱駝嗚叫般刺耳的笑聲。賈迪爾轉身看見祖林拍打自己的膝蓋。

「阿邦比較像駱駝，而不像貓。」祖林叫道。

賈迪爾怒吼一聲，緊握拳頭，但在他起身前，克倫訓練官趕來了。「你把訓練當成笑話？」他問道。祖林還沒回話，克倫已經抓起他的拜多布，將他拋下牆。他尖聲慘叫，一路跌落二十呎，最後重重墜地，動也不動躺在地上。

訓練官轉身面對其他男孩。「阿拉蓋沙拉克不是笑話。」他說。「我寧願你們全死在這裡，也不要讓你們在夜裡去羞辱你們的弟兄。」男孩們當即後退，點頭稱是。

克倫轉向賈迪爾。「快去通知卡維爾訓練官，他會派人帶他們去找達馬丁。」

「我們直接去救他們比較快。」賈迪爾大膽說道，心知這短短幾分鐘就足以決定阿邦的命運。

「只有男人才能進入大迷宮，奈沙羅姆。」克倫說。「快去，不然戴爾沙羅姆就得要救三個小鬼上來了。」

5

那天晚上吃完稀粥後，達馬丁前來找克倫訓練官交談，賈迪爾盡可能湊上前去，試圖偷聽他們談話。

「祖林摔斷幾根骨頭，大量內出血，但他會痊癒。」她說，語氣聽起來像在討論沙子顏色那樣無關緊要的事。她的面紗遮蔽所有表情。「另一個，阿邦，腳骨多處斷裂。他可以走路，但或許不能跑步。」

「他還能作戰嗎？」克倫問。

「暫時還看不出來。」達馬丁說。

「如果不能作戰，妳應該現在就殺了他。」克倫說。「死亡總比當卡非特好。」

達馬丁對他伸出一根手指，訓練官當即後退。「達馬丁營帳裡的事輪不到你來發號施令，戴爾沙羅姆。」她厲聲道。

訓練官立刻像是禱告一樣十指交扣，深深鞠躬，鬍子差點碰到地上。

「我乞求達馬丁的寬恕。」他說。「我沒有不敬的意思。」

達馬丁點頭。「你當然沒有。你是戴爾沙羅姆訓練官，死後將會坐在艾弗倫最光榮的僕人之間，爲自己的一生增添榮譽。」

「達馬丁的話令我深感榮幸。」克倫說。

「儘管如此，」達馬丁說。「我還是得提醒你注意自己的地位。請凱維特達馬懲罰你，以阿拉蓋之尾鞭打二十下就夠了。」

賈迪爾倒抽一口涼氣。阿拉蓋之尾是最厲害的鞭子——三條四呎長的皮鞭綁在一起，整條鞭身上都掛滿金屬倒鉤。

「達馬丁寬宏大量。」克倫說，依然維持鞠躬的姿勢。賈迪爾趁被兩人發現，並且質疑他聽見什麼話之前溜之大吉。

「你不該來這裡。」阿邦在賈迪爾矮身溜入達馬丁大帳時低聲說道。「要是被抓到你就死定了！」

「我只是想要確定你安然無恙。」賈迪爾說。這是實話，不過他的雙眼還是仔細掃視營帳，他心知自己不該期望還能再看見英內薇拉。自從手被打斷那次後，賈迪爾就再也沒有見過她了，但他一直無法忘記她美麗的容顏。

阿邦看著自己緊緊包覆在堅硬繃帶中的淒慘雙腳。「我不知道還有沒有機會好起來，我的朋友。」

「胡說。」賈迪爾說。「斷掉的骨頭會更加堅硬，你不久就會回到城牆上。」

「或許吧。」阿邦嘆氣。

賈迪爾輕咬下唇。「我讓你失望了。我承諾過會在你跌倒時扶住你，我曾對著艾弗倫的光明起誓。」

阿邦握起賈迪爾的手掌。「你本來可以接住我，我毫不懷疑。我看見你跳過來抓我，會掉下去不是你的錯，我認為你有信守承諾。」

賈迪爾的眼眶中泛滿淚光。「我不會再讓你失望。」他承諾道。

就在此時，一名達馬丁進入了他們的隔間，自大帳深處無聲無息地飄來。她看向他們的方向，接觸到賈迪爾的目光。他的心臟停止跳動，臉上面無血色。他們彷彿相互凝視了一段近乎永恆的時間。不透明的白色面紗下完全看不出達馬丁的表情。

最後，她朝出口的門簾揚起下巴。賈迪爾點頭，幾乎不敢相信自己的好運。他又捏了捏阿邦的手掌，隨即矮身離開營帳。

「你們在城牆上會遇到風惡魔，但你們不准進攻。」克倫說，在奈沙羅姆面前來回踱步。「那是你們所服侍的戴爾沙羅姆的工作。儘管如此，了解你們的敵人是很重要的。」

賈迪爾仔細聽講，坐在隊伍最前方，他的老位子上，不過他總會想到阿邦不在自己身邊的事實。賈迪爾是和三個妹妹一起長大的，並在進入卡吉沙拉吉的第一天就與阿邦結交。孤獨對他而言是種陌生的感覺。

「達馬告訴我們風惡魔居住在奈的深淵裡的第四層。」克倫對男孩們說道，舉起長矛比向畫在砂岩牆壁上的風惡魔畫像。

「有些人，像是馬甲部族那些蠢材，因為風惡魔缺乏沙惡魔的沉重外殼而低估它們，」他說。「但不要上當了。風惡魔遠離艾弗倫的目光，比沙惡魔還要邪惡許多。它的表皮厚得足以撞彎男人的矛頭，飛行的速度也快得難以擊中。它修長的利爪，」他用矛頭標示出惡魔邪惡的武器。「能在男人察覺前奪走對方的腦袋，而其鳥喙般的下頷能夠將人臉撕裂。」

他轉向男孩們。「那麼，它的弱點何在？」

賈迪爾立刻舉手。訓練官對他點頭。

「翅膀。」賈迪爾說。

「正確。」克倫說。「雖然和皮膚的材質一樣，但風惡魔的翅膀在軟骨和骨頭間延展太稀薄。強壯的男人可以用長矛刺穿它的翅膀，並且趁它倒地時用鋒利的刀刃將其鋸斷。還有什麼弱點？」

再一次，賈迪爾搶先舉手。訓練官的目光飄向其他男孩，但都沒有人舉手。賈迪爾是這些人裡面年紀最輕的，最大的男孩甚至比他大上兩歲，但所有人都不敢跟他爭，就像在打飯隊伍裡一樣。

「它們在地上的時候動作笨拙緩慢。」賈迪爾在克倫對他點頭時說道。

「正確。」克倫說。「如果被迫落地，風惡魔須要一段距離助跑或攀爬到高處才能取得起飛的空間。大迷宮中狹窄的空間就是特別為了對付它們而設計的。城牆上的戴爾沙羅姆會找機會網住它們或是投擲流星鎚纏住它們。你們的責任就是要對迷宮中的戰士回報風惡魔的位置。」

他凝視男孩們。「誰能告訴我『風惡魔落地』的訊號為何？」

賈迪爾舉手。

5

三個月後，阿邦和祖林再度回到奈沙羅姆的行列。阿邦一拐一拐地走回訓練場，賈迪爾皺眉看著他。

「你的腳還會痛嗎？」他問。

阿邦點頭。「我的骨頭或許更堅硬了。」他說。「但沒有變得更直。」

「現在還早。」賈迪爾說。「它們遲早會復元的。」

「英內薇拉。」阿邦說。「誰能看出艾弗倫的旨意呢？」

「你準備爭奪打飯隊伍的位置了嗎？」賈迪爾問，朝粥鍋後方的訓練官點點頭。

阿邦臉色發白。「還沒有，拜託。」他說。「要是腳滑一下，我就會永遠變成其他人的目標。」

賈迪爾皺眉，但他點頭。「不要撐太久。」他說。「不採取行動一樣會成為他人的目標。」他們一邊說話，一邊走向隊伍前方，其他男孩就像遇上貓的老鼠一樣讓路給賈迪爾，任由他們享用第一碗稀粥。有些人一臉怨懟地瞪向阿邦，但沒有人膽敢說話。

祖林就沒那麼好命了，而賈迪爾只是冷冷地看著他，依然記得這個年長的男孩在阿邦墜牆時發出的笑聲。祖林走路有點僵硬，但比起阿邦一拐一拐的要好多了。打飯隊伍裡的男孩瞪視著他，但祖林還是邁開大步，來到山傑特後方的老位置前。

「這個位置有人了，瘸子。」另一個服從賈迪爾命令的奈沙羅姆伊森說道。「滾到隊伍後面去！」伊森是個高強的戰士，賈迪爾興致勃勃地欣賞這場衝突。

祖林微笑，伸出雙手，彷彿要討饒，但賈迪爾看著他雙腳擺開的站姿，並沒有因此上當。祖林一撲而上，抓起伊森，將其壓倒。打鬥轉眼間就已結束，祖林又回到他原先的位置。賈迪爾點頭。祖林是個不折不扣的戰士。他看向阿邦，只見他已經吃光碗裡的稀粥，一點也不關心那場打鬥。賈迪爾哀傷地搖了搖頭。

「過來集合，老鼠。」卡維爾在餐碗收好後說道。賈迪爾立刻走向訓練官，其他男孩緊跟而來。

「發生了什麼事？」阿邦問。

賈迪爾聳肩。「他們很快就會告訴我們。」

「你們即將面對一場男人的試煉。」克倫說。「你們將在夜晚行軍，我們會得知哪些人才是眞正的戰士，哪些人則不是。」阿邦驚恐地倒抽一口涼氣，賈迪爾則感到無比的興奮。每次試煉都讓他朝自己夢寐以求的黑袍邁進。

「巴哈卡德艾弗倫村已和我們失聯數月了，我們深怕阿拉蓋已突破了他們的魔印力場。」克倫繼續說道。「巴哈人都是卡非特，但他們都是卡吉的後裔，而達馬基裁定我們不能放棄他們。」

「他的意思是不能放棄他們賣給我們的貴重陶器。」阿邦喃喃說道。「巴哈是陶器大師德拉瓦西的故鄉，而克拉西亞所有的宮殿都用德拉瓦西的作品裝飾。」

「你腦子裡難道只有錢嗎？」賈迪爾大聲問道。「就算是阿拉上最低賤的一群狗，依然比阿拉蓋高貴，應該接受我們的保護。」

「阿曼恩！」卡維爾吼道。「你有什麼想要補充的嗎？」

賈迪爾恢復立正姿勢。「沒有，訓練官！」

「那就給我閉嘴。」卡維爾說。「不然我就割下你的舌頭。」

賈迪爾點頭，克倫繼續說下去。「前往巴哈的旅程為期一星期，五十名自願參與的戰士由凱維特達馬率領。你們會跟去協助他們，運送他們的裝備、餵食駱駝、幫忙煮飯，並且磨亮他們的長矛。」

他看向賈迪爾。「霍許卡敏之子，你會在這趟旅途中擔任奈卡。」

賈迪爾瞪大雙眼。奈卡，意指「第一位」，這表示賈迪爾是第一奈沙羅姆——不只是排在打飯隊伍的第一位，就連在訓練官的眼中也是如此——有權任意指揮並懲處其他男孩。自從哈席克贏得黑袍後，卡吉沙拉吉中已多年沒有奈卡了。這是非凡的榮耀，絕不輕易授與，也無法輕鬆接受。因為這個職位不但擁有權力，同時也必須肩負責任。萬一其他男孩有什麼閃失，克倫和卡維爾會唯他是問，並且加以懲罰。

賈迪爾深深鞠躬。「我深感榮幸，訓練官。我向艾弗倫祈禱，絕對不會令你們失望。」

「你最好不會，如果不想皮開肉綻的話。」卡維爾在克倫拿一條紮有繩結的皮繩綁在賈迪爾手臂上作為官階象徵的同時說道。

賈迪爾的心幾乎要跳出來了。那不過是條皮繩，但在此時此刻，它感覺和卡吉之冠沒有兩樣。賈迪爾想像著母親去領配給糧食時達馬會怎麼告訴她這個消息，臉上流下驕傲的汗水。他已經開始為家裡的女人增添榮耀了。

而且不光如此，他還得面對一場眞正的男人試煉，夜晚在野外行軍。他會近距離面對阿拉蓋，進而了解他的敵人，不再只是透過石板上的畫像，或是在城牆頂上奔跑時遠遠瞄見的身影。這是他人生新的開始。

奈沙羅姆解散後，阿邦轉向賈迪爾。他面帶微笑，捶打賈迪爾的手臂以及綁縛其上的皮繩。「奈卡，」他說。「你當之無愧，我的朋友。你很快就會當上凱沙羅姆，在戰場上指揮眞正的戰士。」

賈迪爾聳肩。「英內薇拉。」他說。「明天的事情等到明天再說。今天，如此的榮耀已經足夠。」

「你從前說的沒錯。」阿邦說。「當我看見卡非特遭受的待遇時，我的心中會有點忿忿不平，而我曾經道出我的心聲。我們應該保護巴哈人，我們應該爲他們做更多。」

賈迪爾點頭。「沒錯。」他說。「我也一樣，說了不該說的話，我的朋友。我知道你絕不只是貪婪的商人。」

他捏捏阿邦的肩膀，然後一起跑去準備漫長的旅程。

5

他們於正午時分出發，五十名卡吉戰士，包括哈席克在內，加上凱維特達馬、卡維爾訓練官、兩名克雷瓦克偵察兵，以及賈迪爾手下的奈沙羅姆精英。幾名最年長的戰士輪流駕駛駱駝拉的補給車輛，其他人全部徒步行軍，帶領隊伍穿越大迷宮，來到巨大的城門前。賈迪爾和其他男孩坐在補給車輛上穿越迷宮，以免玷污這塊神聖的土地。

「只有達馬和戴爾沙羅姆才能腳踏他們弟兄以及先祖的血地。」卡維爾警告道。「膽敢落地的人後果自行負責。」

出城後，訓練官舉起長矛敲打馱車。「所有人下車！」卡維爾吼道。「我們行軍前往巴哈！」

阿邦難以置信地看向賈迪爾。「整整一星期穿越沙漠的旅程，我們就單靠一條拜多布抵禦陽光！」

賈迪爾跳下馱車。「照耀訓練場的也是同一顆太陽。」他指向走在補給車輛前方的戴爾沙羅姆。「我們只穿拜多布應該心存感激。」他說。「他們穿會吸熱的黑袍，另外還要揹負長矛和盾牌，黑袍底下還要穿戴護具。如果他們可以行軍，我們也可以。」

「來吧，難道包在繃帶裡面這麼多星期之後，你不會想要伸展雙腳嗎？」祖林說，笑著拍拍阿邦的肩膀，然後跳下車。

其他奈沙羅姆跟著下車，聽從賈迪爾的號令調整步伐，與車輛以及戰士們保持距離。卡維爾跟隨在後，持續觀察，但任由賈迪爾發號施令。訓練官對他的信任令他十分驕傲。

沙漠的道路是由一排古老木樁沿著沙地和硬土標示出來的路線。永不停歇的強風在他們臉上刮來陣陣熱沙，熱沙堆積在道路上，讓他們難以行走。在陽光的照耀下，沙地熱得透過草鞋依然滾燙。儘管如此，奈沙羅姆們已經歷多年的歷練，毫無怨言地向前邁進。賈迪爾看著他們，心下深感驕傲。

然而賈迪爾很快就發現阿邦跟不上行進的步調。他汗流浹背，重心傾斜，不時就會跌上一跤。有一次，他跌在伊森身上，伊森很不客氣地將他推到山傑特身上。山傑特又把他推回去，阿邦重重跌落地面。其他男孩在阿邦吐出口中沙粒時哈哈大笑。

「繼續前進，老鼠！」卡維特叫道，拿起長矛敲擊盾牌。

賈迪爾很想過去扶他朋友，但他心知這麼做只會讓情況更糟。「起來！」他吼道。阿邦露出求懇的目光，但賈迪爾只能搖頭，並且爲了他好而踢了阿邦一腳。「擁抱痛苦，爬起身來，蠢材。」他壓低音量說道。「不然你會像你父親一樣變成卡非特！」

阿邦受傷的神情在他眼中如同刀割，但賈迪爾說的沒錯，阿邦自己也很明白。他大口吸氣，努力起身，跌跌撞撞地跟在眾人身後。他跟上了一段時間，接著又開始落到隊伍後方，不時撞上其他人，然後被推來擠去。卡維爾將一切看在眼裡，加快腳步來到賈迪爾身旁。

「如果他拖慢我們的速度，孩子，」他說。「我的鞭子將在眾目睽睽下打在你身上。」

賈迪爾點頭。「那是你該做的，訓練官。我是奈卡。」卡維爾嘟噥一聲，不再多說。

賈迪爾轉向其他人。「祖林、阿邦，上車。」他下令。「你們才剛離開達馬丁的營帳，不適合整日行軍。」

「駱駝屎！」祖林大叫，伸出手指指向賈迪爾的臉。「我不會因爲吃豬肉的人的兒子跟不上隊伍，而像個女人一樣坐在車上。」

祖林話才說完，賈迪爾已經動手。他抓起祖林的手腕，扭往後方，朝肩膀狠狠推下。男孩如果出力反抗，立刻就會被賈迪爾折斷手臂，於是只好被他摔倒在地。賈迪爾繼續箝制他的手臂，一腳踏上祖林的喉嚨，使勁拉扯。

「你上車是因爲你的奈卡命令你上車。」他在祖林面紅耳赤時大聲說道。「要是再忘記這點，後果自行承擔。」

祖林點頭的時候，一張臉已經漲成紫色，賈迪爾放手後，他立刻大口喘氣。「達馬丁要求你們每天都要多走一點路，直到體力完全恢復。」賈迪爾謊稱。「明天你要多走一小時。」他冷冷轉向阿邦。「兩個都一樣。」

阿邦迫不及待地點頭，兩個男孩隨即朝馱車走去。賈迪爾看著他們的背影，暗自祈禱阿邦盡快復元。他不能永遠替他留面子。

他轉向其他瞪著他看的奈沙羅姆，大聲吼道：「我有叫你們停嗎？」他問，男孩們立刻繼續前進。賈迪爾加速調整步伐，直到他們跟上部隊。

夜晚到來，賈迪爾下令奈沙羅姆準備晚餐並且鋪床，而達馬和深坑魔印師們則開始準備魔印圈。魔印圈準備好後，戰士們就站在外緣，面向外頭，緊握護盾和長矛，等待太陽西下、惡魔現身。

在如此接近城市的地方，沙惡魔成群結隊出沒，朝戴爾沙羅姆張牙舞爪，並朝戰士們直撲而上。這是賈迪爾第一次近距離面對它們，他冷冷觀察阿拉蓋，在它們展開進攻時記住它們的動作。

深坑魔印師善盡職守，魔印力場在一陣魔光中阻擋惡魔的攻勢。趁著它們攻擊魔印力場時，戴爾沙羅姆一聲發喊，刺出長矛。攻擊大多都被惡魔的外殼擋下，但有幾次精準的攻擊插入眼睛或張開的喉嚨，進而擊斃惡魔。這看起來像是戰士們玩的遊戲，試圖在魔光閃耀的瞬間擊中渺小的目標，而且他們會哈哈大笑，恭喜那些一擊得手的戰士。成功的戰士便住手回來吃飯，而沒有成功的就在惡魔越聚越多的同時持續嘗試。賈迪爾注意到哈席克是第一批回來吃飯的人之一。

賈迪爾轉向殺死惡魔後離開魔印圈外圍的卡維爾訓練官，這是賈迪爾第一次看他蓋起臉上的紅色遮布。他與訓練官目光相對，並且在對方點頭要他過去時深深鞠躬。

「訓練官，」他說。「這和我們所學的阿拉蓋沙拉克不同。」

卡維爾大笑。「這根本不是阿拉蓋沙拉克，孩子，這只是磨練戰技的遊戲。伊弗佳指示我們只能在嚴陣以待的土地上展開阿拉蓋沙拉克。這裡沒有惡魔坑，沒有迷宮城牆或伏擊點。我們如果離開魔印圈就太蠢了，但我們沒有理由不送一些阿拉蓋去見陽光。」

賈迪爾再度鞠躬。「謝謝你，訓練官。現在我了解了。」

遊戲持續了好幾小時，直到剩下的惡魔認定魔印圈沒有縫隙，開始繞圈而行，或是蹲坐在長矛的攻擊範圍之外，靜靜等待。吃飽飯的戰士開始守衛，高聲嘲笑那些沒有成功擊殺惡魔的戰士。

等所有人都吃飽後，半數的戰士爬上鋪蓋睡覺，剩下的一半就如同雕像般站在營區四周警戒。幾小時後，已睡過的戰士與守衛交班。

ʖ

第二天，他們通過一座卡非特村落。賈迪爾從來不曾見過綠洲，雖然沙漠裡有很多綠洲，大多數都位於克拉西亞城的南部和東部，也就是有一些水源滲出地面，形成一座小水塘之處。逃離城市的卡非特通常會聚集在這種地方，不過只要他們自給自足，不跑來城牆外乞討，或打劫路過商人，達馬不會理會他們。

另外還有一些規模較大的綠洲，有大型的水池，通常會有超過一百名的卡非特聚集，一般都會攜家帶眷。達馬不會對這種綠洲視而不見，戰士部族會宣示大型綠洲的所有權，就和城內的水井一樣，以商品或是勞力等形式向卡非特收取賦稅，以換取居住權。達馬偶爾會前往接近城市的綠洲，拉走年幼的孩子踏上漢奴帕許之道，以及最美貌的女孩進入大後宮擔任吉娃沙羅姆。

他們路過的村落沒有城牆，只有在村落邊緣放置一系列刻有古老魔印的巨石。「這是什麼地方？」賈迪爾在行軍時大聲問道。

「他們喚這村落沙岩村。」阿邦說。「這裡住了三百多名卡非特，人稱深坑狗。」

「深坑狗？」賈迪爾問。

阿邦指向地上的一個大坑，村裡一共有好幾個這種大坑，許多男男女女在裡面工作，用鏟子、鐵鍬和鋸子挖掘沙岩。這些人個個肩膀寬厚、肌肉結實，與賈迪爾在城內見過的那些卡非特大不相同。小孩子也和大人一起工作，幫忙把沙岩運上車，並且牽駱駝把沙岩拉出深坑。他們都身穿褐服——男人和男孩都穿著一樣的背心和帽子，女人和女孩則穿褐色連身裙，沒留下多少想像空間，臉部、手臂甚至大腿幾乎都沒遮住。

「他們個個身強體壯。」賈迪爾說。「這些人為什麼變成卡非特？他們是懦夫嗎？這些女孩和男孩呢？他們為什麼沒有結婚或是踏上漢奴帕許之道？」

「他們的祖先或許是因為種種原因淪落為卡非特，我的朋友，」阿邦說。「但這些人卻是生下來就是卡非特。」

「我不懂。」賈迪爾說。「沒有人生下來就是卡非特。」

阿邦嘆氣。「你說我滿腦子都是生意人的想法，而你卻是太少去想做生意的事情了。達馬基想要這些人生產的沙岩，也須要一群壯健的人來做這個工作。交換條件就是命令達馬不要來抓這些卡非特的小孩。」

「這等於是宣判這些小孩一輩子都得當卡非特。」賈迪爾說。「他們的父母為什麼會答應這種事？」

「當有人來帶走孩子時，父母常常會做出奇怪的舉動。」阿邦說。

賈迪爾想起自己母親的淚水，以及阿邦母親的尖叫，無法反駁這種說法。「儘管如此，這些人都有能力成為優秀的戰士，這些女人都可以產下壯健的兒子。這樣實在太浪費了。」

阿邦聳肩。「至少有人受傷的時候，他的兄弟不會像狼群般棄他不顧。」

又經過了六天的旅程，他們來到一座懸崖，這座懸崖面向供給巴哈卡德艾弗倫村水源的河流。一路上他們沒有經過其他卡非特村落。阿邦的家人曾與很多這種村落交易，據說這是因為有一條地下河流供應城市附近綠洲的水源，但那條河道沒有延伸到東邊這麼遠的地方。大多數村落位於城市南方，介於沙漠之矛和遙遠的南方山脈之間，順著那條河道延伸。賈迪爾從來沒聽說過什麼地底河流的事，但他相信他的朋友。

他們面前的河流並非地底河流，不過它在漫長的歲月裡侵蝕出一座很深的河谷，貫穿數不清的沙岩和黏土地層。他們可以看見位於下方深處的河床，不過從這個高度看去，河水不過是條涓涓細流。

他們沿著懸崖向南而行，直到看見向下通往村落的道路。這條路不到近處根本看不出來。戴爾沙羅姆吹響問候的號角，但在經過狹小陡峭的道路前往村落廣場時，他們沒有收到任何回應。即使抵達村落中心，仍不見任何居民。

巴哈卡德艾弗倫村建於開鑿在懸崖表面的層層平台上。一道寬敞蜿蜒的階梯扶搖直上，連接每層平台上的土坯建築。村內沒有生命跡象，布製的門簾在微風中緩緩擺動。這景象讓賈迪爾想起沙漠之矛中的某些區域；由於人口銳減，沙漠之矛中有不少城區遭到棄置。那些古老建築都是克拉西亞從前人口眾多的見證。

「這裡出了什麼事？」賈迪爾問道。

「不是很明顯嗎？」阿邦說。賈迪爾好奇地看著他。

「別光盯著村子看，放寬你的視野。」阿邦說。賈迪爾轉過身去，看見河水之所以看起來稀少並非只是因為高度的關係。河水的深度幾乎不及河床的三分之一。

「雨水不足。」阿邦說。「或是上游的河道轉向，這種改變很可能剝奪了巴哈人賴以維生的漁獲。」

「這無法解釋為何整座村落淪為廢墟。」賈迪爾說。

阿邦聳肩。「或許水量減少導致水質惡化，捲起河床上的淤泥。總之，不管是疾病還是飢餓，巴哈村的人口必定減少到無法維修魔印。」他指向某些建築物土牆上殘留的爪痕。

卡維爾轉向賈迪爾。「在村裡搜尋倖存者的蹤跡。」他說。賈迪爾鞠躬，轉向他的奈沙羅姆，將他們分配成兩人一組，每組負責搜查一層平台。男孩們就像在大迷宮的牆頂上奔跑似地輕鬆踏上崎嶇的階梯。

不久他們就發現阿邦說的沒錯。幾乎所有建築中都有惡魔出沒的跡象，牆壁和家具上留有爪痕，到處都是打鬥的痕跡。

「不過沒有屍體。」阿邦發現道。

「吃掉了。」賈迪爾說，指向地板上一塊看起來像黑色石頭，不過表面突起一些白色固體的東西。

「那是什麼？」阿邦問。

「惡魔糞。」賈迪爾說。「阿拉蓋會吃掉獵物，然後在糞便中排出他們的骨頭。」阿邦一手摀住嘴，並且衝到房間角落去嘔吐。

他們將發現回報給卡維爾訓練官，訓練官則是毫不意外地點了點頭。「跟我來，奈卡。」他說，賈迪爾立刻跟隨訓練官走到達馬凱維特和凱沙羅姆面前。

「奈沙羅姆確認沒有倖存者，達馬。」卡維爾說。凱沙羅姆的官階比他高，但卡維爾是訓練官，遠征隊中幾乎成員都是他訓練出來的，包括凱沙羅姆在內。俗話說得好，紅遮布人說話比白遮布人更有分量。

達馬凱維特點頭。「阿拉蓋突破魔印力場的時候就已經對這塊土地施加詛咒，將卡非特的靈魂囚禁在人世間。我可以感受到他們的慘叫。」他抬頭看向卡維爾。「月虧即將到來。我們先花兩日兩夜的時間備戰，並爲亡者禱告。」

「月虧第三天呢？」卡維爾問。

「第三天晚上，我們展開阿拉蓋沙拉克。」凱維特說。「淨化地面，釋放他們的靈魂，讓他們能夠投胎轉世，晉升到更好的階級。」

卡維爾鞠躬。「當然，達馬。」他抬頭看向開鑿於懸崖的階梯和建築，以及下方通往河岸的廣場。「這裡會出現的多半是土惡魔。」他猜測道。「可能還有一些風惡魔和沙惡魔。」他轉向凱沙羅姆。「如果你允許的話，我就要求戴爾沙羅姆在廣場上挖掘魔印惡魔坑，然後在階梯上設置伏擊點，將阿拉蓋逐下懸崖，進入深坑，等待太陽。」

凱沙羅姆點頭，訓練官轉向賈迪爾。「派遣奈沙羅姆去建築中搜尋任何可以充當屏障的殘骸。」

賈迪爾點頭，轉身就走，但卡維爾抓住他的手臂。「不要讓他們竊取任何物品。」他警告道。「所有東西都要成為阿拉蓋沙拉克的祭品。」

5

「你和我清查第一層。」賈迪爾對阿邦道。

「七這個數字比較幸運。」阿邦說。「讓祖林和山傑特清查第一層。」

賈迪爾懷疑地看著阿邦的腳。阿邦努力跟上行軍的速度，但走路還是一拐一拐地，而且賈迪爾常常看到他在自以為沒人看到時按摩自己的腿。

「你的腳還沒完全好，我認為第一層比較恰當。」賈迪爾說。

阿邦雙手扠腰。「我的朋友，你的話很傷人！」他說。「我就像大市集中最好的駱駝那樣強壯。你每天把我逼到極限的做法是對的，而爬上七層平台只會幫助我的傷勢復元得更快。」

賈迪爾聳肩。「你喜歡就好。」他說，接著他對其他奈沙羅姆下達指令，然後隨阿邦一起爬上階梯。

巴哈村不規則的石階是直接由山壁上開鑿而出的，靠沙岩和黏土的特定部位加以支撐。有時台階窄得只有男人的腳掌大小，有時又要走好幾步才能抵達下一階。台階上有不少馱獸載運貨車經過的痕跡。每上一層平台，階梯就會改變方向，並且會分岔出通往該層住宅的小路。

他們沒走多遠，阿邦已經開始氣喘吁吁，圓臉也漲得通紅。他的腿瘸得更加嚴重，到第五層的時候，他每踏出一步都發出痛苦的呻吟聲。

「或許我們已經走夠了。」賈迪爾小心說道。

「胡說，我的朋友。」阿邦說。「我可是……」他嘟噥一聲，吐出一大口氣。「……和駱駝一樣強壯。」

賈迪爾微笑，輕拍他的肩膀。「我們還是有機會把你打造成戰士。」

最後他們終於抵達第七層，賈迪爾轉身看向矮牆下的景象。遙遠的下方，戴爾沙羅姆彎下腰去，以短鏟挖掘寬敞的惡魔坑。這些坑都位於第一層平台的邊緣，好讓從像賈迪爾所在矮牆上跌落的惡魔直接摔入其中。儘管賈迪爾和其他奈沙羅姆都不能參戰，他對於即將到來的戰鬥還是難以自己地興奮。

他轉向阿邦，但他的朋友已經沿著平台走去，完全不理會下方的景觀。

「我們應該開始清理建築。」賈迪爾說，但阿邦似乎沒有聽見，別有目的似地跛著走開。賈迪爾在阿邦於一座大拱門前停步時趕上他，只見阿邦面有喜色地看著雕刻在拱門上方的符號。

「第七層，我就知道！」阿邦說。「就和天堂與阿拉之間聳立的巨柱數目一樣。」

「我從未見過這種魔印。」賈迪爾說，看著那些符號。

「那些不是魔印，那些是文字。」阿邦說。

賈迪爾好奇地看著他。「就像寫在伊弗佳裡的文字？」

阿邦點頭。「上面說：『位於向萬物之主表達敬意的阿拉上第七層平台，此地爲德拉瓦西大師工坊』。」

「你之前提到的陶藝匠。」賈迪爾吼道。阿邦點頭，動手推開掛在門口的亮眼布簾，但賈迪爾抓起他的手臂，將阿邦扯過來面對自己。

「所以只要有利可圖，你就能忍受痛楚，卻不能爲了爭取榮譽而忍痛？」他大聲問道。

阿邦微笑。「我只是比較現實，我的朋友。榮譽是不能拿來花的。」

「在天堂就可以。」賈迪爾說。

阿邦嗤之以鼻。「我們不能從天堂照顧我們的母親和姊姊。」他掙脫賈迪爾的手，步入工坊中。賈迪爾無奈，只得跟著進去，結果撞在阿邦身上，因爲他一進門立刻停下腳步，目瞪口呆地看著屋內。

「貨物毫髮無傷。」阿邦低聲說道，雙眼綻放貪婪的光芒。賈迪爾順著他的目光看去，不禁跟著瞪大雙眼。眼前所見，整整齊齊疊在大貨板上的，是他這輩子見過最精美的一批陶器。整間房裡堆滿了陶器——陶罐、花瓶、大酒杯、油燈架、餐盤，以及餐碗。所有陶器都塗有亮眼的色彩以及金葉子，閃閃發光。

阿邦興奮得摩拳擦掌。「你知道這些東西值多少錢嗎，我的朋友？」他問。

「值多少錢都無所謂。」賈迪爾說。「又不是我們的。」

阿邦看向他，彷彿把他當作傻瓜。「物主死了就不算偷竊，阿曼恩。」

「那比偷竊還要糟糕，掠奪死人的物品。」賈迪爾說。「這是褻瀆。」

「把藝術大師的作品堆成垃圾堆才是褻瀆。」阿邦說。「我們可以找到很多垃圾去建立屏障。」

賈迪爾打量那些陶器。「好吧。」他終於說道。「就把它們留在這裡。讓它們述說這個偉大的卡非特工匠的故事，讓艾弗倫見證他的作品，讓他來世投胎到更高的階級。」

「如果艾弗倫無所不知，又何必要留下東西來述說故事？」阿邦問。

賈迪爾握緊拳頭，阿邦立刻後退。「我不准任何人褻瀆艾弗倫，」他吼道。「就算是你也不行。」

阿邦高舉雙手做乞求狀。「沒有褻瀆的意思。我只是說這些陶器不管放在達馬基的宮殿還是這個遭人遺忘的工坊裡，艾弗倫都看得見。」

「或許沒錯。」賈迪爾承認道。「但卡維爾說所有東西都要成爲阿拉蓋沙拉克的祭品，包括這些陶器。」

阿邦的目光瞟向賈迪爾依然緊握的拳頭，點了點頭。「當然，我的朋友。」他同意道。「但如果我們眞的尊重這名偉大的卡非特，並且期望他能夠進入天堂，就用他的陶罐去幫挖惡魔坑的戴爾沙羅姆運送沙土。這樣做可以讓這些陶器參與阿拉蓋沙拉克，讓艾弗倫見證德拉瓦西的價值。」

賈迪爾鬆了一口氣，緊握的拳頭鬆開。他對阿邦微笑點頭。「這是個好主意。」他們挑選最適合搬土的陶器，將它們搬回營地。剩下的就整整齊齊地留在原地，分毫未動。

ʘ

賈迪爾和其他人一起全心投入他們的工作，兩天兩夜很快就在阿拉蓋沙拉克戰場逐漸成形中度過。每天晚上他們都待在魔印圈內研究那些惡魔，仔細擬定戰術。村落的層層平台變成由垃圾堆所組成的迷宮，掩蓋戴爾沙羅姆用來當作伏擊點的魔印凹槽。他們會跳出伏擊點，將惡魔趕下平台，使其跌入惡魔坑中，或是將它們困在攜帶式魔印圈內。每層平台上都有魔印守護的補給站，奈沙羅姆就待在其中靜靜等待，隨時準備提供戰士新的長矛或羅網。

「待在魔印後方，直到有人叫你。」卡維爾指示眾新手。「非得要穿越魔印時，動作一定要快，直接衝向下一個有魔印守護的區域，直到抵達目的地。把身體壓低，盡量躲在牆後，充分利用所有掩護。」他強迫男孩們記下臨時迷宮的地形，確保他們能在雙眼緊閉的情況下找到所有魔印凹槽，以防萬一。戰士們會點燃篝火，藉以看清地形及作戰，並驅退沙漠夜晚的嚴寒，但戰場上還是有很多陰暗處，提供能在黑暗中視物的惡魔強大的優勢。

沒過多久，夕陽西下，賈迪爾和阿邦已經在第三層的某個補給點中等待。懸崖面東，所以他們可以看到懸崖的陰影逐漸籠罩河谷，如同墨漬般慢慢爬上遠方的峭壁。就在河谷的陰影中，阿拉蓋開始現身。

魔霧從泥土與沙岩間滲出，凝聚成惡魔的形體。賈迪爾和阿邦入迷地看著惡魔在三十呎下方的廣場上成形，戴爾沙羅姆燃燒巴哈村裡所有可燃物品的火光，照亮了它們的身影。

這是第一次，賈迪爾眞正了解到多年來達馬告訴他們的話。阿拉蓋是邪惡之物，藏身在艾弗倫之光照耀不到的地方。要不是它們邪惡的玷污，整個阿拉都會成爲造物主的天堂。他對於地心魔域產生一股強烈的厭惡，心知自己不惜犧牲性命也要摧毀它們。他抓起藏身處中的一根備用長矛，想像有一天自己可以和其他戴爾沙羅姆弟兄一起獵殺它們。

阿邦緊握賈迪爾的手臂，賈迪爾轉向他的朋友，看見阿邦舉起顫抖的手指指向數呎外的土牆。魔霧沿著土牆浮現，一頭風惡魔逐漸在牆邊凝聚成形。它現身時蹲伏在地，翅膀收攏。這兩個男孩從來沒有靠惡魔這麼近，這種景象令阿邦恐懼不已，但賈迪爾心中只感到一陣憤怒。他更加使勁握緊長矛，盤算著自己有沒有辦法一撲而上，在惡魔完全成形前將它推下矮牆，讓它跌入下方的惡魔坑。

阿邦緊握賈迪爾的力道大得令他疼痛。賈迪爾轉向他的朋友，發現阿邦直視他的雙眼。

「別做傻事。」阿邦說。

賈迪爾回頭去看惡魔，但轉眼間他已錯失良機，因爲阿拉蓋的利爪已放開岩壁，向下跳入黑暗中。他聽見突如其來的拉扯聲，接著看見風惡魔一飛沖天，巨大的蝠翼遮蔽天上的星光。

不遠處，一頭橘色的土惡魔成形，攀在土牆上，幾乎難以辨識。土惡魔矮小精壯，體形不比小狗大多少，卻是擁有結實肌肉、利爪，以及層層厚重硬殼的致命殺手。它抬起渾圓的腦袋，用力嗅聞空氣。卡維爾說過土惡魔的腦袋幾乎能撞穿任何東西，撞碎石頭、壓彎上好的精鋼。當惡魔衝向他們時，他們終於親眼見證土惡魔的力量，眼睜睜地看著對方一頭撞上藏身處外圍的魔印圈。銀色魔光如同蛛網般自撞擊點向外擴張，土惡魔向後彈開。不過它立刻又撲了回來，利爪插入峭壁中，腦袋不斷向前衝撞，擊中魔印力場，憑空掀起陣陣魔光漣漪。

賈迪爾舉起長矛，插入惡魔的喉嚨中，就像他在旅途中看見戴爾沙羅姆的做法。但惡魔動作迅速，立刻咬住矛頭。金屬矛頭在惡魔使勁甩頭下如同黏土般彎曲，接著又被扯離賈迪爾手中，差點把他拉出藏身處。惡魔甩動腦袋，將長矛甩過矮牆，遠遠拋入黑暗中。

哈席克在平台另一邊將這一切看在眼裡。他擔任誘餌兵，很快就會跳出藏身處，引誘惡魔邁向它們的末日。

「老鼠，再浪費一根長矛，」他叫道，事隔多年，他說這個「鼠」字依然漏風。「我就把你丟下去撿！」賈迪爾羞愧難當，深深鞠躬，深深縮回藏身處，等待進一步指令。

穩穩站在梯子上的克雷瓦克偵察兵，可以快速地從一層平台移動到另一層平台。他們居高臨下觀察戰場，對凱沙羅姆比了個訊號，凱沙羅姆隨即吹響沙拉克之號，下令展開作戰。

哈席克立刻衝出藏身處，四下吼叫跳躍，引起附近惡魔的注意。賈迪爾看得入迷。不管他對哈席克有什麼成見，這人確實是個不折不扣的勇士。

數頭土惡魔在看見他時放聲吼叫，一擁而上。它們短小有力的四肢奔跑起來速度驚人，但哈席克毫不畏懼地站在原地，直到它們全部展開追逐後才發足狂奔，朝前方位於第一道屏障後的伏擊點衝去。賈迪爾藏身處附近牆上的土惡魔在他跑過時撲了上去，但哈席克隨即轉身，高舉盾牌，不但擋下突襲，甚至還調整角度，將惡魔彈向矮牆，在一陣尖叫聲中墜入惡魔坑——當晚第一頭死亡的惡魔。

哈席克衝入垃圾迷宮，以不合乎其高大身材的速度和矯捷身手在層層屏障間穿梭。他離開賈迪爾和阿邦的視線範圍，但他們聽見他抵達伏擊點時發出的「呼特！」訊號。這是誘餌兵的傳統呼聲，讓伏擊點的戴爾沙羅姆知道阿拉蓋逼近。

只聽見吼聲四起，魔光大作，藏身在伏擊點中的戰士對毫無所覺的惡魔展開攻擊。黑夜中充斥著阿拉蓋的慘叫聲，而這種聲音令賈迪爾不寒而慄。他渴望自己也能讓阿拉蓋痛苦慘叫，總有一天……

正當他陷入沉思時，偵察兵爾戴突然自他們面前的矮牆底下冒出頭來。十二呎高的樓梯剛好能讓他們從一層平台爬上另一層平台。

爾戴拉開綁在手腕上的堅韌皮帶，回頭將梯子拉上平台。他轉移陣地，將梯子靠牆放好，準備爬往下一層，接著在上方傳來的吼叫聲中停止移動。他抬頭觀看，剛好看見一頭土惡魔直撲而下。

賈迪爾全身緊繃，但他根本不須擔心。偵察兵的動作如同大蛇般靈活，迅速將梯子橫舉身前，近距離阻擋惡魔的攻勢。爾戴順勢踢出，將阿拉蓋踢倒。

趁著惡魔起身前，爾戴迅速後退數步，在兩者間拉開十二呎的距離。惡魔再度撲上，但爾戴用梯頂架起惡魔，隨即反身舉起梯子，輕鬆將小型惡魔拋出矮牆。轉眼間他又回去架設梯子。

「送備用長矛去給廣場上的推進兵。」他在跳往下一層時對他們叫道，雙手幾乎沒碰到梯子的橫槓。

賈迪爾抓起兩根長矛，阿邦也一樣，但賈迪爾看出他眼中的恐懼。「跟緊我，我怎麼做就跟著做。」他對朋友道。「這和我們一整天練習的沒什麼不同。」

「除了現在是晚上之外。」阿邦說。但他還是在賈迪爾四下打量並衝向哈席克藏身處時跟了上去，一路壓低姿勢，隱身矮牆後方，避免引起在村莊上空盤旋的風惡魔注意。

他們抵達藏身處，然後沿著階梯往下抵達廣場。土惡魔在戴爾沙羅姆的驅趕下如同雨滴般從天而降。伏擊點的位置挑選得十分精確，大多數阿拉蓋都直接墜入臨時惡魔坑中。剩下的土惡魔，以及直接在廣場上現身的沙惡魔，則由推進兵利用長矛和盾牌趕入惡魔坑中。每個惡魔坑的洞口及洞底都繪製了單向魔印，阿拉蓋可以進去，但出不來。戰士的長矛無法刺穿惡魔的外殼，但他們可以刺痛、推擠並反覆撞擊惡魔，逼迫它們跌入坑內。

「小鬼！長矛！」卡維爾大叫，賈迪爾發現訓練官手中的長矛斷成兩截，身前還站了一頭沙惡魔。卡維爾看起來絲毫不以爲意，以極快的速度甩出矛柄，深深插入惡魔的肩膀以及髖關節，讓它無法穩定身形或找到立足點。卡維爾持續推進，流暢地轉動施力點，增加突刺的力道，並且善用盾牌，迫使惡魔朝坑洞邊緣前進。

儘管訓練官應付前方的惡魔似乎綽綽有餘，身後還是不斷有其他惡魔墜落地面，在這種得盡快解決惡魔的時刻裡，不稱手的武器只會拖垮他的速度。

「阿恰！」賈迪爾大叫，拋出一根新的長矛。卡維爾一聽見這聲發喊，立刻將斷掉的矛柄插入惡魔的喉嚨中，順勢轉身接下新矛，隨即以新武器展開攻擊。片刻後，沙惡魔慘叫一聲，墜入深坑。

「別光是站在那裡！」卡維爾大叫。「完成工作，回去崗位！」賈迪爾連忙點頭，急奔離開，和阿邦一起將武器補給其他戰士。

發完長矛後，他們轉身衝向台階。還沒跑多遠，身後已傳來巨響。賈迪爾回過頭，看見一頭憤怒的土惡魔翻身而起，搖晃腦袋。它距離推進兵很遠，而且已經發現阿邦和賈迪爾這兩個比較容易得手的獵物。

「伏擊點！」賈迪爾叫道，指向推進兵在惡魔開始落地前藏身的魔印凹槽。在土惡魔疾衝而來的同時，兩名男孩拔腿就跑，恐懼至極的阿邦甚至跑在賈迪爾的前面。

但就在抵達藏身處前，阿邦雙腳一絆，叫出聲來。他重重跌倒，顯然不可能及時起身。

賈迪爾加速前進，在阿邦掙扎起身時撲上去一把抱住。他承受衝擊的力道，帶動阿邦一同翻身，隨即將衝勢化作一個完美的沙魯沙克拋擲勢，將阿邦巨大的身軀拋入藏身處中。

賈迪爾完成這個動作後隨即落地俯臥。一如他的預期，惡魔跟隨動作幅度大的獵物，朝阿邦撲去，最後撞上藏身處的魔印力場。

賈迪爾在惡魔甩開魔印帶來麻痺感的同時迅速起身，但惡魔立刻發現他，更糟糕的是，惡魔站在他與安全的魔印凹槽之間。

賈迪爾沒有武器或巨網，心裡也很清楚在空曠的地方惡魔肯定跑得比自己快。他心中浮現一陣恐慌，隨即想起克倫訓練官的話。

「阿拉蓋不懂得運用謀略，」他的老師教過他。「它們或許比你強壯，比你敏捷，但它們的腦袋就和愚蠢的狗一樣。它們的一舉一動都會透露出自己的意圖，最簡單的假動作都足以混淆它們。不要忘記你的機智，你就可以看見黎明。」

賈迪爾假裝奔向最近的惡魔坑，接著突然轉向衝往台階。他憑藉記憶在垃圾和屏障之間左閃右躲，完全不浪費時間地以眼前景象驗證腦中的印象。惡魔吼叫一聲，展開追逐，但賈迪爾已經將它拋到腦後，全神貫注在前方的道路上。

「呼特！」他在哈席克的藏身處映入眼簾時叫道，宣告身後惡魔的到來。他可以躲在那裡，讓哈席克把惡魔引往伏擊點。

但哈席克的藏身處空無一人。戰士必定又出去扮演誘餌，此刻正在伏擊點作戰。

賈迪爾知道自己可以躲在這個藏身處，但這頭惡魔該怎麼辦？最理想的情況是，它可能會逃離屠殺場，最糟糕的情況，是它可能會在某個戴爾沙羅姆或是奈沙羅姆察覺前突襲對方。

他低下頭去，死命奔跑。

他在臨時迷宮中想辦法和土惡魔拉開一點距離，但在看見伏擊點時，惡魔依然緊跟在後。

「呼特！」賈迪爾叫道。「呼特！呼特！」他展開最後衝刺，希望伏擊點中的戰士聽見他的呼叫，準備出來迎擊。

他矮身閃入最後的屏障，一雙手掌立刻將他一把抓住，甩向一旁。「你以爲這是遊戲嗎，老鼠？」哈席克大聲問道。

賈迪爾沒有回話，而當惡魔闖入伏擊點後，他也不用再回話。一名戴爾沙羅姆撒出羅網，將它絆倒。

惡魔猛烈掙扎，將緊緊交織的馬毛網繩如同細線般輕易咬斷。就在它看起來即將走脫時，數名戰士一擁而上，將它壓倒在地。一名戴爾沙羅姆臉上中了一爪，慘叫退開，但另一名立刻補位，抓起惡魔身上層層交疊的硬殼，徒手向外扳開，露出其下柔軟的皮膚。

哈席克拋開賈迪爾，衝入戰團，對準開口處一矛插下。惡魔尖聲大叫，痛苦扭動，但哈席克毫不留情地扭轉矛身。惡魔最後一次抽動，然後一動不動地躺在地上。賈迪爾歡呼一聲，高舉拳頭。

不過興奮的情緒很快就被打斷，只見哈席克放開長矛，任由它插在死去的阿拉蓋身上，怒氣沖沖地衝到他身前。

「你把自己當成誘餌兵，奈沙羅姆？」他問道。「你可能會害死其他人，私自引誘阿拉蓋進入還沒重置好的陷阱。」

「我沒有——」賈迪爾開口，但哈席克一拳捶在他的肚子上，接下來的回話變成氣體從他口中噴出。

「我沒有准許你說話，小鬼！」哈席克大叫。賈迪爾見他怒氣騰騰，明智地決定保持緘默。「你得到的命令就是待在藏身處，不是把阿拉蓋引到沒有準備好的戰士背後！」

「他在出聲警告的情況下把阿拉蓋帶來這裡，總比把它留在外面閒晃要好，哈席克。」傑森說。哈席克瞪他一眼，但沒有頂嘴。傑森是經驗老到的戰士，或許已經年過四十，卡維爾或是凱沙羅姆不在的時候，其他戰士就以他馬首是瞻。他臉上被惡魔抓傷的地方還在淌血，但他沒有顯露任何痛楚的神情。

「你根本不會受傷，如果——」哈席克張嘴欲言，但傑森打斷他。

「這不是我的第一道惡魔傷疤，漏風的傢伙。」他說。「每道疤痕都是值得珍惜的榮耀。現在回去你的崗位，今晚還有惡魔要殺。」

哈席克皺起眉，不過還是鞠了個躬。「如你所言，夜晚還很漫長。」他同意。離開伏擊點時，他的目光如同長矛般射向賈迪爾。

「你也回去自己的崗位，孩子。」傑森說著，在賈迪爾的肩上拍了一拍。

5

黎明終於到來，所有人通通聚集在惡魔坑旁欣賞阿拉蓋燃燒。巴哈卡德艾弗倫面臨東方，東昇的旭日很快就灑滿整座河谷。惡魔在陽光充斥天際的同時淒聲慘叫，皮膚開始冒出黑煙。

戴爾沙羅姆的盾牌內側都擦得好像鏡子般光亮，當凱維特達馬爲巴哈人的靈魂禱告時，戰士們一個接著一個反轉盾牌，調整角度將陽光折射到惡魔坑中，直接照射其中的惡魔。

惡魔一旦照射到陽光，便立刻化爲烈焰。沒過多久所有阿拉蓋通通起火燃燒，奈沙羅姆齊聲歡呼。他們有樣學樣，有些甚至和戰士們一起拉下拜多布，當艾弗倫的陽光燃燒惡魔時在惡魔身上撒尿。賈迪爾這輩子從來沒有如此興奮過，他轉向阿邦分享內心的喜悅。

但他沒看到阿邦的身影。

想到他的朋友可能還躲在昨晚的藏身處中，賈迪爾趕緊跑去找他。阿邦只是受傷了，這和懦弱是兩回事。他們可以不去理會其他奈沙羅姆的閒言閒語，直到阿邦傷勢復元，到時候他們會去找說閒話的人算帳，一次終結所有嘲弄。

他徹底搜索營地，差點找不到阿邦，最後終於發現他的朋友正從一輛補給馱車底下爬出來。

「你在做什麼？」賈迪爾問。

「喔！」阿邦說，驚訝地轉過身來。「我只是……」

賈迪爾不理會他，推開阿邦，看向車底。阿邦在那裡纏了一張大網，裡面擺滿他們當作工具使用的德拉瓦西陶器，外層包覆布塊，以免陶器在回程的旅途中發出撞擊聲或被撞爛。

阿邦在賈迪爾轉回身來時攤開雙手，面帶微笑。「我的朋友——」

賈迪爾打斷他。「放回去。」

「阿曼恩。」阿邦開口道。

「放回去，不然我就打斷你另一條腿。」賈迪爾吼道。

阿邦嘆氣，不過比較類似惱羞成怒，而不是打算屈服。「再一次，我請你實際一點，我的朋友。我們都知道我的腿在這種情況下，想要幫助我的家人就得依靠獲利，而非榮譽。就算我有辦法成爲戴爾沙羅姆，我能支持多久呢？就算是前來巴哈的戰士中最強悍的老鳥都不可能全部活著回家。對我而言，能夠活過第一夜已經算是非常幸運的事了。萬一我在毫不光榮的情況下離開人世，我的家人要怎麼辦？我不希望母親到頭來除了我的鮮血沒有任何財物可以讓我的姊姊們陪嫁，而得把她們當成吉娃沙羅姆變賣。」

「吉娃沙羅姆是變賣而來的？」賈迪爾問，想起自己的妹妹，遠比阿邦的姊姊還要窮困。吉娃沙羅姆是團體妻子，待在大後宮裡提供所有戴爾沙羅姆享用。

「你以爲會有女人自願嗎？」阿邦問。「身爲吉娃沙羅姆對年輕貌美的女人來說或許是光榮的事，但她們多半不曉得自己肚子裡懷的是誰的孩子，而一旦子宮荒蕪、容顏老去，她們的光榮也將隨之而逝。最好還是找個好老公，就算是卡非特也比那種命運好多了。」

賈迪爾沒有說話，思索著這件事，阿邦移動腳步，湊上前去，一副想要透露什麼祕密似的，雖然附近根本沒有其他人。

「我們可以平分利益，我的朋友。」他說。「一半給我母親，一半給你母親。她和你妹妹們上次吃肉是什麼時候？上次有比破布溫暖的東西蓋是什麼時候？榮譽或許在多年後可以幫助她們，但垂手可得的利益立刻就能幫助她們。」

賈迪爾懷疑地看著他。「這幾只陶罐能有多大幫助？」

「這些可不是隨處可見的陶罐，阿曼恩。」阿邦說。「想一想！德拉瓦西大師最後的作品，曾被戴爾沙羅姆用來幫他復仇，並且解放巴哈村民的靈魂。它們是無價之寶！就連達馬基也會想要買回去展示。我們甚至不用清理它們！巴哈的塵土比任何釉彩還要明亮。」

「卡維爾說所有東西都要獻祭，藉以淨化巴哈的土地。」賈迪爾說。

「所有的東西都有獻祭。」阿邦說。「這些只是工具，阿曼恩，和戴爾沙羅姆用來挖坑的鏟子沒什麼兩樣。保留我們的工具不是竊取死人的財產。」

「那爲什麼要像賊一樣藏在車底下？」

阿邦微笑。「你以爲要是被哈席克那夥人知道了，他們會讓我們得手嗎？」

「我想不會。」賈迪爾承認道。

「那就這樣說定了。」阿邦說，拍拍賈迪爾的肩膀。他們迅速將剩下的陶器裝上祕網。快要裝完的時候，阿邦拿起一個精緻的陶杯，故意放在沙土裡摩擦。

「你在幹嘛？」賈迪爾問。

阿邦聳肩。「這個杯子太小，不可能用來挖土。」他說著舉起陶杯，欣賞其上的塵土。「但巴哈的塵土可以讓它的價格上翻十倍。」

「但那是騙人的行爲。」賈迪爾說。

阿邦眨眼。「買主永遠不會知道這點，我的朋友。」

「我會知道！」賈迪爾大叫，搶過陶杯，甩向地面。陶杯撞上地面，化爲碎片。

阿邦尖叫。「你這白痴，你知道那玩意值多少錢嗎？」但在看到賈迪爾憤怒的目光後，他立刻明智地舉起雙手，後退一步。

「當然，我的朋友，你做得對。」他同意。爲了強調自己的說法，他舉起另一個類似的陶杯，在地上摔成碎片。

賈迪爾看著陶杯碎片，輕嘆一聲。「不要送錢到我家。」他說。「我不要賈迪爾的血脈接受來自這種……低賤行爲的利益，我寧願妹妹咀嚼硬穀糧也不要她們吃被玷污的肉食。」

阿邦難以置信地看著他，最後只是聳了聳肩。「那就這樣吧，我的朋友。但如果你改變心意……」

「如果眞有那麼一天，而你眞是我朋友，你就會拒絕我。」賈迪爾說。「如果再讓我發現你做這種事情，我會親手把你交給達馬。」

阿邦又看了他一會兒，接著點頭。

夜晚，位於克拉西亞城牆上，賈迪爾可以感受到來自四面八方的戰鬥衝擊。想到自己有朝一日將會以卡吉戰士的身分死去，他就感到驕傲。

「阿拉蓋落地！」偵察兵爾戴叫道，「東北區！第二層！」

賈迪爾點頭，轉身面對其他男孩。「祖林，通知第三層的馬甲部族榮耀將近。山傑特，讓安吉哈部族知道馬甲部族會離開崗位。」

「我可以去。」阿邦自願道。賈迪爾懷疑地看著他。他知道若是不讓他去，會讓朋友顏面無光，但從巴哈村回來後已過了數星期，阿邦瘸腿的狀況還是沒有絲毫改善，而阿拉蓋沙拉克並非遊戲。

「暫時待在我身邊。」他說。其他男孩笑嘻嘻地得令而去。

克倫訓練官注意到這種情況，嘴角一撇，不屑地看向阿邦。「讓自己有點用處，小鬼，去解開繩網。」

賈迪爾在阿邦奉令而去時假裝沒有注意到他瘸腿的模樣。他回到克倫身邊。

「你不能永遠不讓他出去傳令。」訓練官小聲說道，舉起他的望遠鏡搜尋天際。「讓他死在迷宮裡總比帶著羞愧離開城牆要好。」

賈迪爾思索這種說法。他到底該怎麼做？如果他派阿邦傳令，他很可能無法完成使命，導致迷宮中的戰士面臨危機。但如果不派他出去，克倫遲早都會將那個男孩貶爲卡非特——遠比死亡還要淒慘的命運。阿邦的靈魂會被拒於天堂之門外，永遠無法體會艾弗倫的慈愛，或許要等上千年才有投胎轉世的機會。

自從克倫任命他爲奈卡後，賈迪爾就開始肩負沉重的重擔。他很好奇，曾和他肩負同樣榮譽的男人哈席克是否也曾感受同等的壓力。大概不可能，如果是哈席克，老早就把阿邦殺了，或逼他離開訓練場。

他嘆了口氣，決定派遣阿邦傳遞下一道命令。「死總比當卡非特好。」他喃喃說道，這句話在他口中嘗起來十分苦澀。

「當心！」克倫在一頭風惡魔俯衝而來時叫道。他和賈迪爾及時伏低，但爾戴遲了一步。他的腦袋沿著城牆滾向賈迪爾，身體則墜入大迷宮中。阿邦尖叫。

「它掉頭過來了！」克倫警告道。

「阿邦！繩網！」賈迪爾叫道。

阿邦立刻動手，將重心放在沒有受傷的腳上，拖著沉重的繩網交給克倫。賈迪爾注意到，他將繩網摺成適合投擲的形狀，至少這也算是有做事。

克倫一把抓起繩網，目光始終保持在折返的惡魔身上。賈迪爾打量他的戰士目光，知道訓練官正在計算惡魔的速度以及行進方向。他整個人緊繃得如同弓弦，賈迪爾知道他絕對不會失手。

阿拉蓋進入射程時，克倫如同眼鏡蛇般突然竄起，動作流暢地拋出繩網。但繩網展開得太快了，賈迪爾立刻看出原因：阿邦的腳不小心纏在繩網中。他被克倫投網的力量扯得騰空飛起。

風惡魔突然上升，避開展開的繩網，翅膀迅速拍打繩網以及克倫。阿拉蓋轉眼不見蹤跡，訓練官摔倒在地，被纏在繩網中無法起身。

「讓奈抓走你，小鬼！」克倫大叫，從繩網中出腳踢中阿邦的小腿。阿邦慘叫一聲，再度墜落城牆，這一次則是墜向擠滿阿拉蓋的大迷宮中。

在賈迪爾有時間反應前，遠方傳來一陣吼叫，他知道阿拉蓋已經瞄準方向再度來襲。克倫被困在地，城牆上已經沒有戴爾沙羅姆可以阻止它了。

「趁有機會的時候快逃！」克倫叫道。

賈迪爾不去理他，衝向阿邦摺好的繩網。他舉起一張網子，發出吃力的聲響。他和其他男孩練習用的網子比較輕。

風惡魔拍擊翅膀，掠過他們上空，接著掉轉方向，再度俯衝而來。一時間，惡魔遮蔽了月光，消失在夜空中，但賈迪爾並未因此上當，而是冷靜地計算它的位置。如果非死不可，他也要光榮戰死，與這頭阿拉蓋同歸於盡，爲自己取得進入天堂的權力。

當惡魔接近到賈迪爾可以看清它的牙齒時，他拋出繩網。馬毛繩網在被重量扯開的同時急速旋轉，風惡魔迎頭撞入網中。賈迪爾拉扯繩索、收緊繩網、順勢轉身避開風惡魔，緊盯著對方墜入迷宮。

「阿拉蓋落地！」他叫道。「東北區！第七層！」片刻過後，下方傳來回應的呼喊。

正當他要回頭解開克倫身上的繩網時，黑暗中一陣騷動引起了他的目光。阿邦掛在城牆頂端，指甲鮮血直流，使勁抓住大石。

「不要讓我掉下去！」阿邦叫道。

「如果掉下去，你就會像個男人一樣死去，死後會進入天堂！」賈迪爾說。他就差沒說這是阿邦唯一可以看見天堂的方法。克倫一定會讓他以卡非特的身分離開漢奴帕許，從此被拒於天堂的門外。賈迪爾心如刀割，但他還是轉身離開。

「不！拜託！」阿邦哀求，淚水如同小河般灑落骯髒的臉頰。「你發過誓！你以艾弗倫的光明發誓一定會接住我。我不想死！」

「死總比當卡非特好！」賈迪爾吼道。

「我不在乎當卡非特！」阿邦說。「別讓我摔下去！拜託！」

賈迪爾怒吼一聲，面露厭惡，但依然不情願地彎下腰去趴在城牆邊，抓住阿邦的手臂使勁拉扯。阿邦拚命掙扎，終於爬到賈迪爾的背部，回到城牆上。他一把抱住賈迪爾，不住啜泣。

「艾弗倫祝福你，」阿邦哭道。「我欠你一命。」

賈迪爾將他推開。「你令我作嘔，懦夫。」他說。「從我眼前消失，以免我改變心意，丟你回去。」

阿邦驚訝地瞪大雙眼，鞠了個躬，以瘸腿所能達到最快的速度大步離去。

正當賈迪爾看著他離開時，一顆拳頭狠狠擊中他的腹部，將他擊倒。他全身劇痛無比，但他擁抱這陣疼痛，在疼痛逐漸消失的時候，他轉頭面對攻擊自己的人。

「你應該讓他摔死。」克倫說。「今天晚上你根本不是在幫他。戴爾沙羅姆的職責不單是幫助弟兄生，同時還要幫助弟兄死。」他對賈迪爾的肩膀吐口水。「罰你三天沒粥吃。」他說。「現在把望遠鏡給我，阿拉蓋沙拉克不會等待懦夫和蠢材。」

第三章 青恩 333 AR

一段時間過後，阿邦、賈陽，以及阿桑一同回來。他們拖著數名北方青恩以及一名達馬進入屋內。

「這是拉金達馬，梅寒丁部族。」賈陽說著將祭司推向前方。「就是他下令焚燒糧倉。」他用力推達馬，對方跪倒在地。

「燒了幾座？」賈迪爾問。

「在他被阻止前，三座。」賈陽說。「他本來打算繼續燒。」

「損失呢？」賈迪爾轉向阿邦。

「我要一段時間才能肯定，沙達馬卡。」阿邦說。「但應該將近兩百噸，足以餵食數千人度過寒冬的穀糧。」

賈迪爾看向達馬。「你有什麼話說？」

「伊弗佳的戰爭論述指示我們要燒光敵人的存糧，不讓他們有機會東山再起。」拉金達馬說。「剩下的糧食餵飽我們的人馬綽綽有餘。」

「蠢材！」賈迪爾吼道，反手就是一耳光。房間中掀起一陣驚訝的吸氣聲。「我要徵召北方人，不是餓死他們或殺光他們！真正的敵人是阿拉蓋——你已經遺忘這點了！」

他伸手抓住達馬的白袍，當場從他身上扯下。「你不再是達馬了。你要燒掉你的白袍，一輩子都帶著羞辱穿著褐服。」

男人在尖叫聲中被拖出屋外，丟在雪地中。如果其他達馬沒有搶先動手殺他，他多半也會自尋短見。

賈迪爾再度轉向阿邦。「給我損失和剩餘糧食的總數。」

「剩下的食物或許不夠餵飽所有人。」阿邦警告道。

賈迪爾點頭。「如果沒有足夠的糧食，就殺掉太老而無法工作或戰鬥的青恩，直到糧食足夠。」

阿邦面無血色。「我會……想辦法弄出糧食。」

賈迪爾微笑，不過毫無笑意。「我想你會有辦法的。你帶這些青恩來做什麼？我要領導人，但這些人看起來都像卡非特商人。」

「北方是由商人統治的，解放者。」阿邦說。

「太噁心了。」阿桑說。

「不管噁不噁心，事實就是如此。」阿邦說。「這些就是可以幫助你接管此地的人。」

「我父親不需要……」賈陽張嘴欲言，但賈迪爾揮手打斷他。他指示守衛帶上青恩。

「你們中誰的地位最高？」賈迪爾以北方人的野蠻語言問道。囚犯們瞪大雙眼，接著開始互相對看。最後，其中一人走向前來，抬頭挺胸面對賈迪爾的目光。他禿頭，蓄有灰色鬍子，身穿骯髒破爛的絲袍。他的臉被打得血跡斑斑，左手吊在臨時拼湊的吊腕帶上。他的身高幾乎比賈迪爾矮上一呎，但看起來依然像是習慣發號施令的男人。

「我是來森堡公爵、人民的統治者伊東七世。」男人說道。

「來森堡已經不存在。」賈迪爾說。「這塊土地現在名叫艾弗倫恩惠，而它歸我所有。」

「沒有這回事！」公爵吼道。

「你知道我是誰嗎，伊東公爵？」賈迪爾輕聲問道。

「克拉西亞公爵。」伊東公爵說。「阿邦聲稱你是解放者。」

「但你不相信？」賈迪爾問。

「解放者不會帶來謀殺、強暴，以及掠奪。」伊東啐道。

屋內的戰士神情緊張，以爲賈迪爾即將發狂，但他只是點頭。「懦弱的北方人會期待一個懦弱的解放者並不令人驚訝。」他說。「但這不是重點。我並不要你相信我，只要你擁護我。」

公爵難以置信地看著他。

「只要你在我面前跪下，將一切交給艾弗倫，那麼我就會饒了你的性命，以及你官員的性命。」賈迪爾說。「你們的兒子會接受訓練成爲戴爾沙羅姆，他們將擁有超越所有北方青恩的榮譽。我會歸還你的金錢及資產，不過要扣掉一點效忠我的稅金。我提供這一切是爲了要你幫助我統治綠地。」

「如果我拒絕呢？」公爵問。

「那麼你的所有財產都將歸我所有。」賈迪爾說。「你會眼睜睜地看著我的手下處死你的兒子，強暴你的妻女，然後你會一輩子衣衫襤褸、吃屎喝尿，直到有人可憐你，出手取走你的性命。」

於是來森堡公爵，人民的統治者伊東七世，成爲第一個在阿曼恩·賈迪爾面前跪下磕頭的北方公爵。

賈迪爾坐在王座上，看著阿邦再度帶領一批青恩來到他面前。手下最不可或缺的一員竟然是個肥胖的卡非特，實在是非常諷刺的事，但賈迪爾的手下鮮少有人會說北方話。有的卡非特會講一點，但眞正流利的只有阿邦和賈迪爾的心腹。而這些人當中只有阿邦願意和青恩交談，而不是老想殺光他們。

就和所有阿邦找到的囚犯一樣，這些青恩都飢腸轆轆，傷痕累累，身上只有破爛衣衫禦寒。「這些人也是卡非特商人領主？」賈迪爾問。

阿邦搖頭。「不，解放者。這些人是魔印師。」

賈迪爾瞪大雙眼，迅速坐直身體。「他們爲什麼會受到如此淒慘的待遇？」他大聲問道。

「因爲在北方，繪製魔印被視爲一種手藝，就像擠牛奶或製作木工藝品。」阿邦說。「洗劫城市的戴爾沙羅姆無法辨識他們與其他青恩的不同，很多魔印師慘遭殺害，或是帶著他們的工具逃生。」

賈迪爾輕聲咒罵。在克拉西亞，魔印師是戰士階級的精英，根據伊弗佳指示，他們應該擁有最高的榮譽。想要贏得沙拉克卡，他就得善待北方魔印師。

他轉向北方人，流暢地說出他們的語言，點頭鞠躬。「我爲各位遭受的對待向各位道歉。你們會獲得食物及上好的衣服，並且取回你們的土地和女人。如果早知道你們是魔印師，我們一定會尊重你們應有的地位。」

「你們殺了我的兒子，」其中一人哽咽說道。「強暴我的妻子和女兒、燒掉我的房子。而你現在來向我道歉？」他吐出一口口水，直接命中賈迪爾的臉頰。

門口的守衛大叫一聲，壓低矛頭，但賈迪爾揮手要他們退開，冷靜地擦掉臉上的口水。

「我會支付你兒子的死亡撫卹。」他說。「並且補償你的其他損失。」他大步走向痛苦的男人，聳立在他面前。「但我警告你，不要繼續測試我的寬容。」他指示守衛，帶走一眾魔印師。

「實在太遺憾了。」他說著沉重地坐回王座。「我們在北方的第一場勝利竟然這樣浪費魔印師。」

「我們可以和他們談判，阿曼恩。」阿邦輕聲說道。他神情緊繃，一看情況不對隨時準備跪倒，但賈迪爾只是搖搖頭。

「綠地人人數眾多。」他說。「光是來森堡的男人就比我們男人多八倍。如果他們有時間思考，即使我們戰技卓越，也不可能在可接受的損失範圍內攻佔這座城市。現在公爵投入艾弗倫的懷抱，直到我們出發征服建立在綠洲上的青恩城市，附近的村落應該不會太難解決。」

「雷克頓。」阿邦提醒道。「但我警告你，這個所謂的綠地『湖』，從各方面來看，都比任何綠洲還要大上許多。信使曾經告訴我，即使天氣晴朗，那片水域依然大得完全看不見對岸，而城市本身距離湖岸太遠，遠遠超過巨蠍的射程範圍。」

「他們只是誇大其詞。」賈迪爾說。「如果這些……漁夫和來森人的戰鬥技巧相差不多，到時候雷克頓就會輕易淪陷。」

接著一名戴爾沙羅姆步入房中，矛柄重擊地面。

「原諒我的打擾，沙達馬卡。」戰士說，雙膝著地，將長矛平放身旁，接著雙手貼上地面。「你要求在你妻子們抵達時向你通報。」

賈迪爾皺起眉。

第四章　解開拜多布　308 AR

爲了沒讓阿邦摔死一事，賈迪爾遭受阿拉蓋之尾鞭打，倒鉤撕開他背上的皮膚，三天沒東西吃更是難熬，但就如面對所有痛苦一樣，他擁抱這些懲罰。這些通通無關緊要。

因爲他網中了一頭阿拉蓋。

其他戰士割下風惡魔的翅膀，將它釘在魔印圈中，等待陽光灑落；但擊落它的人是賈迪爾，所有人都知道這件事。他可以從其他奈沙羅姆敬畏的目光中看出這點，並在戴爾沙羅姆的眼中看出勉強的敬意。就連達馬們都會在自認沒人注意時偷看他。

到了第四天，賈迪爾走向打飯隊伍，身體因爲飢餓而虛弱無比。他很懷疑自己有力氣對付最弱小的男孩，但依然抬頭挺胸地走向隊伍最前方的老位置。其他人紛紛後退，充滿敬意地垂下目光。

他伸出自己的飯碗時，克倫抓住他的手臂。

「今天你沒粥吃。」訓練官說。「隨我來。」

賈迪爾感覺肚子裡好像有頭沙惡魔試圖爬出體外，但他沒有抱怨，只是將碗交給另一個男孩，然後跟隨訓練官穿越營地。

朝卡吉大帳而去。

賈迪爾臉色發白。這不可能。

「已經三百年沒有你這種年紀的男孩進入戰士帳篷了。」克倫彷彿看穿他的心思般說道。「我認爲你還太年輕，這或許是你的末日，是卡吉部族的重大損失，但法規就是法規。當一個男孩在城牆上網下第一頭惡魔後，他就要應召參加阿拉蓋沙拉克。」

他們進入大帳，數十名身穿黑衣的男人轉身看他，然後又回頭去面對他們的食物。有女人在服侍他們吃飯，但和賈迪爾曾見過那些全身包在厚重黑布下的女人大不相同。這些女人的頭巾是薄紗，而她們柔軟的曲線外罩著鮮艷透明的布料。她們的手臂和肚子裸露在外，除了珠寶沒有任何遮掩，而她們的褲子旁邊開有高衩，光滑的大腿一覽無遺。

賈迪爾感覺臉頰發燙，但其他人似乎都不覺得這種景象有什麼不對。其中一名戰士看了服侍他的女人一會兒，接著丟下手中的烤肉串，一把抓起她，將她扛在肩膀上。她咯咯嬌笑，任由他將自己扛入一間門口掛有帷幔、放滿亮眼枕頭的房間。

「你也會擁有那種權力，只要你活過今天晚上。」克倫說道。「卡吉部族須要更多戰士，而提供戰士是男人的職責。只要表現良好，你可以爲自己贏得妻子、建立家庭，但所有戴爾沙羅姆都有義務讓自己部族的吉娃沙羅姆懷孕生子。」

看著這麼多身穿暴露服飾的女人令賈迪爾不知所措，他在她們年輕的面孔中搜索，深怕看見自己的妹妹。當訓練官帶他來到一張大餐桌旁的枕頭上坐下時，他已經完全說不出話來。

桌上擺著比他一輩子見過還要多的食物。棗子、葡萄乾、米飯、香料羔羊和串燒，還有燕麥粉及葡萄葉包蒸肉。他的肚子在飢餓和慾望的煎熬下咕嚕作響。

「好好吃，好好休息。」克倫建議道。「今晚你會和男人們並肩作戰。」他拍打賈迪爾的肩膀，離開大帳。

賈迪爾試探地伸手去拿一串烤肉串，但一隻手迅速將其搶走。他看向動手的人，發現哈席克正在瞪著自己。

「那一晚算你幸運，老鼠。」哈席克說。「趁現在快向艾弗倫祈禱，因爲光靠運氣你休想在大迷宮裡撐過一晚。」

賈迪爾隨其他戰士一同前往沙利克霍拉神廟，在夜晚的戰爭來臨之前接受達馬基的祝福。他從來不曾進入過這座英雄骸骨堆積而成的神廟，裡頭的景觀令他所見過的一切黯然失色。

沙利克霍拉神廟中的一切都是用阿拉蓋沙拉克中戰死的戴爾沙羅姆，經過漂白以及上漆處理過後的骸骨建造而成。大聖壇上的十二張達馬基座椅椅腳都是戰士的小腿骨，下方還連有腳掌的骨頭；椅臂都曾握過屠殺惡魔的長矛和盾牌。座椅本身是守護戰士心臟的光滑肋骨，椅背則是用在黑夜中屹立不搖的脊骨所製；頭墊的部分是由在天堂中長伴艾弗倫左右的戰士頭骨製成。十二張座椅圍繞安德拉的王座而立，而安德拉王座則以凱沙羅姆——阿拉蓋沙拉克指揮官的頭骨打造而成。

數百顆頭骨和脊骨組成了數十盞巨大的吊燈，數百張骨製長椅提供信徒禱告。聖壇、餐杯、牆壁、巨大的圓頂天花板，難以計數的戰士以他們的肉體守護這座神廟，並以他們的枯骨建立這座神廟。

巨大的神廟正廳是圓形的，牆壁上留有數百個小型壁龕，其中的骨台上陳列著完整的骷髏。這些都是克拉西亞第一勇士，沙羅姆卡的骸骨。

在達馬的監督下，凱沙羅姆指揮個別部族的戰士，但當太陽西落，則由安德拉任命的沙羅姆卡統御所有凱沙羅姆。現任沙羅姆卡就和賈迪爾一樣隸屬卡吉部族——這個事實令他與有榮焉。

賈迪爾雙掌顫抖地欣賞眼前的一切，整座神廟訴說著榮耀與光輝。他的父親，死於馬甲部族的攻擊，而非阿拉蓋沙拉克，並未進入此地供人瞻仰，但賈迪爾夢想有一天自己的骸骨也可以進入這個神聖的場所，爲他的父親帶來榮譽，讓自己的犧牲能夠流芳百世。世上最榮譽的事莫過於成爲戰士英靈，不管是在這個世界還是死後世界，與那些在他之前犧牲性命的人一起，以及那些尚未出生、未來數世紀裡準備奉獻生命的戰士一同受人瞻仰。

沙羅姆立正站好，達馬基則爲了即將展開的戰事祈求艾弗倫，以及第一任解放者卡吉的祝福。

「卡吉，」他們呼喊道。「艾弗倫之矛，沙達馬卡，在第一世代裡統一世界，並且帶領人類脫離阿拉蓋魔爪的解放者，自天堂看顧這些夜晚外出繼續永恆戰鬥，如同艾弗倫在天堂對抗奈一般，在阿拉上對抗蓋的英勇戰士。賜給他們勇氣與力量，讓他們驕傲地站在黑夜中，直到黎明。」

這面魔印盾和沉重的長矛是克倫能找到最小也最輕的裝備，但賈迪爾在它們面前依然感到渺小。他只有十二歲，而其他集合在這裡的戰士最年輕的還比他年長五歲。他假裝沒有什麼不對勁之處，走過去和戰士站在一起，但就連身材最矮小的人也比他高大許多。

「奈沙羅姆進入大迷宮的第一個晚上要與另一名戰士綁在一起。」克倫說。「確保第一次面對阿拉蓋的時候不會意志崩潰。就連最英勇的戰士也得面對這項心智的挑戰。指派給你的戰士會成爲你的阿金帕爾，你的血誓弟兄。你必須遵守他所有的命令，相互羈絆直到身亡。」

賈迪爾點頭。

「如果你活過今晚，達馬丁會在黎明時前來找你。」克倫繼續。

賈迪爾突然看向自己的老師。「達馬丁？」他問。他不害怕面對阿拉蓋，但達馬丁仍令他心生恐懼。

克倫點頭。「一名達馬丁會前來預知你的死亡。」他說，壓抑著一股顫抖的慾望。「你要有她的祝福才能成爲戴爾沙羅姆。」

「她們會告知我們的死期？」賈迪爾一臉驚恐地問道。「我不想知道。」

克倫哼了一聲。「她們不會告訴你，孩子。未來只有達馬丁有權得知，她們會在你脫下拜多布前得知你將死得像個懦夫還是偉人。」

「我不會死得像個懦夫。」賈迪爾說。

「當然，」克倫同意道。「我不認爲你會。但如果你不聽從阿金帕爾的指導，或是不夠警覺，你可能死得像個蠢材。」

「我會仔細聽從指示。」賈迪爾承諾道。

「哈席克自願擔任你的阿金帕爾。」克倫說著指向該名戰士。

脫下拜多布的兩年之間，哈席克又長高了許多。他今年十七歲，在戴爾沙羅姆豐盛的伙食之下長出了許多堅硬的肌肉。他至少比賈迪爾高一個頭，體重則起碼重他兩倍。

「不要擔心。」哈席克微笑道。「駱駝屎之子和我在一起會很安全。」

「駱駝屎之子擊殺第一頭阿拉蓋時整整比你當年年輕三歲，漏風者。」克倫提醒他。哈席克保持微笑，但嘴角抽動。

「他會爲卡吉部族帶來榮耀，」哈席克同意道。「如果他活下來的話。」

賈迪爾還記得當時被哈席克折斷手臂的聲音，以及事後的威脅。他知道哈席克會想盡辦法找出他不服從的理由或藉口以殺了他，以免他有機會脫下拜多布成爲戴爾沙羅姆。

賈迪爾決定忍受哈席克侮辱的言語，一如他忍受當年手臂被折斷的痛苦般心平氣和地看待，他絕對不要在爭取榮耀的機會垂手可得時遭人激怒而錯失良機。只要能夠熬過今晚，他就會成爲戴爾沙羅姆，記憶所及最年輕的戴爾沙羅姆，而哈席克會面對淒慘的命運。

ᢵ

他們的小隊位於第二層，躲在伏擊點中靜靜等待。一塊小空地的中央挖有一個隱密的惡魔坑，不久就會塞滿等待致命陽光照射的阿拉蓋。賈迪爾緊握長矛，調整盾牌，減輕肩膀的負擔。但眾多沉重的裝備中，最沉重的還是那條拴繩。四呎長的皮繩兩端分別綁在他的腳踝和哈席克的腰上。他不太自在地移動腳步。

「如果你不跟上我的動作，我就一矛把你插死，然後砍斷拴繩。」哈席克說。「我的榮耀不會被你拖垮。」

「我會如影隨形地跟著你。」賈迪爾承諾道，哈席克嘟噥一聲。他自長袍底下取出一個小水壺，拔下瓶蓋，喝了一大口。他將水壺遞給賈迪爾。

「喝這個，增加勇氣。」他說。

「什麼東西？」賈迪爾問，接過水壺，聞聞壺口。味道類似肉桂，但十分刺鼻。

「庫西，」哈席克說。「發酵的麥穀和肉桂。」

賈迪爾瞪大雙眼。「凱維特達馬說伊弗佳禁止飲用發酵的麥穀或是水果。」

哈席克大笑。「大迷宮中的戴爾沙羅姆百無禁忌！喝吧！夜晚已經快要來臨了！」

賈迪爾懷疑地看著他，但伏擊點裡還有其他戰士都拿外形差不多的水壺在喝。他聳了聳肩，將水壺放到嘴邊，喝了一大口。

庫西令他的喉嚨灼燒，他馬上咳嗽，吐了一些出來。他感覺到烈酒在體內燃燒，並且如同毒蛇般在他肚子裡面翻滾。哈席克哈哈大笑，拍拍他的背。「現在你已準備好面對阿拉蓋了，老鼠！」

庫西酒性猛烈，賈迪爾抬起頭時已目光呆滯。隨著太陽西下，大迷宮中滿是陰影。賈迪爾看著天空轉紅，接著轉紫，最後完全變黑。他可以感覺到阿拉蓋在城牆外凝聚成形，因此身體微微顫抖。

偉大的卡吉，艾弗倫之矛，他禱告道。如果我眞的承襲了你無數世紀的血脈，請賜給我勇氣，為你以及我的祖先增添榮耀。

不久，他聽見沙拉克之號，伴隨著外牆投石器攻擊的聲響，大迷宮中開始迴盪阿拉蓋的吼叫。

「留神！」上方傳來一聲呼喊，賈迪爾認出那是山傑特的聲音。「誘餌兵接近！四頭沙惡魔，一頭火惡魔！」

賈迪爾大口嚥下口水，榮耀即將到來。

就聽見一聲「呼特！」，誘餌兵側身穿越伏擊點，微微轉向避開惡魔坑。上方，偵察兵點燃位於金屬鏡前方的火盆，附近區域當即大放光明。

沙惡魔成群而來，長長的舌頭舔著銳利的牙齒。它們的體形接近人類，但由於四肢著地的關係看起來比較矮小；長長的利爪抓裂大迷宮的沙岩地面，長有尖刺的尾巴在空中來回甩動，沙礫般的外殼上幾乎找不到弱點。

火惡魔體形較小，大概和小男孩差不多，擁有畸形的利爪和駭人的速度。身上覆蓋層層如同鑽石般堅硬的斑斕鱗片。它的眼睛和嘴巴綻放橘色光芒，賈迪爾想起課程中提到這種怪物致命的火焰唾液。伏擊點對面有一座小池塘，戰士們會試圖將火惡魔淹死於其中。

再一次，看見阿拉蓋的身影令賈迪爾感到無比憎恨。這種怪物是阿拉上的瘟疫，奈用以感染地表的腐敗污點。今天晚上，他會和其他人一同將它們在慘叫聲中送回深淵。

「穩住。」哈席克感受到他身體的緊繃，警告道。賈迪爾點頭，強迫自己放鬆。庫西酒持續發揮效力，幫助他對抗夜晚的寒意。

阿拉蓋越過他們，繼續追逐誘餌兵。其中兩頭惡魔直接跳上惡魔坑上的油布，在尖叫聲中墜入坑內。其他沙惡魔立刻躍起，但火惡魔繞過惡魔坑，跳到動作較慢的誘餌兵背上。它的利爪深深陷入男人的肌肉中，隨即對準對方的肩膀狠狠咬下。戰士跌倒在地，但沒有出聲慘叫。

「動手！」凱沙羅姆叫道，領頭衝出伏擊點。

賈迪爾打從胸口爆出一聲戰呼，與其他弟兄的吼叫一同劃破夜空，隨即跟著眾人的衝勢前進。他們從後方衝擊兩頭沙惡魔，將它們撞下惡魔坑。

凱沙羅姆迅速轉身，揮出長矛，擊落誘餌兵背上的火惡魔。另一名誘餌兵將他拖入魔印守護的安全地點，竭盡所能地幫他止血。

賈迪爾聽見一聲吼叫，轉身發現第一頭墜入惡魔坑的沙惡魔抓住坑緣，因爲隔著油布的關係所以不受魔印影響。它輕輕鬆鬆地跳出深坑，一口咬下附近戰士的小腿。該名戰士慘叫一聲，撞入同伴之間，在盾牌鐵壁中打開一道缺口。惡魔大叫一聲，竄入缺口，四下揮舞利爪。

「舉起盾牌！」哈席克叫道，賈迪爾遵命行事，剛好擋下惡魔的衝勢。他被撞倒，但盾牌上魔光大作，將阿拉蓋反彈而出。惡魔蜷縮落地，隨即再度朝他撲上，但賈迪爾俯臥在地，刺出長矛，筆直擊中惡魔胸前的外殼之間。他將矛柄抵在地面作爲支撐，利用惡魔本身的衝勢將它甩開。

惡魔還沒落地，六名戰士已經對它拋出流星鎚，它被緊緊纏住，重重跌落。它開始以牙齒撕咬繩索，賈迪爾可以聽見繩索在惡魔鼓脹的肌肉外根根斷裂。要不了多久惡魔就會掙脫。

凱沙羅姆發號施令，兩名戰士脫隊應付火惡魔，剩下的戰士則在沙惡魔外圍以盾牌圍成一圈銅牆鐵壁。每當惡魔攻擊某位戰士時，位於它後方的戰士就會刺出長矛。長矛無法刺穿它的外殼，但依然會帶來刺痛的感覺。當它轉身面對攻擊者時，他們的盾牌立刻守禦得水洩不通，而惡魔身後的戰士又開始攻擊。

深坑魔印師已經移除惡魔坑上方的油布，防止其他阿拉蓋逃出深坑，戰士則開始以盾壁將惡魔一步步逼入深坑中。到最後，惡魔退到坑旁，後方的戰士隨即讓道。

賈迪爾與其他戰士一同挺出長矛，將惡魔趕入單向魔印坑中。「艾弗倫之光焚燒你！」他邊刺邊叫。惡魔後退，接著墜入深坑。

那是他此生最光榮的一刻。

賈迪爾環顧伏擊點。兩名戴爾沙羅姆以矛柄將火惡魔壓在一灘淺池中。池水在惡魔掙扎下噴出白煙，滾燙沸騰，但戰士穩穩將它壓在水中，直到最後一下抽動結束。

負傷的誘餌兵看起來沒有大礙，但腿被咬斷的戰士莫許卡馬躺在血泊中，氣喘吁吁，臉色慘白。他看見賈迪爾的目光，對他和哈席克招呼，他們來到他面前。

「動手吧。」他喘息道。「我不希望變成瘸子苟延殘喘。」

賈迪爾看向哈席克。

「動手。」哈席克命令道。「讓他受苦是不對的。」

賈迪爾想起阿邦。他的朋友會因為自己沒有賜給他光榮的戰士之死而承受多少苦難？

「戴爾沙羅姆的職責不光是要幫助弟兄生，同時還要幫助弟兄死。」克倫如此說。

「我的靈魂已經準備好了。」莫許卡馬嘶聲說道。他伸出虛弱顫抖的手指，拉開長袍，將繡在衣服上的陶土胸甲推向一旁，露出他的胸口。賈迪爾凝視他的雙眼，看見榮譽與勇氣，兩樣阿邦完全欠缺的東西。

他懷著驕傲的心情刺下長矛。

5

「你表現得不錯，老鼠。」宣告大迷宮裡已沒有阿拉蓋還活著或逃竄的號角響起時，哈席克說道。「我以為你會尿濕拜多布，但你像個男人般堅守陣地。」他又喝了口庫西，將水壺遞給賈迪爾。

「謝謝。」賈迪爾說，喝了一大口，然後假裝烈酒沒有在自己喉嚨中灼燒。哈席克依然令他不安，但訓練官說的沒錯：在大迷宮裡並肩作戰可以改變一切。現在他們已經成為並肩作戰的弟兄了。

哈席克來回踱步。「每當阿拉蓋沙拉克過後，我就會熱血沸騰。」他說。「可惡的奈讓達馬基將大後宮封閉到黎明才開。」數名戰士發出認同的嘟噥聲。

賈迪爾想起那天早上將一名吉娃沙羅姆扛到帷幔後方的戰士，登時滿臉通紅。

哈席克看見他的表情。「這種事情令你興奮，老鼠？」他大笑。「駱駝尿之子想要嘗嘗他第一個女人？」

賈迪爾沒有回應。

「不管有沒有拜多布，我認爲這傢伙到明天還會是個男孩！」另一名戰士曼尼克笑道。「他太年輕，不可能知道枕邊舞者到底是怎麼回事！」

賈迪爾張嘴欲言，接著又閉上嘴。他們在故意挑釁他。不管在大迷宮裡發生過什麼事，在達馬丁預見他的死亡之前，他都還是奈沙羅姆。只要表現出絲毫傲慢，這裡任何一名戰士都有藉口殺他。

意外的是，哈席克竟然幫他出頭。

「不要招惹這隻老鼠。」他說。「他是我的阿金帕爾。嘲弄他，就等於嘲弄我。」

曼尼克當即起身，但哈席克年輕力壯。他們互瞪片刻，接著曼尼克朝地面吐口水。

「呿！」他說。「犯不著爲了嘲弄一個小鬼而把你開膛剖肚。」他轉身大步離去。

「謝謝。」賈迪爾說。

「那沒什麼。」哈席克回應，一手放在他肩膀上。「阿金帕爾的職責就是要互相照應，你也不是第一個不怕阿拉蓋卻怕枕邊舞者的男孩。達馬丁會教導吉娃沙羅姆性愛技巧，但訓練官在沙拉吉裡可沒安排這種課程。」

賈迪爾面紅耳赤，想像著推開帷幔、掀起面紗後到底有些什麼事在枕頭旁邊等待他。

「不要害怕。」哈席克說，輕拍他的肩膀。「我來教你怎麼樣讓女人叫床。」

他們喝光壺裡的酒，哈席克的臉上露出詭異的笑容。「來吧，老鼠，我知道我們可以趁這個空檔找些什麼樂子。」

「我們要去哪裡？」賈迪爾問，跌跌撞撞地跟著哈席克穿越大迷宮。庫西令他頭昏眼花，四肢無力。牆壁似乎都會自動行走。

哈席克轉身，臉上的微笑擴大，嘴裡在賈迪爾抵達卡吉沙拉吉的頭一天晚上被克倫打落的齒縫在月光下看來如同黑洞。

「去哪？」哈席克問。「我們到了。」

賈迪爾困惑地環顧四周，就在那一瞬間，哈席克迎面痛擊，打得他眼前爆出一片眩目的色彩。在他有機會反應前，哈席克已經撲到他身上，將他的臉壓在塵土中。「我說過要教你如何讓女人叫床，」他說。「在這堂課裡，你就是女人。」

「不！」賈迪爾大叫，拚命掙扎，但哈席克抓他的頭去撞擊地面，撞得他的耳朵嗡嗡作響。身軀沉重的哈席克扭過賈迪爾的一條手臂，憑藉一手的力量壓制賈迪爾，然後伸出另一手扯開賈迪爾的拜多布。

「看來你一個晚上會脫掉兩次拜多布，老鼠！」他哈哈大笑。

賈迪爾嘴中嘗到鮮血和塵土的味道。他試圖放開心胸，擁抱這種痛楚，但這一次，痛楚超乎他所能承受的極限，他的叫聲在大迷宮中遠遠傳開。

達馬丁來找他的時候，他還未停止哭泣。

她如同鬼魅般飄來，白袍輕輕掠過地面上的塵土。賈迪爾停下啜泣，抬頭看她。接著突然回到現實，他手忙腳亂地拉起拜多布，羞愧難當地伸手掩面。

達馬丁嘖嘖兩聲。「站起來，男孩！」她大聲說道。「你在阿拉蓋面前毫不退縮，卻爲了這種小事像個女人般哭泣？艾弗倫需要戴爾沙羅姆，不是卡非特！」

賈迪爾希望大迷宮的高牆坍塌，將自己壓成肉醬，但沒有人能夠違背達馬丁的命令。他站起身來，揮開淚水，擦乾鼻涕。

「這才像話。」達馬丁說。「我不希望大老遠跑來這裡，只是爲了預見一名懦夫的命運。」

這句話刺痛賈迪爾，他才不是懦夫。「妳怎麼找到我的？」

她面露不屑，對他揮了揮手。「我早在幾年前就知道要上哪去找你了。」

賈迪爾凝望著她，心下存疑，但從她的儀態中可以明顯看出她根本不在乎他相不相信。「過來，男孩，讓我好好看看你。」她命令道。

賈迪爾奉命行事，達馬丁抓起他的臉頰，反覆改變角度，讓月光灑落在他臉上。「年輕力壯，」她說。「但所有走到這一步的人通通年輕力壯。你比大多數人都要年輕，不過這未必算是好事。」

「妳是來預見我的死亡的嗎？」

「膽子也很大。」她喃喃說道。「或許你還有點希望。跪下，男孩。」

他照做，達馬丁在地上鋪了一塊白布，以免玷污自己的白袍，隨即隨他一同下跪。

「我何必關心你的死亡？」她問。「我是來預見你的人生，死亡是你和艾弗倫之間的事。」

她把手伸進白袍中，取出一個黑色厚毛氈所製的袋子。她解開袋口的細繩，在一陣碰撞聲中將裡面的東西倒在另一隻手中。賈迪爾看到十幾樣物品，如同黑曜石般漆黑光滑，上面刻有在黑暗中綻放紅光的魔印。

「阿拉蓋霍拉。」她說，將手中的物品舉到他面前。賈迪爾一聽見這個名稱，立刻倒抽一口涼氣並且微微退縮。她握著使用光滑的惡魔骸骨切割成多面形狀的骰子。即使沒有碰觸它們，賈迪爾也能感受到蘊含其中的邪惡魔法。

「又變成儒夫了？」達馬丁輕聲問道。「如果不把阿拉蓋的魔力收爲己用，我們要魔印來做什麼？」

賈迪爾鼓起勇氣，湊向前來。

「伸出你的手臂。」她下令，將毛氈袋放到大腿上，並把骰子放在袋子上。她把手伸進白袍中，取出一把刻有魔印的鋒利彎刀。

賈迪爾伸出手臂，盡量壓抑手臂顫抖。達馬丁手起刀落，擠壓傷口，手掌上滿是鮮血。她將阿拉蓋霍拉置入雙掌中，開始搖晃。

「艾弗倫，光明與生命的賜予者，我懇求你，讓這名低賤的僕人預見未來。告訴我阿曼恩，霍許卡敏之子，卡吉第七子，賈迪爾血脈最後子嗣的命運。」

搖晃骰子的同時，骰子上的魔印越來越亮，透過她的指縫閃耀，直到看起來像是一堆炙熱的煤炭。她擲出骰子，兩人面前的土地上隨即散落一地骨頭。

達馬丁將雙手放上膝蓋，弓身向前，打量著發光的魔印。她瞪大雙眼，口中嘶嘶作響。突然間達馬丁似乎毫不介意塵土會弄髒白袍，熱切地爬向前去，在緩緩脈動的魔印逐漸黯淡的同時鑽研其上的圖案。「這些骨頭肯定曝曬過陽光。」她喃喃自語，收起骨頭。

再一次，她劃開他的手臂，施展魔法，使勁搖晃，骰子也再度發光。她擲出骰子。

「不可能！」她叫道，一把撿起骰子，擲出第三次。就連賈迪爾也看得出來骰子組成的圖形完全一樣。

「怎麼了？」他鼓起勇氣問道。「妳看見了什麼？」

達馬丁抬頭看他，瞇起雙眼。「你沒有資格得知未來，男孩。」她說。賈迪爾在她憤怒的語氣中退縮，不確定她是因為自己不恰當的行為還是骰子諭示的未來而生氣。

或許兩者皆是。骰子到底預見了什麼？他的心思飄回到自己在巴哈卡德艾弗倫村允許阿邦竊取那些陶器的事，不知道她能不能看見那樁罪行。

達馬丁撿起骰子放回袋中，隨即起身。她將袋子收起，然後抖落白袍上的塵土。

「回去卡吉大帳，將今晚接下來的時間用來禱告。」她命令道，接著轉眼消失在黑暗中，動作快得賈迪爾難以確定她到底是不是真的曾出現。

克倫在四周的戰士都還在沉睡時將他踢醒。「起來，老鼠。」訓練官說。「達馬要見你。」

「我要脫下拜多布了嗎？」賈迪爾問。

「大家都說你昨晚表現很好，」克倫說。「但我無權決定這種事，只有達馬可以賜予奈沙羅姆黑袍。」

訓練官帶領他前往沙利克霍拉的一間內室中。賈迪爾的光腳下冰冷的石塊地板發出神聖光輝。

「訓練官，我可以請教一個問題嗎？」賈迪爾說。

「這可能是最後一次我以指導員的身分回答你的問題。」克倫說。「挑個好問題。」

「達馬丁來找你的時候，她擲了幾次骰子？」

訓練官凝視著他。「一次。她們只會擲一次骰子，骰子從不說謊。」

賈迪爾還有話想說，但他們走過一個轉角，凱維特達馬已經等在前面。凱維特是所有指導員中最嚴厲的一員，當初就是他開始叫賈迪爾駱駝尿之子，並且爲了懲罰他的傲慢而把他丟入糞坑。

訓練官一手放在賈迪爾的肩膀上。「不想失去舌頭的話，就不要亂講話，孩子。」他喃喃說道。

「艾弗倫與你同在。」凱維特向他們招呼道。訓練官鞠躬，賈迪爾也跟著鞠躬。達馬點頭，克倫隨即轉身離開。

凱維特帶領賈迪爾來到一間沒有窗戶的小房間，裡面擺著一疊疊紙張，滿是墨水和燈油的氣味。這裡看起來比較像卡非特或女人的房間，儘管如此，這個房間依然隨處可見男人的骨頭。這些骨頭組成賈迪爾奉命坐下的椅子，以及凱維特面前的辦公桌。就連固定紙張的紙鎮都是頭骨所製。

「你令我驚奇不斷，霍許卡敏之子。」凱維特說。「當你說你會爲自己和父親贏得足夠的榮耀時，我本來並不當一回事，但你似乎打定主意要證明我是錯的。」

賈迪爾聳肩。「我只是做了很多戰士都會做的事。」

凱維特輕笑。「我認識的戰士沒有如此謙遜的。一次完全擊殺、五次助攻紀錄，你幾歲？十三？」

「十二。」賈迪爾說。

「十二。」凱維特重複。「昨晚你還幫助莫許卡馬赴死，很少奈沙羅姆有膽做這種事。」

「他的時候到了。」賈迪爾說。

「一點也沒錯。」凱維特說。「莫許卡馬沒有兒子。身爲他的死亡弟兄，你有義務幫他清理骸骨，進入沙利克霍拉。」

賈迪爾鞠躬。「我的榮幸。」

「昨晚你的達馬丁來找我。」凱維特說。

賈迪爾神情熱切地抬起頭來。「我可以脫下拜多布了嗎？」

凱維特搖頭。「她說你太年輕了，在缺乏進一步訓練和時間成長的情況下讓你回到阿拉蓋沙拉克只會導致卡吉損失一名戰士。」

「我不怕死。」賈迪爾說。「如果那是英內薇拉。」

「你說的話就像眞正的沙羅姆。」凱維特說。「但事情沒有那麼簡單。根據她的裁定，在你長大前都不能再進入大迷宮。」

賈迪爾皺起眉。「所以我在和男人並肩作戰後還得要帶著恥辱回到卡吉沙拉吉？」

達馬搖頭。「律法明文規定。進入過沙羅姆大帳的男孩都不能再度回到沙拉吉。」

「但如果我不能去沙拉吉，也不能和男人並肩作戰……」賈迪爾張嘴欲言，接著他突然了解自己目前的處境有多糟糕了。

「我……會變成卡非特？」他問，生命中第一次，他感受到一股赤裸裸的恐懼。對達馬丁的恐懼完全不能與此刻相提並論。他想起阿邦爲了活命苦苦哀求的模樣，感覺到鮮血離開自己的臉頰。

我寧願死。他心想。我要攻擊第一個見到的戴爾沙羅姆，讓他除了殺我別無選擇；死總比當卡非特好。

「不，」達馬說，賈迪爾感到自己的心臟再度開始跳動。「或許達馬丁根本不在乎這種事，其實就連最低賤的卡非特地位都比女人要高，我絕對不能容許任何達成所有要求的戰士淪落到那種地步。打從沙達馬卡的年代以降，曾在大迷宮中殺過惡魔的男孩沒有一個得不到黑袍的。達馬丁的命令令所有人蒙羞，不管是不是艾弗倫的女侍，她都只是個女人，絕對無法了解這種命令會對所有沙羅姆造成什麼影響。」

「那我會面對什麼命運？」賈迪爾問。

「你會進入沙利克霍拉，」凱維特說。「我已經和阿馬戴佛倫達馬基談過這件事了。在他的祝福下，就連達馬丁都無法拒絕這個決定。」

「我要成爲祭司？」賈迪爾問。他試圖遮掩自己的不悅，但他的語氣顫抖著，他知道自己掩飾得並不成功。

凱維特輕笑。「不，孩子，你的命運依然往大迷宮邁進，但在你準備好之前，你會待在這裡與我們一起訓練。只要用心學習，你就可以在其他同年的男孩依然身穿拜多布時當上凱沙羅姆。」

「這裡就是你的房間。」凱維特說，帶領賈迪爾來到沙利克霍拉深處的某個房間中。這是個於沙岩中開鑿出來十呎見方的房間，牆角擺著一張硬邦邦的床鋪。門口有扇沉重的木門，但門上沒有門閂或是門鎖。唯一的光源來自走廊上的油燈，穿越門上的鐵杆窗口灑落。如果不是因爲他是帶著羞恥來到這裡，並且曾見識卡吉大帳那些看得到、摸不到的享受，這個地方與卡吉沙拉吉的共用空間和石板地相比簡直堪稱奢華。

「你先在這裡禁食，消除心中的惡魔。」凱維特說。「明天早上開始受訓。」他的腳步聲在走廊上漸行漸遠，最後一切恢復寧靜。

賈迪爾趴上床鋪，雙手交抱身前，撐起他的腦袋。但肚子靠著床板讓他想起哈席克，憤怒和羞愧襲來，直到再也無法承受。他跳起身來，抓起床鋪，大聲吼叫，甩床撞牆。他將床丟在地上，踢爛木板、撕裂床單，直到他站在一堆碎木和爛布中嘶啞喘息。

賈迪爾突然發現自己做了什麼，當即挺直身體，但完全沒人過來理他。他將破爛的床鋪丟到角落，開始練習沙魯金。一系列沙魯沙克的動作比任何禱告更能爲他帶來平靜。

過去一個星期所發生的事件在他腦中盤旋，現在阿邦變成卡非特了。賈迪爾爲此感到羞愧，但他擁抱這種感覺，看清底下的眞相。阿邦一直都是卡非特，漢奴帕許早已揭示這個結果。賈迪爾只能拖慢艾弗倫的旨意，完全無力阻止它；沒有人可以。

「英內薇拉……」他心想，然後擁抱這個損失。

他想到在大迷宮中對抗惡魔的榮耀與驕傲，接受自己或許還要多年後才能再度感受到那股喜悅的事實；骰子已經說話了。

英內薇拉。

他再度想起哈席克，但這下沒有英內薇拉了。那是他的失敗，在大迷宮中喝下庫西酒是愚蠢的行爲。相信哈席克十分愚蠢，放下警覺十分愚蠢。

他已經擁抱了肉體上的痛楚並爲此流血，甚至也擁抱了羞愧的感覺。他曾在沙拉吉見過其他男孩被騎，他可以擁抱那種感覺。他沒辦法擁抱的是哈席克至今依然大搖大擺地走在戴爾沙羅姆中，認定自己已經贏了，認定賈迪爾已被他擊潰。

賈迪爾皺眉。或許我被擊潰了，他沉默地承認。但斷過的骨頭會更加堅硬，我遲早會報仇雪恨。

夜晚降臨，走廊的油燈熄滅，他的房間陷入一片漆黑。賈迪爾並不在乎黑暗，世界上沒有任何魔印力場能與沙利克霍拉的魔印比美，就算沒有魔印，還有數不清的戰士英靈在守護神廟；任何膽敢涉足這個神聖場所的阿拉蓋都會像遭受陽光照射一樣化爲灰燼。

賈迪爾就算眞的想睡也睡不著，於是他繼續練習沙魯金，一再反覆演練那些動作，直到它們成爲自己的一部分，如同呼吸一樣自然。

房門開啓時，賈迪爾立刻察覺。他想到自己抵達卡吉沙拉吉的第一天晚上，於是在黑暗中悄然移動到門側，擺出戰鬥的架式。如果奈達馬們打算以類似的手段歡迎他，他們一定會後悔。

「如果我想傷害你，就不會派你來此受訓。」一個熟悉的女子聲音說道。紅光綻放，照亮他前一天晚上見過的那名達馬丁。她手持一顆小的火惡魔頭骨，其上刻有在黑暗中綻放光芒的魔印。在光芒的照射下，賈迪爾發現她凝視著自己的雙眼，彷彿她早就知道自己身在何處。

「不是妳派我來的。」賈迪爾大膽說道。「妳叫凱維特達馬讓我帶著恥辱回去卡吉沙拉吉！」

「我也知道他絕對不會照做。」達馬丁說，忽略他責難的口吻。「他也不會讓你淪爲卡非特，他唯一的選擇就是送你來此。」

「在榮譽盡失的情況下。」賈迪爾說，緊握拳頭。

「在安然無恙的情況下！」達馬丁斷聲說道，舉起阿拉蓋頭骨。魔印更加耀眼，甚至從下顎後方冒出一簇火焰。賈迪爾感受一陣熱風迎面來襲，不禁畏縮。

「不要任意評判我，奈沙羅姆。」達馬丁說。「我以自認最好的方式行事，而你要按照我的安排去做。」

賈迪爾感覺自己的背部撞上牆壁，發現自己已經沒有退路。他點頭。

「利用你在這裡的時間盡力學習，」她離開時命令道。「沙拉克卡即將到來。」

這句話如同拳頭般擊中賈迪爾。沙拉克卡。最終戰役即將到來，而他會參與此役。當她關上房門，再度將他留在黑暗中的同時，所有世俗的煩惱通通消失殆盡。

5

一段時間過後，走廊上的油燈再度點燃，門上傳來一陣輕輕的敲門聲。賈迪爾打開房門，看見凱維特最小的兒子阿山站在門外。他是個瘦子，身穿拜多布，不過身前的布匹向上拉起，裹住一邊肩膀，表示他是奈達馬，一名受訓中的祭司。他的嘴上圍著白色面巾，賈迪爾知道這表示他還處於受訓的第一年，奈達馬在這段期間內不能說話。

男孩點頭示意，隨即看向牆角的床鋪殘骸。他眨了眨眼，輕輕鞠躬，彷彿賈迪爾在不知情的情況下已通過一項祕密測試。阿山朝走廊點頭，然後自己先走了出去。賈迪爾看懂他的意思，跟在他身後。

他們來到地面鋪有光滑大理石的大廳。數十名達馬以及奈達馬，或許是部族中所有的達馬，都在裡面，雙腳踏穩地面，練習沙魯金。男孩揮手指示賈迪爾跟上，接著兩人加入奈的隊伍中，一起練習緩慢的動作，一個接著一個變換姿勢，整座大廳所有人的呼吸完全一致。

他們做了許多賈迪爾並不熟悉的動作，整體經驗與他所習慣的粗暴課程十分不同，沒有克倫和卡維爾對著男孩大吼大叫，抽打任何姿勢不完美的人，不斷要求他們加快速度。達馬默默地練習，唯一的指示來自領頭的達馬以及彼此。賈迪爾認爲祭司都慣於安逸而十分懦弱。

一個小時過後，課程結束。廳內當即人聲鼎沸，達馬們三五成群地離開大廳。賈迪爾的夥伴指示他待在原地，接著他們與其他奈達馬集合。

「你們多了一名新弟兄。」凱維特達馬指著賈迪爾對其他男孩說道。「今年十二歲，還在穿拜多布，賈迪爾，霍許卡敏之子，手中已經染有阿拉蓋的血液。他會留在這裡學習達馬之道，直到達馬丁裁定他的年紀足以穿上黑袍。」

其他男孩默默點頭，對賈迪爾鞠躬。

「阿山。」達馬說道。「賈迪爾的沙魯沙克須要指導，就由你來教他。」

賈迪爾輕哼一聲。一名奈達馬？教導他？阿山的年紀並不比他大，而賈迪爾在奈沙羅姆的打飯隊伍裡可以排在很多比他年長許多的男孩之前。

「你認爲自己不須指導？」凱維特問。

「不，當然不是，高貴的達馬。」賈迪爾立刻說道，朝祭司鞠躬。

「但你認爲阿山沒有資格指導你？」凱維特繼續問道。「畢竟他只是奈達馬，一個資歷還不足以開口說話的新手，而你曾在阿拉蓋沙拉克中與男人一同並肩作戰。」

賈迪爾無助地聳了聳肩，他確實如此認爲，但又深怕這是個陷阱。

「非常好，」凱維特說。「你就和阿山比劃比劃。只要你能打敗他，我就指派另一個資深指導員給你。」

其他新手向後退開，在光滑大理石上圍成一圈。阿山站在圈子中央，對賈迪爾鞠躬。

賈迪爾又看凱維特達馬最後一眼，然後鞠躬回禮。「很抱歉，阿山。」他在雙方接近時說道。

「但我得擊敗你。」

阿山沒有回應，擺開沙魯沙克的架式。賈迪爾也擺出一樣的架式，凱維特拍手。

「開始！」達馬叫道。

賈迪爾疾撲而上，僵直的手指插向阿山的喉嚨。這招會在瞬間擊倒對手，又不會造成永久性傷害。

但阿山的反應超出他的預期，動作流暢地轉身避開賈迪爾的撲勢，並且一腳踢中他腰側，將他踢倒在地。

賈迪爾翻身而起，暗自咒罵自己低估對手。他再度出手，做好防禦的準備，對準阿山的下頷虛晃一拳。當阿山出手防禦時，賈迪爾立刻轉身，手肘朝對手另一邊腰側佯攻。阿山再度變換姿勢，移到理想的防禦位置，賈迪爾則再度迴旋，展開眞正的攻擊——橫掃一腿，外加手肘擊胸，打算一舉擊倒對方。

但賈迪爾橫掃的那一腿沒有掠過該掃的地方，只擊中空氣。阿山抓住他的腿，利用賈迪爾自身的力量對付他，並且施展了賈迪爾本來打算施展的招式。賈迪爾倒地時，阿山一手肘擊中他胸口，將其肺中空氣擠出體外。他重重摔倒在大理石地板上，頭部造受撞擊，但還沒感到痛楚就已試圖起身。他絕不允許自己遭人擊敗。

然而他的手腳在有機會撐地前就被踢倒。他再度墜地，感到一隻腳掌踩在自己背上。他踢起左腳，但就像他的右手一樣遭人箝制，接著阿山用力一扯，作勢要令他脫臼。

賈迪爾大叫，視線因爲疼痛而模糊。他擁抱這種感覺，等到視線清晰後，他看見一名達馬丁的身影，站在走廊的拱門陰影中凝視著他。

她搖搖包著頭巾的腦袋，轉身離開。

5

待在沙利克霍拉深處，賈迪爾無法辨識黑夜與白晝。達馬叫他睡覺他就睡覺，給他食物他就吃，服從他們所有指示。神廟中還有幾名戴爾沙羅姆在裡面接受凱沙羅姆的訓練，但只有他一個奈沙羅姆。他是這裡地位最低賤的人，當他想到那些曾經接受他命令的人，山傑特、祖林還有其他人，此刻或許都已經脫下他們的拜多布時，他就感到一股難以承受的羞辱。

第一年裡，他是阿山的影子。在毫不出聲的情況下，奈達馬教導賈迪爾如何在其他祭司中生存。什麼時候該祈禱、什麼時候該下跪、如何鞠躬，以及如何戰鬥。

賈迪爾大大低估了達馬的戰鬥技巧。他們或許不能使用長矛，但就連最弱的達馬都能徒手擊倒兩名戴爾沙羅姆。

不過戰鬥是賈迪爾的強項。他一頭栽入訓練中，將羞辱埋沒在無止盡的戰鬥姿勢裡。即使每天夜裡油燈熄滅後，賈迪爾依然會在黑暗的小房間裡練習沙魯金好幾個小時。

皮匠割光莫許卡馬的皮膚之後，賈迪爾和阿山接手屍體，在油鍋中煮沸，撈出骸骨，放置在高聳天際的尖塔頂端，於烈日下曝曬漂白。吉娃沙羅姆爲他流滿了三個淚瓶，他們將淚水混入塗抹在骸骨上的亮光漆中，然後交給手藝工匠處理。莫許卡馬的骨頭和哀悼者的淚水會爲沙利克霍拉增添榮耀，賈迪爾幻想著自己有一天也能與聖廟融爲一體。

他還有其他工作，不那麼令人滿意、不那麼榮譽的工作。他每天都要浪費幾小時的時間學習如何在紙上交談，一邊覆誦伊弗佳的聖諭，一邊拿根棒子在沙箱中抄寫聖諭。這似乎是種毫無用處的技藝，不適合戰士學習，但賈迪爾謹記達馬丁的交代努力學習，迅速學會寫字。接下來他學會算術、歷史、哲學，最後學會繪製魔印的技巧。他求知若渴地拚命學習這種技巧，任何可以傷害或阻擋阿拉蓋的知識都可以吸引他的目光。

克倫訓練官一星期會來看他好幾次，花幾小時的時間磨練他的矛術，而達馬博學大師則教導他戰術及解放者年代所流傳下來的戰爭史。

「戰爭不只是在戰場上表現卓越，」凱維特達馬說道。「伊弗佳告訴我們，戰爭的關鍵在於欺敵。」

「欺敵？」賈迪爾問。

凱維特點頭。「就像你使用長矛佯攻一樣，睿智的領導人也得在戰鬥開始前誤導敵人。兵力強大的時候，他必須表現得弱小。勢單力薄時，要讓敵人以爲他勝券在握；接近到可以發動攻擊的距離，要讓敵人以爲他遠在天邊。重新集結的時候，要讓敵人相信我們隨時都可以進攻，如此就能在消耗敵人戰力的同時將自己的損失降到最低。」

賈迪爾側過腦袋。「與敵人正面衝突不是更加光榮嗎？」

「若要正面衝突，我們就不須建立大迷宮了。」凱維特說。「勝利才是最光榮的事，想要取得勝利，你就必須把握所有優勢，不論大小。這是戰爭的本質，而戰爭則是一切的本質，從最低賤的卡非特在大市集裡討價還價到安德拉在王宮中聆聽請願都一樣。」

「我了解了。」賈迪爾說。

「欺敵的重點在於保密。」凱維特繼續。「如果間諜查知了你的祕密，就等於奪走了你的力量。

一名偉大的領導人必須謹慎保守祕密，不到開戰時絕對不讓他的心腹，有時候甚至包括他自己，提起那些祕密。」

「但爲什麼要戰爭，達馬？」賈迪爾大膽問道。

「呃？」凱維特回答。

「我們都是艾弗倫的子民。」賈迪爾說。「敵人是阿拉蓋。我們須要所有男人共同對抗它們，但每天白晝我們都會自相殘殺。」凱維特看著他，賈迪爾不確定達馬喜不喜歡這個問題。

「團結，」達馬終於回應道。「戰時男人會聯手作戰，而強大的戰力就是出自這種團結的力量。卡吉征服綠地時曾說過：『團結是最有價值的優勢。在對抗黑夜以及奈的軍團時，十萬名並肩作戰的男人比十億名畏畏縮縮的男人更有戰力。』永遠記得這點，阿曼恩。」

賈迪爾鞠躬。「我會的，達馬。」

第五章 吉娃卡 313~316 AR

三名奈達馬自三個方向直逼而來，儘管他看不見她，賈迪爾還是感覺得到達馬丁在觀察他。她總是在觀察他。

他就像擁抱痛楚般擁抱這種時刻，將所有世俗的煩惱拋到腦後。在沙利克霍拉待了五年多後，他可以輕而易舉地進入這種寧靜的狀態。無我。無人。無她。唯一存在於世界上的只有戰鬥。

阿山首先展開進攻，但賈迪爾假意抵擋，隨即轉身跳向一旁，擊中哈爾范的胸口，阿山那一腳則完全落空。他抓住哈爾范的手臂，輕易將他扭倒。他本來可以將手臂扭到脫臼，但讓對手毫髮無傷又是更嚴格的挑戰。

席瓦里等到阿山恢復平衡後才開始進攻，兩人以一波能令所有戴爾沙羅姆由衷佩服的攻勢聯手出擊。

但是否聯手無關緊要。賈迪爾的身手如同殘影一般迅捷，他們格檔的聲響如同鼓鳴，而賈迪爾則隨著攻擊的節奏邁向早已註定的結局。在第五波攻擊的時候，席瓦里一時喉嚨露出破綻，接下來，就和往常一樣，只剩下賈迪爾和阿山單獨對決。

阿山十分清楚賈迪爾的速度，於是決定近身扭打，但歲月在賈迪爾的骨頭上增添肌肉。現在他十七歲了，身材比大多數男人還要高大，而持續不斷的訓練也將他纖細的肌腱轉化為壯健結實的肌肉。他們才剛近身，阿山已經被壓倒在地。

阿山大笑，他早就已經脫離禁言時期了。「總有一天我們會擊敗你的，奈沙羅姆！」

賈迪爾伸手扶起他。「你永遠等不到那一天。」

「這是眞的。」凱維特達馬說。賈迪爾在所有男孩以及指導員讓道兩旁的同時轉身，看見祭司大步走來，身旁還有那名達馬丁。賈迪爾感覺臉頰變得冰涼。

達馬丁手中抱著一套黑袍。

ᘏ

達馬丁帶他前往一間隱密的石室，親手解開他的拜多布，將其脫下。賈迪爾試圖擁抱她的手指觸摸自己皮膚的感覺，她是這輩子唯一曾如此親密觸碰他的女人，這也是他這些年來第一次無法找到內心寧靜。他的身體在她的觸摸下出現反應，他深怕她會爲了自己的不敬而處死自己。

但達馬丁毫不理會他的勃起，拿一塊黑色纏腰布取代他的拜多布，然後幫他穿上褲管較寬的窄褲、沉重的涼鞋，以及戴爾沙羅姆之袍。

穿了拜多布八年之久，賈迪爾知道身穿其他衣服會覺得不習慣，但他沒想到戴爾沙羅姆的護甲袍會這麼重。整件長袍上到處縫有陶土製成的護甲和護條。賈迪爾曉得這些護具可以吸收強大的攻擊，但一旦受創就會粉碎，所以每次被攻擊後都要換上新的。

他心思紊亂，甚至沒有注意到她纏在自己喉嚨上的遮布是白色的。當他發現這點時，他驚訝地倒抽一口涼氣。

「你以爲和達馬一起生活的這段日子不具任何意義嗎，霍許卡敏之子？」達馬丁問。「你會以指揮官的身分回到戴爾沙羅姆弟兄之間，凱沙羅姆。」

「我才十七歲！」賈迪爾說。

達馬丁點頭。「數百年間最年輕的凱沙羅姆。就像你以最小的年紀網落風惡魔、以最小的年紀通過阿拉蓋沙拉克。誰知道你還能取得什麼成就？」

「妳知道。」賈迪爾說。「骰子告訴妳了。」

達馬丁搖頭。「我只能看見你的靈魂所指的方向，但那是一條危機重重的道路，你隨時都有可能半途而廢。」她拉過白色罩巾，遮起他的臉。她的觸摸如同愛撫。「你還得面對許多挑戰，現在將心思放在眼前的狀況。今天當你回到卡吉大帳時，會有一名沙羅姆出面挑戰你。你必須——」

賈迪爾舉起一手，打斷她的話。達馬丁的雙眼因爲他的無禮燃起怒火。

「恕我冒昧，」賈迪爾說，回想起卡吉沙拉吉的打飯隊伍，「沙羅姆的世界我很了解。我會公開擊潰挑戰者，不讓任何人膽敢仿效他。」

達馬丁凝視他片刻，然後聳肩，眼中浮現笑意。

❦

賈迪爾一臉驕傲地步入卡吉訓練場，其後跟著凱維特達馬以及達馬丁。戴爾沙羅姆停下動作，不少人在認出賈迪爾的容貌時開始交頭接耳。其中一人哈哈大笑。

「看呀！老鼠回來了！」哈席克叫道，這麼多年後，他在說「鼠」字時依然會漏風。壯碩的戰士用力敲擊長矛。「他只花了五年的時間就脫掉了拜多布！」這話引來數名戰士一陣嘲笑。

賈迪爾微笑。沙羅姆測試新進凱沙羅姆的勇氣是理所當然的事，而由哈席克出面測試更是英內薇拉。這名高強的戰士還是比賈迪爾高大，但他在對方接近時並未感到絲毫恐懼。

哈席克冷冷瞪著他，毫無畏懼。「你的脖子上或許掛著白遮布，但你還是駱駝尿之子。」他嗤之以鼻，聲音大得所有人都聽得到。

「啊，哈席克，我的阿金帕爾！」賈迪爾大聲說道。「他們還在叫你漏風者嗎？如果你希望的話，我很樂意幫你多打掉幾顆牙齒來解決這個問題。」

四面八方傳來沙羅姆的笑聲。賈迪爾環顧四周，看見許多自己擔任奈卡時期的手下。

哈席克大吼一聲，一撲而上，但賈迪爾向旁一讓，側身迴旋，一腳將壯碩的戰士踢倒。他耐心地站在原地，等待哈席克滿臉怒容地爬起身來。

「我要殺了你。」哈席克說道。

賈迪爾微笑，哈席克的一舉一動在他的觀察下有如在沙地上寫字那樣清晰。哈席克直撲而上，舉起長矛狠狠刺出，但賈迪爾身體急旋，將矛頭帶向一旁，導致哈席克重心不穩，衝過他的身邊。哈席克立刻轉身，如同舞棍般揮舞長矛，但賈迪爾好似風中的棕櫚樹般向後彎倒，在完全沒有移動腳步的情況下閃避攻擊。在哈席克有機會站穩前，他挺直腰身，雙手抓緊長矛，一腳踢出，將厚實的木柄踢成兩段。這一腳踢勢不止，接著又擊中對方的臉。

哈席克的下頷碎裂，發出清脆悅耳的聲響，但賈迪爾並未就此罷手。他拋下矛頭，但舉起矛柄，在哈席克掙扎起身時大步邁近。

哈席克揮拳攻擊，賈迪爾難以相信自己以前竟然會跟不上這種出拳速度。在和達馬一同訓練數年後，這種拳速就和爬行沒有兩樣。他扣住哈席克的手腕使勁一扭，感覺對方的肩膀脫離肩窩。哈席克在賈迪爾揮動矛柄，擊碎他的膝蓋時放聲慘叫。哈席克摔倒在地，賈迪爾一腳踢中他的肚子。他有權擊殺哈席克，而圍觀眾人也都期待他這麼做，但賈迪爾沒有忘記哈席克在大迷宮裡對自己做的事。

「現在，哈席克，」他說，在所有卡吉部族戴爾沙羅姆的見證之下。「我來教你如何當個女人。」他舉起矛柄。「這位就是你的男人。」

5

「注意不要讓他在屁股上插著矛柄時坐下。」當哈席克在痛苦與羞愧的哀號聲中被抬往達馬丁大帳時，賈迪爾對山傑特說道。「我不要看到我的阿金帕爾受到任何永久性傷害。」

「謹奉凱沙羅姆號令。」山傑特說。「不過他得等到矛柄拔出來後才能坐下了。」他笑嘻嘻地向賈迪爾鞠躬，然後快步跟上受傷的戰士。賈迪爾以目光跟隨山傑特，難以想像兩人能夠這麼快就恢復以往的關係，儘管山傑特早在幾年前就已贏得黑袍，而自己卻到今天才換上黑袍。

賈迪爾計畫報復哈席克已經很多年了，每當他在沙利克霍拉的小房間裡練習沙魯沙克時腦中想的都是這件事。光是擊敗他還不夠，賈迪爾必須使出殘酷的報復手段，以嚇阻任何膽敢動念挑戰他的人才行。如果哈席克沒有出面挑戰他，他就得把對方找出來主動挑釁。

在艾弗倫的公正裁決下，每個步驟都完全按照他的想法在走，但當他取得勝利後，得到的滿足感卻不比當初在奈沙羅姆打飯隊伍裡擊倒山傑特要強上多少。

「看來一切都在你的掌握中。」凱維特達馬說著拍拍賈迪爾的背。「今晚的戰鬥開始之前，先去卡吉大帳裡找個女人。」他笑道。「找兩個！吉娃沙羅姆將會迫不及待地和千年來最年輕的凱沙羅姆上床。」

賈迪爾強迫自己大笑點頭，雖然他覺得腹部有點抽痛；他從來沒有和女人上過床。除了在卡吉大帳那天晚上瞄了吉娃沙羅姆幾眼，他從沒見過裸體的女人。不管是不是凱沙羅姆，他還得面對最後一項男人的挑戰，而和擊敗哈席克以及屠殺阿拉蓋不同，他完全不曾接受過相關的訓練。

凱維特離開了，賈迪爾深吸一口氣，轉而望向卡吉大帳。

她們只是女人。他對自己說道，嘗試向前跨出一步。她們是來取悅你的，不是你要取悅她們。他的第二步已經比第一步更有自信。

「我要和你談談……」達馬丁輕聲說道，引起他的注意。解脫以及恐懼的感覺立刻湧上心頭。他怎麼會把她給忘了？

「私下談。」她說，賈迪爾點頭，隨她一起前往訓練場的邊緣，遠離所有戴爾沙羅姆的耳目。

現在他已經比她高大許多，但她依然令他感到不安。他想起她那顆火惡魔頭骨中冒出的火焰，試圖說服自己她的阿拉蓋魔法在白晝時對他沒有作用，因爲艾弗倫的光明守護著他們。

「我在拿黑袍給你之前擲過阿拉蓋霍拉。」她說。「如果你和吉娃沙羅姆睡覺，就會死在其中一人手中。」

賈迪爾瞪大雙眼，他從來沒有聽過這種事。「爲什麼？」他問。

「骨頭不會告訴我們『爲什麼』，霍許卡敏之子。」達馬丁說。「它們告訴我們目前的狀況，以及可能會發生的事。或許是哈席克的愛人試圖報復，或許是某個對你們家族抱有血海深仇的女人。」她聳肩。「想和吉娃沙羅姆睡覺就得要自行承擔風險。」

「所以我永遠不能和女人上床？」賈迪爾問。「這對男人而言算是什麼人生？」

「不要小題大作，」達馬丁說。「你還是可以結婚，我會擲骨骰幫你找個合適的女人。」

「妳為什麼要這麼做？」賈迪爾問。

「我有我的理由。」達馬丁說。

「代價呢？」賈迪爾問。伊弗佳中所有關於將霍拉魔法使用在沙拉克以外用途的故事都會提到某種隱藏的代價。

「啊，」達馬丁說。「你已經不像從前那樣單純了，這樣很好。代價就是我要當你妻子。」

賈迪爾僵在原地，臉色發白。娶她為妻？實在太難以想像了，她令他感到恐懼。

「我不曉得達馬丁可以結婚。」他說，趁著腦中心念電轉時拖延時間。

「我們可以，只要我們想結。」她說。「史上第一名達馬丁就是解放者的妻子。」

賈迪爾再度凝視她，厚重的白袍完全隱藏了她所有的輪廓與曲線。她的頭巾遮蔽所有頭髮，不透明的面紗拉到鼻子上，就連聲音都聽不清楚。唯一看得見的只有她的眼睛，閃閃發光，充滿活力。那雙眼睛帶有某種熟悉的特質，但他甚至無法猜出她是否年輕，自然也看不出她是否貌美。她是處女嗎？家世如何？他完全無從得知。達馬丁從十分年輕時就被帶離母親身邊，在隱密的地方撫養成人。

「男人有權在娶妻前看看妻子的容貌。」他說。

「這次不行。」達馬丁說。「你是否喜歡我的相貌，我的子宮是否適合生育都無所謂。你的未來危機四伏。我會成為你的吉娃卡，沒有我的預知能力輔助，你會成天提心弔膽。」

吉娃卡。她不只是想要嫁給他，他還想要成為他的第一妻室。吉娃卡有權審查及拒絕吉娃森的資格，也就是其後入門的所有妻妾地位都在她之下。她會完全掌控他的家務以及子嗣，地位僅次於他，而賈迪爾可沒有蠢得以為她不會試圖控制自己。

但他能夠拒絕嗎？他不畏懼面對面的挑戰，但戰爭的關鍵在於欺敵，凱維特如此說，並非所有男人都用長矛和拳頭與敵人對抗。一杯下毒的酒、一把偷襲的刀，他就必須在榮耀勉強足夠進入天堂的情況下去見艾弗倫，而他的母親和妹妹就分享不到了。

再說沙拉克卡即將到來。

「妳要求我將自己的一切通通交給妳。」他聲音沙啞，口乾舌燥。

達馬丁搖頭。「我把沙拉克留給你。」她說。「沙羅姆只須關心那個就夠了。」

賈迪爾凝視著她良久。最後，他點頭同意。

達成協議後，達馬丁不再浪費時間。不到一星期，賈迪爾已經站在凱維特達馬面前，看著她唸誦婚禮誓言。

賈迪爾凝視達馬丁的雙眼。她到底是誰？她是否比自己母親年長？她的年紀有沒有年輕得能爲他產下子嗣？當他們躺上喜床時，他究竟會看見什麼景象？

「我依照伊弗佳的指示，爲我倆的婚姻獻上自己。」她說。「如同艾弗倫之矛——卡吉所立下的典範，卡吉長伴艾弗倫身邊，直到他於沙拉克卡的年代重生。我在此誠心發誓，會成爲你順從並忠心的妻子。」

「她這些話是眞心的嗎？」賈迪爾懷疑。「還是另一種在我身披黑袍後控制我生活的手段？」

凱維特轉向他。賈迪爾愣了愣，支支吾吾地唸誦婚禮誓言。「我在艾弗倫，」他說，強迫自己說出這些話。「萬物的創造者面前起誓，同時也在卡吉，沙達馬卡面前起誓，我會迎娶妳進門，並且成爲慈悲寬容的丈夫。」

「你願意接納這名達馬丁成爲你的吉娃卡嗎？」凱維特問，他的語氣令賈迪爾想起自己請求達馬主持婚禮時他所說的話。

「你確定你想要這樣做嗎？」凱維特問道。「達馬丁可不是能任你使喚的正常妻子，你也不能在她不聽話時毆打她。」

賈迪爾吞嚥口水。他確定嗎？

「我願意。」他沙啞地說道，齊聚一堂的戴爾沙羅姆一聲發喊，舉起長矛敲打盾牌。他的母親卡吉娃和他妹妹們抱在一起驕傲地哭泣。

5

賈迪爾感覺自己心跳加速，他寧願身處大迷宮中，大跳阿拉蓋沙拉克之舞，也不想面對眼前這個光線昏暗、擺滿枕頭的小房間。

「不要害怕，明天還是會有阿拉蓋沙拉克！」山傑特笑道。「今晚你要面對另一場不同的戰爭！」

「你看起來很緊張。」達馬丁在掀起身後沉重的布簾時說道。

「我不應該緊張嗎？」賈迪爾苦澀地問。「妳是我的吉娃卡，而我甚至不知道妳的名字。」

達馬丁大笑，這是他第一次聽見她笑，那是美妙動人的聲音。「你不知道嗎？」她問，脫下她的面紗和頭巾。他瞪大雙眼，不過不是爲了妻子的年輕貌美。

而是因爲他眞的認識她。

「英內薇拉。」他輕聲說道，想起許多年前曾在大帳中與他交談的奈達馬丁。

她點頭，對他微笑，那美艷遠遠超越他的想像。

「我們相識的那晚，」英內薇拉說。「我剛好刻好我的第一副阿拉蓋霍拉。那是命中註定，艾弗倫的旨意，一如我的名字。惡魔骨是在全然黑暗的環境下刻成，完全憑感覺。要刻成一顆骰子可能要花好幾星期，要刻好一副要好幾年。而且只有到了那個時候，一整副都刻好後，才能測試骰子有沒有問題。如果失敗了，暴露在光線下，就得要重新雕刻。如果成功了，奈達馬丁就會成爲達馬丁，披上我們的面紗。」

「那天晚上，我完成我的骰子，得詢問一個問題。測試看看骰子是否帶有命運的力量。但要問什麼問題？接著我想起了那天遇上的那個目光炯炯、盛氣凌人的男孩，當我搖晃骰子時，我問：『我還有沒有機會與阿曼恩．賈迪爾再度見面？』」

「那天之後，」她說。「我就知道我會在你第一次參與阿拉蓋沙拉克後在大迷宮裡找到你，還有，我會嫁給你，爲你生下許多子嗣。」

說完後，她抖抖肩膀，褪下白袍。賈迪爾原先十分恐懼這一刻，但當搖曳的火光灑落在她裸露的肌膚上時，他知道自己會像面對之前所有男人的挑戰一樣通過最後的測試。

5

「賈迪爾，帶你的手下前往第十層。」沙羅姆卡說。

那是個愚蠢的決定。披上白面巾三年以來，所有在場的凱沙羅姆都知道賈迪爾的部隊是全克拉西亞最頂尖、最剽悍的部隊。賈迪爾對手下要求嚴格，但戴爾沙羅姆甘之如飴，殺敵總數超過其他任三支部隊的總合。他們待在第十層是種浪費，從來沒有阿拉蓋如此深入大迷宮。

沙羅姆卡不屑地看著賈迪爾，挑釁的意味十分濃厚，但賈迪爾擁抱這種羞辱，將它拋在腦後。「謹遵沙羅姆卡號令。」他說，在坐墊上鞠躬，額頭碰觸第一武士接見室中厚重的地毯。坐回原位後，他的表情眞誠，沒有透露絲毫對於眼前這個男人的厭惡。沙羅姆卡理應是全城最強的戰士，而這個男人顯然不是。他灰髮斑斑，臉上如同達馬基一樣皺紋密布。他已多年不曾踏足大迷宮，而這個事實反映在他肥大的肚皮上。第一武士應該要在阿拉蓋沙拉克中率領戰士衝鋒陷陣，激發手下的榮譽心，而不是待在宮殿高牆後運籌帷幄。

但不論如何，只要他還戴著白色頭巾一天，他在夜晚所下達的命令就絕對不可違背。

他部隊裡的祭司阿山達馬，以及他的左右手哈席克和山傑特，都在沙羅姆卡的宮殿外等著護送賈迪爾回到卡吉大帳。他只是個凱沙羅姆，但嫉妒他的對手至今已派人刺殺他好幾次了，甚至還有自己部族的人。沙羅姆卡不會永生不死，而由於安德拉來自卡吉部族，幾乎可以肯定繼任人選會是卡吉部族的凱沙羅姆之一。賈迪爾阻礙了許多年長凱沙羅姆升遷的希望。

自從英內薇拉安排這三個男人和賈迪爾的妹妹們結婚後，他們就不曾離開他的左右。三年前賈迪爾離開沙利克霍拉時，英蜜珊卓、霍許娃和漢雅都還穿著破爛衣衫，現在她們都已成爲他最信任的心腹的吉娃卡，並且產下他的外甥與外甥女以強化他們的忠誠。

「我們的命令？」山傑特問。

「第十層。」賈迪爾說。

哈席克對著塵土吐口水。「沙羅姆卡污辱你！」

「冷靜一點，哈席克。」賈迪爾輕聲說道，壯碩的戰士立刻靜下來。「擁抱侮辱、接受磨練，它會讓你看清艾弗倫的道路。」

哈席克點頭，走在賈迪爾身後，隨他一起離開宮殿。三年前自達馬丁大帳回來後，哈席克就徹頭徹尾地變了個人。他仍是卡吉部族最剽悍的戰士之一，但就像所有被馴服的野狼，他完全效忠賈迪爾——這是在落敗的恥辱中維護榮譽的唯一方法。

「沙羅姆卡懼怕你。」阿山說道。「他應該要怕。如果你繼續累積榮譽，安德拉或許會對讓一個虛弱的老頭統領部隊感到厭倦，允許你向他提出挑戰。」

「而只要他喊『開始』，新的第一武士就此誕生。」山傑特說。

「那是不可能的事。」賈迪爾說。「安德拉和沙羅姆卡是多年老友。就算達馬基聯合提出要求，安德拉也不可能背叛自己忠心的僕人。」

「那我們該怎麼做？」哈席克問。

「你回到我妹妹那裡，感謝她為你準備的餐點。」賈迪爾說。「當夜晚來臨時，我們前往第十層，祈禱艾弗倫送我們幾頭阿拉蓋來見識陽光。」

5

一如往常，當賈迪爾抵達自己位於卡吉宮殿裡的住所時，英內薇拉就已經在等他了。她褪下長袍，露出乳房讓女兒安姬哈吸奶。賈迪爾的兒子賈陽和阿桑緊緊抓著她的長袍，年幼而壯健。

賈迪爾蹲下去張開雙臂，男孩們立刻撲入他的懷中，在他舉起他們的時候哈哈大笑。他將他們放回地上，他們隨即跑回母親身邊。他看著自己的兒子，平靜的內心突然波濤洶湧，不過他很快就撫平了自己的情緒。沙羅姆卡玷污的不只是他的名聲，同時也是他們的名聲。

「有事困擾著你，我的丈夫？」英內薇拉問。

「無關緊要。」賈迪爾說，但英內薇拉嘖嘖兩聲。

「我是你的吉娃卡。」她說。「你在我面前不須壓抑情緒。」

賈迪爾凝視著她，放鬆自己緊繃的情緒。

「今晚沙羅姆卡派我駐守第十層。」他啐道。「把最強的部隊安排在沒有敵人的地方，他會因此折損多少人馬？」

「這是好兆頭，丈夫。」英內薇拉說。「這表示沙羅姆卡懼怕你的能力與野心。」

「他剝奪了我所有爭取榮譽的機會，」賈迪爾說。「這算什麼好兆頭？」

「你不能讓他這麼做。」英內薇拉同意道。「此刻你比從前更該在大迷宮中尋求榮譽。骨骰告訴我第一武士不久後即將逝世。當他去見艾弗倫時，你的榮譽必須凌駕所有人，如果你想要取而代之。」

「對著空氣揮舞長矛是要怎麼爭取榮譽？」賈迪爾怒道。

英內薇拉聳肩。「沙拉克是你的，你得自己想辦法。」

賈迪爾咕噥一聲，隨即點頭。她說得對，有些事不是達馬丁可以提供建議的。

「太陽還有幾小時才會下山。」英內薇拉說。「做個愛、睡個覺，可以幫你釐清思緒。」

賈迪爾微笑，朝她走去。「我請我母親來帶小孩。」

但英內薇拉搖頭，移步避開他的擁抱。「不是和我。骨骰說艾佛拉莉雅正在排卵，如果你用力從後面上她，她就會幫你懷個強壯的兒子。」

賈迪爾皺起眉。艾佛拉莉雅是他第三名妻子，他們訂婚前英內薇拉甚至沒有帶她過來給他看看，只說挑選吉娃森的條件在於能不能生以及阿拉蓋霍拉所預見的機運，美貌並非條件之一。

「每次都是骨骰說！」賈迪爾大聲說道。「我今天要和我老婆上床！」

英內薇拉聳肩。「喜歡的話就找塔拉佳。」她說。塔拉佳是他比較漂亮的第二名妻子。「她也在排卵。我只是以為你比較想要兒子，不想再來個女兒。」

賈迪爾咬牙切齒。英內薇拉才是他想上的女人，但如同凱維特警告過的，不管是不是妻子，英內薇拉是達馬丁，他不能像上其他女人一樣隨意上她。他張開嘴，接著又閉了起來。

她真的什麼事都擲過骨骰嗎？有時候他覺得英內薇拉只是利用骨骰的預知能力將他玩弄在股掌之間，但截至目前，她還沒有說錯任何事，而且如果想要讓賈迪爾的血脈恢復往日榮光，他就得生更多兒子才行。上哪個妻子真的有差嗎？艾佛拉莉雅從後面看也還不錯。

他朝臥房走去，脫下長袍。

ᘐ

他們等待。

當外圍區域傳來戰鬥的聲響，風惡魔在天上尖聲呼嘯時，他們等待。

當其他男人迎向艾弗倫的懷抱時，他們等待。

「沒有看見阿拉蓋。」山傑特傳達訊息，隨即回應城牆上的奈沙羅姆。

「不會看見阿拉蓋的！」哈席克吼道，賈迪爾的手下喃喃發出認同聲。五十名卡吉部族頂尖的戰士和他們一起縮在伏擊點內，白白浪費大好戰力。

「如果我們加入其他部隊，還有時間爭取榮譽。」祖林說。

賈迪爾心知自己得在這個念頭在其他人心中生根之前徹底鏟除。他以矛柄擊中祖林兩眼之間，將他擊倒。

「我會親手殺掉任何沒奉我號令擅離職守的人。」他大聲說道。其他人紛紛點頭，眼看祖林摀著血淋淋的臉頰掙扎起身。

賈迪爾看著自己的手下，沙漠之矛裡最頂尖的戴爾沙羅姆，感覺十分愧對他們。沙羅姆卡的嫉妒是針對自己，但眞正受苦的是這些弟兄。一群爲了殺阿拉蓋而生的男人，被一個深怕喪失權力的老頭剝奪他們的命運。這已經不是賈迪爾第一次幻想殺掉第一武士了，不管是不是公平比試，然而這樣做是犯下不榮譽的罪行，很可能會賠掉他的性命以及他的遺產。

就在此時，一陣號角響起，賈迪爾立刻收拾思緒。號角的旋律告訴他那是求援訊號。

「偵察兵！」他叫，隊伍中的兩名偵察兵，安卡吉和克里弗，立刻衝上前來。轉眼間將十二呎高的鐵頂梯接在一起，然後奔向城牆。沒多久，安卡吉已架好梯子，克里弗隨即爬上，一次跨越三條橫槓，彷彿足不點梯。他轉眼間抵達牆頂，觀察四周情況。片刻過後，他傳訊表示附近安全，請賈迪爾上梯。

賈迪爾剛開始領導部隊時對偵察兵抱持戒心，因爲他們來自其他部族——克雷瓦克。現在他已了解他們的心意，知道安卡吉和克里弗就像賈迪爾的族人一樣對他忠心耿耿，全心投入阿拉蓋沙拉克中。

克雷瓦克部族完全效忠卡吉部族，而與他們爲敵的南吉部族則效忠馬甲部族。

根據法律規定，兩名偵察兵不分日夜都編制在賈迪爾的部隊之內，因爲偵察兵受過外來武器與戰技的專業訓練，並且擁有對任何凱沙羅姆都很有用處的技巧，如雜耍特技、情報蒐集、打帶跑作戰，以及暗殺。

安卡吉固定梯子，賈迪爾和山傑特爬上城牆。克里弗將望遠鏡交給賈迪爾。

「沙拉奇部族，第四層。」他邊指邊道。

「進一步偵察。」賈迪爾下令，接過望遠鏡，克里弗得令而去，不搖不晃地穿越窄牆。偵察兵身上不帶沉重的長矛或盾牌，克里弗迅速消失在視線之外。

「沙拉奇是個小部族。」山傑特說。「他們只派遣二十多名戰士參與沙拉克阿拉蓋，只有笨蛋才會將人數如此稀少的隊伍配置在第四層。」

「就像沙羅姆卡那種笨蛋。」賈迪爾回應道。

片刻過後，克里弗回報。「一群阿拉蓋進入他們的伏擊點，但避開了惡魔坑。他們已經損失許多戰士，附近的部隊都在交戰中，無人可以支援。他們要不了多久就會全軍覆沒。」

賈迪爾咬牙切齒。「不，他們不會，叫弟兄準備。」

山傑特伸手握住他的手臂。「沙羅姆卡命令我們守衛第十層。」他提醒賈迪爾，但看到賈迪爾默默點頭，他臉上隨即掛上笑容。

「我們不可能及時趕到第四層，凱沙羅姆。」克里弗說，以銳利的目光掃視大迷宮。「中間有太多交戰，路途並不暢通。」

「那就放下繩子。」賈迪爾命令道。「我要所有人都上牆。」

五十名全副武裝的成年戰士，像奈沙羅姆一樣在城牆上奔跑。此舉對於身手矯健、打赤腳、全身只穿拜多布的男孩而言已經夠危險了，對於腳穿涼鞋和沉重護甲長袍、攜帶長矛和盾牌的男人而言更是異常險惡。

但這些人都是卡吉部族的戴爾沙羅姆，是賈迪爾的精英。他們毫不畏懼地奔跑，在跳過高牆的同時開心呼嘯，孩童般任由晚風撲面來襲，隨時準備像男人一樣戰死沙場。

領頭狂奔的賈迪爾，心裡的感觸特別強烈。沙羅姆卡會大發雷霆，但他絕對不願意爲了滿足第一武士的驕傲而眼睜睜地看著一整個部族的戰士全軍覆沒。

這段旅程在大迷宮中會耗費很多倍的時間，但穿越高牆只須幾分鐘，沙拉奇部隊很快就已經映入眼簾。突襲點裡的阿拉蓋總數超過一打，阻隔了所有逃生通路。起碼半數沙拉奇戰士已經倒地，剩下的人竭力守禦，背靠背、盾靠盾，惡魔則自四面八方朝他們進攻。

他們勇猛頑強地抵禦佔壓倒性優勢的阿拉蓋大軍，直把賈迪爾的克拉西亞之心看得熱血沸騰。今晚他絕對不會再讓任何一名戴爾沙羅姆平白犧牲。

「寬心，沙拉奇！」他叫道。「卡吉部族趕來支援！」他是第一個掛好掛鉤，放下繩索，轉眼間降下二十呎高牆的人。他甚至沒有等待手下落地，便舉起魔印盾牌衝入敵陣，一舉擊中一頭沙惡魔的背部。魔印閃爍，將惡魔撞離節節敗退的沙拉奇部隊面前。

賈迪爾不再理會麻痺的怪物，朝另一頭惡魔刺出長槍，透過一連串瞄準外殼弱點的精準攻擊逼退對方。他聽見身後傳來五十名手下的呼喊聲，心知自己已無後顧之憂。

「艾弗倫因你們堅守陣地而驕傲，兄弟！」賈迪爾朝沙拉奇部隊的凱沙羅姆叫道，對方的白色面巾已染成一片血紅。「去照料傷者吧！我們會結束各位開啓的榮耀，確保沙拉奇部族明日還能再戰！」

賈迪爾攻向的第三頭惡魔轉身面對他，張嘴咬住他的長矛，將木柄從中咬斷。賈迪爾在這下衝擊中失去重心，怪物立刻出爪勾住他的盾牌。它手臂肌肉鼓脹，護盾皮帶應聲而斷。賈迪爾重重摔倒，側身翻滾，躲過惡魔的攻擊。一時間，惡魔佔了上風，但沙拉奇凱沙羅姆自側面一撲而上，將它撞開他身前。

「沙拉奇部族將會戰到最後，我的兄弟！」凱沙羅姆叫道，但沙惡魔展開反擊，尾巴自下方襲擊而來，將對手甩倒在地。它蓄勢待發，準備痛下殺手。

賈迪爾左顧右盼。他的手下都在交鋒，觸手所及沒有武器。

*我生下來就註定要死在阿拉蓋的利爪之下。*他提醒自己，隨即大吼一聲，跳起身來，凌空擋下朝沙拉奇凱沙羅姆撲去的沙惡魔。

惡魔比他強壯許多，但它全憑本能作戰，完全不懂沙魯沙克的殘暴戰技。賈迪爾抓住它的手臂，踏步迴旋，將它攻擊的力量導向一旁，然後把它投入位於伏擊點中央，十五呎外的惡魔坑裡。阿拉蓋在吼叫聲中墜入坑內，就此受困其中，直到太陽東昇，將它徹底燒爲灰燼。

另一頭沙惡魔朝他撲來，但賈迪爾狠狠擊中它的喉嚨，踢中它的膝蓋後方，抓住惡魔並將它壓倒在地，在惡魔掙扎同時閃躲對方的尖牙和利爪。

惡魔粗糙的外殼割穿他的長袍，劃破他的皮膚，他的肌肉也因爲過度用力而疼痛不已，但一时接著一吋，賈迪爾持續在惡魔身後伸長手臂，直到他認爲雙掌可以交扣，這才站起身來。他身高比惡魔要高，手掌在它腦後交扣，輕鬆將它抬離地面。惡魔狂踢猛叫，但賈迪爾抓著它四下亂甩，閃避它的後腳，跌跌撞撞地朝惡魔坑移動。

他大吼一聲，將第二頭惡魔抛入深坑，心滿意足地看著他的手下已經將大多數惡魔趕入其中。惡魔坑底滿是鱗片和利爪，牆面的魔印不斷發出憤怒的魔光，阻擋它們爬出坑外。

「我要親眼看到太陽燒光你們！」賈迪爾叫道。

他轉身面對戰場，體內充滿勝利的喜悅，準備繼續作戰，但只剩下少數幾名戰士還在作戰，而他們都已經佔了上風。

其他人只是站在原地，瞪大雙眼看著他。

當晚接下來的時間，賈迪爾和沙拉奇凱沙羅姆站在惡魔坑旁看守惡魔。他們的手下聚在身邊，當太陽照入坑內時，眾人歡聲雷動。惡魔慘叫冒煙，最後終於起火燃燒，男人們驕傲地見證艾弗倫之光將它們燒回虛無的原形。

賈迪爾和其他沙羅姆拉下面巾，在太陽下應當如此。白晝，沙拉奇部族在馬甲部族的庇蔭下，是卡吉部族的世仇。賈迪爾謹慎地看著凱沙羅姆。在大迷宮這種中立區自相殘殺對他們兩族而言都是不名譽的事，但並非不曾發生過。

結果，沙拉奇的指揮官鞠躬。「我的手下欠你一筆血債。」

賈迪爾搖頭。「我們只是遵奉艾弗倫的旨意行事。沒有戴爾沙羅姆會拋棄任何兄弟，而所有男人在夜晚都是兄弟。」

「沙羅姆卡派你前往本應由我們駐守的第十層時，我在現場。」沙拉奇指揮官說。「你們大老遠跑來，爲我們擔負很大的風險。」

所有惡魔都起火燃燒後，其他戰士在離開大迷宮時路過他們，看見兩族血敵並肩而立。人們開始聚集，賈迪爾聽見他們交頭接耳。一次又一次，他聽見自己手下向沙拉奇族人講述自己徒手對付阿拉蓋的故事。故事每講一次就誇大一次，沒過多久人們就開始傳說他赤手空拳殺掉五頭惡魔。賈迪爾曾見過戰士們誇大其詞。等到傍晚，故事就會變成他丟了十幾頭惡魔進入惡魔坑，一個月後，五十頭。

一名馬甲部族的凱沙羅姆走到他們面前。「我代表馬甲部族，」他說。「感謝你守護沙拉奇部族，沙羅姆卡……不該讓他們身陷這種危險。」

對方的話幾乎已經算是叛變了，但賈迪爾只是點點頭。「沙拉奇奮勇作戰。」他說。「他們能夠活下來再度作戰是英內薇拉。」

「英內薇拉，」馬甲戰士同意道，以超越凱沙羅姆應有的禮儀對賈迪爾鞠躬。「你眞的徒手把六頭惡魔丟入坑內？」

賈迪爾搖頭，張嘴欲言，結果卻被一名爲第一武士開道的沙羅姆卡精英侍衛的叫聲打斷。

「你違反命令，擅離職守！」沙羅姆卡吼道，指向賈迪爾。

「沙拉奇部族發出求援訊號，而我們沒有在交戰。」賈迪爾說。「伊弗佳告訴我們夜晚最重要的事就是保護自己的弟兄。」

「不要向我引述聖典。」沙羅姆卡大聲道。「你父親還在包拜多布的時候，我就已經在教我兒子讀聖典了，我對聖典的理解比你深刻！聖典中沒有任何內容叫你拋下位於半個大迷宮外無人看守的據點，命令手下翻越高牆穿越大迷宮。」

「無人看守！」賈迪爾瞪大雙眼。「第八層就已經沒有惡魔了，第十層的惡魔更少！」

「你無權無視命令，尋求不屬於你的榮耀，凱沙羅姆！」沙羅姆卡吼道。

賈迪爾怒不可抑。「如果下達命令的人不是躲在宮殿裡等待黎明，或許我就不會收到如此愚蠢的命令。」他說，而這麼說的同時他知道這就和直接拔出長矛沒有兩樣。如此侮辱第一武士是絕對不被容許的行爲。如果他還算是個男人，他此刻已經拔起長矛攻擊賈迪爾，在大庭廣眾下取他性命。

但沙羅姆卡年老力衰，而人們又在謠傳賈迪爾光靠沙魯沙克就殺掉半打惡魔。賈迪爾不能主動攻擊第一武士，但如果沙羅姆卡攻擊他，賈迪爾就有權殺死他，並且很有可能佔領他的宮殿，取而代之。他在想這會不會就是多年前英內薇拉的骨骰所預見的命運。

他們目光相對，賈迪爾知道沙羅姆卡心裡所想和自己一樣，也曉得對方沒有膽量主動進攻。他不屑地哼了一聲。

「逮捕他！」沙羅姆卡下令道。他的侍衛立刻奉命行事。

賈迪爾雙手受縛，這是奇恥大辱，儘管他對侍衛露出牙齒表達不滿，他還是沒有拒捕。圍觀戰士發出一陣不滿的聲響，就連馬甲部族也是一樣。他們抓緊長矛，舉起盾牌，人數遠遠超過第一武士的侍衛。

「你們幹什麼？」沙羅姆卡大聲問道。「退下！」

但不滿的聲浪越來越大，人們移動腳步，阻塞大迷宮的出口。沙羅姆卡遲疑地後退一步。賈迪爾直視他的目光，面露微笑。

「不要輕舉妄動。」賈迪爾大聲說道，目光維持在沙羅姆卡臉上。「沙羅姆卡下達命令，所有沙羅姆都要遵守。艾弗倫會決定我的命運。」

群眾立刻安靜下來，男人讓道兩旁，沙羅姆卡在看到人們全部聽從賈迪爾號令後更加倍憤怒。賈迪爾再度對他發出不屑的哼聲，試圖挑釁他主動攻擊。

「帶走！」沙羅姆卡吼道。賈迪爾抬頭挺胸，一臉驕傲，任由侍衛抓緊他的手臂，帶他離開大迷宮。

5

賈迪爾抵達時，英內薇拉已經在安德拉宮殿裡等他。

*今天會發生的事，她是否早在多年前就已預見？*他心想。

她走過來時，侍衛們使勁握緊賈迪爾的手臂，不過不是因爲害怕他會做出什麼事。眞正令他們恐懼的是英內薇拉。

「走開。」英內薇拉命令道。「告訴你們主人，我丈夫一小時後會在安德拉的接見廳中與他會面。」

侍衛們立刻放開賈迪爾的手臂並且鞠躬。「謹遵達馬丁號令。」其中一人結結巴巴地說，接著兩人連忙離開。英內薇拉輕哼一聲，拔出魔印匕首，割斷他的繩索。

「你昨晚做得很好。」她邊走邊道。「接下來也要保持下去。覲見安德拉的時候，你必須一邊示弱，一邊以言語挑釁沙羅姆卡。激怒他，但不要給他攻擊你的藉口。」

「我絕對不會這麼做。」賈迪爾說。

「你在大迷宮裡已經做過了。」英內薇拉大聲道。「此時此刻這非常重要。」

「妳能預見一切。」賈迪爾說道。「但如果妳認爲我會自降格調，那麼妳什麼都不了解。當時我是在挑釁他來攻擊我。」

英內薇拉聳肩。「喜歡的話就那樣做，但不要眞的動手。他永遠不敢主動攻擊你，然而一旦你構成威脅，他的手下就會把你剁成肉醬。」

「妳當我是白痴嗎？」賈迪爾問。

英內薇拉哼了一聲。「激怒他。剩下的都是英內薇拉。」

「謹遵達馬丁號令。」賈迪爾嘆氣道。

英內薇拉點頭。他們來到一間放滿枕頭的等候室。「在這裡等，」她命令道。「我趁你的審判開始前先去私下覲見安德拉。」

「審判？」賈迪爾問，但她已經離開房間。

賈迪爾從來沒有接近到足以看清楚安德拉長相的距離。他容顏衰老，皺紋滿布，鬍子花白。他是個胖子，顯然吃得非常豐盛。他臃腫得令人作嘔，賈迪爾得提醒自己這個男人是他那個年代最高強的沙魯沙克大師，擊敗過大多數技巧高超的達馬基，進而贏得頭骨王座。待在沙利克霍拉地底期間，賈迪爾見過卡吉部族的達馬基阿馬戴佛倫，一個六十幾歲的男人，在沙魯沙克練習場上擊倒半打年輕力壯的達馬。

他仔細觀察，在安德拉舉手投足間找尋仍在訓練的跡象，但看來無處不在的保鏢和僕役早已讓他疏於練習。就連在這裡，他都一邊吃著甜棗一邊開庭。

賈迪爾的目光瞟向安德拉的王座兩側。他的右手邊站著十二名達馬基，克拉西亞所有部族的領袖。他們身穿白袍頭戴黑頭巾，低聲抱怨著太陽剛剛冒出地平線時就被拖來宮殿。安德拉的左邊，距離王座兩步之外，站著一排達馬基丁。就和達馬基一樣，她們戴著黑色頭巾和面紗，與她們的白袍形成強烈對比。與達馬基不同的地方在於，她們一片沉默，以彷彿能洞察一切的目光靜靜觀察。

她們也知道我的命運嗎？賈迪爾心想，接著看向他的吉娃卡，站在他的身邊。還是她們只知道英內薇拉告訴她們的事？

「霍許卡敏之子。」阿馬戴佛倫達馬基對賈迪爾招呼道。「請告訴我們昨晚事發的經過。」他是卡吉部族達馬基兼安德拉的總管大臣，可說是克拉西亞地位僅次於安德拉的祭司。照理說安德拉代表所有部族，他有權指派第一武士以及總管大臣，而賈迪爾從課堂上得知已經好幾百年不曾有過任何安德拉將這兩個職位指派給和自己不同部族的人，這樣做會被視為懦弱的象徵。

沙羅姆卡皺起眉，顯然認為應該由他先講事發經過才對。他衝到僕役為他準備的茶具前，拿起茶杯。賈迪爾可以從搖擺不定的蒸氣看出他的老手在發抖。

「昨天晚上凱沙羅姆晚餐時，沙羅姆卡下達命令，就和往常一樣。」賈迪爾開口說道。「我的手下勇猛善戰，亟欲將更多阿拉蓋化為灰燼，送回奈的身邊。」

達馬基點頭。「我們都注意到你的戰功。」他說。「而你在沙利克霍拉的老師們對你都是讚譽有加，繼續。」

「我們心灰意冷地得知我們被派去守衛第十層。」賈迪爾說。「不久之前，我們還站在第一層，所有戰士都能以一當百。最近，我們被移派到第二層，很快又被派往第三層。我們驕傲領命，所有位於下方的樓層都有足夠的榮耀。但昨晚沙羅姆卡沒像預期中將我們派往第四層，反而派沙拉奇部族駐守第四層，將我們派往他們慣例駐守的第十層。」

賈迪爾看見沙拉奇部族的克維拉達馬基面露不悅，但不確定這是因爲他們部族「慣例駐守的位置」不太光榮的緣故，還是因爲這突如其來的改變。

他看向達馬基丁，但她們戴著面紗，無法辨識哪個屬於沙拉奇部族。哪個都無關緊要，達馬基丁沒人對他的話有任何反應。

「沙拉奇部族的男人都是英勇的戰士，」他說。「他們帶著驕傲接受這項任務。但沙拉奇沒有足夠的戰士參與阿拉蓋沙拉克，他們就連駐守一個第四層伏擊點的人數都不夠。」

沙拉奇達馬基點頭，賈迪爾感到鬆了一口氣。

「那你如何反應？」阿馬戴佛倫問。

賈迪爾聳肩。「沙羅姆卡下達命令，我們自當遵守。」

「騙子！」沙羅姆卡吼道。「你擅離職守，你這個駱駝尿之子！」

自從賈迪爾擊敗哈席克後就沒人膽敢使用這個綽號，這番羞辱令他心情激動。一時間，他眞的很想衝過接見廳直接殺掉對方，儘管這麼做很可能會讓他轉眼間命喪安德拉侍衛手中。結果他擁抱這種羞辱，讓它透體而過，在體內留下一股冰冷的怒意。

「我們大半夜都待在第十層。」賈迪爾說，彷彿沒有聽見對方說話。「偵察兵沒有在我們的轄區、第九層或第八層看見阿拉蓋，但我們依然等待。」

「騙子！」沙羅姆卡再度吼道。

這次賈迪爾轉頭看他。「你在現場嗎？第一武士，你能證明我說謊嗎？你有出現在大迷宮裡嗎？」沙羅姆卡雙眼圓睜，臉上浮現憤怒的神情。這些話的眞實性比任何攻擊還要有力。

沙羅姆卡張開嘴巴意圖反駁，但安德拉噓了一聲，所有目光全都轉移到他的身上。

「冷靜，我的朋友。」安德拉對沙羅姆卡說。「讓他說他的故事。你可以等到待會再說。」

賈迪爾突然了解到這兩個男人有多親近。他們都在各自的宮殿裡住了將近四十年。賈迪爾本來期望安德拉或許還會有心換個強壯的沙羅姆卡，但他那腦滿腸肥的模樣令他對此存疑。如果安德拉本人已經遺忘戰士之道，他會爲了這種事而責難他忠心的沙羅姆卡嗎？

「我們聽見求援的號角。」賈迪爾說。「由於我們沒有交戰，我爬上高牆，看看能不能前去應援。但號角來自第四層，而在他們和我們之間有太多部隊正在交戰。正當我打算回去迷宮時，派出去打探的偵察兵回報，沙拉奇部族寡不敵眾，很快就會全軍覆沒。」

他稍停片刻。「所有戴爾沙羅姆都願意在大迷宮中捐軀。一個晚上損失十幾名、二十幾名，甚至一百名戰士，只要是在執行艾弗倫的旨意，這一切又有什麼關係？」

「但損失一名戰士和損失一整個部族還是不同。如果我不去幫忙，還談得上什麼榮譽？」

「你自己也說路都被擋住了。」阿馬戴佛倫提道。

賈迪爾點頭。「但我的偵察兵卻能過去觀察情況，而我還記得在當奈沙羅姆的時候和弟兄一起奔行牆頂的情況。我問自己，『有什麼事情是小孩做得到，而男人做不到的嗎？』於是我們在牆頂奔跑，向艾弗倫祈禱我們能及時趕到。」

「當你們抵達時，看到什麼情形？」阿馬戴佛倫問。

「半數沙拉奇戰士已經陣亡，」賈迪爾說。「約莫剩下十幾人，所有人都身上負傷。他們面對數量相當的阿拉蓋，惡魔坑已經曝光，惡魔知道要避開它。」

再一次，賈迪爾望向沙拉奇達馬基。「剩下的男人在夜裡英勇作戰。他們體內全流著沙拉奇的血液，是與沙達馬卡並肩作戰的勇士。」

「然後呢？」達馬基繼續問道。

「我的手下加入沙拉奇弟兄的陣營，我們攻擊阿拉蓋，將它們推入坑內，送它們去見陽光。」

「聽說你親手殺了幾頭。」阿馬戴佛倫說，語氣中滿是驕傲。「單憑沙魯沙克。」

「只徒手葬送兩頭惡魔。」賈迪爾說。他知道妻子正在面紗下皺眉，但他不在乎。他不願欺騙他的達馬基，或是奪取不屬於他的榮耀。

「儘管如此，還是值得一提的戰績。」阿馬戴佛倫說。「沙惡魔的力氣超過常人數倍。」

「我在沙利克霍拉期間學到力量是相對的觀念。」賈迪爾鞠躬回應。

「這也不表示他不是叛徒！」沙羅姆卡吼道。

「我背叛什麼了？」賈迪爾問。

「我下達的命令！」沙羅姆卡叫。

「你下達了愚蠢的命令！」賈迪爾回道。「你的命令浪費了頂尖的戰力，還會導致沙拉奇部族的滅亡，而我依然奉命行事！」

馬甲部族的達馬基阿雷維拉克站上前來。他是個老人，比阿馬戴佛倫還要年長。他的身形如同長矛，瘦得像根樹枝，但依然昂然挺立，不像七十歲的老者。

「我唯一看到的叛徒只有你。」阿雷維拉克說對沙羅姆卡大聲說道。「你理應維護克拉西亞所有沙羅姆的榮譽，但結果你卻爲了消滅敵對勢力而不惜犧牲沙拉奇部族。」

沙羅姆卡朝達馬基踏出一步，但阿雷維拉克沒有後退，反而迎上前去，擺出沙魯沙克的架式。與賈迪爾這個小小的凱沙羅姆不同，達馬基有權挑戰並殺死沙羅姆卡，進而開放繼承權。

「夠了！」安德拉叫道。「全部站回原位！」兩個男人遵命，順從地低下頭去。

「我絕不讓你們在我的王座廳裡打架，像是……像是……」

「像男人一樣？」英內薇拉說道。

這種大膽的行徑令賈迪爾緊張得差點窒息，但安德拉只是皺皺眉，沒有出聲斥責。

安德拉嘆氣，神情十分疲憊，賈迪爾可以看見歲月在他身上留下的痕跡。希望艾弗倫賜我早死。他默默祈求。

「我沒看見任何罪行。」安德拉最後說道。他若有所指地看向馬甲達馬基。「兩邊都沒有。沙羅姆卡依照職責下達命令，凱沙羅姆則在戰陣中下達決定。」

「他在我的手下面前羞辱我！」沙羅姆卡叫道。「光是這點，我就有權處死他。」

「不好意思，沙羅姆卡，但規矩並非如此。」阿馬戴佛倫說。「他的羞辱讓你有權親手殺他，而不是派其他人將他處死。如果你這麼做，這件事早已落幕。我可以請問你爲什麼沒有這麼做嗎？」

沙羅姆卡安靜片刻，不知該如何作答。英內薇拉以手肘輕推賈迪爾一下。

賈迪爾看她一眼。我們還沒贏嗎？他以眼神詢問，但她以堅決的目光回應。

「因爲他是懦夫。」賈迪爾大聲說道。「沒有足夠的實力捍衛白頭巾，他躲在宮殿裡，派遣其他人代他出陣，像個卡非特似地等待死亡，而不是如同沙羅姆般在大迷宮裡英勇戰死。」

沙羅姆卡雙眼圓睜，咬牙切齒，臉上和脖子上的靜脈鼓脹。賈迪爾全身緊繃，等待對方朝自己撲來，心中幻想各式各樣殺死這個老頭的方法。

但他沒有必要這麼做，因爲沙羅姆卡抓著自己的胸口摔倒在地，身體扭曲，口吐白沫，最後動也不動地躺在地上。

5

「妳知道只要我激怒他，他的心臟就會不堪負荷。」

「妳知道會發生這種事。」賈迪爾在他們獨處時質問道。

英內薇拉聳肩。「就算知道又怎樣？」

「蠢女人！」賈迪爾吼道。「如此殺死一個男人根本沒有榮譽可言。」

「說話小心點。」英內薇拉警告，揚起一根手指。「你還沒成爲沙羅姆卡，少了我的話，你永遠別想當成。」

賈迪爾皺眉，不知道她的話有幾分可信。他是否命中註定要成爲沙羅姆卡？若是果眞如此，命運可以改變嗎？「這件事過後，我還保得住凱沙羅姆的職位就已經很幸運了。」他說。「我害死了安德拉的朋友。」

「胡說八道。」英內薇拉說，臉上露出不懷好意的微笑。「安德拉是……懂得變通的人。現在職位出缺，而你贏得的榮耀就連馬甲部族都願意承認。我會讓他了解只有指派你爲沙羅姆卡才能幫他挽回顏面。」

「怎麼做？」

「交給我。」英內薇拉說。「你有其他的事情得擔心。當安德拉為你纏上白頭巾時，你發表的第一份聲明就是提出自每個部族迎娶一名妻子的要求，藉以作為團結的象徵。」

賈迪爾驚訝無比。「與低賤部族配種，玷污第一任解放者卡吉的血脈？」

英內薇拉用力戳他胸口。「你將會成為沙羅姆卡，只要你停止愚行，依照我的吩咐去做。如果你能夠擁有其他部族的後代……」

「克拉西亞將會團結一致。」賈迪爾理解了。「我可以請達馬基幫我挑選妻子，」他思索著。

「這樣可以贏得他們的效忠。」

「不，」英內薇拉說。「那個交給我。達馬基會依據政治理由挑人，阿拉蓋霍拉才是艾弗倫的選擇。」

「總是靠骨骰。」賈迪爾喃喃說道。「難道卡吉本人也是骨骰選的嗎？」

「當初就是卡吉賜給我們預知魔印的。」英內薇拉說。

⁂

第二天，賈迪爾再度出席安德拉的王座廳會議。當他入廳時，達馬基紛紛交頭接耳，達馬基丁則凝望著他，和往常一樣高深莫測。

安德拉坐在王座上，玩弄著沙羅姆卡的白頭巾。頭巾內側的鋼環在安德拉上漆的長指甲輕彈下發出清脆的聲響。

「沙羅姆卡是名偉大的戰士。」安德拉彷彿看穿他的心思似地說道。他自王座上站起，賈迪爾立刻屈膝跪倒，雙手撐地。

「是的，安德拉閣下。」他說。

安德拉一臉輕蔑地對他揮手。「在你的印象裡，他當然不是這樣的人。當你還在包拜多布時，他已經比大多數沙羅姆還要年長，再也不能和年輕人一樣對抗阿拉蓋。」

賈迪爾低頭不語。

「年輕人不該僅以力量評判一個男人的價值。」安德拉說。「你會這樣評判我嗎？」

「對不起，安德拉閣下，」賈迪爾說。「但你不是沙羅姆。沙羅姆是你夜晚的手臂，而那條手臂得保持強壯。」

安德拉嘟噥一聲。「是勇敢。」他說。「不過我想任何敢娶達馬丁的男人都得勇敢。」

賈迪爾沉默以對。

「你打算挑釁他來攻擊你。」安德拉說。「顯然你認為這才是勇士應有的死法。」

再一次，賈迪爾沉默以對。

「但如果他攻擊你，那只會顯示他的愚蠢。」安德拉說。「而艾弗倫對於蠢材沒有什麼耐性。」

「是的，安德拉閣下。」賈迪爾說。

「現在他死了。」安德拉說。「我的朋友，一個曾送無數阿拉蓋面對陽光的男人，毫無尊嚴地死在地板上，只因為你不尊敬他所贏得的榮耀！」

賈迪爾嚥下一大口口水。安德拉一副準備攻擊他的模樣。情況和英內薇拉說的不同，而這個關鍵時刻她偏偏沒有出席。他環顧大廳，尋求支援，但安德拉講話時，所有達馬基都壓低目光，而達馬基丁看他的神情如同他是隻小蟲。

安德拉嘆了口氣，似乎有點氣餒，蹣跚走回王座，重重坐下。「我很難過看到一個生前有如此榮耀成就的男人面對如此不堪的結局。我的內心渴望復仇，但事實是沙羅姆卡死了，而只要我不是個蠢材，我就不能忽視數百年來第一次所有達馬基在沙羅姆卡繼承人選上完全取得共識的事實。」

賈迪爾再度看向達馬基。或許出於幻覺，但他似乎看到阿馬戴佛倫輕輕對他點頭。

「你會成為沙羅姆卡。」安德拉簡短說道。「黑夜會歸你所有。」

賈迪爾攤開雙手，膝蓋著地湊上前去，將額頭抵在王座前的厚重地毯上。「我會成為你在夜裡的強壯手臂。」他承諾道。

「今晚我會在沙利克霍拉正式宣布。」安德拉說。「你可以走了。」

賈迪爾再度磕頭，想起英內薇拉的指示。達馬基已開始交頭接耳。如果他要說話，一定要趁現在。

「安德拉閣下，」他開口道，看著安德拉惱怒地將視線轉回自己身上。「我懇求你及達馬基賜予祝福，讓我自所有部族中迎娶一名妻子，作為所有沙羅姆團結的象徵。」

安德拉瞪大雙眼看著他，達馬基也一樣。就連達馬基丁都為這突如其來的請求微微騷動。

「這倒是個不尋常的請求。」安德拉終於說道。

「不尋常？」阿馬戴佛倫大聲道。「根本聞所未聞！你是卡吉部族的人！我絕對不會祝福你迎娶那些——」

「你不須祝福。」阿雷維拉克笑嘻嘻地插嘴道。「如果沙羅姆卡想要娶馬甲部族的女人，我非常樂意舉行儀式。」

「毫無疑問，你很樂意稀釋卡吉部族的血脈。」阿馬戴佛倫吼道，但阿雷維拉克並沒有被激怒，只是微笑。

「我也願意祝福沙拉吉之女的婚禮。」沙拉吉部族的克維拉達馬基說。很快地，剩下的達馬基紛紛表達立場，所有人都迫不及待想在第一武士的宮殿裡佔有一席之地。

「你當然不可能允許這種事！」阿馬戴佛倫轉向安德拉說道。

「我是安德拉，不是你，阿馬戴佛倫。」安德拉說。「如果沙羅姆卡想要團結部族，而各族的達馬基也都同意，我看不出拒絕的理由。就像我一樣，第一武士戴上頭巾後就不再隸屬任何部族。」他轉而望向達馬基丁，這是賈迪爾第一次看到他這麼做。「此事屬於女人的領域，不是拿長矛的男人可以決定，」他說，並沒有特別朝哪一名達馬基丁。「達馬基丁對於這個提議有什麼看法？」

女人轉身背對男人，圍成一圈，低聲商議，沒有人聽得懂她們在說什麼。片刻過後，她們結束討論，回過身來面對安德拉。

「達馬基丁沒有異議。」其中一人說道。

阿馬戴佛倫滿臉怒容，賈迪爾知道自己已經得罪此人，或許完全沒有轉圜的餘地，但此時此刻他什麼也不能做。他已經娶了三個卡吉部族的妻子，包括他的吉娃卡在內；這樣已經夠了。

「那就決定了。」阿雷維拉克說。「沙羅姆卡，我的孫女今年十四歲，容貌美豔，還是處子。她會為你生下強壯的兒子。」

賈迪爾深深一鞠躬。「我很抱歉，達馬基，但選擇妻子是我的吉娃卡的職責。她會拋擲阿拉蓋霍拉，確保艾弗倫祝福每一樁婚事。」

達馬基丁中再度傳來騷動，阿雷維拉克的微笑消失，其他達馬基也一樣。但現在收回他們的支持已經太遲了。阿馬戴佛倫的怒容變得有點幸災樂禍。

「講夠新娘的事了！」安德拉吼道。「你得償所望，沙羅姆卡。在你進一步打擾我的宮殿前離開！」

賈迪爾鞠躬離開。

「你是白痴嗎？」阿馬戴佛倫大聲問道。賈迪爾還沒走出安德拉的宮殿，年長的達馬基已經追了上來，將他拉到一間隱密的房間。

「當然不是，我的達馬基。」賈迪爾說。

「看來再過幾小時就不是『你的』達馬基了。」阿馬戴佛倫說道。

賈迪爾聳肩。「我依然受到達馬基議會管轄，而你是達馬基議會之首。但身為沙羅姆卡，我得代表所有部族的戰士。」

「沙羅姆卡並不代表戰士，沙羅姆卡統治他們！」阿馬戴佛倫叫道。「而你身為卡吉部族的一員就表示艾弗倫希望卡吉部族統治他們！你不能進行這個瘋狂的計畫。」

「為了全克拉西亞的利益著想，我可以進行，也會進行。」賈迪爾說。「我不會成為你的懦弱傀儡，就像上一任沙羅姆卡那樣。戰士們想要壯大就得要團結，齊心合力是唯一贏得戰爭的方式。」

「你是在背叛自己的部族！」阿馬戴佛倫叫道。

「不，我是在面對其他部族。」賈迪爾說。「我懇求你，和我一起面對。」

「面對我們的血敵？」阿馬戴佛倫說，滿臉驚恐。「我寧願羞愧而亡！」

「卡吉的年代裡，克拉西亞只有一個部族。」賈迪爾提醒他道。「我們的血親。」

「你不是卡吉的血脈。」阿馬戴佛倫說，對著賈迪爾的腳吐口水。「沙達馬卡的血脈在你的血管裡已經淪爲駱駝尿。」

賈迪爾臉色陰沉，一時間，他考慮要攻擊他。阿馬戴佛倫是沙魯沙克頂級大師，但賈迪爾年輕力壯，身手矯健。他可以殺死這個老頭。

但他還未成爲沙羅姆卡。殺死阿馬戴佛倫只會破壞英內薇拉的計畫，賠上他的長矛王座。

難道我一生註定必須在榮譽盡失的情況下成功？他自問。

5

「沙羅姆卡死了！」安德拉對在沙利克霍拉中集合的戰士們說道。在大神廟中列隊集合的沙羅姆聞訊後齊聲呼喊，矛盾交擊，發出吵雜聲，送第一武士投入艾弗倫的懷抱。

「然而我們不會像北方人一樣放棄黑夜！」安德拉在眾人逐漸安靜後叫道。「我們是克拉西亞人！沙達馬卡本人的後裔！我們會抗戰到解放者回來，或是長矛自最後一名奈沙羅姆手中墜落，克拉西亞埋葬於沙漠中！」

戰士們齊聲發喊，高舉長矛。

「因此，我已經選擇了一名新的沙羅姆卡領導阿拉蓋沙拉克。」安德拉說。「此人在奈沙羅姆受訓期間就已經擔任奈卡，十二歲時就站上高牆，打破百年來最年輕的紀錄！半年不到，他又網下了一頭殺死偵察兵並擊倒訓練官的風惡魔。爲此，他被帶往卡吉大帳，這又是大回歸以來最年輕的紀錄。他參與阿拉蓋沙拉克的第一天晚上戰功優異，於是被派往沙利克霍拉，與達馬共同進修五年，以凱沙羅姆的身分首度披上黑袍，這是解放者年代以降最年輕的紀錄！」

卡吉部族的戰士開始交頭接耳，因爲他們都很清楚賈迪爾的成就。安德拉暫停片刻，任由激動的情緒蔓延，然後繼續。「前天晚上，他帶領弟兄英勇救援差點面臨滅族危機的沙拉奇部族，在手下還未備妥長矛前徒手擊殺阿拉蓋！」

人們逐漸開始鼓譟。此刻克拉西亞所有男人、女人，甚至小孩都聽說過這個故事了。

「阿曼恩．阿蘇．霍許卡敏．安賈迪爾．安卡吉，站到頭骨王座之前！」安德拉下令，戰士們群起歡呼，矛盾交擊，迎接賈迪爾現身，他身穿沙羅姆黑袍，頭上沒戴頭巾。

英內薇拉默默走在他身旁，隨他一同邁向頭骨王座，並且在他拜倒時迅速跪下，趁他磕頭前將安德拉的伊弗佳聖典放在他額頭下方。聖典是以凱沙羅姆的人皮所製，以戴爾沙羅姆的鮮血寫成，並且以沙羅姆卡的皮膚製成皮繩裝訂。如果他在接觸它時膽敢說謊，它就會燒焦他的頭骨。

「你是否不論在任何情況下都願意服侍艾弗倫？」安德拉問。

「是的，安德拉閣下。」賈迪爾承諾道。

「你願成爲祂黑夜裡的強壯胳臂，將所有榮譽獻給沙利克霍拉的王座？」

「我願意，安德拉閣下。」

「你願意指揮阿拉蓋沙拉克，直到沙達馬卡再臨，或是你身亡？」安德拉問。

「我願意，安德拉閣下。」

「那麼起身，」安德拉說，高舉沙羅姆卡的白頭巾，讓所有人看見。「黑夜等待它的沙羅姆卡。」

賈迪爾起身，安德拉轉向英內薇拉。他將白頭巾交給她，她則將白頭巾纏在賈迪爾頭上。沙羅姆歡呼跺步，但賈迪爾幾乎沒有注意到他們。安德拉爲什麼沒有按照傳統親手爲他纏上頭巾？爲什麼將這份榮耀賜給英內薇拉？

「不要沉迷在你的榮耀中，開始發表演說。」英內薇拉打破他的沉思，低聲說道。賈迪爾微微一驚，接著轉身面對大殿中的沙羅姆——將近六千根長矛。不久前還有一萬根，但前任沙羅姆卡白白浪費了不少人命。賈迪爾暗自發誓自己絕對不會步他後塵。

「我夜晚的兄弟們。」賈迪爾說。「這是身爲沙羅姆的光榮時刻！各自爲戰，克拉西亞各部族能令阿拉蓋恐懼顫抖，但團結合作之後，我們將無所不能！」

戰士齊聲歡呼，賈迪爾等待呼聲漸歇。「但當我看著你們，我卻看到分裂！」他叫道。「馬甲部族與卡吉部族壁壘分明！甲馬部族規避坎金部族！所有部族都能在這座大廳中看見敵人！我們應該是黑夜裡的兄弟，但在座有誰曾自願與近年來人數銳減的沙拉奇部族並肩作戰？」

現場一片死寂，戰士們不確定該如何回應。他們都知道他說的沒錯，但部族仇恨深植人心，就算有人有心放下，也不能說忘卻就忘卻——而有心人並不多。

「沙羅姆卡理應不屬於任何部族，」賈迪爾繼續道。「但對我而言，這種情況更加糟糕！沒有部族的人還想指望什麼人對他效忠？伊弗佳告訴我們唯一的忠誠來自血脈。所以，」他揮手比向身後坐在王座上的安德拉以及達馬基。「我懇求我們的領袖讓我的血脈融入所有部族。」

「在安德拉的祝福下，」賈迪爾說。「各族達馬基都答應讓我迎娶一名適合生育的女子，爲我產下沙羅姆兒子，而我會忠實地守護他。」

所有人震驚得說不出話，接著大廳中爆出一股認同的聲浪，除了卡吉部族，所有人歡聲雷動。很顯然地，卡吉部族的戰士認爲賈迪爾會繼續效忠自己的部族，就像之前所有的沙羅姆卡，不管伊弗佳怎麼說。

讓他們氣，賈迪爾心想。*我會在大迷宮中贏回他們的心。*

「所以，」他出聲道，再度壓下神廟中的喧囂。「等我的吉娃卡挑選完我的新娘，達馬基就會舉行婚禮儀式。」

然而就在此時，英內薇拉毫無預警地踏步向前，不但出乎沙羅姆以及眾領袖的意料，就連賈迪爾也吃了一驚。她打算公開說話嗎？不管是不是達馬丁，任何女人在沙利克霍拉中公開說話都是聞所未聞的事。

不過英內薇拉所做的一切幾乎都是聞所未聞。

「此事不須拖延。」她大聲說道。「就讓沙羅姆卡的新娘們站出來！」

賈迪爾驚訝得下巴都快掉下來了。她已經挑選好他的新娘了？不可能！

但十一名女子大步踏上沙利克霍拉大聖壇，在她們目瞪口呆的部族達馬基面前下跪。賈迪爾看著她們，內心一沉。

她們都是達馬丁。

5

沙羅姆卡的宮殿比卡吉宮殿稍小，但卡吉宮殿裡住了數十名凱沙羅姆、達馬，以及他們的家人，而這座宮殿完全屬於賈迪爾。他想起睡在卡吉沙拉吉擁擠石板地、髒被單上的日子，目瞪口呆地看著眼前的奢華景象。他腳上踏的是長絨毛、天鵝絨，以及絲綢地毯，用餐時使用精緻得他都不敢碰的瓷盤，喝酒就用鑲有寶石的金杯；還有噴泉！克拉西亞最珍貴的東西就是清水，現在就連他母親的臥房都聽得見悅耳的流水聲。

他將夸莎拋入一堆枕頭中，開心地看著她晃動的乳房，透過半透明的上衣清晰可見。她的雙腳也包覆在同樣材質的薄紗中，刮得乾乾淨淨、還噴了香水的下體隱約可見。他慾火中燒，撲到她身上，心想娶十二個達馬丁為妻並不像自己想像的那般枯燥乏味。

沙拉奇部族的夸莎是所有新妻子中最得他寵幸的一位。她幾乎和英內薇拉一樣美貌，但遠比英內薇拉聽話，只要他一句話馬上脫個精光。她的肚子還是平的，但結婚才六星期，她就已經懷了個兒子——即將成為新妻子中第一個出世的小孩。他知道他現在應該去找別的妻子，讓宮殿裡住滿大腹便便的女人，藉以與各部族產生羈絆，但懷孕的夸莎卻讓賈迪爾慾望更加高漲。英內薇拉似乎並不在乎。她不太管她的達馬丁吉娃森，隨便賈迪爾想和誰上床就和誰上床。他喜歡讓夸莎跟在身邊，因為她對待他就像一般的妻子對待丈夫。

夸莎哈哈大笑，將他推倒，恣意地騎到他身上。

「看在艾弗倫聖骨的份上，女人！」賈迪爾大叫，在她騎上來時重重喘息。

「我在和沙羅姆卡行房時還要裝出一本正經的模樣嗎？」夸莎問，輕輕起身，重重坐下。「昨天晚上，安德拉本人還提起了升職後你在大迷宮中贏得的榮耀；能為你保養長矛是我的榮耀。」她湊上前來，規律搖動。

「女人有可能同時懷下兩個孩子。」夸莎在滿是香氣的熱吻間低語道。「或許你可以在我體內種下另一個兒子。」賈迪爾張口欲言，但她咯咯嬌笑，將乳房放在他嘴前，壓得他說不出話來。好一陣子，他們汗水淋漓，進行著唯一可以和阿拉蓋沙拉克相提並論的激烈戰爭。

終於結束後，夸莎翻下他的身體，抬起雙腳，讓他的種子滯留在體內。

「昨天傍晚我離開時，妳人還在宮殿內。」片刻過後，賈迪爾說道。

夸莎凝望著他，楚楚動人的臉上浮現片刻恐懼，隨即又換上一副每當他談論起做愛和小孩以外的事時，達馬丁妻子們會露出的冷淡表情。

「是的。」她承認道。

「那妳什麼時候見到安德拉？」賈迪爾問。「就算是達馬丁，懷孕的女子晚上都不能離開宮殿。」

「我說錯話了。」夸莎說。「不是昨天晚上。」

「哪天晚上？」賈迪爾逼問道。「妳是哪天晚上在不被允許的情況下帶著我未出世的子嗣離開安全的宮殿？」

夸莎站起身來。「我是達馬丁，不須向你——」

「妳是我的吉娃！」賈迪爾吼道，她嚇得渾身發抖。「伊弗佳並沒有賜予達馬丁不須服從丈夫的權力！」光是英內薇拉沒事引用聖法就已經夠糟糕了，賈迪爾絕對不能讓所有妻子都擁有同樣的特權。他是沙羅姆卡！

「我沒有離開魔印守護！」夸莎叫道，高舉雙手。「我發誓！」

「妳有捏造安德拉的言語嗎？」賈迪爾問，緊握拳頭。

「沒有！」夸莎叫。

「那麼安德拉來過我的宮殿？」賈迪爾問。

「求求你，我被禁止談論此事。」夸莎說，投降地垂下目光。

賈迪爾粗暴地抓著她，強迫她直視自己的目光。「沒有人能在我面前禁止妳做任何事！」

夸莎用力掙扎，掙脫他的手掌，身形一晃，跌倒在地。她淚如泉湧，雙掌遮面，渾身顫抖。她看起來如此脆弱，如此恐懼，他滿心的怒火頓時一掃而空。他半跪而下，輕輕將雙掌放上她的肩。

「所有妻子裡，」他說。「我最寵愛妳。我只希望妳對我忠誠。不管妳怎麼回答，我都不會懲罰妳，我保證。」

她抬起頭來，以渾圓濕潤的雙眼凝望他，而他撥開她的髮絲，以大拇指擦拭她的淚水。她推開他，低頭望向地面。當她開口說話時，聲音幾乎細不可聞。

「夜晚的沙羅姆卡宮殿並非總是寂靜無聲。」她說。「當宮殿的主人身處阿拉蓋沙拉克時。」

賈迪爾壓抑一股怒火。「宮殿下次騷動會在什麼時候？」

夸莎搖頭。「我不曉得。」她抽噎道。

「擲骨骰，查出來。」賈迪爾命令道。

她抬頭看他，神情憤慨。「我絕對不能這麼做！」

賈迪爾吼叫一聲，怒氣再度爆發，暗自詛咒娶達馬丁爲妻的那一天。就算她沒有身懷他的骨肉，賈迪爾也不能毆打夸莎，她很清楚這點。奈的深淵裡有一層是專門爲傷害達馬丁的男人所準備的。

「我受夠了妳的違逆，吉娃。」他說。「擲骨骰，不然我就把沙拉吉部族派往第一層，妳的部族將被黑夜吞噬。你們的孩子會被逐出漢奴帕許，淪爲卡非特，女人則供低賤部族玩樂。」他不會這麼做，但她不須知道。

「你不敢！」夸莎說。

「當妳玷污我的榮耀時，我為什麼要賜給妳的部族榮耀？」賈迪爾大聲道。

夸莎放聲哭泣，但還是伸手取出所有達馬丁隨身攜帶的黑毛氈袋，她的以一圈彩珠繫在自己裸露的腰肢。

賈迪爾已經十分熟悉擲骨程序，於是走過去拉起沉重的絲絨窗簾，遮蔽任何可能破除魔法，導致骨骰失效的陽光。

夸莎點燃一根蠟燭。她凝視著他，目光充滿恐懼。「對我發誓，」她哀求道。「發誓你永遠不會告訴吉娃卡我為你這麼做。」

英內薇拉。賈迪爾當然知道宮殿裡的一切肯定與他的第一妻室有關，但得知眞相依然令他心傷。他現在位居沙羅姆卡，但還是沒有資格得知她的計畫。

「我以艾弗倫以及吾子之血立誓。」賈迪爾說。

夸莎點頭，拋擲骨骰。賈迪爾看著它們邪惡的魔光，第一次懷疑它們究竟是否代表艾弗倫在阿拉上的聲音。

「今晚。」夸莎低聲道。

賈迪爾點頭。「收起骨骰，我們從此不提此事。」

「沙拉吉部族呢？」夸莎問道。

「我永遠不會將怒氣發洩在我兒子的部族上。」賈迪爾說，伸手觸摸她的腹部。夸莎嘆了口氣，腦袋靠上他的肩膀，隨著緊張的氣氛消散而放鬆心情。

5

當太陽沒入盡頭時，賈迪爾離開在枕頭床上沉睡的夸莎，穿上黑袍，戴上白頭巾。他挑選最喜愛的長矛和盾牌，下樓去和凱沙羅姆共進晚餐。

他們享受由賈迪爾的母親、戴爾丁妻子，以及姊妹所供應的醃肉及冰水。他的達馬丁妻子無疑躲在暗處聆聽他們交談，不管是不是吉娃，她們永遠不會自貶身分服侍男人用餐。他的精神顧問阿山坐在桌子對面，與他遙遙相對。繼任賈迪爾直屬部隊凱沙羅姆的山傑特坐在他右手邊，而他的個人護衛哈席克坐在他左手邊。

「昨晚我們損失多少戰士？」賈迪爾在喝茶時問道。

「第一武士，我們昨晚損失四名戰士。」阿山說。

賈迪爾驚訝地看著他。「卡吉部族損失四名？」

阿山微笑。「不，我的朋友。克拉西亞損失四名。兩名誘餌兵以及兩名偵察兵，都是度過巔峰時期的戴爾沙羅姆前去面對他們的榮耀。」

賈迪爾報以一笑。自從晉升沙羅姆卡以來，每晚折損的人數逐漸降低，惡魔的擊殺數目則逐漸提升。

「阿拉蓋呢？」他問。「有多少頭面對陽光？」

「超過五百頭。」阿山說。

賈迪爾大笑。他懷疑眞正數目不到一半，因爲所有部族都習慣浮報擊殺數目，但這個數字依然很不錯，比前任沙羅姆卡的成就要好多了。

「鎮守第八層的部族依然爭取不到榮耀。」阿山說。「我們考慮今晚延長開啓城門的時間，確保所有人都有阿拉蓋可殺。」

賈迪爾點頭。「多開十分鐘。如果這樣不夠，明天再增加十分鐘。今晚我會待在城牆上檢視新的巨蠍和投石器。」

阿山鞠躬。「遵奉沙羅姆卡號令。」

晚餐過後，他們前往沙利克霍拉，接受達馬基的祈福，保佑今晚的戰役成功。當戰士們邁向大迷宮時，賈迪爾留下他的兩名心腹。

「今晚你戴白頭巾，哈席克。」賈迪爾說。

哈席克的目光燃起狂野的光芒。「遵奉沙羅姆卡號令。」他鞠躬。

「你不會是認眞的！」阿山說。「讓戴爾沙羅姆假扮沙羅姆卡是違背我們神聖誓言的行爲！」

「胡說八道。」賈迪爾說。「伊弗佳中有好幾個故事提到卡吉本人不希望別人得知自己的行蹤時，經常採用這個方法。」

「原諒我，第一武士。」阿山說。「但你並不是解放者。」

賈迪爾微笑。「或許。但如果伊弗佳不是沙達馬卡留給我們學習的典籍，它又算是什麼呢？」

阿山皺眉。「萬一哈席克被發現怎麼辦？」

「不會的。」賈迪爾說。「只要戴上黑夜面巾，投石器部隊就不會認出他，因爲他們很少有機會近距離和我接觸。然而所有人都會看見哈席克站在城牆上，不會有任何沙羅姆質疑我今晚有沒有前往大迷宮。」

「如果你算錯，他會被判處死刑。」阿山警告道。

賈迪爾聳肩。「哈席克殺過數百頭阿拉蓋。如果他命該如此，他會在天堂中甦醒。」

「我不怕，沙羅姆卡。」哈席克說。

阿山語氣不屑。「笨蛋很少害怕。」他喃喃說道。「但你要去哪，」他問賈迪爾。「當其他人以為你在城牆上時？」

「啊，」賈迪爾說，接過哈席克的黑頭巾同時纏起面巾。「這點其他人不須知道。」

5

夜晚的克拉西亞堡街道一片死寂，眞正的男人通通前赴沙場，而剩下的卡非特、女人，以及小孩則深鎖在地下城中。就和所有城內的宮殿一樣，沙羅姆卡的宮殿擁有自己的圍牆和魔印，位於地下的樓層有好幾處入口通往地下城。這座宮殿就像世界上所有宮殿一樣不怕阿拉蓋威脅，何況惡魔還必須突破克拉西亞的外牆才有可能威脅到它，而據賈迪爾所知，這種事情從來不曾發生。

賈迪爾藏身黑影中，戴爾沙羅姆的黑袍讓他在黑暗裡如同隱形。就算有人在旁邊看，也不會發現他的行蹤。

他的宮殿大門緊閉，但多年奈沙羅姆的經驗讓他可以輕鬆翻牆而過。轉眼間，他已經落在圍牆內側的黑影中。

穿越通往宮殿的庭院時，一切看起來沒有不尋常的地方。窗戶一片漆黑，主宮殿裡安靜無聲。儘管如此，夸莎的話一直困擾著他。*夜晚的沙羅姆卡宮殿並非總是寂靜無聲。*

賈迪爾像個盜賊在自家走廊上就著黑影無聲行走，用上所有在大迷宮中偷襲阿拉蓋的技巧。他所到之處，就連帷幔都沒有半點飄動，一間接著一間，他察看接見廳和會客室——任何適合提供膽敢違背宵禁者聚集的場所——但什麼人都沒找到。

本當如此，他沉思道。她們都反鎖在地下室，按照法律規定。你跑回家實在太蠢了。阿山說的沒錯，你玩弄職責，只為了滿足一己的好奇。當你在自己家中鬼鬼祟祟時，男人們卻在黑夜中英勇奮戰。

正當他打算離開、趕回大迷宮時，他聽見自己臥房中傳來聲響。他越走近，聲音就越大。他自帷幔後偷看，發現兩名身縛代表安德拉私人侍衛白腰帶的凱沙羅姆站在自己臥房門口。現在聲音清清楚楚傳入他的耳中，他認得那是什麼聲音。

英內薇拉的嬌喘。

憤怒席捲全身，強烈得超乎他所想像。在察覺自己動手之前，他的拳頭已經擊碎了一名凱沙羅姆的背脊。對方嘟噥一聲，但隨著他跌倒在地，喉嚨又被賈迪爾補上一腳後，聲音頓時啞了。

另一名戰士迅速轉身，身手優雅得一看就知道曾在沙利克霍拉受訓，但賈迪爾的憤怒無邊無際。戰士試圖擒抱，但賈迪爾矮身躲過對方的手臂，閃到對方身後，一手抓住他的下頷，一手緊抵他的後腦。他狠狠一扭，對方當場死去，摔落在地毯上。

賈迪爾轉身迴旋，使勁踢中房門。房門由內反鎖，但他一咬牙，再度出腳，這次踢斷了門閂，房門應聲而開。

他瞬間掃視房內的景象，感覺像是胸口插了根長矛。他以為會看見安德拉壓住英內薇拉霸王硬上弓，但情況剛好相反，他的妻子一絲不掛，如同夸莎今早騎在自己身上那樣歡愉地騎在那頭肥豬身上。安德拉恐懼地抬頭看他，但他被英內薇拉壓在床上。她轉向他，在盛怒中他不知道是出於自己想像，還是她眞的在剝奪自己體內最後一絲榮耀的同時還能咧嘴微笑。

如果之前他的怒火如同火爐般猛烈，此刻已變成奈的第五層深淵的炙熱地獄。他大步衝向牆上的武器架，挑選一根突刺用的短矛。當他轉回身來時，安德拉已自英內薇拉身下爬開。他赤身裸體地站在賈迪爾的臥房中，軟綿綿的陽具完全被巨大的肚子遮住。這景象令賈迪爾噁心不已。

「住手！我命令你！」安德拉在賈迪爾撲上時叫道，但賈迪爾毫不理會，以矛柄揮中對方下頷。

「就連你也不能剝奪丈夫的這種權利！」賈迪爾在安德拉倒地的同時吼道。「今晚我要幫克拉西亞一個大忙！」他高舉短矛，打算刺死對方。

英內薇拉抓住他的手臂。「笨蛋！」她叫道。「你會摧毀一切！」

賈迪爾轉身反手甩了英內薇拉一巴掌，將她擊向一旁。「不要怕，不忠的吉娃。」他說著，轉身面對安德拉。「我的矛很快就會插在妳身上。」

他再度高舉長矛，安德拉放聲大叫，但四周突然一片橘紅，賈迪爾受到一股難以想像的力道衝擊，整個人飛離安德拉身前。縫在黑袍上的陶土護甲承受了大部分衝力，但當他撞上牆壁，自衝擊中恢復過來後，卻發現自己的黑袍著火。他大叫一聲，撕下長袍。

他轉向英內薇拉，只見她手中握著第一次在沙利克霍拉裡見面時攜帶的火惡魔頭骨。她毫無羞恥地裸身站在兩名男子身前，即使在這種情況下，她依然十分清楚自己的美貌無與倫比。憎恨與性慾在他體內激盪，迫切地想要支配對方。

「停止這種愚行！」她大聲說道。

「我不再接受妳的號令。」賈迪爾說。「燒掉這座宮殿，如果妳眞想這麼做。我還是會殺掉那頭肥豬，然後在他的屍體上上妳！」安德拉嗚咽一聲，但賈迪爾對他怒吼，嚇得他閉上嘴。

英內薇拉面不改色，另一手取出另一件物品。它看起來像塊煤塊，直到上面的魔印開始發光，賈迪爾才知道那也是塊阿拉蓋霍拉。黑色骨頭喀啦作響，接著爆出一道銀色魔光，竄向賈迪爾。

賈迪爾憑空浮起，撞向牆壁，身體沉浸在一股超乎自己想像的痛苦中。他試圖擁抱那種痛苦，但痛苦幾乎在開始的同時就已經結束，只在他的心頭留下赤裸裸的恐懼。他轉身面對英內薇拉，但她再度舉起骨頭，閃電再度來襲，而他也再次於攻擊過後掙扎起身。當他第三次掙扎起身的時候，他的四肢完全不聽使喚，肌肉不受控制地抽搐。

「我們終於取得共識了。」英內薇拉說。「我乃艾弗倫的意志，你最好不要妄想抗拒我。如果和一頭肥豬上床能幫你取得白頭巾，那你該感謝我的犧牲，而不是試圖摧毀一切。」

「肥豬?!」安德拉大聲說道，終於站起身來。「我是——!」

「——是因爲我要你活著所以還能活著。」英內薇拉說，揚起惡魔頭骨。火焰自其下頷處噴出，安德拉嚇得臉色發白。

「我要你支持賈迪爾，直到他贏得沙羅姆和其他部族達馬基的支持。」她說。「但現在夸莎懷孕了，沙羅姆會把他視爲所有人黑夜與白晝的兄弟。現在你再也不能廢除他了。」

「我是安德拉!」男人大叫。「我只要一揮手就能剷平這座宮殿!」

英內薇拉大笑。「那你就會面臨一場內戰。而且就算你眞的除掉阿曼恩，他的達馬丁妻子又要如何處置?你打算依照傳統強暴並且屠殺她們?伊弗佳裡明文記載膽敢傷害達馬丁會面對什麼下場。」

安德拉皺眉，一時無言以對。

「天堂之門已經關閉，」她說，拿起絲服披上肩膀，遮蔽裸露的身體。「或許下次我需要你宣布什麼事情時會再度開啓，又或許我會派遣阿曼恩去用你的鮮血寫下我的公告。但在那之前，帶著你萎靡不振的老長矛回去你的宮殿。」

安德拉甚至不敢穿衣衫，抓起他的衣服拔腿就跑。

英內薇拉走向賈迪爾，跪倒在他身邊。剛剛拿來發射閃電的惡魔骨已化爲烏有，她微微訝異地將灰燼拍落掌心。「你很強壯。」她說。「沒多少人遭受電擊後還爬得起來，更別說是遭擊三次了。今晚我得要挑顆大塊的骨頭來刻新的。」

她對他伸手，輕拂他的頭髮，撫摸他的臉頰。「啊，我的愛，」她哀傷地說道。「我眞希望你沒目睹那種場面。」

賈迪爾努力移動舌頭，感覺舌頭好像腫得塡滿整個口腔。「爲什麼？」他終於斷聲問道。

英內薇拉輕嘆一聲。「安德拉本來打算將你處死，因爲你用了不榮譽的手段氣死他的朋友。我採取必要手段救你一命，並且幫你掌權；但不必害怕，你坐上他的王座之日已經不遠了，到時候，你可以親手割下他的男性象徵。」

「妳……」賈迪爾張嘴，但發不出更多聲音。他用力吞嚥，試圖潤滑舌頭，但就連這個動作都做不到。

英內薇拉他起身，幫他倒杯水，灌入他口中，按摩他的喉嚨，幫助他吞嚥。她撩起自己的絲服擦拭他的嘴唇，露出一邊乳房。他很懷疑自己怎麼可能到了這個地步還想要和她上床，但他無法否認這種想法。

「妳知道事情會走到這個地步嗎？」他問。「當妳要我殺掉沙羅姆卡的時候？」他再次試圖移動四肢，它們仍絲毫不爲所動。

英內薇拉再度嘆息。「你今年不過二十歲，我的愛，但就連你都記得克拉西亞擁有一萬名戴爾沙羅姆的年代。最年長的達馬基甚至記得十萬人的年代，而古老文獻記載在大回歸前我們擁有百萬雄師。我們的人民逐漸凋零，阿曼恩，因為他們缺乏領導。他們需要的不只是戰技卓絕的沙羅姆卡，不只是手段強勢的安德拉。他們需要沙達馬卡，不然奈會將我們通通埋入黃沙中。」

英內薇拉暫停片刻，偏開目光，似乎在謹慎挑選接下來的用字遣詞。「第一次見面的那天晚上，我並不是詢問骨骰會不會再度與你相見。」她坦承道。「我問的是克拉西亞堡中有沒有一個男人可以帶我們遠離滅族的命運，重新邁向光榮的道路，而它們對我指出一個多年後會在大迷宮中哭泣的男孩。」

「我是解放者？」賈迪爾問，他的聲音嘶啞，難以置信。

英內薇拉聳肩。「骨骰從不撒謊，但它們也從來不曾提示絕對之道。在某些未來裡，人們深信你是，並且在你的領導下團結一致。其他未來裡，他們接受另一個男人的領導，也有可能完全不接受任何人領導。」

「那麼骨骰有什麼用處？」賈迪爾問。「如果是英內薇拉，命運自然會決定一切。」

「你理解的命運並不存在世間。」英內薇拉說。「除了最終戰役沙拉克卡即將到來，而且為期不遠之外，我們不敢任由未來自行發展。你穿上拜多布後，我就一直在觀察你，親愛的。你是最有可能成為克拉西亞救贖者的人，而我會為你謀求所有優勢，就算得犧牲我自己肉體的榮耀，或是你的。」

賈迪爾瞪大雙眼凝視著她。他說話的能力就像四肢一樣不受控制。英內薇拉彎腰親吻他的額頭，她的嘴唇柔軟而冰涼。她站起身來，在他持續在地板上抽動的同時哀傷地低頭看他。

「我所做的一切都是為了你，也是為了沙拉克卡。」她說，接著離開房間。

第六章　僞神諭　333 AR　冬

「青恩是完美的奴隸。」賈陽說。「就連最低賤的青恩都很看重自己的性命，永遠不會鼓起勇氣起身反抗。這眞是場偉大的勝利，父親。你的榮耀永無止盡。」

賈迪爾搖頭。「擾動幾粒微塵就和將太陽視爲偉大的景象一樣，不是什麼值得一提的成就。支配弱者根本毫無榮耀可言。」

「儘管如此，這一戰我們獲益良多。」賈陽繼續道。「我們獲得全面的勝利，完全沒有犧牲。」

「你有什麼想要補充的嗎，卡非特？」賈陽大聲問道。

房間對面，阿邦在小小的寫字桌後輕哼一聲。

「沒有，我的王子。」阿邦立刻回應，目光自帳本上移開。他站起身來，撐著他的駱駝頭拐杖，深深鞠躬。「只是咳嗽。」

「不，」賈陽說。「請告訴我們什麼讓你覺得這麼有趣。」

阿邦目光飄向賈迪爾，賈迪爾點頭。

「或許沒有損失戴爾沙羅姆，我的王子，但我們肯定有損失。」阿邦說。「食物、衣服、住所、交通工具。維持如此龐大的部隊行進須要難以計數的開銷。你父親或許握有十二部族的財產，以及艾弗倫恩惠的財富，然而即便如此，他的錢還是有花完的一天。」

阿桑點頭。「伊弗佳告訴我們：當一個男人的口袋空了，敵人膽子就會變大。」

賈陽大笑。「誰膽敢反抗父親？再說，沙達馬卡爲什麼要花錢購買任何東西？我們已經征服這片土地了，我們可以予取予求。」

阿邦點頭。「這樣說也沒錯，但遭人洗劫的商人缺乏資金補充貨源。你可以取走蠟燭商所有的蠟燭，但如果你不起碼支付他們進貨成本，當最後一根蠟燭燒光時，你就會發現自己獨自坐在黑暗中。」

賈陽嗤之以鼻。「蠟燭是給崇拜卷軸的懦弱卡非特用的。對戰士來說，夜裡有沒有蠟燭並不重要。」

「那就拿鑄造長矛用的木柴和鋼鐵來比喻好了。」阿邦耐心地說道，彷彿在對小孩講課。「縫製制服的布料及製作護甲的陶土、製作馬具的皮革和油料，這些東西都不會憑空出現，如果我們現在偷走所有的種子和山羊，明年我們就沒有東西可吃了。」

「我不喜歡你的語氣，吃豬肉的傢伙。」賈陽吼道。

「閉嘴，專心聽他說話。」賈迪爾突然說道。「卡非特在提供智慧，我的兒子，聰明的話就把他的話放在心上。」

賈陽驚訝地看向自己父親，但立刻點頭。「當然，父親。」他的目光彷彿匕首似地射向阿邦。

賈迪爾轉向阿桑，他在整個過程中一言不發。「你呢，我兒？你對卡非特的話有什麼看法？」

「低賤之人說的很有道理。」阿桑承認道。「還有一些達馬基對於你的崛起心懷怨懟，減糧會被他們當作暴動的藉口。」

賈迪爾點頭。「你會如何處理這個問題？」

阿桑聳肩。「在不忠的達馬基採取行動之前搶先除掉他們。」

「這樣做就會引發暴動。」賈迪爾提醒道。他轉向阿邦。

「讓部隊聚集在城內負擔太重了。」阿邦說。「我們得將他們分散到外圍村莊。」賈迪爾的兒子們難以置信地看著臃腫的商人。

「解編部隊？這是什麼愚蠢的建議？」賈陽大聲問道。「父親，這個卡非特是個懦夫兼笨蛋！求你讓我殺了他！」

「白痴小鬼！」賈迪爾說道。「你以爲這個卡非特敢說任何我不認同的話嗎？」

賈陽訝異地看著他。

「有朝一日，我兒，」賈迪爾說，目光在賈陽和阿桑之間游移。「我會死去。如果你們打算在我死後繼續存活，你們就必須聽取來自各方面的智慧。」

賈陽轉向阿邦，向他鞠躬。那是個極不明顯的動作，幾乎連點頭都稱不上，而且他望向肥胖商人的目光流露出死亡的威脅。「卡非特，請分享你的智慧。」

阿邦鞠躬回禮，雖然拄著拐杖，動作仍不明顯。「由於損失了幾座穀倉，主城沒有能力在不減糧的情況下養活所有克拉西亞人，我的王子。但還有幾百座小村莊如同輪輻般圍著主城向外擴散。我們讓綠地公爵提供一份清單，然後將他們分配給所有部族。」

「這樣我們要固守的領土就變得很大了。」阿桑提出。

阿邦聳肩。「固守什麼？沒有部隊威脅我們，如同我的王子所言，青恩是完美的奴隸。最好還是讓沙達馬卡的部隊解編，直到需要時重新集結，這樣他就不用爲軍糧的問題苦惱。他們可以佔據自己的領土，蒐集糧草並且課稅，晚上就獵殺阿拉蓋。他們可以建立綠地沙拉吉，在他們的領土上訓練男孩，春天的時候就讓女人和老人去種植作物。一年後，加上數千名新的奈沙羅姆，各部族都會變得比從前更加富足。賜給部族財富，而非減糧，等到新兵年齡增長，沙達馬卡會掌控從古至今最龐大的部隊，絕對效忠，而最好的部分在於他們自給自足。」

賈迪爾轉向他的兒子們。「現在你們了解卡非特的用處了嗎？」

「是的，父親。」男孩們回答，同時鞠躬。

5

阿山達馬基步入王座室，順勢下跪拜倒，額頭碰觸地面。他的白袍沾有血跡，黑頭巾下的雙眼流露肅意。

「起身，我的朋友。」賈迪爾說。阿山一直是他最忠誠的顧問，在他掌權前已經如此。現在他代表克拉西亞勢力最龐大的部族——卡吉部族發聲，而他的長子，他與賈迪爾妹妹英蜜珊卓所生的阿蘇卡吉，也將繼承其位。世上除了賈迪爾本人，再也沒有人比他位高權重。

「沙達馬卡，有件事情得向你回報。」阿山說。

賈迪爾點頭。「我永遠歡迎你的諫言，我的朋友。說吧。」

阿山搖頭。「解放者，你最好直接聽消息來源口述。」

賈迪爾揚起一邊眉毛，點了點頭，跟隨阿山離開行宮步入冰封的城市街道。賈迪爾行宮不遠處有座青恩崇拜場所。與壯麗的沙利克霍拉相比，這座聖堂可謂樸實寒傖，但以北方人的標準來看已非常雄偉——三層樓高的石造建築，其外繪有強力的魔印。

阿山領頭進入，賈迪爾發現達馬不只是徵收這間聖堂，他們已用了離開沙漠之矛後戰死沙場的戴爾沙羅姆經處理的骸骨來裝飾聖堂內部。在英勇逝者的靈體守護下，北方沒有任何建築比這裡更安全。

他們踏上向下的石階，前往位於建築下方的墓穴迷宮。

「青恩將他們光榮的逝者葬於此地。」阿山在賈迪爾打量牆上空蕩蕩的凹槽時解說道。「我們已經清出那些低賤的穢物，將這些地道用作其他用途。」

彷彿呼應他這句話，一個男人突然尖聲慘叫，痛苦的聲響在深邃的走道中迴盪不已。阿山毫不在意這陣慘叫，帶領賈迪爾穿越走道，來到某個特別的房間。房間中，數名北方祭司——人稱牧師——手腕上銬，被吊在房間中央的屋梁下方。他們上半身的聖袍都被扒光，身上布滿阿拉蓋之尾的鞭痕——那是一種足以擊潰最堅強意志的鞭子。

阿山揮手支開戴爾沙羅姆拷問者，大步走到其中一名囚犯身前。

「你，」他說著伸手指向對方。「膽子夠大的話，就把剛剛對我說的話說給沙達馬卡聽。」

牧師虛弱地抬起頭來。一隻眼睛腫得無法睜開，另一隻眼睛淚流不止，淚水淌過臉上的血塊和髒污。

「下地心魔域去。」他含糊不清地說道，試圖對阿山吐口水。可惜他力不從心，吐出來的鮮血只能沿著下唇淌下。

拷問者立刻反應，抓起一把鉗子迎上前去。他牢牢固定牧師的臉，強迫他張開嘴巴，用鉗子夾住他的一顆門牙。男人的慘叫聲隨即迴盪在房內。

「夠了。」片刻過後，賈迪爾說道。拷問者立刻住手，低頭鞠躬，退回牆邊。牧師軟弱無力地靠著手腕上的鐐銬垂在半空。賈迪爾走到他面前，哀傷地看著他。「我乃沙達馬卡，受永世慈悲的艾弗倫派遣而來。告訴我實話，我就終止你的苦難。」

牧師抬頭看他，似乎找回一點力氣。「我聽說過你，」他嘶聲道。「你自稱解放者，但你並不是。」

「你怎麼知道？」賈迪爾問。

「因爲解放者早已降臨人間。」牧師說。「魔印人行走於黑夜中，惡魔全部望風而逃。他解救了面臨毀滅的解放者窪地，而他遲早會出面解決你。」

賈迪爾訝異地看向阿山。

「不只有他這麼說而已，沙達馬卡。」達馬基說。「還有其他青恩提到這個滿身魔印的異教徒。想要確立你的地位，你就必須毀滅這個僞神諭，而且要快。」

賈迪爾搖頭。「你聽起來很像我的妻子，老朋友。」

第七章　綠地人　326 AR

「有一天，我會成爲沙羅姆卡！」賈陽大叫，一矛刺向賈迪爾做給他的假人。用繩子綁縛的假人在屋梁下緩緩晃動。

賈迪爾大笑，愉快地看著神采飛揚的兒子。賈陽現年十二，已經換上拜多布，永遠不會在打飯隊伍中挨餓。賈迪爾從兒子們學會走路那天就開始教導他們沙魯金。

「我想當沙羅姆卡。」十一歲的阿桑嘆息說道。「我不想當什麼愚蠢的達馬。」他拉扯披在一邊肩膀上的白布說道。

「啊，但你會成爲沙羅姆卡和艾弗倫之間的聯絡人。」賈迪爾說。「或許有朝一日，成爲卡吉部族的達馬基，甚至是安德拉。」他微笑說道，但內心深處他同意孩子的說法。他希望兒子成爲戰士，而不是祭司；沙拉克卡即將展開。

最初英內薇拉希望賈陽披上白袍，但賈迪爾直截了當拒絕了她。那是他少數幾次爭贏她的時刻，但他很懷疑這到底代表多大的勝利；那感覺就像是她本來就打算讓阿桑穿白袍。

其他男孩聚集在附近，敬畏地看著他們的兄長。賈迪爾大多數兒子都還沒達到開始漢奴帕許的年紀，要繼續等待自己的道路。所有妻子生的第二個兒子會成爲達馬，其他人則是沙羅姆。當天是月虧的第一夜，傳說這天奈的大軍力量處於巔峰，而且阿拉蓋卡還會在大地行走。夜晚最能爲戰士帶來力量的事就是看著自己的兒子。

還有女兒。他心想，轉向英內薇拉。如果我的女兒們也能在每月的月虧回家，我會更開心。

英內薇拉搖頭。「絕對不能打擾她們的訓練，丈夫。奈達馬丁的漢奴帕許……非常嚴苛。」的確，女兒們在比兒子年幼許多時就被帶離家園，他已經很多年沒有看過自己的長女了。

「她們當然不可能全成爲達馬丁。」賈迪爾說。「一定要有些女兒嫁給忠心的部下才行。」

「你會有的。」英內薇拉回答道。「沒有男人膽敢傷害的女兒，對你的忠誠更甚丈夫的女兒。」

「而對艾弗倫的忠誠又甚於她們的父親。」賈迪爾喃喃說道。

「當然。」英內薇拉說，他可以感覺到妻子在面紗後微笑。他正想要反駁，阿山卻步入屋內。他的兒子阿蘇卡吉和阿桑同年，身穿奈達馬的拜多布隨他而來。阿山向賈迪爾鞠躬。

「沙羅姆卡，凱沙羅姆有事請你定奪。」

「我在陪我兒子，阿山。」賈迪爾說。「不能等嗎？」

「很抱歉，第一武士，但我不認爲可以等。」

「好吧。」賈迪爾嘆氣道。「什麼事？」

阿山再度鞠躬。「我認爲還是請沙羅姆卡親自去看看那個問題比較好。」他說。

賈迪爾揚起一邊眉毛。阿山向來不吝於提供自己的看法，就算他知道賈迪爾不會認同時也一樣。

「賈陽！」他叫道。「拿我的長矛和盾牌來！阿桑！我的長袍！」

賈迪爾站在原地等著男孩們急急忙忙得令而去。令他驚訝的是，英內薇拉竟然也跟著起身。「我陪我丈夫過去。」

阿山鞠躬。「當然，達馬丁。」

賈迪爾突然轉頭看她。她知道什麼？那些可惡的骨骰又預見今晚之事了嗎？

三人留下小孩立即出發，走下沙羅姆卡宮殿面臨沙羅姆訓練場的巨大石階。訓練場對面就是沙利克霍拉，側面長長一整排則是各部族的大帳。

台階快要走到底時，他們在宮殿圍牆中看見一群沙羅姆和達馬圍著兩名卡非特。賈迪爾一看就火大。卡非特的髒腳玷污沙羅姆卡宮殿是種侮辱之舉。他想把這話說出口，卻剛好看清楚其中一名卡非特的長相。

阿邦。

賈迪爾已經很多年沒有想起這個老友，彷彿那個男孩眞的死在他違背誓言的那天晚上。那天晚上至今已超過十五年，如果說賈迪爾已經不再是當年那個身穿拜多布、又瘦又小的男孩，阿邦的改變更加明顯。

這名前任奈沙羅姆現在臃腫無比，幾乎和安德拉一樣令人作嘔。他仍穿著卡非特的褐色上衣和小帽，但底下還穿著鮮艷的短衫及五顏六色的絲綢窄褲，圓錐形褐帽外還繫有紅絲巾，並在中央鑲了顆寶石。他的皮帶和軟鞋都是蛇皮製的。他拄著一根象牙拐杖，形狀類似駱駝，脅下靠在駱駝的駝峰之間。

「你憑什麼自認有資格和男人站在一起？」賈迪爾大聲問道。

「很抱歉，偉大的沙羅姆卡。」阿邦說，伏身拜倒，額頭磕地。現在身爲凱沙羅姆的山傑特哈哈大笑，在他屁股上踢了一腳。

「看看你，」賈迪爾怒道。「穿得像個女人，公然炫耀污穢的財富，彷彿那對我們所信仰的一切並非一種侮辱，我當初應該讓你摔死。」

「拜託，偉大的主人，」阿邦說。「我沒有侮辱的意思，我只是來充當翻譯。」

「翻譯？」賈迪爾抬頭看向隨阿邦一起來的另一名卡非特。

但另一個男人根本不是卡非特。他立刻從對方較淡的膚色和髮色、穿著，以及他攜帶的陳舊長矛看出這點。他是個青恩，來自北方綠地的外來者。

「一個青恩？」賈迪爾問，轉向他的達馬。「你叫我來和一名青恩交談？」

「聽他說。」阿山勸道。「你會了解的。」

賈迪爾打量綠地人，他從來不曾如此近距離觀察青恩。他知道北方信使偶爾會造訪大市集，但那並不是男人該去的地方，而他的兒時記憶早已因爲飢餓與羞恥的緣故而模糊。

這個青恩和賈迪爾想像中不同。他很年輕——不比賈迪爾第一次換上黑袍時年長——而且身材也不特別壯碩，但他有股剽悍的氣勢。他的站姿和動作看起來都像是個戰士，毫不畏懼地迎向賈迪爾的目光，如同一個男人應有的態度。

賈迪爾知道北方男人已經放棄阿拉蓋沙拉克，像女人一樣躲在魔印後方，但克拉西亞的沙漠綿延數百哩，途中沒有任何避難所。一個穿越沙漠而來的男人必定得夜復一夜地面對阿拉蓋。他或許不是沙羅姆，但他肯定不是懦夫。

賈迪爾低頭看向阿邦搖首乞憐的模樣，壓抑心中作嘔的感覺。「說話，說快點。我一看到你就覺得噁心。」

阿邦點頭，轉向北方人，壓低音量簡短說了幾句話。北方人堅定地回應，以長矛撞擊地面強調自己的決心。

「這位是亞倫．阿蘇．傑夫．安貝爾斯．安提貝溪。」阿邦說，轉過頭來面對賈迪爾，但目光保持在地上。「自北方的來森堡出發，來此向你問好，並請求今晚讓他參與阿拉蓋沙拉克，與男人們並肩作戰。」

賈迪爾驚訝莫名。一個想要參戰的北方人？從來不曾聽過這種事。

「他是個青恩，第一武士。」哈席克吼道。「出自懦夫的種族，他沒有資格作戰。」

「他如果是懦夫，根本不會來此。」阿山說道。「很多信使都曾造訪克拉西亞，但只有這個人來到你的宮殿。如果他想戰鬥，不讓他參戰等於是侮辱艾弗倫。」

「我絕對不會在戰場上背對綠地人。」哈席克說，朝信使的腳上吐口水。許多沙羅姆紛紛點頭，發出認同的聲響，不理會達馬的言語。看來祭司的權威畢竟還是有極限。

賈迪爾仔細考慮。這下他知道阿山為什麼要把這個決定交給他了，不管如何決定都會有人反彈。他再度看向綠地人，好奇他在戰場上的能力如何。英內薇拉曾預言有朝一日他會征服綠地，而伊弗佳教導男人要在開戰前了解自己的敵人。

「丈夫，」英內薇拉小聲說道，觸碰他的手臂。「如果這名青恩想要像沙羅姆般站在大迷宮裡，他就得讓我占卜未來。」

難怪她想跟來。她知道這個男人十分特殊，須要他的血液來占卜。賈迪爾瞇起雙眼，懷疑她有什麼沒告訴他，但她提供了一個下台階的機會，他如果不把握就太傻了。他轉過頭去面對阿邦，只見對方仍趴在塵土裡。

「告訴青恩，達馬丁會為他擲骨骰。如果它們同意，他就可以參戰。」

阿邦點頭，轉過頭去面對綠地人，以難聽的北方語言交談。青恩的臉上露出不悅——賈迪爾很清楚那種感覺，因為他已經當了大半輩子骨骰的奴隸。他們交談片刻，接著青恩咬一咬牙，點頭同意。

「我帶他回宮殿擲骰占卜。」英內薇拉說。

賈迪爾點頭。「我陪妳進行儀式，隨身保護妳。」

「沒有必要。」英內薇拉說。「沒有男人膽敢傷害達馬丁。」

「克拉西亞男人不敢。」賈迪爾糾正道。「天知道這些北方野蠻人做得出什麼事情?」他撇嘴一笑。「我可不希望只因讓妳和這樣的人物獨處,就讓妳純潔的聲譽遭到玷污。」

賈迪爾知道她面紗底下的臉色一定十分難看,但他不在乎。不管她和綠地人之間會發生什麼事,他一定要親眼見證。他指示哈席克和阿山隨他們一起回去,不給她任何機會趁四下無人時將他支開。阿邦被人拖著跟上,雖然他的身體玷污了宮殿的地板。想要清理這種污漬,他們得血洗地板才行。

沒過多久,賈迪爾、英內薇拉,以及青恩便待在一間陰暗的房裡。賈迪爾轉向綠地人。「伸出手臂,亞倫,傑夫之子。」

青恩只是好奇地看著他。

賈迪爾伸出自己的手臂,比了一個刀割的手勢,然後將手臂舉在阿拉蓋霍拉上。

青恩皺起眉,但毫不遲疑地捲起衣袖,站上前去伸出手臂。

*比我第一次還要勇敢。*賈迪爾心想。

英內薇拉一刀劃下,不久骨骰就在她手中綻放耀眼的光芒。青恩瞪大雙眼,專注地看著眼前的景象。她擲出骨骰,賈迪爾迅速觀察結果。他沒有受過達馬丁的訓練,但在沙利克霍拉的課堂上曾學過不少骨骰上的符號所代表的意義。每顆惡魔骨上都只有一個魔印——預知魔印。其他符號都只是單純的文字。這些文字和它們組成的圖形講述一個未來的故事……至少是可能的未來。

賈迪爾在英內薇拉收回骨骰之前看見了代表「沙羅姆」、「達馬」、「第一」等符號。沙達馬卡。那是什麼意思?一個青恩當然不可能成爲解放者,難道他和賈迪爾之間有某種關聯嗎?

令賈迪爾意外的是,英內薇拉再度搖骰,再度拋擲,打從大迷宮的那天晚上後他就不曾看她或是任何達馬丁做過這種事。她維持著達馬丁應有的冷靜態度，但光是第二次擲骰這個動作已明白顯示事情不對勁。

就像第三次擲骰一樣。

不管她看到了什麼，賈迪爾心想。她想要非常肯定。

賈迪爾轉向綠地人，他也在仔細觀察擲骰的過程，但顯然只把此事視為進入大迷宮得經歷的原始儀式。

啊，傑夫之子，眞要那麼簡單就好了。

「他可以參戰。」英內薇拉說，自長袍中取出一只陶瓶，在青恩的傷口上塗抹一種味道難聞的藥膏，然後以乾淨的布塊加以包紮。

賈迪爾點頭，並沒有期待她會說出行或不行以外的答案。他陪伴青恩走出房間。

「卡非特。」他呼喚阿邦。「告訴傑夫之子他可以從城牆上開始。等他網下一頭阿拉蓋後，他就可以進入大迷宮。」

「當然不行！」哈席克說。

「艾弗倫已經示下詔諭，哈席克。」賈迪爾大聲說道，戰士立刻冷靜下來。

阿邦迅速翻譯，青恩輕哼一聲，彷彿網下風惡魔不是什麼大不了的事。賈迪爾微笑，他或許會喜歡這個男人。

「回去你爬出來的那個洞裡。」他對阿邦道。「傑夫之子或許有資格站在城牆上，但你已經失去那個權利。他得學會長矛的語言才行。」

阿邦鞠躬，轉向綠地人，開口解釋。青恩抬頭看向賈迪爾，點頭表示了解。他的表情嚴肅，但賈迪爾認得他目光中的那股渴望。他擁有戴爾沙羅姆在黃昏時的那種表情。

賈迪爾隨其他人一起舉步朝訓練場前進，但英內薇拉抓起他的手臂。阿山和哈席克轉過身來，面露遲疑。

「你們先走，看看能不能教會青恩一些我們的訊號手勢。」賈迪爾說。「我待會就去和你們會合。」

「那個青恩會在你成爲沙達馬卡的過程中扮演重要的角色，」英內薇拉在他們獨處時立刻說道。「把他當作兄弟般對待，但隨時提防他。如果你想要成爲解放者，有一天你得殺了他。」

賈迪爾凝視自己高深莫測的妻子。*妳到底有什麼沒告訴我？*他心想。

當天太陽下山時，綠地人沒有顯露絲毫恐懼或是驚慌的模樣。他抬頭挺胸站在高牆上，迫切地望向沙漠，等待著第一頭敵人凝聚成形。

眞的，他與賈迪爾在課堂上學到那些根本不配稱爲男人的軟弱北方人大不相同。克拉西亞人已經多久不曾踏足綠地，親眼見過任何綠地人了？一百年？兩百年？大回歸以來，有任何人曾離開沙漠之矛嗎？

兩名戰士在他身後竊笑。他們隸屬梅寒丁部族，馬甲部族以外最強大的部族。梅寒丁部族全心投入長程武器的技藝。他們建造投石器以及巨蠍——用作投擲的巨石，並且打造巨大的巨蠍刺——能在一千呎外射穿沙惡魔外殼的巨矛。雖然使用長矛的技巧沒有其他部族純熟，但他們的榮耀永無止盡，因爲梅寒丁部族殺死的阿拉蓋比卡吉和馬甲部族加起來還要多。

「我懷疑他在被阿拉蓋殺死前能撐多久。」其中一名梅寒丁戰士說道。

「可能在阿拉蓋現身時就嚇得屁滾尿流、逃之夭夭。」另一人笑道。

綠地人看向他們。顯然很清楚自己被嘲笑，但他並不理會那些戰士，將注意力放回到不停變動的沙漠上。

「當目標觸手可及時，他會擁抱痛苦。」賈迪爾心想，憶起第一天進入大迷宮時自己承受的嘲弄。

賈迪爾走到兩名戰士身邊。「太陽下山了，而你們除了嘲笑你的長矛弟兄外沒有別的事好做了嗎？」他大聲問道。城牆上所有人都轉頭來看。

「但沙羅姆卡，」其中一名戰士爭辯道。「他只是個野蠻人。」

「當你們像卡非特那樣在背後竊笑時，那個野蠻人可是專心面對敵人！」賈迪爾吼道。「敢再嘲弄他，你們就準備在達馬丁營帳裡躺上幾個禮拜，學學文明人的說話方式。」他說話的語氣十分冷靜，但戴爾沙羅姆卻像遭受重擊般畏懼退縮。

綠地人一聲發喊，引起賈迪爾的注意。對方以矛柄敲擊地面，大聲地以那難聽的語言吼叫。他指向沙漠，賈迪爾立刻理解。

阿拉蓋開始現身了。

「各就各位！」他下令，梅寒丁戰士立刻轉身面對巨蠍。

燃油點起，透過鏡子反射照亮戰場，帶給梅寒丁戰士足夠的照明一展所長。

綠地人仔細觀察巨蠍部隊。一個男人拉扯彈簧，另一人將蠍刺放至定位。第三人瞄準射擊。梅寒丁戰士能夠在數秒內完成整個程序。

當第一根蠍刺刺穿沙惡魔時，綠地人歡呼一聲，高舉拳頭，一如賈迪爾身為奈沙羅姆時第一次目睹這種景象時的反應。

北方沒有巨蠍。他推測，將這則情資記在心裡。

一時間，蠍刺呼嘯，投石部隊也將巨石放至定位，砍斷繩索、釋放平衡錘，將巨石投入越來越多的阿拉蓋部隊中，一次壓死一頭或是一群惡魔。

但一如往常，遠程攻擊就像在沙丘上揀穀粒。城外共有數十頭火惡魔和風惡魔，而沙惡魔多得像足以吹垮高山的猛烈風暴。

梅寒丁部族在大迷宮大門外清理出一塊弧狀空地，準備開門迎接阿拉蓋。當阿拉蓋被趕入定位時，賈迪爾對一名奈沙羅姆傳令，奈沙羅姆立刻吹響響亮的沙拉克之號。城門幾乎是立刻開啓。部族中最年長的戰士站在城門內，敲打手中的盾牌、挑釁惡魔，引誘它們展開追逐。

他們的榮耀無邊無際，就連綠地人也發出驚訝之聲。

阿拉蓋一聲發喊，衝入大迷宮。誘餌兵呼嘯狂奔，帶領惡魔深入拐彎抹角的迷宮，前往所屬部族戰士伏擊的地點。

數分鐘過後，賈迪爾下令關閉城門。巨蠍清理城門口的惡魔，城門在一聲巨響中再度關閉。

「拿網來。」賈迪爾命令奈沙羅姆。「我們深入大迷宮，測試綠地人的實力。」

但男孩沒有移動。賈迪爾不悅地看他一眼，在對方臉上看見無比的恐懼。他順著男孩的目光轉身，發現很多手下的戰士都是一臉目瞪口呆。

「你們在……」他開口叫道，但就在此時，在火光的照射範圍中，他看見一頭阿拉蓋穿越沙丘，朝城牆而來。

那不是頭尋常的惡魔。即使距離遙遠，賈迪爾還是看得出它身軀龐大。沙惡魔的體形比它們的火系和翅膀寬度不算的風系血親要大，但就算是沙惡魔也不會大過一個正常人，而且它們像狗一樣四肢行走，立起來時肩膀高度約莫三呎。

正在逼近的這頭惡魔以兩條後腿站立，比一個高個子男人還要高上兩倍。光是那條滿布尖刺的尾巴似乎都比一個人的身體要長。它的魔角如同長矛，利爪類似屠刀，黑色甲殼又厚又硬。其中一條手臂齊肘而斷——變成一根足以擊碎戰士頭骨的巨棒。

賈迪爾從來沒有想過世界上會有如此巨大的惡魔。他的手下全都僵在原地——看不出來是出於恐懼還是驚訝。唯有綠地人處變不驚，以毫不掩飾的憎恨神情凝視巨大的惡魔。

但爲什麼？這頭惡魔在一名青恩出現在他宮殿石階上、請求參戰的同一天中來到克拉西亞，這實在不像是巧合。他和這頭惡魔究竟有什麼關聯？

賈迪爾咒罵自己竟然不懂綠地人野蠻的語言。

「你們在等什麼？」他對巨蠍部隊吼道。「阿拉蓋就是阿拉蓋！殺了它！」

他的命令喚醒短暫著魔的眾人，戰士們立刻開始行動。綠地人握緊拳頭，看著他們瞄準巨蠍，射出巨大的矛身以及沉重的鋼鐵矛頭。他們瞄向高處，長矛在空中劃出一道弧線，以雷霆萬鈞之勢疾墜而下。

起碼有十幾支蠍刺命中目標，但全都在巨型惡魔的外殼上粉碎，對方根本不痛不癢。它發出憤怒的吼叫，繼續進逼。

突然之間，整座城市彷彿都變脆弱了。賈迪爾曾在沙利克霍拉中學習繪製魔印，心知每個魔印都只有針對某種特定惡魔才能完全發揮功效。刻在克拉西亞城牆上的魔印年代久遠，從來不曾被攻破，但它們抵擋得了這種惡魔嗎？

他抓起綠地人的肩膀，令他轉身面對自己。「你知道些什麼？」他大聲問道。「這是什麼東西？可惡。」

綠地人點頭，似乎理解他的問題，開始東張西望。他移動到一台投石器旁，伸手碰觸放置其上的巨石。接著他指向惡魔。「阿拉蓋。」他說。

賈迪爾點頭，走到操作該投石器的梅寒丁戰士面前。

「你打得中它嗎？」賈迪爾問。

戴爾沙羅姆哼了一聲。「這麼大的阿拉蓋？如果你想要，我可以射下它另一條手臂。」

賈迪爾拍擊他的背部。「射它的頭部，日後浸泡焦油把它製成標本。」

「開始煮焦油吧。」戰士說道，調整投石器的拉力與角度。

綠地人衝到賈迪爾身邊，氣急敗壞地說著難聽的語言。他揮舞手臂，似乎因爲無法清楚表達自己的意思而越來越急躁。一次又一次，他指向投石器，大聲吼著多半是他唯一會講的克拉西亞字：「阿拉蓋！」

「他叫得像頭駱駝。」哈席克說。

「安靜。」賈迪爾叫道。他瞇起雙眼，不過投石兵已經叫道：「準備！」

「發射。」賈迪爾說。綠地人跳向準備砍斷繩索的戰士，但哈席克抓起他，粗暴地將他拖開。

「我就知道不能相信青恩，第一武士。」他吼道。「他想保護那頭惡魔！」

賈迪爾不是那麼肯定，冷冷瞪著那個男的，只見他瘋狂地試圖擺脫哈席克。他再度伸出手指，這次指向下方的城牆，叫道：「阿拉蓋！」

賈迪爾突然想起許多早已淪爲傳奇的歷史——關於第一任解放者年代攻擊過克拉西亞城牆的巨型惡魔的故事，一切突然變得清晰無比。綠地人不是在指投石器，他是在指石頭。

「石惡魔。」賈迪爾赫然理解。

「石惡魔！」他大叫，但已經太遲了。他聽見投石器發射的聲響，無助地轉身觀看。綠地人在他身後發出哀號。

巨石竄入空中，一時間彷彿人類和阿拉蓋通通屏息以待。獨臂石惡魔抬頭看向巨石——一塊須要三名戰士才能放至定位的大圓石。

接著，眾人面露難以置信的神情，看著惡魔以完好的手臂接下巨石，隨即以驚人的力道往回拋。大圓石擊中大城門，擊穿一個大洞，並且朝四面八方裂出蛛網般的裂縫。石惡魔直衝而來，一再攻擊同一個位置。魔法噴灑火星，綻放光芒，但魔印早已損毀，根本沒有多少實質效用。城門隨著它每一下攻擊而猛烈震動，最後一邊的鉸鏈脫落，整扇城門撞落地面。

石惡魔穿門而過，一邊吼叫一邊衝入大迷宮。其他惡魔紛紛跟在它身後擁入城內。

賈迪爾臉頰一陣火熱，隨即變得冰冷無比。印象所及，克拉西亞大城門從來不曾被攻陷過。受困於大迷宮中的戴爾沙羅姆會被當作動物獵殺，而一切都是因爲他沒聽綠地人的話。

我帶領我的族人邁向毀滅之道。他心想，一時間，他唯一能做的就是呆滯地看著阿拉蓋入侵大迷宮。

擁抱恐懼，你這個白痴！他對自己吼道。我們還沒一敗塗地！

「巨蠍隊！」他叫道。「轉移陣地，在我們封閉缺口時提供火力支援！投石器隊！我要石頭壓扁所有闖入的阿拉蓋，並阻擋其他阿拉蓋的去路。」

「我們不能在這麼近的距離射擊。」其中一名投石兵說。其他人點頭，賈迪爾在他們臉上看見自己之前感到的那種恐懼。他們須要更加迫切的危機才能回過神來。

他一拳擊中投石兵的臉，將他擊倒在城牆上。「就算你們得徒手抬石頭去丟我也不在乎！照我的命令去做！」

投石兵的黑夜面巾染滿鮮血，說話含糊不清，但他一拳擊打自己胸口，掙扎起身，奉命而去。其他梅寒丁戰士連忙照做，恐懼消失在忙碌當中。

他轉向奈沙羅姆。「吹奏城牆突破的訊號。」在男孩舉起號角的同時，他為了自己得下達這種命令而感到挫敗及恥辱。

但他很快就將這種感覺拋到腦後。還有太多事要做。他轉向哈席克。「盡可能召集戰士和魔印師，在城門口與我們會合。我們去封閉缺口。」

哈席克高喊一聲，得令而去，似乎非常興奮能夠衝入一堆阿拉蓋中。賈迪爾沿著城牆奔向交給山傑特指揮的私人部隊作戰的位置。他需要自己手下的支持。其他卡吉部族的人或許對於賈迪爾的背叛懷恨在心，但夜復一夜與他並肩作戰長達數年的手下依然對他忠心耿耿。

天上傳來一聲怒吼，綠地人叫道：「阿拉蓋！」

男人撲向賈迪爾，兩人一同摔在城牆上。惡魔蝠翼疾掠而過，在賈迪爾的頭頂掀起一陣勁風。

賈迪爾在咒罵聲中翻身而起，四下找尋繩網，但遍尋不著。綠地人比他更早起身，手持長矛，弓身而立，等待風惡魔空中迴轉，再度進攻。

「他不是勇士，就是白痴。」賈迪爾心想。「在沒有繩網的情況下，他又能做什麼呢？」

但當惡魔來襲時，綠地人突然跪倒，狠狠刺出長矛。矛頭自肩窩處刺穿阿拉蓋的薄翼，接著他扭轉矛柄，將長矛當作支桿，利用惡魔本身的衝勢將它甩去撞牆。

惡魔傷勢不重，但綠地人動作迅速，抓起掛在手臂上的盾牌皮帶，將繪有魔印的牌面壓在惡魔胸口。

盾牌一與惡魔接觸，立刻魔光大作，震得怪物劇烈顫抖，瘋狂吼叫。賈迪爾沒有浪費時間，便將長矛插入動彈不得的怪物眼中。它尖叫狂踢，賈迪爾拔出武器，插入另一隻眼中不停扭轉，直到怪物不再掙扎。

綠地人抬頭看他，眼中綻放興奮的光芒，說了一句北方語。

賈迪爾大笑，拍擊他的肩膀。「你眞令我無比驚訝，亞倫，傑夫之子。」

他們一同穿越城牆，朝賈迪爾的手下奔去。

5

舉目所及，到處都有戰士在大迷宮中爲了生存而戰，但賈迪爾沒有時間拯救他們。如果不盡快封閉缺口，太陽升起時就會發現大迷宮中堆滿沙羅姆殘破的屍體。

「不要白白犧牲！」他在自己的手下衝過身邊時叫道。「艾弗倫都看在眼裡！」

一陣突如其來的吼叫聲與伴隨而來的慘叫聲迴盪大迷宮中，似乎撼動了每一道牆壁。他們身後的某處，巨大的石惡魔正在殘殺他的手下。

「跳過面前的障礙，」他對自己說道。「當務之急是封閉缺口。」

他們抵達時，大城門後的天井已淪爲廢墟。阿拉蓋和戴爾沙羅姆屍橫遍野，死在巨蠍的蠍刺下，或被尖牙利爪撕成碎片。梅寒丁戰士在破碎的城門前堆放了一些障礙物，但手腳靈活的阿拉蓋還是輕易擁入。

「退下！」賈迪爾叫道，僅存幾名還在天井中奮戰的戴爾沙羅姆立刻停下交戰，退向兩旁。

賈迪爾的手下盾牌交扣，形成十呎寬、十呎深的盾牆，全速衝向缺口。綠地人和他在第一排並肩疾衝，彷彿一輩子都和戴爾沙羅姆一同受訓般配合他們的步伐。他或許是個青恩，但這個男人對長矛和盾牌毫不陌生。

位於邊緣的戰士在奔行中加快步伐，形成一道淺V形陣面包圍闖入的沙惡魔，將它們朝城門逼退。

撞上第一波阿拉蓋時，盾牆上傳來一陣衝擊，但盾牌上的魔印閃爍，阿拉蓋被彈向後方。戰士大聲吶喊，後方的戰士加強推進力道，在他們與惡魔間維持耀眼的魔光。賈迪爾的百人部隊慢慢開始朝城門推進。

「後排部隊！」賈迪爾叫道，位於後方的陣面立刻向旁展開，盾牌交扣，開始前進，在前線和後線間打開一塊寬敞的空間，提供深坑魔法師作業。戴爾沙羅姆精英放下長矛，將盾牌甩到背上，自沙場袋中取出上漆的魔印陶板。兩名魔印師在缺口前方的空地上依序放置陶板。其他兩名魔印師拿起長矛，當作測量木棍，一個接著一個校準陶板的位置。

賈迪爾一矛插入一頭沙惡魔眼中——這種阿拉蓋身上稀有的弱點之一。在他身邊的綠地人找到另一個弱點，將矛頭插入一頭正在吼叫的惡魔喉嚨中。利爪透過魔光和盾牌的空隙攻擊而來，他們都得左閃右躲才不致於當場濺血。

接近城門時，賈迪爾瞪大雙眼，看著聚集在外的大批惡魔。沙丘上彷彿滿滿都是沙惡魔，爭先恐後想要闖入敵人的要塞。蠍刺和巨石砸入阿拉蓋陣地，可惜就和拋入池塘中的小石一般微不足道，轉眼消失。

接著魔印師下達命令，賈迪爾和他的手下開始撤退。「明晚再戰。」賈迪爾對撞上陶板魔印圈的惡魔說道。「克拉西亞明天會持續奮戰。」

他轉過身去，發現天井裡已經沒人在交戰。剩下的惡魔通通逃入大迷宮去了。

「偵察兵！」賈迪爾離開隊伍，大聲叫道，克里弗沒過多久就自城牆上垂下梯子，跑過來回報。

「情況不妙，第一武士。」偵察兵說。「馬甲部族在第六層集結，對抗沙惡魔的主力部隊，但大迷宮各處都有零星的部族隊伍在戰鬥，大多處於劣勢。巨惡魔更加深入迷宮，勢如破竹地朝內城門移動。它剛剛已經抵達第八層了。」

「它絕不可能熟悉大迷宮的通路。」賈迪爾說。

「它似乎在追蹤某種氣味，第一武士。」克里弗說。「它會停下腳步，嗅聞空氣，至今沒有轉錯一個彎。有幾頭沙惡魔和火惡魔跟在它身邊，但它毫不理會它們。」

賈迪爾掀起面巾，吐出口中的黃沙。「回城牆上，安排偵察兵幫我規畫一條路徑，讓我們一邊迎向馬甲部族，一邊聚集走散的部隊。」

克里弗一拳搥胸，跑向梯子，爬回城牆上。賈迪爾轉身召集部隊，發現綠地人試圖與一名深坑魔印師溝通，他拚命揮動手臂，戰士則一臉困惑地望著他。

「這次月虧奈的力量強大。」賈迪爾大叫，吸引所有人的目光。「但艾弗倫更強大！我們要相信艾弗倫會帶領我們迎接陽光，不然整個阿拉都會被奈的黑夜吞噬！讓阿拉蓋知道與沙漠之矛的戰士對抗會是什麼下場，記住天堂等待著你！」

他將長矛高舉空中，眾沙羅姆立刻照做，齊聲發喊，跟隨賈迪爾衝入大迷宮。

賈迪爾的部隊一整晚不斷攻擊惡魔，將它們趕入魔印深坑，與走散部隊的倖存者合流。在與堅守通往第六層入口狹窄通道的馬甲部族會合時，他身後已經跟了上千名戰士。

賈迪爾的部隊自後方強襲阿拉蓋，利用魔印盾牌在眾阿拉蓋中擠出一條通路。馬甲部族在盾牆中打開一道缺口，賈迪爾的部隊如同在沙拉吉內演練般魚貫而入。

「回報。」賈迪爾對一名馬甲凱沙羅姆說道。

「我們堅守陣線，第一武士。」指揮官說道。「但我們無法將阿拉蓋逼入惡魔坑。」

「那就不要逼。」賈迪爾說。「命令魔印師封閉這一層。留下一百名頂尖戰士看守此地，然後前往東七層協助巴金部族。」

「你要去哪裡？」凱沙羅姆問。

「找出巨惡魔，把它送回奈的深淵。」賈迪爾說。他帶走馬甲部族能夠騰出的人手，趕往內城門，祈禱自己能夠及時趕到。

獨臂石惡魔站在通往內城的主城門前，猛力敲擊魔印力場。耀眼的魔光照亮黑夜，撞擊聲震撼全城，但古老的魔印屹立不搖。惡魔發出無力的怒吼。

戰士在它腳邊攻擊，以堅硬的沙漠鋼矛猛刺，但惡魔完全不受影響。賈迪爾眼睜睜地看著惡魔隨意甩動尾巴，擊爛盾牌，粉碎長矛，將英勇的戰士拋入空中。

「艾弗倫守護我們。」賈迪爾喃喃道。

「至少城門看來還撐得住。」山傑特說。

賈迪爾咕噥一聲。「但撐得到黎明嗎？我們敢賭嗎？」

「我們還能怎麼做？」山傑特問。「就連巨蠍也刺不穿它的外殼，又沒有那麼大的惡魔坑可以困得住它。它的腦袋會露在坑外！」

「去，不過就是一頭大惡魔！」哈席克說。「只要有足夠的戰士，我們就能將它擊倒，把它的雙手綑綁起來。」

「只有一隻手。」山傑特糾正道。「那樣我們會損失很多戰士，而且不保證有用。我從來不曾見過如此強壯的阿拉蓋。我懷疑它就是阿拉蓋卡本身，趁著月虧降臨大地。」

「胡說八道。」賈迪爾說，在手下爭辯時觀察惡魔。*我對艾弗倫發誓一定要找出殺死你的方法。*他默默起誓道。

正當他打算下令進攻，嘗試以人海戰術擊倒對方時，手下一名深坑魔印師衝到他面前。

「請你原諒，第一武士，青恩有個計畫。」男人說道。賈迪爾再度轉身看向正和魔印師們瘋狂比手畫腳的綠地人。

「什麼計畫？」賈迪爾問。

「你不會還打算要相信他吧。」哈席克問。

「你有任何不必犧牲人命去和那個來自深淵的怪物正面衝突的計畫嗎？」賈迪爾問。見哈席克沒有回應，他轉身面對魔印師。「他有什麼計畫？」

「那個青恩懂得繪製魔印。」魔印師說。

「當然懂。」哈席克喃喃說道。「青恩就只懂得躲在魔印後方。」

「安靜。」賈迪爾大聲道。

魔印師當作沒有聽見兩人對話。「綠地人擁有可以困住那頭怪物的魔印石，只要我們能把它誘入死角，然後揭開遮布。石惡魔的魔印和沙惡魔很像，在黎明前大迷宮的高牆應該可以充當魔印坑。」

賈迪爾接過魔印石，仔細研究。沒錯，石頭上的魔印和沙惡魔的很像，只是比較大，角度也不太一樣，其中一條線中央留有空隙。他伸出手指沿著刻痕觸摸線條。

「第十層離此兩個彎道之外有個死角。」他說。

「我知道在哪，第一武士。」魔印師說著鞠躬。

賈迪爾轉向哈席克和山傑特。「盯緊惡魔。除非魔印或是城門出現削弱的跡象，不然什麼都不要做。如果出現那種狀況，我要大迷宮中所有戰士通通上陣迎敵。」

兩名戰士搥胸鞠躬。賈迪爾挑選三名最頂尖的魔印師，護送綠地人前往死角。當他們五人確認高牆和入口處的魔印撐得住後，他們就把魔印石放至定位，然後用可以迅速掀開的沙色油布遮蔽起來。

賈迪爾再次對北方人深感佩服。在克拉西亞，繪製魔印是一項精英技能，只有達馬以及他們所挑選的少數戰士才能學習。

「你到底是誰？」他問，但綠地人只是聳肩，聽不懂他問什麼。

他們回到前線，只見惡魔還在持續攻擊城門每一部分，試圖尋找弱點。

賈迪爾看著巨大的阿拉蓋，心中浮現恐懼，然而他是第一武士，絕不會要求其他人去引誘怪物。我要嘛就是解放者，不然就不是。他告訴自己道，努力讓自己相信。但他心知英內薇拉什麼謊話都敢說，這件事又有什麼不能撒謊的？

他鼓起勇氣，憑空比劃魔印，然後向前踏上一步。

「不，沙羅姆卡！」哈席克叫道。「我是你的貼身侍衛！讓我來引誘惡魔！」

賈迪爾搖頭。「你勇氣可嘉，但此事是我的職責。」

綠地人說了幾句話，比了一個砍下自己手臂的手勢，但破解他語意的時刻已過。賈迪爾擁抱自己的恐懼，朝惡魔迎去，一邊大聲吼叫，一邊以矛盾交擊。

惡魔毫不理會，繼續攻擊城門。

賈迪爾快步衝刺，對準惡魔膝蓋後方的外殼接縫處狠狠插下，但怪物只是對他甩甩尾巴，就像馬匹揮開蒼蠅。

賈迪爾閃向一旁，在長滿尖刺的尾巴揮過時矮身閃避。他看向長矛，發現矛頭已經折斷。

「駱駝尿。」他喃喃說道。回到陣線中，自哈席克手中接過一根新矛。

「第一武士，看！」他的貼身侍衛大叫，伸手比向前方。賈迪爾轉身看見綠地人朝惡魔大步走去。

「笨蛋！」他叫道。「你想幹嘛？」但綠地人似乎完全沒有聽見他的叫聲，當然也不可能理解他在說些什麼。他來到惡魔攻擊範圍邊緣，大叫一聲。

惡魔一聽見他的聲音，立刻停下攻擊，側過腦袋，嗅聞空氣。它轉頭看向綠地人，詭異的雙眼中綻放認得對方的目光。

「奈的鮮血，」哈席克喘息道。「它認得他。」

怪物怒吼一聲，發足狂奔，揮出完好手臂的利爪，但綠地人迅速跳向一旁，轉身奔向陷阱死角。

「讓路！」賈迪爾叫道，他的手下同時讓道兩旁。惡魔路過時，賈迪爾隨後跟上，所有戰士也尾隨在後。

大迷宮在惡魔的腳步聲中震動不已，沿路掀起大片塵土，幾乎看不清綠地人的身影。但惡魔不斷吼叫狂奔，所以賈迪爾只能假設青恩依然跑在前面。

他們轉了兩個急彎，透過油燈昏暗的光線，賈迪爾看見綠地人已經轉入死角。惡魔跟了進去，深坑魔印師一躍而出，揭開魔印。

石惡魔看著自己的獵物受困，發出勝利的吼叫，朝綠地人撲去，而綠地人則是轉身衝向惡魔。魔光閃耀，大惡魔的利爪自綠地人的盾牌上滑開。綠地人被這一爪的力道擊倒，隨即如同大貓般翻身而起，在惡魔有機會回頭再度攻擊前繞過它身邊。

此時魔印已經揭露，但賈迪爾立刻發現石惡魔進入時踩過一顆位於中央的魔印石。該魔印已經粉碎得無可修補了。

綠地人也看見了那顆魔印石。賈迪爾以為他會在惡魔轉身前衝出陷阱死角，但北地人再度做出驚人之舉。他以長矛指向碎掉的魔印石，用他的語言大叫了一句話，隨即轉身面對阿拉蓋。

「修補魔印！」賈迪爾大叫，但根本沒有必要。深坑魔印師已經開始在石板上繪製新的魔印。他們可以在一分鐘內完成修補。

再一次，惡魔進攻，再一次，綠地人閃向一旁，盾牌只被對方的利爪順勢帶到一點。但這一次，惡魔有備而來，立刻又將另一條斷臂當作巨棒揮下。綠地人及時撲倒，避開攻擊，但惡魔抬起大腳，打算趁他倒地時將它壓成肉醬，賈迪爾心知他不可能及時起身。

魔印師即將修補完畢。綠地人將會如同英雄般光榮戰死，克拉西亞會逃過一劫。賈迪爾只須將勇敢而神祕的北地人棄之不顧，轉身離開就好。

但他卻一聲發喊，跳入死角中。

第八章　帕爾青恩　326～328 AR

石惡魔放聲咆哮，長有利爪的腳掌狠狠踩下。賈迪爾屈膝滑入對方腳底，以肩膀頂起魔印盾牌，舉在兩人身上。

這一腳的力道令他牙齒猛震，脊柱搖晃。他感到自己肩膀脫臼，持盾的手臂頓時軟癱。但魔光閃動，巨大的阿拉蓋向後彈開，失去平衡。它撞上一堵高牆，牆上的魔印啓動，將惡魔彈向對面，對面的牆也大放魔光。它憤怒吼叫，如同小孩的皮球般彈來彈去。

綠地人立刻起身，抓起賈迪爾沒有受傷的肩拉他站起。這時深坑魔印師已完成修補，他們趁著惡魔掙扎的同時跌跌撞撞地步出角落。

片刻過後，石惡魔站穩腳步，朝他們撲去，但綠地人的魔印照亮黑夜，將它狠狠彈開。北地人朝怪物叫了一句話，並且比出一個賈迪爾猜想在北方和克拉西亞同樣表示下流的手勢。他再度大笑。

「偵察兵有什麼消息？」賈迪爾問山傑特。

「惡魔佔領了大半迷宮。」山傑特回應道。「少數戰士藏身在伏擊點的魔印後方，但大多已投入艾弗倫的懷抱。馬甲部族堅守第六層，阿拉蓋沒有辦法突破那裡的魔印。」

「我們損失了多少戰士？」賈迪爾問，害怕聽到這個答案。

山傑特聳肩。「黎明之前無法估計，要等戰士離開藏身處後，凱沙羅姆才能清點人數。」

「猜個數字。」賈迪爾說。

山傑特皺眉。「超過三分之一，或許一半。」

賈迪爾面露不悅。大回歸之後克拉西亞從來不曾在一夜之間損失如此慘重。安德拉一定會將他斬首示眾。

「清空內迷宮，開始協助傷者前往達馬丁大帳。」他說。

「你也該去療傷，第一武士。」山傑特說。「你的肩膀……」

賈迪爾低頭看向自己的手臂，它軟綿綿地垂在身側。他早已擁抱痛苦，將它拋在腦後。現在這麼一提，肩膀隨即傳來一陣劇痛，直到他再度壓抑下來。

他搖頭。「我的手可以等，叫偵察兵來此向我回報。太陽即將升起，我要看著阿拉蓋燃燒。」

山傑特點頭離開，大聲發號施令。賈迪爾轉身打量石惡魔，只見對方捶打魔印，憤怒吼叫，依然在試圖攻擊綠地人。綠地人冷冷地站在它面前，兩個傢伙——一個人類和一頭阿拉蓋——彼此對望，眼中充滿同樣的憎恨之情。

「你們之間究竟有什麼過節？」賈迪爾問，心知綠地人根本聽不懂。

意外的是，男人轉身面對他，或許是透過語氣猜出他的疑問，再度做出砍斷手臂的動作。他舉起右手，以另一手掌作勢砍落，擊中手肘下方的位置。

明白綠地人的意思後，賈迪爾當即瞪大雙眼。

「你砍下了它的手臂？」其他人聽見這話，紛紛抬頭。當綠地人點頭時，賈迪爾聽見人們交頭接耳，心知這個故事即將如同風沙般席捲全城。

「我低估你了，我的朋友。」他說。「很榮幸能成爲你的阿金帕爾。」

綠地人聳肩微笑，聽不懂他在說什麼。

不久後，夜空中浮現黎明即將到來的陰暗色彩。石惡魔也感應到這點，抬頭挺胸，彷彿在集中注意力。賈迪爾見過不下千次這種景象，至今還看不膩。要不了多久，惡魔就會發現大迷宮的沙地下所鋪的琢石能夠阻擋它們回到位於阿拉中央的奈的深淵。它會大吼大叫、拚命掙扎、攻擊魔印，但終究逃不過太陽的掌心而被艾弗倫的光明焚燒殆盡。

阿拉蓋確實發出叫聲，不過接下來它做了一件賈迪爾聞所未聞的事。它挖掘大迷宮的沙地，找到數世紀前鋪設其下的巨大石板。接著它高舉利爪，擊穿石板、扯開碎石。

「不！」賈迪爾叫道。綠地人和他一起高聲怒吼，但他們的叫聲無法改變事實。早在太陽升起到足以構成威脅之前，怪物已然返回深淵。

當他們一拐拐地走回訓練場時，英內薇拉已經等候多時。看見他的手臂無力地垂在身側，她當即轉向哈席克。

「帶他回宮殿。」她說。「如果他不肯就用拖的。」

哈席克鞠躬。「謹遵達馬丁號令。」

賈迪爾在哈席克催促的同時轉向山傑特。「去把阿邦帶來。等他抵達後，帶他和綠地人前往我的接見廳。」

山傑特點頭，派遣信差去找人。賈迪爾和哈席克朝宮殿前進，但還沒走到台階，訓練場中已擠滿治療傷者的達馬丁，以及因爲找不到丈夫與兒子而慟哭失聲的女人。

接著跑出來的是達馬，他們迅速自大迷宮回來的沙羅姆中召集自己的族人。片刻過後，夜裡齊心抗敵的部隊再度被區分成白晝時相互對立的部族。

賈迪爾還沒有走完一半台階，數頂轎子已來到現場。那是十二個部族的達馬丁以及安德拉本人，由奈達馬抬轎，旁邊圍繞著他們最忠心的祭司。

賈迪爾停下腳步，心知不管傷得多重，他都得先回報這個遭受詛咒的夜晚所發生的事。但他要怎麼說呢？他損失了克拉西亞至少三分之一的戰士，但成就了什麼戰功？

「怎麼回事？」安德拉衝到他面前大聲問道。英內薇拉立刻出現在賈迪爾身旁，但在白晝的陽光下，又有所有達馬基作為後盾，加上賈迪爾如此重大的失敗，安德拉連她也不怕。

即使多年過後，看到這胖子還是會讓賈迪爾感到憎恨與噁心。但英內薇拉預見的那天，他會以長矛餵食此人並且砍下他陽具的那天，現在似乎變得遙不可及。今天賈迪爾沒被貶為卡非特就已經很走運了。

「昨晚外城門失守。」賈迪爾說。「導致敵人擁入大迷宮。」

「你丟了城門？」安德拉大聲問道。

賈迪爾點頭。

「損失？」安德拉問。

「還在清點。」賈迪爾說。「至少數百人，或許上千。」

達馬基開始竊竊私語。整個訓練場中所有沙羅姆和達馬都在注視這一幕。

「我要把你的腦袋插在新城門上！」安德拉怒道。

在賈迪爾回應前，哈席克已經跨到他身前，朝安德拉拜倒，額頭抵上台階。

「你在幹什麼，笨蛋？」賈迪爾大聲問道，但哈席克不理會他。

「請你原諒，我的安德拉，」他說。「此事並非第一武士的責任。沒有阿曼恩・賈迪爾，我們昨晚會全軍覆沒！」

聚集而來的圍觀戰士發出認同的聲浪。「他把我從惡魔坑中拉上來！」一名戰士叫道。「第一武士率領手下拯救我的部隊！」另一名叫道。

「那並不能解釋一開始城門怎麼會失守！」安德拉吼道。

「昨晚阿拉蓋卡攻擊城牆。」哈席克說。「它接下了一顆巨石，拋回城牆、擊碎外城門。如果不是第一武士應變迅速，惡魔早已血洗全城。」

「昨晚是月虧，但阿拉蓋卡已經有三千年不曾現身克拉西亞了。」阿馬戴佛倫達馬基說道。

「對方不是阿拉蓋卡。」賈迪爾說。「只是來自山區的石惡魔。」

「即便如此，還是聞所未聞。」阿馬戴佛倫說。「什麼導致石惡魔來到離家如此之遠的地方？」

哈席克抬起頭來，掃視群眾。賈迪爾要他噤聲，但他的手下再度忽略他。

「他。」哈席克說，指向綠地人。

所有目光全部轉向綠地人，對方後退一步，發現自己已成爲目光焦點。

「一名青恩？」安德拉說。「青恩爲什麼會和克拉西亞沙羅姆站在一起？他應該像卡非特一樣待在大市集棚屋區。」

一名達馬在阿馬戴佛倫耳邊低語。「我聽說他昨晚來找第一武士，請求參與作戰。」達馬基說。

「而你允許了？」安德拉問賈迪爾，一臉難以置信。

英內薇拉意欲上前，但賈迪爾出手拉住她。她在斗室中或許強勢得很，但就算是達馬丁，一名女子在眾多戰士和達馬面前爲他辯護，肯定只會把情況越弄越糟。

「是。」他說。

「那麼我們會發生這種災難完全是你的錯！」安德拉叫道。「青恩的腦袋會和你一起掛上城門，讓禿鷹啃蝕你們的眼珠！」

他轉身就走，但賈迪爾還沒說完。他已經爲綠地人犧牲太多，絕不能讓他在此刻遭人處決。英內薇拉說過他們的命運緊緊相繫，就讓他們緊緊相繫吧。

他的手臂依然劇痛，前晚的戰鬥令他疲憊不堪、傷痕累累。他頭昏眼花、天旋地轉，但他擁抱所有痛楚，將其拋向一旁。日後他會投入艾弗倫的懷抱休息，但此刻時候未到。

「難道我應該拒絕他嗎？」他大聲問道，讓所有人聽見。「他與阿拉蓋爲敵，請求我們和他並肩作戰，而我們應該不理會嗎？我們到底是男人還是卡非特？」

安德拉停步，轉身面對賈迪爾。他的臉色十分難看。

「他帶來了一頭石惡魔！」安德拉叫道。

「就算他的敵人眞是阿拉蓋卡我也不在乎！」賈迪爾吼回去。「如果我們因爲畏懼阿拉蓋而拒絕在夜裡幫助一個男人——就算是青恩也一樣，那麼克拉西亞就完蛋了！」

他朝綠地人招呼，要他來到台階半路的位置，讓所有人都能看見他。他緊握長矛，似乎隨時準備面對群眾群起而攻。他堅定的目光明白表示他絕不會束手就擒。

他毫無畏懼。賈迪爾心想。還有誰比他更適合與我的命運緊緊相繫呢？

「這個北方人並非懦夫，不是像個女人般耕田的人。」賈迪爾說。「他是帕爾青恩，一個如同戴爾沙羅姆般頂天立地的英勇外來者！讓阿拉蓋卡來！光是它想要這名綠地人的鮮血這點，就足以讓任何在艾弗倫面前抬頭挺胸的人出面阻止它！」

山傑特發出支持的吶喊，賈迪爾的百人部隊立刻呼應。沒過多久，所有戴爾沙羅姆都高舉長矛，呼聲震天。

「我們昨晚英勇地與奈抗爭，並且擊退奈強大的僕人。」賈迪爾說。「此時此刻，它正懷著失敗與沮喪的心情爬回深淵，因爲沙漠之矛的戴爾沙羅姆而恐懼畏縮。」

安德拉氣急敗壞地試圖出言駁斥，但這時不管他說什麼，都會被包括達馬在內的群眾吼叫聲淹沒。

安德拉皺起眉，但在如此強烈支持賈迪爾的聲浪之前，他什麼也不能做。他轉過身去，重重坐回自己的轎子。奈沙羅姆們撐起轎桿，在他龐大的身軀下發出吃力的呻吟。

「這是場危險的遊戲。」阿馬戴佛倫在他們將安德拉抬出聽力所及的範圍外時說道。

「沙拉克對我而言並非遊戲，達馬基。」賈迪爾說。

「剛剛做得好。」英內薇拉邊說邊扶他躺上她的醫療台。「你讓那頭肥豬夾著尾巴逃跑。」她笑著剪開他的長袍。他的肩膀和手臂都有一大片變得漆黑。

「我很少有表現能力的機會。」賈迪爾說。

英內薇拉輕哼，抓起他的手臂用力轉回定位。賈迪爾早有準備，痛意如同溫暖的微風般席捲全身。

「需要咬樹根嗎？」她問。

賈迪爾輕哼一聲。

「真強壯。」她柔聲說道，手掌在他身上撫摸，尋找其他傷口。賈迪爾全身都是瘀青和擦傷，不過似乎沒什麼大礙，因爲英內薇拉脫下長袍，爬上桌子，跨開雙腳騎在他身上。

沒有什麼比勝利更能激發她的性慾。

「我的第一武士，」她嬌喘道，親吻他堅硬的胸膛。「我的沙達馬卡。」

5

賈迪爾坐在長矛王座上，凝視著向他回報的凱沙羅姆。他的左手吊著懸帶，儘管全神貫注的此時只感到些微疼痛，但無法使用這條手臂令他十分惱怒。他的妻子們會勸他今晚不要參與阿拉蓋沙拉克，但他絕不妥協。

此刻站在他面前的是伊瓦克，沙拉奇部族的凱沙羅姆。

「由於只剩四名戴爾沙羅姆，我懷著沉痛的心情告知沙羅姆卡，沙拉奇部族已沒有足夠的戰士組成自己的隊伍。」伊瓦克羞愧地低頭道。「我們要多年的時間才能恢復元氣。」他沒有說出所有人共同的想法：沙拉奇部族很可能永遠無法恢復元氣，要嘛就是死光，不然就是被其他部族吸收。

賈迪爾搖頭。「昨天晚上許多部隊元氣大傷。我會召集戴爾沙羅姆挺身而出，用他們的長矛向沙拉奇弟兄致敬。今天晚上會有足夠的戰士接受你的指揮。」

凱沙羅姆瞪大雙眼。「你實在太寬宏大量了，第一武士。」

「胡說。」賈迪爾道。「不這樣做我良心不安。另外，我會自掏腰包購買女人協助你們恢復元氣。」他微笑。「如果你的族人在這方面就像在阿拉蓋沙拉克裡表現得一樣英勇，沙拉奇部族很快會盡復舊觀。」

「沙拉奇部族永遠感恩不盡，第一武士。」男人道說著伏身拜倒，額頭著地。

賈迪爾步下王座台，伸出完好的手放在對方肩上。

「我是沙拉奇部族的人，」他說。「就和夸莎所生的三個兒子及兩個女兒一樣。我不會讓我們的部族消失在黑夜中。」戰士親吻他穿著涼鞋的腳背，賈迪爾感到他眼中墜落的淚滴。

「卡吉部族和馬甲部族不會販賣女人給其他部族。」伊瓦克離開後，阿山說道。「但梅寒丁部族擁有很多女子，而且完全效忠沙羅姆卡。昨晚他們損失並不慘重。」

賈迪爾點頭。「他們願意出售多少我們就買多少，錢不是問題。其他部族也需要新血才能振作。」

阿山鞠躬。「我會照辦，但重建部族不是達馬基的責任嗎？」

賈迪爾心照不宣地看向他。「好了，我的朋友，你和我一樣清楚，即使到了現在這種局面，那些老頭絕對不會互相幫助。沙羅姆得自己照顧自己的弟兄。」

阿山再度鞠躬。

他們聽取了很多回報，大多都差不多糟糕。賈迪爾不厭其煩地聆聽，提供所有人援助，擔心今晚黃昏後前來集結的部隊狀況。

終於，最後一名指揮官離開，他深深嘆了一口氣。

「帶帕爾青恩和卡非特進來。」他說。

阿山指示守衛，兩人隨即被帶了進來。戴爾沙羅姆粗暴地將阿邦推倒在王座台前的地上。

「你要爲沙羅姆卡翻譯，卡非特。」阿山說。

「是的，我的達馬。」阿邦說，腦袋抵在地上。

綠地人對阿邦說了幾句話，阿邦含糊不清地回應。

「他說什麼？」賈迪爾問。

阿邦吞嚥口水，遲疑片刻。

阿邦身後的守衛以長矛擊打他的背部。「沙羅姆卡問你問題，駱駝尿之子！」

阿邦痛苦慘叫，綠地人大叫一聲，推開戰士，擋在兩人中間。他和該名戰士互瞪片刻，戰士神情不定地瞄向賈迪爾。

賈迪爾不理他們。「我不會再問第二遍。」他對阿邦道。

阿邦擦拭額頭上的汗珠。「他說：『你這樣卑躬屈膝是不對的。』」他翻譯道，隨即縮頭閉眼，彷彿等著被打。

賈迪爾點頭。「告訴他你曾在大迷宮中爲自己及家人帶來恥辱，再也沒有資格與其他男人並肩而立。」

阿邦點頭，迅速翻譯。綠地人回應，阿邦再度翻譯。「他說那無關緊要，沒有男人該像狗一樣趴在地上。」

阿山搖頭。「野蠻人的習俗眞是奇特。」

「沒錯。」賈迪爾說。「但我們今天不是來討論如何對待卡非特。阿邦，你的雙手可以不用伏地。」

「感謝你，第一武士。」阿邦說著挺直腰身。綠地人似乎鬆了口氣，與守衛同時向後退開。

「你昨晚表現得十分出色，帕爾青恩。」賈迪爾說。阿邦迅速翻譯。

綠地人鞠躬，直視賈迪爾的目光，以沙啞的聲音回應。「能與如此英勇的男人並肩作戰令我深感榮幸。」阿邦翻譯。

「北方人也像我們一樣作戰嗎？」賈迪爾問。

綠地人搖頭。「我的族人只有在必要時才會起身作戰，爲了拯救自己的性命，有時也爲了拯救他人。」阿邦說。綠地人皺起眉，補充一句，並朝地板吐了一口口水。「有時就算到了這種地步也不挺身而出。」阿邦說。

「他們是懦夫的民族，如同伊弗佳記載。」阿山說。阿邦張嘴，達馬抓起高腳杯丟了過去，他身上的上好絲綢當即染滿深色花蜜。「那個不要翻，白痴！」綠地人握緊拳頭，但將目光維持在賈迪爾臉上。

「你爲何如此不同？」賈迪爾問。阿邦翻譯，但綠地人只是聳肩，沒有回應。「是你砍斷石惡魔的手臂？」

綠地人點頭。「在我小時候，」阿邦翻譯。「我離家出走。太陽下山時，我繪製了一個魔印圈，當時四面八方都是地心魔物……」

賈迪爾揚起一手。「地心魔物？」

阿邦鞠躬。「綠地人的語言裡是如此稱呼阿拉蓋的，第一武士。」他說。「意思是『居住在地心的生物』。他們相信奈的深淵位於阿拉的地心，就和我們一樣。」

賈迪爾點頭，指示男人繼續說下去。

「那天晚上，石惡魔想要吃掉我。」阿邦翻譯。「而我蠢到主動去挑釁它，跳來跳去，嘻笑嘲弄。後來我滑了一跤，壓花一個魔印。地心魔物動手攻擊，抓傷我的背，但我在它有機會穿越魔印圈前補好魔印。魔印圈重新啓動時，它的手臂便被削下。」

阿山嗤之以鼻。「不可能，青恩顯然在說謊，沙羅姆卡。沒有人能在這種怪物的攻擊下存活。」

綠地人看向阿邦，但卡非特沒有翻譯，他轉向賈迪爾。他說了一句話，並且指向阿山。

「這名聖徒說了什麼？」阿邦說道。

賈迪爾看了阿山一眼，然後轉回綠地人。「他說你是個騙子。」

綠地人點頭，彷彿料到對方會有這種反應。他放下長矛，撩起上衣，轉身背對他們。

「奈的黑心呀。」阿邦說，在看見對方背上幾道深而寬的疤痕時嚇得臉色發白。疤痕早已隨著歲月而變淡，但毫無疑問，那是由遠比任何沙惡魔的利爪還大的爪子抓出來的。

綠地人轉回身來，冷冷凝視阿山。「你還認爲我是騙子嗎？」阿邦翻譯。

「道歉。」賈迪爾低聲說道。

阿山深深鞠躬。「我很抱歉，帕爾青恩。」綠地人在阿邦翻譯時點了點頭。

「之後惡魔就一直跟著你？」賈迪爾問。

綠地人點頭。「至今將近七年。」阿邦翻譯。「但總有一天，我會送它去見陽光。」

賈迪爾點頭。「你爲什麼沒告訴我們有這麼厲害的敵人在追你？你讓我的城市陷入危難。」

綠地人回應，阿邦瞪大雙眼。他回了幾句話，但綠地人只是搖頭，然後再度說話。

「你不是來這裡和人聊天的，卡非特！」賈迪爾叫道，自王座上站起。門口的戴爾沙羅姆壓低矛頭，大步走來。

「我很抱歉，第一武士！」阿邦大叫，額頭再度壓回地板。「我只是想要弄清楚他的意思！」

「我來決定什麼地方要弄清楚。」賈迪爾說。「下次你再任意說話，我就砍下你的大拇指。現在把剛剛說的都翻譯出來。」

阿邦連忙點頭。「綠地人說：『那只是頭石惡魔。它們在北方十分常見，我不認爲一頭石惡魔和我有過節是什麼值得一提的事。』我回應道：『你一定是在誇大其詞，我的朋友！世界上絕對不可能有兩頭那麼可怕的阿拉蓋。』接著他說：『不，在北方的山區裡多得是這種惡魔。』」

賈迪爾點頭。「石惡魔的弱點在哪？」

「據我所知，」綠地人透過阿邦說道。「沒有弱點，我已經很仔細地找過了。」

「我們會找到的，帕爾青恩，」賈迪爾說。「一起找。」

5

「我不能接受這種程度的溝通。」賈迪爾在綠地人被帶走後說道。

「帕爾青恩學習能力很強。」阿邦說。「他已開始用心學習我們的語言，我保證他很快就能學會。」

「不夠好。」賈迪爾說。「還會有其他綠地人前來，而我也要和他們交談。既然我們的學者……」他輕蔑地看向阿山。「都不屑學習野蠻人的語言，只好由你負責教導我們，從我開始教。」

阿邦臉色發白。「我？」他尖聲說道。「教你？」

賈迪爾心生厭惡。「不要扭扭捏捏。沒錯，就是你！還有其他人會說嗎？」

阿邦聳肩。「這在大市集裡是種寶貴的技能。我妻子和女兒會說一點，好讓他們偷聽信使交談。

大市集裡還有許多女人會這麼做。」

「你要沙羅姆卡去向女人學嗎？」阿山大聲問道，賈迪爾嚥下心中的諷刺感。如果不是英內薇拉，他至今仍是個不識字的戴爾沙羅姆。

「那就再找另一個商人。」阿邦說。「我不是唯一和北方人交易的人。」

「但你是最常和北方人交易的人。」賈迪爾說。「這個事實顯而易見，你身上的絲綢服飾像女人所穿的，而且憑你這個扭扭捏捏的肥胖商人，妻子人數竟然超過大多數戰士。更重要的是，帕爾青恩認識你，並且相信你。除非有個眞正的男人會說綠地語，不然就是你了。」

「但……」阿邦說，露出祈求的目光。賈迪爾舉起一手，他立刻閉上嘴。

「你說過你欠我一命，」賈迪爾說。「現在該是你還債的時候了。」

阿邦深深鞠躬，額頭碰觸地板。

5

夜晚降臨時，城門已經修葺完畢，儘管巨型石惡魔持續攻擊城牆，投石器部隊再也沒有朝它丟擲任何可以用來突破魔印的彈藥。當天晚上帕爾青恩再度參與阿拉蓋沙拉克，接下來一星期中的每天晚上也一樣。白天的時候，他就和戴爾沙羅姆一起接受嚴格的訓練。

「我不知道其他綠地信使怎樣，」卡維爾訓練官說，朝地上吐口水。「但帕爾青恩受過嚴格的訓練。他的矛技卓然出眾，而他學習沙魯沙克的進展快得好像天生就會。我本來讓他和奈沙羅姆一起練習，但他的招式已經超越了那些準備接受城牆試煉的男孩。」

賈迪爾點頭。這些早就在他預料中。

好像知道他們在講他一樣，帕爾青恩來到他們身前，阿邦則恭敬地尾隨而來。他鞠躬說話。

「我明天就要啓程回去北方，第一武士。」阿邦翻譯道。

把他留在身邊。英內薇拉的話迴盪在賈迪爾腦中。

「這麼快？」他問。「你才剛到而已，帕爾青恩！」

「我也這麼覺得。」帕爾青恩說。「但我答應別人要運送貨物和信件，不能辜負他們的委託。」

「青恩的委託算什麼！」賈迪爾脫口而出，話才出口就察覺自己犯了錯。那是種莫大的侮辱，他不知道綠地人會不會因此攻擊他。

但帕爾青恩只是揚起一邊眉毛。「那有什麼差別嗎？」他透過阿邦問道。

「不，當然沒有。」賈迪爾說，出乎眾人意料地深深鞠躬。「我很抱歉，只是不希望你離開。」

「我很快就會回來。」帕爾青恩承諾道。他拿出一疊用皮繩綑綁的紙。「阿邦幫了很多忙，我有很多單字要背。下次見面時，希望我已經更熟悉你們的語言。」

「毫無疑問。」賈迪爾說。他擁抱帕爾青恩，親吻他光滑的臉頰。「克拉西亞永遠歡迎你，我的兄弟，但如果你留一撮正常男人的鬍子就不會那麼引人注目了。」

帕爾青恩微笑。「我會的。」他承諾。

賈迪爾拍他的背。「來吧，我的朋友。夜晚即將降臨，我們在你橫跨火熱沙漠前再去殺阿拉蓋。」

帕爾青恩離開後的數個月當中，賈迪爾開始更仔細地觀察其他來自北地的信使。阿邦在大市集裡耳目眾多，一有北地人抵達立刻就會傳來信息。

賈迪爾輪流邀請每一名信使前往他的宮殿——這是從來沒人聽說過的殊榮。在數世紀遭受比卡非特還不如的待遇後，男人們紛紛迫不及待地造訪他的宮殿。

「我把握所有可以練習北地語的機會。」他在信使們坐在餐桌旁，由他的妻子親自服侍時說道。他與每個信使長談，確實是為了練習北方語，不過同時也在套問更多訊息。

而用完餐後，他總會提出同樣的請求。

「你像男人般攜帶長矛。」他說。「今晚當我們的弟兄，來大迷宮與我們並肩作戰。」信使們凝視著他，他可以從對方的眼神中看出他們完全不了解這是多麼難得的榮耀。

像商量好似地，他們全部回絕。

另一方面，帕爾青恩信守承諾，每年至少來訪兩次。有時他只會待上幾天，有時他會在沙漠之矛以及周邊村落待上好幾個月。一次又一次，他來到訓練場，請求參與阿拉蓋沙拉克。

*帕爾青恩是北方唯一真正的男人嗎？*賈迪爾心想。

𐐛

深坑魔印師在一片血雨中倒下，不過落地前帕爾青恩就已經替補他的位置。他出腳勾住沙惡魔的腳，隨即撲倒，以流暢的沙魯沙克動作順勢扭動。惡魔雙膝交扣，摔入惡魔坑。

彷彿一切早已排練好了，帕爾青恩取出一根炭棒，修補受損的魔印，在其他惡魔有機會逃出去前重新封印。接著他立刻衝到魔印師身邊，割開他的長袍，將縫在布料中用來抵擋阿拉蓋利爪的鋼板丟向一旁。這種金屬護甲是深坑魔印師獨享的防護，雖然比不上長矛和護盾來得實用。深坑魔印師得空手才能工作。

帕爾青恩的手掌和手臂已染滿鮮血，但他絲毫不以爲意，伸手在沙場袋中翻找藥草和工具。賈迪爾訝異地搖頭，這已經不是綠地人第一次在大迷宮裡治療傷者了；北方人都是魔印師兼達馬丁嗎？

魔印師虛弱掙扎，但帕爾青恩跨坐在他身上，以膝蓋固定他的身體，持續清理傷口。

「幫我！」帕爾青恩以克拉西亞語叫道，但戴爾沙羅姆都困惑地在旁觀看，賈迪爾也是同樣的感覺。這傷不輕，難道他看不出魔印師就算活下來也會殘廢一輩子嗎？

賈迪爾走到他們身邊。帕爾青恩一邊以手肘壓住繃帶，一邊試圖用鉤針縫合傷口。戰士持續掙扎，讓他難以工作。

「壓住他！」帕爾青恩看見他來，立刻叫道。賈迪爾不理會他，直視戰士的雙眼。戴爾沙羅姆微微搖頭。

賈迪爾挺矛刺穿男人的心臟。

帕爾青恩放聲尖叫，拋下針線撲向賈迪爾。他抓住賈迪爾的長袍，用力推向後方，將他壓在大迷宮牆上。

「你做什麼？」帕爾青恩大聲問道。伏擊點裡所有戰士通通舉起長矛，迎上前來。沒有人可以攻擊第一武士。

賈迪爾揚起一手阻止他們，目光停留在完全不知道自己有多接近死亡的綠地人臉上。

在與帕爾青恩目光相對之後，賈迪爾改變了這個想法。或許他十分清楚，只是並不在乎。殺死魔印師讓綠地人失去理智。

「我是讓男人光榮死去，傑夫之子。」賈迪爾說。「他不想要你的幫助，他不需要。他盡忠職守，現已置身天堂。」

「根本沒有天堂。」帕爾青恩吼道。「你只是謀殺一個男人。」

賈迪爾雙手一抖，輕易掙脫帕爾青恩。兩年來對方的沙魯沙克進步神速，但他還不是大多數戴爾沙羅姆的對手，更不可能打得過曾在沙利克霍拉受訓的人。他擊中帕爾青恩的下頷，順勢閃過他的反擊。他將對方的手臂扭到身後，將他摔倒。

「就這一次，」他在帕爾青恩耳邊低語。「我會假裝沒有聽見你說那種話。你要是敢在克拉西亞再講那種北地人的褻瀆言論，我就殺了你。」

把他留在身邊。英內薇拉如此說，但他失敗了。

賈迪爾獨自站在城牆上，看著阿拉蓋在太陽升起前逃回深淵。他的手下稱之爲阿拉蓋卡的巨型石惡魔在修葺過的城牆前來回踱步，但魔印力場牢不可破。要不了多久，它也會沉入奈的深淵，度過另一個白晝。

賈迪爾不斷想起帕爾青恩眼中的絕望，試圖拯救魔印師的渴望神情。賈迪爾知道自己了結魔印師的性命，確保對方不會因爲殘廢而失去榮耀是正確的做法，但他同時也知道自己這麼做是在刻意激怒帕爾青恩。

在自己的族人中，如此對待他人是司空見慣的事，不會有人爲了某個殘廢的性命而攻擊領導人。但賈迪爾一再發現綠地人與自己族人有很多不同之處，就連帕爾青恩也是一樣。他們不會如同擁抱生命般擁抱死亡。他們對抗死亡，就像任何戴爾沙羅姆對抗阿拉蓋。

這或多或少也算是種光榮的做法。達馬說綠地人都是野蠻人並不正確。不管英內薇拉怎麼說，賈迪爾喜歡帕爾青恩。他們之間的衝突令他困擾，他煩惱著該如何加以補救。

「我就知道能在這裡找到你。」身後傳來一個聲音。賈迪爾輕笑，綠地人總是有辦法在他想到對方時突然出現。

帕爾青恩站在城牆上瞭望下方。他喉間咕噥一聲，吐出一口黏痰，擊中位於下方二十呎外的石惡魔腦袋。惡魔朝他怒吼，他們在它沉入沙丘中時同聲大笑。

「有一天它會死在你腳邊。」賈迪爾說。「艾弗倫之光會燒盡它的屍身。」

「沒錯。」帕爾青恩同意道。

兩個男人默默站了一段時間，迷失在各自的思緒中。綠地人應賈迪爾的建議留了一臉鬍鬚，但他那張白臉上的黃毛比原先不留鬍子時更凸顯了外來者的身分。

「我是來道歉的。」帕爾青恩終於說道。「我無權批評你們的習俗。」

賈迪爾點頭。「我也一樣。你的行爲高貴，我不該如此貶低。我知道自從學會我們的語言以後，你和魔印師的交情與日俱增。他們從你那邊學了不少東西。」

「我也從他們身上獲益良多。」帕爾青恩說。「我沒有不敬的意思。」

「看來我們的文化先天上就會羞辱彼此，帕爾青恩。」賈迪爾說。「如果想要繼續互相學習，我們得抗拒遭受冒犯的衝動反應才行。」

「謝謝你，」帕爾青恩說。「這對我而言意義重大。」

賈迪爾揮了揮手。「這件事情不須再談，我的朋友。」

綠地人點頭，轉身打算離開。

「所有北地人都和你有同樣的想法嗎？」賈迪爾問。「天堂不存在？」

帕爾青恩搖頭。「北方的牧師講述一個住在天堂中，凝聚信徒靈魂的造物主，就和你們的達馬差不多。大多數人都相信他們的說法。」

「但你不相信。」賈迪爾問。

「牧師同時也宣稱地心魔物是種瘟疫。」帕爾青恩說道。「因為人類罪孽深重，所以造物主派遣惡魔降臨世間懲罰我們。」他搖頭。「我不相信這種說法。而如果牧師的一種說法不可信，我要怎麼相信他們其他的說法？」

「那你為何而戰，如果不是為了爭取造物主的榮耀？」賈迪爾問。

「我不需要聖徒告訴我地心魔物是必須摧毀的邪惡。」帕爾青恩說道。「它們殺害我的母親、擊潰我的父親。它們殺了我的朋友、鄰居，以及家人。而世上某個地方，」他出手揮過地平線。「藏有摧毀它們的方法。我會持續尋找，直到找到為止。」

「質疑你們的牧師是正確的，」賈迪爾說。「阿拉蓋不是瘟疫，它們是試煉。」

「試煉？」

「是的。測試我們對艾弗倫是否忠誠的試煉，測試我們的勇氣，以及對抗奈的黑暗的決心。但你同時也弄錯了一點。摧毀它們的方法並不是藏在世上的某處，」他輕蔑地揮過地平線。「而是在這裡。」他伸出一根手指，戳向帕爾青恩的心臟。「當所有人找到自己的決心，並團結一致的那天到來，奈會沒有能力與我們對抗。」

帕爾青恩沉默很長一段時間。「我期待那天的到來。」他終於說道。

「我也是，我的朋友。」賈迪爾說。「我也是。」

首度造訪沙漠之矛兩年多後，帕爾青恩再次回到此地。賈迪爾的目光自繪製作戰計畫的石板上抬起，看著對方穿越訓練場而來，感覺像自己的親弟弟剛自漫長的旅途中返鄉。

「帕爾青恩！」他叫道，攤開雙手迎接他。「歡迎回到沙漠之矛！」他的綠地人語言現在已十分流利，雖然他依然覺得這種語言十分難聽。「我不知道你回來了，今晚阿拉蓋會害怕得發抖！」

這時賈迪爾才注意到帕爾青恩隨阿邦一同前來，不過他們不再需要肥胖的卡非特幫忙溝通。

賈迪爾厭惡地看著阿邦。他比賈迪爾上次見到他時還要胖，而且身上還是穿著絲綢，如同達馬基最寵幸的妻子。相傳他主宰了大市集中的交易，而部分原因就在於他在北方人脈廣闊。他是隻水蛭，比起艾弗倫、榮譽，以及克拉西亞，他更重視利益。

「你怎麼敢來這裡與男人站在一起，卡非特？」他大聲問道。「我沒有傳喚你。」

「他是跟我來的。」帕爾青恩說。

「他不必再跟著你了。」賈迪爾冷冷地說。阿邦鞠躬，快步離開。

「我不知道你幹嘛在那個卡非特身上浪費時間，帕爾青恩。」賈迪爾啐道。

「在我的家鄉，人們並不只以長矛來評斷男人的價值。」亞倫說。

賈迪爾大笑。「在你的家鄉，帕爾青恩，人們根本不會去碰長矛。」

「你的提沙語比之前進步多了。」帕爾青恩注意到。

賈迪爾咕噥一聲。「你們青恩的語言眞不好學，特別是當你不在的時候，我還得去找個卡非特來練習。」他皺眉看著阿邦的背影。「看看那傢伙，打扮得像個女人。」

「我可沒看過女人穿成那個樣子。」帕爾青恩說。

「那是因爲你不肯讓我幫你找個可以讓你揭開面紗的老婆。」賈迪爾說道。他已經多次試圖幫帕爾青恩找個妻子，將他羈絆在克拉西亞，把他留在身邊，如同英內薇拉吩咐的那樣。

有一天，你得殺了他。英內薇拉的聲音在他腦中迴盪，但他不願相信。如果賈迪爾可以幫他找個妻子，綠地人就可以擺脫青恩的過去，以戴爾沙羅姆的身分重生。或許這樣的「死亡」就等於是應驗了神諭。

「我懷疑達馬會讓你們的女人嫁給不屬於任何部族的青恩。」帕爾青恩說。

賈迪爾揮手。「胡說八道。」他說。「我們曾一起在大迷宮中灑血，我的兄弟。如果我要你加入我們部族，就連安德拉本人也不敢表示任何意見！」

「我現在還不打算結婚。」他說。

賈迪爾皺起眉。儘管兩人交情深厚，他還是經常弄不懂綠地人的想法。對他的族人而言，戰士的慾望不管在不在戰場上都同樣高漲。他沒有看出帕爾青恩露出任何性好男色的跡象，但他對於戰場的興趣似乎比天亮後存活下來的快感還要多。

「好吧，別等太久，不然大家會以爲你是普緒丁。」他說。這個字是「假女人」的意思。在艾弗倫的教誨裡，與另一名男子交合並非罪孽，但普緒丁完全不與女子交合，不幫部族履行傳宗接代的義務——這是他們族人不能接受的行爲。

「你進城多久了，我的朋友？」賈迪爾問。

「才幾小時。」帕爾青恩說。「我剛把信送到宮殿。」

「然後你就帶著長矛前來助陣啦！看在艾弗倫的份上，」賈迪爾大叫，讓所有人都聽見。「帕爾青恩體內一定流著克拉西亞的血！」他的手下和他一起大笑。

「隨我走走。」賈迪爾說，一手搭上帕爾青恩的肩，暗自盤算今晚的作戰計畫，想爲自己英勇的朋友挑選一個光榮的位置。

「巴金部族昨晚折損了一名深坑魔印師，」他說。「你可以取代他的位置。」

「我比較想當推進兵。」帕爾青恩回道。

賈迪爾搖頭，但面帶微笑。「你總是想擔任最危險的職務。」他指責道。「如果你死了，誰幫我們送信？」

「今晚沒那麼危險。」帕爾青恩說。他取出綑捲起來的布匹，將其攤開，露出一根長矛。那不是根普通的長矛。矛身是亮眼的銀色金屬所製，矛頭和矛柄上所刻的魔印在陽光下閃閃發光。賈迪爾經驗老到的目光沿著矛身打量，感覺心臟在胸中猛跳。許多魔印他都沒見過，但他可以感應到它們的力量。

帕爾青恩驕傲地站在原地，等待賈迪爾反應。賈迪爾壓抑滿心訝異，克制貪婪的目光，希望他的朋友沒有看出來。

「有帝王氣勢的武器，」他同意道。「但擊敗黑夜的是戰士，帕爾青恩，不是長矛。」他一手搭上亞倫的肩，凝望他的雙眼。「不要太信任你的武器。我看過比你更經驗老到的戰士在武器上繪製魔印，結果還是面對淒慘的下場。」

「這根長矛非我所製。」帕爾青恩說。「我是在安納克桑廢墟裡找到的。」

賈迪爾猛跳的心臟突然一停。有可能嗎？他強迫自己哈哈大笑。

「解放者的誕生地？」他問。「卡吉之矛是虛無縹緲的神話，帕爾青恩，失落之城早已深埋在沙漠下。」

帕爾青恩搖頭。「我去過了，我還可以帶你去。」

賈迪爾遲疑片刻。帕爾青恩從不說謊，而他的語氣中不帶任何戲謔；他相信自己所說的一切。一時間，他的心裡浮現一個景象：他和帕爾青恩一起站在沙漠上，尋回古老的戰鬥魔印。他勉強憶起自己的職責，把那個景象拋開。

「我是沙漠之矛的沙羅姆卡，帕爾青恩。」他回道。「我不能就這麼打包行李，騎頭駱駝深入沙漠，只爲了尋找一座存在於古老文獻中的城市。」

「我想入夜後我就能說服你。」帕爾青恩說。

賈迪爾揚起嘴角，面露微笑。「向我保證你不會嘗試任何愚蠢的行爲。不管有沒有魔印長矛，你都不是解放者，埋葬你會讓我非常傷心。」

「今晚就是關鍵。」英內薇拉說。「很久以前我就已經預見。殺了他，奪取長矛。破曉時，你就能自封沙達馬卡，一個月後，你就會統治克拉西亞。」

「不。」賈迪爾說。

一時間，英內薇拉沒有聽見他說什麼。「……沙拉奇部族立刻會承認你的地位，」她說。「但卡吉和馬甲則會出面反對……呃？」她轉向他，眉毛沒入她的頭巾中。

「神諭說……」她開口。

「去祂的神諭。」賈迪爾說。「我不會殺害我的朋友，不管那顆惡魔骨對妳說了什麼。我不會搶奪他的東西，我是沙羅姆卡，不是黑夜裡的賊。」

她一巴掌甩在他臉上，聲音在石牆間迴盪。「你是個蠢材！」她大聲說道。「此刻是重要的分歧點，讓可能的未來轉爲明確。破曉時，你們其中之一會成爲解放者。你得決定是要讓沙漠之矛的沙羅姆卡當解放者，還是讓一個來自北方的盜墓青恩來當。」

「我受夠了妳的神諭和分歧。」賈迪爾說。「妳和所有達馬丁！一切都是妳們試圖將男人玩弄於股掌間的臆測。我不會爲妳背棄我的朋友，不管妳假裝在那些阿拉蓋屎的魔印中看見什麼！」

英內薇拉大叫一聲，再度揚手朝他攻擊，但賈迪爾抓住她的手腕，高高舉起。她掙扎片刻，但賈迪爾就像堵石牆般紋風不動。

「不要逼我傷害妳。」賈迪爾警告道。

英內薇拉瞇起雙眼，突然扭動身體，揚起沒有受制的手掌，將食指和中指插入他的肩。箝制她手腕的手臂立刻麻痺，她掙脫他的束縛，後退一步，撫平長袍。

「你老是以爲達馬丁手無縛雞之力，我的丈夫。」她在他驚恐的神情面前說道。「但你應該比所有人還要清楚事實才對。」

賈迪爾驚懼地低頭看向自己的手臂。它垂在身側，完全不聽使喚。

英內薇拉走到他身前，握起他麻痺的手掌，另一手壓上他的肩。她扭動他的手臂，用力一壓，麻痺感當即被一陣刺痛取代。

「你不是賊，」她同意道，語氣再度恢復平靜。「你只是收回本來就屬於你的東西。」

「我的？」賈迪爾問，看著手指再度開始伸展的手掌。

「誰才是賊？」英內薇拉問。「盜了卡吉陵墓的青恩，還是你，卡吉後裔，奪回失竊物的人？」

「我們不能確定他手中拿的就是卡吉之矛。」賈迪爾說。

英內薇拉雙手抱胸。「你是肯定的。你一看到它的同時就深信不疑，就像你一直都知道這一天會到來。我從來沒有向你隱瞞這個命運。」

賈迪爾沉默不語。

英內薇拉溫柔撫摸他的手臂。「想要的話，我可以在他的茶裡下藥；他會死得非常痛快。」

「不！」賈迪爾大叫，抽回自己的手臂。「妳總是想要採取最不光榮的手段！帕爾青恩不是卡非特，不能死得像條狗！他應該死得像戰士！」

「那就讓他光榮死去。」英內薇拉勸道。「現在就去，在阿拉蓋沙拉克開打、人們見識到長矛的力量之前。」

賈迪爾搖頭。「如果一定要這麼做，我要在大迷宮裡動手。」

但當他離開她時，他仍不確定自己該不該這麼做。如果必須踏著朋友的屍體往上爬，他要怎麼以沙達馬卡的身分自居？

「帕爾青恩！帕爾青恩！」

歡呼聲撼動大迷宮。賈迪爾站在城牆上看著綠地人帶領戴爾沙羅姆邁向一場又一場的勝利，沒有阿拉蓋能對抗卡吉之矛。

「今晚他是個英勇的外來者，」賈迪爾心想。「明天就會成爲沙達馬卡。」

然而或許這是艾弗倫的旨意？當祂自奈的虛無中塑造世界時，難道沒有創造青恩嗎？難道祂沒有爲他們安排計畫嗎？

「但帕爾青恩根本不信艾弗倫。」他大聲說道。

「一個不向造物主鞠躬的人怎麼可能成爲解放者？」哈席克問。

賈迪爾深吸一口氣。「他不能。去找山傑特和最忠誠的部屬。爲了全世界的未來著想，絕對不能讓他成爲解放者。」

賈迪爾找到他時，帕爾青恩正帶領一群高呼他名諱的沙羅姆穿越大迷宮。他全身沾滿黑色的惡魔體液，但雙眼綻放著歡愉的神采。他高舉長矛致意，賈迪爾一想到他必須對自己的阿金帕爾所做之事，就感覺心臟一陣絞痛——這比哈席克曾對他做的事要糟糕太多了。

「沙羅姆卡！」帕爾青恩叫道。「今晚沒有惡魔可以活著離開大迷宮！」

方。

「戰爭就是欺敵。」賈迪爾提醒自己，強迫自己大笑，高舉長矛回禮；他走上前最後一次擁抱對方。

「我低估你了，帕爾青恩。」他說。「我不會再犯同樣的錯誤。」

帕爾青恩微笑。「你每次都這麼說。」他身邊都是沉浸在勝利中的戰士，他不能讓這些人參與接下來的必要之惡。

「戴爾沙羅姆！」他對戰士們叫道，指向躺滿一地的惡魔屍體。「蒐集這些噁心的東西，拖到外城牆上去。我們的投石部隊需要練習！讓城外的惡魔看看攻擊克拉西亞堡的蠢材會有什麼下場！」

戰士們歡聲雷動，迅速領命而去。他們離開的同時，賈迪爾轉向亞倫。「偵察兵回報某個東伏擊點附近的戰鬥還沒結束，」他說。「你還有力氣作戰嗎，帕爾青恩？」

亞倫面露野獸般凶狠的微笑。「帶路吧。」

他們和沙羅姆分道揚鑣，迅速穿越大迷宮，跑過一條已經清空的路徑。就像誘餌兵一樣，賈迪爾帶領帕爾青恩邁向末日。最後，他們終於抵達伏擊點。「呼特。」賈迪爾叫道，隨著這聲信號，哈席克伸出一條腿，絆倒帕爾青恩。

綠地人跌倒後順勢翻滾，立即起身，但這時賈迪爾最忠心的部下已截斷他的退路。

「這是幹嘛？」帕爾青恩大聲問道。

賈迪爾心痛不已地看著朋友臉上遭受背叛的神情，這是他應有的懲罰，但現在陷阱已經挑明，他再也沒有回頭的餘地。「卡吉之矛屬於沙達馬卡，」他說。「你不是他。」

「我不想和你動手。」帕爾青恩說。

「那就不要，我的朋友。」賈迪爾懇求道。「交出武器，去牽你的馬，天一亮立刻離開，永遠不要回來。」英內薇拉會爲他開出這種條件而罵他白痴。就連他的心腹也驚訝得竊竊私語，但他不在乎。他期望他的朋友接受這個條件，雖然他心裡清楚他不可能接受，傑夫之子不是懦夫。他身後的惡魔坑中傳來一聲吼叫，一個戰士的死法正在等著他。

他在戴爾沙羅姆的攻擊下奮力抵抗，戰士的骨頭遭擊碎，然而即使到了這個地步，他仍不願動手殺人。賈迪爾袖手旁觀，內心羞愧無比。

最後，掙扎結束了，帕爾青恩受制於哈席克和山傑特，賈迪爾則彎下腰撿起長矛。手指緊握矛柄時，他立刻感到它的力量和一股歸屬感。沒錯，這就是卡吉的武器，而卡吉的第七子就是賈迪爾血脈的先祖。

「眞的很抱歉，我的朋友。」他說。「我希望事情不是如此收場。」

帕爾青恩一口啐在他臉上。「艾弗倫把你的背叛都看在眼裡！」

賈迪爾感到一股憤怒。帕爾青恩不信天堂，卻在對自己有利時提起祂的名諱。他沒有妻子或子嗣，沒有家庭與部族的羈絆，但他自認知道什麼才是對全人類最好的；簡直狂妄自大極了。

「不准你提艾弗倫的聖名，青恩。」賈迪爾說。「我是祂的沙羅姆卡，你不是。少了我，克拉西亞會淪陷。」

5

他們趁著黎明前的微光出城。大多數阿拉蓋已回到深淵，但某頭沙惡魔必定聽見他們接近的聲響而留下來等，因爲它在黎明前數分鐘自沙丘的陰影中跳出來攻擊他們。

賈迪爾不慌不忙，矛柄的防護魔印在他擋下對方攻擊時綻放魔光。阿拉蓋被震回地上，隨即看向逐漸明亮的天空，但在它有機會遁回地底前，賈迪爾已經跳下馬背，一矛將它刺穿。

魔印矛頭在刺穿粗糙的惡魔外殼時爆出一道光芒，賈迪爾感覺整根長矛在自己手中活了過來。一道能量如同英內薇拉的閃電石般透體而過，閃電石帶給他痛苦，這道能量則帶給他喜悅。他立刻感覺更加強壯、更加敏捷。早已被他拋到腦後的傷口、已經習慣所以不以爲意的痛楚，突然間一併消失，進而讓他憶起它們的存在。他感覺永生不朽、天下無敵。他輕鬆揮動雙臂，將惡魔的屍體拋到三十呎外，等待旭日東昇。

強大的力量在殺死惡魔後迅速流失，但療癒的效果依然存在。賈迪爾已年過三十，但他突然想起自己二十歲時的感覺，不明白自己怎麼會遺忘那種活力。

這一切都來自一頭沙惡魔，他沉思。*帕爾青恩在大迷宮裡殺掉數十頭阿拉蓋時又是什麼感覺？*

但他永遠不會知道答案，因爲他們在黎明前將昏迷不醒的帕爾青恩頭朝下丟在沙丘，距離城市數哩之遙，離最近的村莊也超過一天的路程。

賈迪爾低頭看他，綠地人的話再度浮上心頭。*艾弗倫把你的背叛都看在眼裡！*他如此吼道。

「你爲什麼不肯在我請你離開時離開，我的朋友？」賈迪爾問——又是個帕爾青恩不會回答他的問題。

賈迪爾在哈席克和山傑特爬上馬背時悲傷地打量他的朋友。他自鞍角上取下一袋涼水，丟到綠地人俯臥的身體旁，發出一下撞擊聲。

「你做什麼？」阿山問。「我們應該現在就殺了他，不是幫助他。」

「我不會殺害昏迷不醒的戰士。」賈迪爾說。「水袋不會幫助他穿越沙漠、找到避難所，但他會甦醒，然後喝水，等到阿拉蓋出現時，他就會像個男人一樣死去，並找到通往天堂的道路。」

「萬一他回城呢？」山傑特問。

「派遣梅寒丁戰士巡邏城牆，一看到他格殺勿論。」賈迪爾說。

他回頭去看。但你不會回城，是不是，帕爾青恩？他心想。你擁有沙羅姆的靈魂，會徒手對抗阿拉蓋直到戰死。

「他是個青恩，」阿山說。「一個沒有信仰的人。你怎麼會以為艾弗倫會在天堂迎接他？」

賈迪爾舉起長矛，反射逐漸升起的曙光。「因為我是沙達馬卡，我說會就會。」

其他人驚訝地瞪大雙眼，但沒有人質疑他的話。

英內薇拉幾小時前說的話再度回到他的腦海。

破曉時，你就能自封沙達馬卡。

他回頭看向帕爾青恩。

光榮戰死，他祈禱。在天堂重逢時，如果我沒有完成我們倆的夢想，到時我們再來算總帳吧。

他掉轉馬頭，騎回城市。

他的城市。

第九章 沙達馬卡 329 AR

「不要再前進了，叛徒。」艾佛羅達馬說著，迎上前擋在通往安德拉王座廳的入口。他是安德拉的長子，可以肯定會在阿馬戴佛倫去世後繼任達馬基，之後也可能會成為安德拉。他現年五十，體格強健，髮色烏黑，據說是全城第一的沙魯沙克大師。

如果賈迪爾想殺死那個胖老頭，艾佛羅同時也是他得除掉的最後一名安德拉之子。

自賈迪爾全身染滿惡魔血，在大迷宮中自封沙達馬卡後，至今不滿一個月。四分之三的沙羅姆當場承認他的封號。半數的達馬也一樣，而且人數每天都在增加。其他人跟隨部族達馬基，一開始還試圖守護他們的宮殿，但隨著賈迪爾的勢力逐漸擴張，他們通通遁入地下城，躲入安德拉宮殿的圍牆內。

本來他只須幾天就能統一全城，根本用不了幾星期，但每天晚上，賈迪爾都會吹響沙拉克之號，帶領他的戰士進入大迷宮。現在最剽悍的戰士手中握有戰鬥魔印矛，將阿拉蓋成群結隊地送去見陽光。

安德拉和達馬基原先以為夜晚可以重新集結是項優勢，但他們沒有發現這種在賈迪爾的手下尋求無盡榮耀的同時，禁止戰士參與阿拉蓋沙拉克的做法已為剩下的沙羅姆帶來莫大的恥辱。每晚都有戰士擅離職守，而大迷宮裡的部隊則毫不介懷地接納他們。到最後，剩下的人手已經不足以守護安德拉的圍牆。黎明後不久，賈迪爾的手下已經攻下圍牆大門，隨後又突破了宮殿入口。現在只剩下一個男人站在賈迪爾和他的復仇之間。

「請你原諒，達馬。」賈迪爾說著朝艾佛羅鞠躬。「我不能像對待其他人一樣提供你投降的機會，因爲誰會相信不願爲自己父親而死的男人？你最好還是光榮戰死。」

「冒牌貨！」艾佛羅啐道。「你不是解放者，只是偷竊長矛的殺人犯。少了它就什麼都不是！」

賈迪爾陡然停步，揚起一手阻止身後的戰士。

「你眞的這麼想？」賈迪爾問。

艾佛羅朝他的腳吐口水。「如果不是事實，就把武器放下，徒手和我決鬥。」

「啊恰！」賈迪爾說，將長矛抛向艾佛羅。達馬反射性地接過長矛，在意識到自己手裡握著什麼時瞪大雙眼。

艾佛羅的內心有了變化，在動作與鬥志雙方面的微妙改變。其他人或許沒有察覺，但在賈迪爾眼中，那些改變如同達馬大聲宣告自己改變了一樣明顯。本來他以爲自己死定了，只想要在死前找人墊背。現在艾佛羅達馬的眼中綻放希望之光，相信自己或許有能力殺死賈迪爾，結束這場刺穿克拉西亞之心的叛變。

賈迪爾點頭。「這下你的靈魂已經準備好要光榮面對艾弗倫了。」他說，然後朝達馬一撲而上。

艾佛羅是個沙魯沙克大師，但伊弗佳禁止祭司接觸長矛，而賈迪爾待在沙利克霍拉期間，從來不曾見過任何人觸犯這條規定。他以爲達馬使矛的技巧必定十分差勁，自己可以輕鬆取勝。

「利用所有優勢。」凱維特如此教導。

但艾佛羅令他驚訝，他將長矛耍得如同棍鞭。達馬展開進攻，長矛快得幾乎看不見。一時間，賈迪爾唯一能做的就是拚命閃躲。艾佛羅的攻擊又快又精準，出招間如同行雲流水，一點也不辜負他在沙利克霍拉中沉浸四十年的歲月。最後艾佛羅終於一招得手，在賈迪爾臉頰上劃出一道傷口，接著在手臂上補上一道。

終於，賈迪爾抓住達馬攻擊的節奏，迅速出手，一把勾住矛身，踏步轉身，將達馬甩過大殿，撞在石柱上，接著重重落地。

賈迪爾等待艾佛羅翻身站起，然後將長矛放在地上。達馬瞪大雙眼。

「放棄優勢是蠢材的舉動。」艾佛羅說，但賈迪爾只是微笑，因爲他已經認清祭司的實力。他張開手臂，展開攻擊，艾佛羅不閃不閉，正面迎敵。

在眾多沒有受過訓練的沙羅姆眼裡，接下來的打鬥必定只是單純的鬥力，但事實上這數百招近身扭打正是沙魯金的招式，專門利用敵人的力量反擊其身。

漸漸地，賈迪爾的手掌慢慢逼近對方咽喉。結局已經註定，他可以從達馬眼中看出對方心裡也十分清楚這點。

「不可能。」艾佛羅在賈迪爾的手掌扣住自己咽喉時難以置信地道。

「和空氣對打，與和阿拉蓋對打所培養出的實力，達馬，」賈迪爾說。「是有差別的。」他使勁一扯，折斷艾佛羅的脖子，在大殿中掀起一陣骨碎回音。

5

所有達馬基聚集在安德拉的王座高台下方。當賈迪爾的部隊破門而入時，他們同時抬起頭來。安德拉人縮在頭骨王座上，緊握椅臂到指節發白。

賈迪爾以掠食者的目光凝視這群老人。伊弗佳的法律賦予他們每人在他邁向王座的途中單獨挑戰他的權力。賈迪爾並不懼怕達馬基，但他不想殺害他們。

必要時殺了他們。英內薇拉說。但如果能夠擊潰他們反抗的意志，你的勝利才會更完整。她甚至教他該提出什麼樣的條件。

「達馬基，」他說。「你們都是艾弗倫的忠僕，我不希望與各位為敵，我只想請你們讓到一旁。」

「那等你坐上頭骨王座後，我們又會面對什麼下場？」沙拉奇部族的克維拉問。身為克拉西亞最小部族的達馬基，他有責任提出第一場挑戰。

賈迪爾微笑。「什麼也沒有，我的朋友。達馬基們害怕失去宮殿嗎？你們會保有宮殿，並且一如往常統領自己的部族。我只需要你們形式上的支持。」

克維拉瞇起雙眼。「什麼意思？」

「我和夸莎所生的第二個兒子是奈達馬。」賈迪爾說。

克維拉點頭。「資質頗佳。」

賈迪爾微笑。「我希望你讓他隨侍左右，向你學習。」

「有朝一日好繼承我的地位。」克維拉的語氣像在陳述事實，而非提問。

賈迪爾聳肩。「如果那是英內薇拉。」

賈迪爾看向其他達馬基，讓他們思索這項提議，他再次對於英內薇拉周詳的計畫感到讚歎。他的達馬丁妻子都很能生，而且骨骰從來沒有算錯受孕的正確時機。結婚四年後，所有部族都為賈迪爾產下了兩個兒子以及一個女兒，之後她們還是不斷懷孕。現在他在每個部族裡都有一個擔任奈達馬的兒子，等到現任達馬基去世後就會纏上黑頭巾。英內薇拉十幾年前就開始在為他的崛起鋪路了，這真是……令人不安。

達馬基們繼續考慮。他們的地位並非世襲，但對於有兒子或孫子在部族中擔任達馬的男人來說，黑頭巾父死子繼是常有的事。儘管如此，讓他們保有權位可以在他掌權過程中免除一些麻煩，而且就算要求放棄兒子的繼承權會激怒達馬基，總比直接殺掉他們要來得好，卡吉就是這樣對待手下敗將的子嗣。賈迪爾可以那樣做，他們都很清楚這點。他沒有必要把自己的兒子當作人質，除非他眞的誠心期盼團結。

對較小的部族而言，這點就已經足夠了。

「沙達馬卡。」沙拉奇部族的克維拉說道，接著鞠躬退開。

其他人紛紛照做，如同阿拉在犁前翻動般自他面前分開：巴金部族、安吉哈部族、甲馬部族、坎金部族、哈爾瓦斯部族，以及蘇恩金部族都沒有提出挑戰便讓他通過。賈迪爾精神緊繃地走過克雷瓦克和南吉達馬基。偵察兵部族極爲忠誠，而且習練自成一派的沙魯沙克，據說那是全沙漠之矛最致命的肉搏技巧。賈迪爾感受到艾弗倫的意志在體內激盪，並不畏懼任何人，但他保持警覺，對他們的技巧表達敬意。

他不須擔心。

偵察兵部族的達馬基與他們的沙羅姆很像，喜歡觀察與建議，而非領導。他們退向一邊，留下最後三名位高權重的達馬基擋在他和頭骨王座之間。梅寒丁部族的安卡吉、馬甲部族的阿雷維拉克，以及卡吉部族的阿馬戴佛倫。這些人統領數千族人，生活奢華無度。他們的部族擁有數十名達馬，包括他們自己的兒子和孫子。他們不會輕易投降。

梅寒丁部族的安卡吉是個彪形大漢，五十五歲依然身強體壯。他同時也是以機智著稱的人，統領一個擅長戰鬥工程的部族。他的部族或許人數較少，但安卡吉比馬甲和卡吉達馬基加起來還要富有，而眾所皆知達馬基一直以來打算讓自己的長子來繼承他的財富。

他們目光交會，一時間賈迪爾以爲對方眞的會挑戰他。正當他準備接受挑戰時，達馬基已經發出悲哀的笑聲，攤開雙手，深深鞠躬，自高台前讓開。

接下來是馬甲部族的阿雷維拉克。年邁的達馬基已年近八十，但還是向他鞠躬，擺出沙魯沙克的架式。賈迪爾點頭，他身後的沙羅姆和達馬基立刻散開，騰出空間讓兩人決鬥。

賈迪爾深深鞠躬。「我的榮幸，達馬基。」他說著也擺開架式。這個老人至今還活著就已令他十分敬佩了，更別說他竟然還保有戰士的精神。他有資格光榮死去。

「開始！」阿馬戴佛倫叫道，賈迪爾疾撲而上，打算以擒抱的手法迅速並且不見血地結束這場戰鬥；他或許還有機會逼迫達馬基開口投降。

但阿雷維拉克令他吃驚，他的動作迅速得超乎賈迪爾想像。他緊扣賈迪爾的手臂，利用他的力量展開反擊。

賈迪爾感到關節劇痛，在別無他法下停止掙扎，順著達馬基拋擲的勢道飛身而起。他背部著地，圍觀群眾全都出聲驚呼。阿雷維拉克迅速搶上，提起削瘦的腳跟踢向賈迪爾咽喉，但賈迪爾雙手接下他的腳掌，一邊起身一邊朝反方向扭轉。

阿雷維拉克順應扭轉的勢道，一躍而起，再度利用賈迪爾本身的力量，提起另一腳踢向他的嘴。賈迪爾再度撞向大理石地板，阿雷維拉克依然屹立不倒。

現在所有人都開始聚精會神地觀戰。片刻前，這場決鬥還只是賜給某個老人光榮的死法——賈迪爾崛起故事中的一個註腳；突然間賈迪爾所成就的一切通通岌岌可危。他的兒子都還太年輕，沒有賈迪爾守護，他們絕不可能在敵人的鋒刃前自保。王座上的安德拉傾身向前，緊張兮兮地觀戰。

阿雷維拉克再度進攻，但賈迪爾及時起身，與他正面衝突。這一次他站穩腳步，不給老人借力使力的機會。阿雷維拉克的攻擊快得超乎想像，但賈迪爾還是擋下了最初兩拳。第三拳他不加抵擋，承受一擊的力道，藉以換取緊扣達馬基手臂的機會。

阿雷維拉克沒有提供賈迪爾任何可借之力，這年邁的達馬基只是一堆皮包骨，賈迪爾卻擁有滿身強健的肌肉，是處於巔峰的戰士。他不須借用他力就能摔開一個體重不比年齡多上多少的男人。

賈迪爾迅速踏步轉身，將阿雷維拉克向旁甩去。達馬基順勢扭動，就連身體騰空都沒有失去平衡，賈迪爾一看就知道他會順利著地，再度展開攻擊。

於是賈迪爾並未放開阿雷維拉克的手，矮身閃到手臂下方持續扭轉，在身體著地時一腳頂住老人的背部。他狠狠一扯，阿雷維拉克的肩骨折斷聲直達天花板。斷骨刺穿達馬基的白袍，白袍瞬間染成一片血紅。

賈迪爾立刻上前，打算在他淒聲慘叫前解決他的性命，但阿雷維拉克沒有慘叫，也沒有開口討饒。賈迪爾對上年邁達馬基的目光，在阿雷維拉克掙扎起身的同時看見足以拋開一切痛楚的專注神情。他的榮耀無邊無際，再度擺開架式，左手在前，右手肌肉扭曲，垂在身側，血肉模糊。

「你無法阻止我坐上頭骨王座，達馬基。」賈迪爾在和他緩緩繞圈時說道。「你大多數族人已對我效忠。理智一點，我懇求你。難道你寧願和兒子們一同埋入墳墓，也不願輔佐沙達馬卡嗎？」

「我的兒子和我一樣，絕對不會將部族拱手讓人。」阿雷維拉克說。賈迪爾心知他所言不虛，但他其實打從開始就不打算殺死對方。已經有太多大好男兒無謂犧牲了，沙拉克卡即將展開，阿拉沒有多餘的戰士可供犧牲。他的思緒再度飄回帕爾青恩身上，他頭朝下躺在沙裡；羞愧令他心生仁慈。

「在你死時，我會允許你的一個兒子向我兒子挑戰。」賈迪爾終於開口道。「讓他們自己決定誰要出面挑戰。」

已投降的眾達馬基發出一道憤怒的聲浪，但賈迪爾瞪向他們。「安靜！」他吼道，所有人立刻閉嘴。他轉向阿雷維拉克。

「你願意在克拉西亞重返榮耀的時刻站在我身邊嗎，達馬基？」他問。達馬基因爲失血過多而臉色發白。如果不快決定，賈迪爾就要立刻殺了他，讓他光榮死去。

但阿雷維拉克鞠躬，看向血流不止的肩膀。「我接受你的條件，不過那個挑戰可能會來得比你預期中更早。」

這話不假。賈迪爾的馬甲子嗣馬吉今年才十一歲，如果達馬基傷重不治，他絕不可能是阿雷維拉克任一個兒子的對手。「哈席克，護送阿雷維拉克達馬基前去治療。」賈迪爾下令。

哈席克走到老人身邊，但阿雷維拉克揚起一手。「我要見證此事結局，讓艾弗倫決定我今天是死是活。」他堅決的語氣令哈席克裹足不前，賈迪爾點頭，轉向阿馬戴佛倫，最後一名站在他和懦弱的安德拉之間的達馬基。

阿馬戴佛倫比阿雷維拉克年輕，但依然是個七十幾歲的老人。不過賈迪爾心知不可小覷此人，特別是年紀更大的祭司剛剛露了那一手。

「你非殺我不可。」阿馬戴佛倫說。「不管你給多少好處都不能收買我。」

「我很抱歉，達馬基。」賈迪爾說著鞠躬。「但我必須不擇手段團結部族。」

「現在殺我，或等你兒子年紀大了再殺，」阿馬戴佛倫說。「總之都是謀殺。」

「到那個時候你早就已經死了，老頭！」賈迪爾大聲說道。「如此頑固究竟爲了什麼？」

「爲了卡吉部族的獨立主權！」阿馬戴佛倫叫道。「卡吉部族已經掌握頭骨王座百年，今後百年王座還是屬於我們所有！」

「不，」賈迪爾說。「不會的。我要結束部族分裂。克拉西亞會再度統一，就像卡吉本人所處的年代一樣。」

「那個我們走著瞧。」阿馬戴佛倫說，擺開沙魯沙克的架式。

「艾弗倫會歡迎你，」賈迪爾鞠躬承諾道。「你擁有一顆沙羅姆之心。」

不到一分鐘過後，賈迪爾抬頭看向在王座台上畏畏縮縮的安德拉。「你對於支撐你那肥臀的沙羅姆頭骨根本是種侮辱。」賈迪爾說道。「下來結束這一切。」

安德拉非但沒有起身，反而更加沉入王座中。賈迪爾皺起眉，拿起卡吉之矛，踏上通往頭骨王座的七級台階。

「不！」安德拉叫道，蜷成一團，在賈迪爾舉起長矛時遮起自己的臉。

自從看見這胖子和自己妻子上床至今十多年來，賈迪爾每天都在幻想自己殺死安德拉的景象。英內薇拉的骨骰告訴他有一天他會報此大仇，而他將希望全都寄託在這道神諭上。只有阿拉蓋沙拉克能令他分心，每個安德拉依然存活的早晨都是對他榮耀的羞辱。他多少次練習過此時此刻要對這個男人說的話？

但現在，厭惡感如同膽汁般溢滿賈迪爾的喉嚨。面前這團可悲的肉球已經統領全克拉西亞超過賈迪爾一輩子的時間，但他竟然沒有勇氣面對自己的死亡。他比卡非特還要不如，比卡非特所吃的骯髒豬肉還要不如，他根本不值得自己多費脣舌。

殺死安德拉沒有爲賈迪爾帶來任何預期中的滿足，爲世界除掉這樣的男人簡直算是種恩惠。

5

賈迪爾在沙羅姆黑袍外披上染滿鮮血的安德拉白袍。他感覺到王座廳中所有目光沉重地壓在自己身上，但他抬頭挺胸，承受壓力，轉頭面對他們。

阿雷維拉克現在躺在地上，希瓦里達馬在傷口上施壓。阿馬戴佛倫的屍體躺在台階半路上。賈迪爾彎下腰去，自他頭上扯下黑頭巾。

「卡吉部族的阿山達馬。」他命令道。阿山來到台階下方，跪倒在地，雙手和額頭接觸地面。賈迪爾掀開朋友的白頭巾，以達馬基的黑頭巾取而代之。

「阿山達馬基會統領卡吉部族，」賈迪爾宣布道。「並且有權將黑頭巾傳承給與我妹妹英蜜珊卓所生的兒子。」他像兄弟般擁抱阿山。

「白晝戰爭已經結束。」阿山說道。

賈迪爾搖頭。「不，我的朋友，白晝戰爭還沒開始。我們得重整大軍，塞滿我們女人的肚子，準備展開沙拉克桑。」

「你是指……」阿山問。

「北方。」賈迪爾點頭道。「征服綠地，徵召他們的男人參與沙拉克卡。」其餘達馬基同時倒抽一口涼氣，但沒人膽敢提出質疑。

片刻後，守衛入口的沙羅姆發出驚訝聲，匆忙讓道兩旁。達馬基丁和賈迪爾的妻子們穿越人群而來。伊弗佳律法禁止任何男人傷害達馬丁，所以他無權掌控這些女人，但她們在達馬丁大帳中有她們自己的生存法則，而看來英內薇拉在那裡也像玩弄男人的政治一樣呼風喚雨。此刻他每個妻子都頭戴黑頭巾，面罩白面紗，身上穿著達馬丁白袍，表示她們都是部族達馬基丁的繼承人。賈迪爾完全不曉得英內薇拉怎麼辦到的。

他的馬甲妻子貝麗娜，離開其他達馬丁，衝向阿雷維拉克身邊。賈迪爾一眼就可以認出自己每個妻子，就算全身都包起來也一樣。夸莎無法隱藏她的曲線，烏莎拉也遮掩不了自己的體重。貝麗娜走路的姿態特殊，就和她的長相一樣顯眼。馬甲部族的達馬基丁跟在她身後，看起來比較像學徒而非主人。

一時間，英內薇拉沒有現身，但接著他聽見沙羅姆的抽氣聲，並看到男人因恐懼而全身僵硬。他抬起頭來，看見他的第一妻室進入王座廳——卻打扮成應該只有他才能欣賞的模樣。她亮眼的頭巾和面紗都是半透明絲料，一如煙霧般在她身邊飄揚的薄紗完全沒有爲她的美貌留下任何想像空間。她彷彿夜晚般漆黑的長髮外包覆金網，散發精油的香氣。她的手腳上纏著珠寶首飾以及魔印金飾。她身上沒有代表階級地位的標誌，只有掛在腰帶上的霍拉袋表明她並非只是某個富有達馬基最寵幸的枕邊舞者。

英內薇拉進入大殿，吸引所有人的目光——男人目瞪口呆的視線以及達馬基丁冷眼打量的目光。賈迪爾在她接近時面紅耳赤，儘管心知不該，他還是產生了只該在臥房中出現的生理反應。他試圖保持冷靜，但她直接來到他面前，掀開面紗，深情一吻。她在他身旁展現柔軟的體態，如同擺姿勢讓人雕塑石像，就像母狗標明地盤一樣在眾人面前宣告她的持有權。

「妳這下又是在做什麼？」他低聲問道。

「提醒他們沙達馬卡不受男人的律法限制。」英內薇拉說。「想要的話，你可以眾目睽睽地在頭骨王座上佔有我，不會有人敢出聲抗議。」她一手伸到他的雙腿間，溫柔地撫摸著他。賈迪爾喘息。

「我會抗議。」他斷聲道，把她推開。英內薇拉聳肩，面露微笑，撫摸他的臉頰。

「全克拉西亞都爲你今日的勝利欣喜若狂，丈夫。」她大聲說道，讓在場者都聽見。

賈迪爾知道自己應該正面回應，發表慷慨激昂的言論，但這種政治行爲至今依然令他作嘔，而他還有其他事情要顧慮。

「他會活下來嗎？」賈迪爾問，朝阿雷維拉克點頭。達馬基失血過多，手臂血肉模糊。

貝麗娜搖頭。「難說，丈夫。」她說，如同順從的妻子般低下頭去——他的達馬丁妻子從來不曾如此反應。

「救活他。」賈迪爾對英內薇拉低聲道。

「爲什麼？」英內薇拉透過面紗在他耳邊呼氣。「阿雷維拉克爲人固執，位高權重。最好還是除掉他。」

「我承諾過當他死時，他的兒子可以挑戰馬吉，贏取馬甲宮殿的統治權。」賈迪爾說。

英內薇拉眼珠凸起。「你承諾什麼？」所有人轉頭看她，但她的神情隨即收斂，身體也再度放鬆。她離開賈迪爾，婀娜多姿地走下台階，翹臀輕擺，透過透明的絲袍一覽無遺，吸引殿內所有男人的目光。賈迪爾的榮譽心大聲嘶吼，令他想挖出目睹理應自己一人獨享景象的每顆眼珠。

貝麗娜和馬甲達馬基丁同時深深鞠躬，讓英內薇拉通過。「達馬佳。」他們同聲招呼。

英內薇拉開始檢視傷口時，阿雷維拉克已經因爲失血過多而失去意識。她站起身來，轉向沙羅姆。「拉下所有帷幔，關閉所有房門。」她命令道，數名戰士連忙奉命而行。她命令其他人背對自己，圍住她和受傷的達馬基，盾牌高舉交扣，讓她和阿雷維拉克沉浸在黑暗中。

陰暗的大殿裡，賈迪爾可以看見阿拉蓋霍拉的微弱光芒照耀在栩栩如生的牆壁上，伴隨著英內薇拉節奏分明的祈禱聲。光芒閃動數分鐘之久，廳內所有人都敬畏地站在原地。

英內薇拉一聲令下，圍繞在她身旁的戴爾沙羅姆立刻散開。戰士們連忙拉起帷幔，大殿再度恢復明亮，接著他們看見阿雷維拉克達馬基安靜地躺在英內薇拉身邊。他上身赤裸，皮膚已不再慘白，呼吸也恢復順暢。傷痕完全消失，突起的斷骨、鮮血，甚至連疤痕也沒有留下。他的肩膀上只有平整的皮膚。

原先手臂的位置現在只剩一塊平整的皮膚。斷臂此刻已經不知所蹤。

「艾弗倫接受阿雷維拉克達馬基的斷臂成爲信仰的象徵。」英內薇拉大聲宣告。「祂已經原諒阿雷維拉克質疑解放者的行爲，如果此後他都追隨艾弗倫眞正的道路，他會在天堂找回失去的斷臂。」

她回到賈迪爾身邊，再度展現柔軟的體態。「在今天如此重大的勝利過後，我的丈夫得讓他的滿腔熱血冷卻。」她對全廳的人大聲說道。「出去，讓我以妻子的身分私下服侍他。」

這句話讓在場男人驚訝地議論紛紛。從來不曾有任何女人，就連達馬基丁也一樣，對達馬基下達這種命令。他們看向賈迪爾，在看到他沒有駁斥她後，他們別無選擇，只能奉命離開。

「你是白痴嗎？」英內薇拉等到他們獨處後立刻問道。「讓掌控馬甲部族的控制權——更別提你兒子的性命——陷入危機，爲了什麼？」

賈迪爾注意到她把馬吉的安危放在第二位。「我不期望妳能了解我這麼做的原因。」

「喔？」英內薇拉問，語氣十分惡毒。「你的吉娃卡就這麼愚蠢？爲什麼她無法了解此事中隱含的智慧？」

「因爲此事關乎榮譽！」賈迪爾大聲道。「而妳早已表明一點也不願浪費時間在這種愚蠢的事上。」

英內薇拉瞪了他一會兒，接著轉過頭去，臉上再度恢復達馬丁的寧靜神情。「沒有關係。阿雷維拉克的子嗣可以慢慢解決。」

「妳絕不能干涉此事。」賈迪爾說。「馬吉得證明自己的力量。」

「萬一他失敗呢？」英內薇拉問。

「那就是艾弗倫不希望由他統領馬甲部族。」

英內薇拉張口欲言，但最後只是搖了搖頭。「反正也不算徹底失敗，打殘阿雷維拉克卻又讓他活下來服侍你的故事只會爲你的傳奇增添戲劇性色彩。」

「妳聽起來眞像阿邦。」賈迪爾喃喃說道。

「呃？」她問，雖然他很清楚她有聽見。

「夠了，」他說。「事情已成定局，沒有轉圜餘地。現在在妳讓我的手下想入非非前換上恰當的長袍和面紗。」

「還是那麼大膽。」英內薇拉說，透明面紗後方卻面露微笑，似乎感到有趣而非惱怒。「伊弗佳命令女人面紗遮臉，是爲了不讓男人垂涎不屬於自己的美色，但你是解放者，有誰膽敢垂涎你的女人？我就算一絲不掛地穿街走巷也沒有什麼好擔心。」

「沒有什麼好擔心，或許，但像個妓女一樣讓所有男人看見妳的私處又能帶來什麼好處？」

英內薇拉眉頭一蹙，不過表情依然平靜。「我裸露相貌是爲了不要讓人錯認。我裸露身體是爲了提升你的權力，讓大家認爲你的男性魅力足以讓首席達馬基丁都得隨時以身體服侍你。」

「又是一種假象。」賈迪爾語氣疲憊，坐倒在王座上。

「完全不是。」英內薇拉嬌喘著，滑上他的大腿。「我隨時願意滿足沙達馬卡的性慾。」

「妳講得好像那是種任務。」賈迪爾說。「爲了權力得付出的沉悶代價。」

「沒有那麼沉悶。」英內薇拉說，伸出一根手指撫弄他的胸膛。她解開他褲子的束帶，讓他進入自己。

賈迪爾抗拒不了她的美貌在自己體內引發的慾念，但他同時也感覺到臀部底下的頭骨王座，當他抬頭時，剛好看見英內薇拉坐在自己身上，就和當年騎安德拉時一樣。他就算殺死安德拉還是無法將那個畫面逐出腦中。它就像是無法投胎轉世的鬼魂一樣在他身邊作祟。

英內薇拉被他愛撫時眞的感到情慾高漲嗎？還是她的呻吟與擺動只是另一張面具，就像她剛剛拋開的朦朧面紗？賈迪爾眞的不知道。

他站起身來，將她推向一旁。「我沒心情玩這種遊戲。」

英內薇拉瞪大雙眼，但隱忍不發。「這玩意可不是這麼說的。」她再度嬌喘，輕輕捏著他的堅挺。

賈迪爾把她推開。「我不受它支配。」他說，重新繫緊褲帶。

英內薇拉露出蛇蠍般的神情，一時間他以為她會展開攻擊，但接著達馬丁的寧靜再度回復。她無所謂地聳肩，彷彿被他拒絕不是什麼大不了的事。她步下王座台，翹臀如同具有催眠效果般輕輕擺動。

哈席克額頭輕觸頭骨王座台前的大理石地板。

「我把卡非特帶來了，解放者。」他不屑地說道。賈迪爾點頭，守衛打開殿門，阿邦隨即一拐一拐地走入。當他來到王座台前時，哈席克將他向前一推，打算逼他下跪，但阿邦拐杖移動迅速，居然沒有倒地。

「在沙達馬卡面前下跪！」哈席克吼道，但賈迪爾揚手命他閉嘴。

「如果要處死我，至少讓我站著受死。」阿邦說。

賈迪爾微笑。「你為什麼認為我想殺你？」

「難道你不殺我滅口嗎？」阿邦問。「就像對帕爾青恩一樣？」哈席克怒吼一聲，緊握長矛，眼中充滿致命的怒火。

「退下。」賈迪爾說，對哈席克和其他守衛揮一揮手。他們奉命離開時，賈迪爾步下王座台，站在阿邦面前。

「你最好不要提起那件事。」他輕聲說道。

「他是你朋友，阿曼恩。」阿邦說，不理會他的話。「不過話說回來，我想從前我也是你朋友。」

「帕爾青恩讓你看他的長矛。」賈迪爾突然領悟。「你這個虛情假意的胖子卡非特，竟然比我先目睹卡吉之矛！」

「沒錯。」阿邦承認道。「而我一看就曉得那是什麼。但我沒有動手行竊，雖然我有機會。我或許是個虛情假意的胖子卡非特，但我不是賊。」

賈迪爾大笑。「不是賊？阿邦，你是個徹頭徹尾的盜賊！你奪取死人的遺物，而且每天都在大市集裡騙人！」

阿邦聳肩。「我不認為拾取無主失物算是犯罪，而討價還價只是另一種形式的戰爭，並不會為勝者帶來恥辱。我現在說的是殺死一個男人——一個朋友——只因為你想要他的東西。」

賈迪爾發出怒吼，振臂疾揮，一把緊扣阿邦的喉嚨。胖商人無法呼吸，試圖扳開賈迪爾的手指，但那就和試圖扳彎鋼條沒有兩樣。他膝蓋彎曲，將全身的體重放在手臂上，但賈迪爾依然將他舉在身前。阿邦的臉色開始發紫。

「卡非特沒有資格質疑我的榮譽。」他說。「我將對克拉西亞以及艾弗倫的忠誠擺在朋友之前，不管他有多勇敢。」

「你又對誰效忠呢，阿邦？」他問。「除了珍惜自己肥胖的軀體，你有任何忠誠可言嗎？」他鬆手，阿邦隨即摔倒，重重喘氣。

「有什麼差別？」片刻後，阿邦吃力地說。「帕爾青恩死了，我對克拉西亞已沒有利用價值。」

「帕爾青恩並非世上唯一的綠地人。」賈迪爾說。「而全克拉西亞最熟悉綠地人的就是卡非特阿邦，你對我還有利用價值。」

阿邦揚起一邊眉毛。「爲什麼?」他問，語氣中已經不再恐懼。

「我不須回答你的問題，卡非特。」賈迪爾說。「你把我想知道的事告訴我就好了。」

「當然，」阿邦點頭說道。「但直接回答我的問題，或許會比找個拷問者來從我的尖叫聲中挖出答案要來得簡單。」

賈迪爾凝視他片刻，接著忍不住搖頭輕笑。「我都忘了你只要聞到利益的氣味立刻就會勇氣百倍。」他說，伸出一手將阿邦拉到自己腳邊。

阿邦微笑鞠躬。「英內薇拉，我的朋友。我們都依照艾弗倫賦予我們的天性做事。」一時間，他們彷彿回到過去，再度成爲好朋友。

「我即將展開沙拉克桑，白晝戰爭。」賈迪爾說。「就像卡吉一樣，我會征服綠地，統一世界，進而展開沙拉克卡。」

「眞是雄心壯志。」阿邦說，但語氣顯然充滿懷疑。

「你認爲我辦不到?」賈迪爾說。「我是解放者!」

「不，阿曼恩，你不是。」阿邦輕聲說道。「如果眞有解放者，我們都知道那是帕爾青恩。」

賈迪爾瞪著他，但他瞪回去，彷彿在挑釁賈迪爾、讓他攻擊自己一樣。

「所以你不願幫我。」賈迪爾說。

阿邦微笑。「我沒這麼說，我的朋友。戰爭可以帶來暴利。」

「但你懷疑我能取得勝利。」賈迪爾說。

阿邦聳肩。「北地比你想像中要大多了，阿曼恩，人口比克拉西亞多很多。」

賈迪爾發出輕蔑的笑聲。「你以爲十個北地儒夫，甚至一百個北地儒夫可以對抗一個戴爾沙羅姆？」

阿邦搖頭。「我絕不懷疑你在打仗這類大事方面的能力。但我是卡非特，我會懷疑許多小事。」他直視賈迪爾的目光。「像是穿越沙漠所需的糧草和飲水、要留下來鎮守沙漠之矛以及新領土的人手、滿足部隊需求的卡非特貨車，以及滿足士兵性慾的女人。誰能保護你留下來的女人和小孩？達馬嗎？你不在的時候，他們會把克拉西亞變成什麼樣子？」

賈迪爾暗自心驚。的確，在他的征服大夢中，這些小事根本無關緊要。英內薇拉在輔佐他崛起的過程中表現出色，但他懷疑她是否會考慮這些細節。他以全新的眼光看待阿邦。

「我的金庫會為能處理這些小事的人物而開。」他說。

阿邦微笑，在他的拐杖容許範圍內深深鞠躬。「服侍沙達馬卡是我的榮幸。」

賈迪爾點頭。「我想要在三年內發兵。」他伸手摟住阿邦，如同朋友般將他拉近，嘴唇湊到阿邦耳邊。

「如果你試圖將我當作大市集中的肥羊一樣痛宰，」他低聲補充道。「我就剝下你的皮，製成糞袋使用，這是你該牢記在心的承諾。」

阿邦臉色發白，連忙點頭。「我永遠不會忘記。」

第十章 卡沙羅姆 331 AR

賈迪爾嘶吼一聲，擁抱這一刀帶來的痛苦。

「我弄痛你了嗎？」英內薇拉問。

「我在大迷宮裡受過更嚴重的傷。」賈迪爾語帶諷刺道。「但如果不小心割斷肌腱的話……」

英內薇拉語氣不屑。「我比你更了解人類的肢體構造，丈夫。這就和刻阿拉蓋霍拉沒有兩樣。」

賈迪爾看向放有一片片她自他手掌上割下來的皮膚的銀盤。他任由英內薇拉在傷口塗抹藥草時所帶來的痛楚透體而過。「我看不出這樣做有什麼必要。」

「根據我們自地牢中的北方信使身上取得的卡農經所述，綠地人相信解放者皮膚上會有地心魔物無法承受的印記。」英內薇拉說。她放開他的手，允許他舉到自己眼前檢視，欣賞著她以精準的手藝刻在他皮膚上的魔印。

「它們會有效果嗎？」他問，試探性地伸展手掌。

英內薇拉點頭。「等我刻完之後，你的拳頭會比卡吉之矛更具殺傷力。」

賈迪爾感到一股興奮之情席捲全身。光是想到與惡魔徒手肉搏並且將對方擊殺就令他如痴如狂。

英內薇拉剛剛包紮好他的手掌，阿山達馬基已經步入王座室，身後跟著他兒子阿蘇卡吉以及賈迪爾的次子，阿桑。他們兩人都還不到身披達馬白袍的年紀，但他們是解放者的血脈，沒有人膽敢質疑他們的資格。

「解放者，」阿山鞠躬請安。「卡非特，」他彷彿吐痰般吐出這個字眼，「帶著帳本前來拜見。」賈迪爾點頭，阿邦拄著象牙駱駝杖一拐拐地步入王座廳，英內薇拉則靠向賈迪爾腳邊。阿雷維拉克達馬基跟在阿邦後面入廳，空蕩蕩的長袍右袖牢牢繫在背後。賈迪爾的兒子馬吉，身穿奈達馬拜多布，如影隨形地跟隨他的腳步。他們來到頭骨王座右手邊，站在阿山、阿蘇卡吉，以及阿桑身旁。

阿邦鞠躬，自腰帶上取出一只小藥瓶。他將藥瓶拋給賈迪爾。「梅寒丁部族的夸凡達馬要我把這個交給你。」他說。

賈迪爾接下藥瓶，好奇地打量它。「他要你交給我這個？」

「其實是瓶子裡的內容物。」阿邦說。「混在你的食物或飲料裡。」

英內薇拉自賈迪爾手中接過藥瓶，拉開瓶蓋，聞聞味道。她倒了一滴在指尖上，嘗了一口。

「隧道蛇毒液。」她說著，吐出毒液。「劑量足以毒死十個男人。」

賈迪爾側頭看向阿邦。「他付你什麼代價？」

阿邦微笑，舉起一袋叮噹直響的錢袋。「一名達馬基的賞金。」

賈迪爾點頭。梅寒丁部族的安卡吉達馬基會在公開場合口頭支持他，但這已不是他的手下第一次企圖暗殺賈迪爾了。

「我會逮捕夸凡達馬，嚴刑逼問。」阿山說。

「那樣只會浪費時間。」阿邦說。「他不會在你的拷問下背叛他的達馬基，還是不要抓他比較好。」

「沒人問你意見，卡非特！」阿雷維拉克達馬基大吼，嚇得阿邦跳了起來。「我們不能放過此人，任由他繼續策畫暗殺沙達馬卡。」

「或許卡非特說得有道理，丈夫。」英內薇拉插嘴道，引來每當有女人膽敢在頭骨王座前開口時阿雷維拉克就會露出的那副怒容。「阿邦可以告訴夸凡說你吃下毒藥但安然無恙，並在大市集裡散布這則傳說。只要塑造出這種不死形象，就連最英勇的殺手都會裹足不前。」

「達馬佳十分睿智。」阿邦鞠躬說道。他和英內薇拉簡直是天生一對，總是有辦法說服別人接納他們的意見。賈迪爾看見卡非特的目光飄到她身上，只有短短一瞬間，欣賞著他妻子恣意袒露的美貌。他嚥下一股怒火。英內薇拉說炫耀其他男人覬覦的事物能夠增添他的權威，但兩年來他還是無法坦然接受這種做法。

然而不管喜不喜歡，阿邦和英內薇拉都擁有賈迪爾需要的技能，達馬和沙羅姆欠缺的技能。阿邦的帳本和英內薇拉的骨骰只會呈現赤裸裸的眞相，即使那不一定是事情眞相。而克拉西亞的其他男人都只會說賈迪爾想聽的話。

賈迪爾越來越依賴他們兩人，他們也知道這件事，因此所有事都直言不諱，毫不修飾，彷彿在挑釁賈迪爾去懲罰他們。

「安卡吉達馬丁位高權重，解放者，」阿邦提醒他道。「而他部族的工程技能在備戰過程中十分重要。你不讓他參與核心議事對他已是種侮辱了。或許現在並非追查可能導致你得公然表態的線索的時機。」

「沙瓦斯的年紀還不足以繼任成爲梅寒丁部族的達馬基。」英內薇拉補充，提到賈迪爾的梅寒丁子嗣。「他們不會聽從還在穿拜多布的男孩號令。」

他們說的沒錯。如果賈迪爾在沙瓦斯贏得白袍前除掉安卡吉，黑頭巾會由安卡吉的兒子繼承，而他們會對賈迪爾懷抱和父親同等的恨意，甚至更多。

「那好吧，」他終於說道，雖然他對接納英內薇拉和阿邦的做法感到作嘔。「去向夸凡散布謠言。現在回報戶口。」

「統計至今天早晨，沙漠之矛中共有兩百一十七名達馬，三百二十二名達馬丁，五千零一十二名沙羅姆，一萬七千兩百五十六名女子，一萬五千六百二十三名孩童，包括進行漢奴帕許之道的人，以及兩萬一千七百三十三名卡非特。」阿邦說。

「想要明年出征的話，這些戰士還不夠。」賈迪爾說。「每年只有幾百人完成漢奴帕許訓練。」

「或許你該延遲你的計畫。」阿邦建議。「十年內，你的兵力就能倍增。」

賈迪爾爾感到英內薇拉的手在捏自己的腳，長長的指甲陷入皮膚中，於是搖了搖頭。「我們已經延遲太久了。」

阿邦聳肩。「那麼你就得以明年的兵力出兵，不足六千。」

「我要更多。」賈迪爾堅持道。

阿邦聳肩。「我能怎麼做？戴爾沙羅姆可不是像藏在大市集中的囤積糧草，沒有商人在等漲價的時候再拿出來賣。」

賈迪爾突然轉向阿邦，把他嚇得向後退縮。

「我說了什麼嗎？」他問。

「大市集。」賈迪爾說。「自從卡維爾和克倫帶我們離家那天過後，我就再也沒有去過那裡。」

他站起身來，拿起一件外袍披在沙羅姆黑袍上。「帶我去看看。」

「我？」阿邦問。「你想要和卡非特一同走在街上？」

「有更適合的人選嗎？」賈迪爾問。大廳中所有人通通恐懼地看向賈迪爾。

「解放者，」阿山抗議道。「大市集是女人和卡非特去的地方……」

阿雷維拉克點頭。「那塊土地不配讓沙達馬卡涉足。」

「那個由我決定。」賈迪爾說。「或許那裡還是可以找到一些有價值的東西。」

阿山皺眉，不過依然鞠躬。「當然，解放者。我去安排保鏢，一百名忠心的沙羅姆——」

「不需要。」賈迪爾插嘴。「女人和卡非特傷不了我。」

英內薇拉起身，幫賈迪爾整理長袍。「至少讓我先擲骨骰，」她低聲道。「你會像糞車吸引蒼蠅一樣吸引暗殺者。」

賈迪爾搖頭。「這次不用，吉娃。今天我不需要骨骰就能感受到艾弗倫的擁抱。」

英內薇拉似乎不太信服，但她退向一旁。

5

離開宮殿後，賈迪爾立刻感到卸下重擔。他已經不記得上一次白天離開宮殿圍牆是什麼時候了。他曾經熱愛陽光。他抬頭挺胸、大步行走，內心某個角落……輕哼著一首小調。他覺得自己做得很對，彷彿這是艾弗倫本人的指引。

賈迪爾和阿邦穿越大市集時，時間彷彿不再流動，商人和顧客在他們走過時僵立原地。有些人滿臉驚訝地凝望解放者，其他人則震驚地看著走在他身邊的卡非特。群眾開始竊竊私語，人們紛紛跟隨在他們身後。

大市集自大城門兩旁沿著內城牆背風側綿延數哩之遙。一望無際的棚攤和推車，大型的帳篷和小攤販排列整齊，還有許多食物和飾品商搬著商品沿街叫賣，外加大批討價還價的人潮。

「這裡比我印象中還大。」賈迪爾驚訝地說。「這麼多迂迴曲折的街道，大迷宮都沒這麼複雜。」

「據說沒有人能在一天內走過所有攤販。」阿邦說。「常常會有笨蛋在達馬吹響沙拉克霍拉高塔的宵禁號角時找不到路離開大市集。」

「這麼多卡非特。」賈迪爾驚奇地道，看著一整片白白淨淨的臉蛋和棕色服飾。「儘管每天早上都聽你做戶籍報告，但我從來沒有真的想過他們的人數代表的意義；你們是克拉西亞城中人數最多的一群。」

「不能進入大迷宮是有好處的。」阿邦說。「長壽就是其中之一。」

賈迪爾點頭。這又是另一件他不曾思考的事。「你可曾懷念過那段日子？在你懦弱的一生中，可曾希望自己見識過大迷宮內部？」

阿邦一拐一拐地走了很長一段時間。「問這有什麼意義？」他終於說道。「那註定不是我的命運。」

他們又走了一會兒，賈迪爾突然停步，凝望前方。對街站著一名體形壯碩的卡非特，起碼有七呎高，褐色上衣和小帽下肌肉賁起。他兩條胳臂下各夾著一個大水桶，看起來簡直像夾著一雙涼鞋那樣輕鬆。

「喂！」賈迪爾叫道，但巨漢沒有回話。賈迪爾大步穿越街道，一把抓住他的手臂。卡非特突然轉身，一臉驚恐，差點把水桶都摔到地上。「我在叫你，卡非特。」賈迪爾不悅道。

阿邦伸手碰碰賈迪爾的手臂。「他聽不見你，解放者。這個人天生失聰。」的確，巨漢一邊哀號一邊瘋狂地指著自己的耳朵。阿邦迅速比劃幾個安撫對方的手勢。

「失聰？」賈迪爾問。「這就是他沒有通過漢奴帕許的原因？」

阿邦大笑。「身體有這種缺陷的孩童根本沒有資格參加漢奴帕許，解放者。這個男人生下來就註定成爲卡非特。」

另一名約莫三十五歲的卡非特，體格看來十分壯健，步出某個攤位，接著在看見他們的同時驚恐地停下腳步。

「等一等。」賈迪爾在對方企圖逃跑時命令道。卡非特立刻跪倒，把整顆頭都壓到塵土中。

「喔，偉大的沙達馬卡。」男子語氣卑微地說道。「我不配佔用你的時間。」

「不要怕，我的兄弟。」賈迪爾說，伸手輕輕放在受驚男子的肩上。「我不屬於任何部族，不屬於任何階級。我代表全克拉西亞人，不管是達馬、沙羅姆，還是卡非特。」

賈迪爾的言語似乎安撫了男子緊張的情緒。「告訴我，你爲什麼身穿褐服，兄弟。」

「我是個懦夫，解放者。」男子說，語氣因爲羞辱而緊繃。「我第一天進入大迷宮就崩潰了。我割斷了拴繩，丟下我的阿金帕爾。」他開始哭泣，賈迪爾讓他盡情發洩。接著他捏捏男子的肩，令他抬起頭來。

「你可以跟在我身後，陪我巡視大市集。」他說，男子驚訝地倒抽一口涼氣。「失聰的那位也一樣。」賈迪爾告訴阿邦，阿邦又對巨漢比了幾個手勢。兩人服從命令，跟在阿邦和賈迪爾身後，而所有圍觀者，不分男女，也都主動跟了上去。就連小販也丟下商品，跑去追隨解放者。

舉目所及，到處是身穿褐服的壯丁，每個人都有不能換上黑袍的理由。當他詢問原因時，沒有人膽敢說謊。

「我年幼時體弱多病。」一人說。

「我是色盲。」另外一人說。

「我父親賄賂達馬不要帶我走。」第三人大膽承認。

「我需要透鏡才能看清楚東西。」很多人這麼說，還有不少人只因是左撇子就被逐出沙拉吉。

賈迪爾輕捏每個人的肩膀，允許他們跟隨自己。不久，他身後已跟了一長排隊伍，路過的所有人通通加入。最後，賈迪爾回頭看向所有人，總數共有好幾千，隨即點一點頭。他跳上一輛小販的推車，獨立於群眾上，看著眼前的女人以及卡非特。

「我是阿曼恩．阿蘇．霍許卡敏．安賈迪爾．阿蘇．卡吉！」他高叫，舉起卡吉之矛。「我是沙達馬卡！」群眾齊聲吶喊，以一種超乎想像的力量震撼賈迪爾的心靈。

「艾弗倫賦予我摧毀阿拉蓋的使命。」賈迪爾叫道。「但要達成這個目的，我需要沙羅姆！」他一手揮過眼前的群眾。「我在你們中看見許多人在孩提時代就被禁止使用長矛，強迫你們在兄弟表親步入艾弗倫的榮光時活在羞辱和貧困中，同時還爲你的父母和子女帶來羞辱。」

賈迪爾指名跟隨的男子紛紛點頭認同。「現在我們擁有足以摧毀阿拉蓋的魔法。」他說。「我們的長矛一次可以刺穿數百頭惡魔，但我們的長矛多，戰士少。所以我提供各位第二次機會！所有身強體壯、希望加入阿拉蓋沙拉克的卡非特明天都可以前往訓練場報到，所有部族都會安排一座卡非特沙拉吉來訓練你們。完成訓練者會成爲卡沙羅姆，取得魔印武器，爲你自己以及家人贏回通往榮耀天堂的權利！」

他的話在人群中引起一陣震驚的死寂。一輩子都活在沙羅姆的腳下，在社會階級前卑躬屈膝的男人紛紛開始抬頭挺胸。賈迪爾幾乎可以洞悉他們的內心，看他們想像著等待自己的榮耀，爭取美好人生的機會。

「沙拉克卡即將到來！」賈迪爾叫道。「大聖戰會提供足夠所有人分享的榮譽！你們中有誰願意和我並肩作戰？」

第一個應賈迪爾之邀而跟隨他的男人，在大迷宮中丟下阿金帕爾的人，擠到群眾前方跪倒在地。

「解放者，」他說。「自從在大迷宮中失敗以後，我的心頭一直揹負重擔。我懇求你賜給我第二次機會。」賈迪爾伸出卡吉之矛，觸碰他的肩膀。

「起身，卡沙羅姆。」賈迪爾說。

男子依言起身，但在他完全站起前，一根長矛插入他的背心。賈迪爾在他倒地前將其接起，在他咳血時凝視他的眼睛。

「你獲救了。」賈迪爾告訴他。「天堂之門會爲你而開，兄弟。」

男人面露微笑，生命之光自其眼中消逝，賈迪爾放下他的屍體，看著插在他背上的那根長矛。那是一把南吉偵察兵善用的近距離短矛。

賈迪爾抬頭，看見三名南吉戰士接近而來，一手握持短矛，另一手拿著繩索。儘管是白天，他們還是放下黑夜面巾，遮掩自己的容貌。

「你太過分了，沙羅姆卡，竟然想將長矛交給卡非特。」其中一名戰士說道。

「我們必須結束你的性命。」另外一名同意道。

他們開始逼近，但數名卡非特率眾而出，擋在賈迪爾的身前。

南吉戰士大笑。「不帶保鏢離開宮殿實在是太蠢了。」一人說道。「這些卡非特無法保護你。」

戰士不把女人和卡非特看在眼裡並非什麼出人意表的反應，但片刻前才感受過群眾力量的賈迪爾不會如此小看他們。儘管如此，他不會要求任何人爲了自己無謂犧牲。

塑造不死的形象，英內薇拉說。就連最英勇的殺手都會裹足不前。

「讓路！」賈迪爾跳下推車時叫道。面露驚訝的男人們立刻讓道兩旁。

「你們以爲三名戰士就殺得了我？」賈迪爾大笑。「就算還有一百名南吉戰士躲在陰影中，我也不須保鏢保護。」他將卡吉之矛的矛頭抵地，挺起胸膛，挑釁對手。「我乃沙達馬卡！」他叫道，覺得自己配得上這個稱號。「膽子夠大的就動手吧！」

南吉戰士持續進逼，但賈迪爾在他們眼中看見遲疑。他令他們膽戰心驚。他們的短矛顫抖，神色猶疑地互望，彷彿難以決定誰該領頭攻擊。

「動手，不然就跪下！」賈迪爾吼道。他舉起卡吉之矛，閃亮的金屬在陽光下如同綻放魔光。其中一名南吉戰士丟下短矛，跪倒在地。「叛徒！」他身旁的戰士吼道，轉身刺向對方，但第三名戰士動作更快，矮身欺近，一矛刺穿攻擊者的胸膛。

賈迪爾身後傳來一聲嘎吱，涼鞋踏在帆布上的聲音。他熟知南吉的戰術，轉過身去，抬頭望向眞正的殺手，對方伏踞在後方一座大帳篷的篷頂。這名偵察兵要趁其他人分散賈迪爾注意力時展開突襲，確保暗殺成功。

他們目光交會，但賈迪爾一言不發，靜靜等待。片刻後，男人拋下短矛翻身而下，跪在賈迪爾腳邊。

賈迪爾走到死者身前，拔起他背上的短矛，舉起來讓所有人看。「這並非卡非特之血！」他叫道。「這是戰士的鮮血，第一名卡沙羅姆，我會洗淨他的頭顱，放上我的王座，永遠紀念他。」他放眼看向卡非特。「有沒有人願意站上前來，追隨他的腳步？」

隨著一聲刺耳的哀號，七呎巨漢推開前排群眾，跪在賈迪爾腳邊。其他人立刻照做，賈迪爾身前隨即傳來一片瘋狂的跪倒聲。正當賈迪爾以矛頭一一碰觸他們時，阿邦抓緊機會發聲。

「年老力衰或身有殘疾者也不須害怕！」他叫道。「不要怕，女人們，小孩們！解放者不只需要沙羅姆！他需要織繩工幫忙織繩，需要鐵匠打造矛頭。卡沙羅姆的大帳需要帆布，帳裡的戰士需要食物！如果你希望爲克拉西亞盡一己之力，爲你的家人帶來榮耀，明天去我的大帳找我！」

賈迪爾皺起眉，心知阿邦此舉不只爲了幫助備戰，同時也是爲了取得廉價勞工，但他並沒有加以駁斥。想要在一年內出兵，他們就需要這些勞力。

群眾在賈迪爾以長矛加身，宣告人們成爲卡沙羅姆時開始呼喊他的名字。沒過多久呼喊聲響徹大市集，在整座城市中不斷迴盪。

「賈迪爾！賈迪爾！賈迪爾！」

「幹得太好了。」當他觸碰最後一名卡非特時，阿邦在他耳邊說道。「你光憑著提供一點贏取自尊的機會就換來了一萬名戰士及兩萬名奴隸。」

「你那商人的眼中只看得見這些嗎？」賈迪爾看著他問道。「一場交易？」

至少阿邦還知道要露出難爲情的模樣，儘管賈迪爾根本不信他是眞心的。

§

第二天，兩千名男子在各部族的卡非特沙拉吉都還沒完工前來到訓練場集合。一週後，人數成長了三倍。再過一週，外圍村落許多世代都是卡非特的男人通通跑來破除階級，並且帶著家人一同前來爲戰爭盡一份心力。不到一個月，賈迪爾的兵力增加三倍，城內的人口也成長至數十年來最高峰。

「明年夏天。」賈迪爾在阿邦完成晨間戶口報告後再度說道。

「綠地人的人數仍是我們的好幾倍。」阿邦說。

賈迪爾點頭。「但十個最強悍的北方儒夫也不會是一名卡沙羅姆的對手。」

「你打算留下多少人守護沙漠之矛？」阿山問。

「不留。」賈迪爾說，大廳中所有人都一臉驚訝，就連英內薇拉也一樣。

「你要帶走所有戰士？」阿雷維拉克問。「城市要交給誰來防守？」

「不只是所有戰士，達馬基。」賈迪爾說。「是所有人。我們得拋下陽光之地。每一個人，包括老人、身有殘疾之人、所有男人、女人，以及小孩，城市人和村民。我們會淨空沙漠之矛，鎖起城門，讓屹立不搖的城牆抵擋阿拉蓋，直到我們決定要奪回它。」

阿雷維拉克的雙眼綻放痴狂的光芒。

「這是個危險的計畫，解放者。」阿山警告道。「部隊應該快速行軍，這樣會拖慢我們的速度。」

「一開始或許會，」賈迪爾說。「但我們要在不留守部隊的情況下同時固守我們所征服的綠地，而艾弗倫讓卡非特和我們一樣居住在陽光之地。到綠地後，追隨艾弗倫的卡非特地位依然高於青恩。讓他們定居在綠地，在沙羅姆持續進攻的同時爲艾弗倫看守領地。」

賈迪爾發現英內薇拉下意識地以手指撥弄阿拉蓋霍拉袋。等這場議事結束，她會立刻跑去擲骨骰，但賈迪爾毫不懷疑骨骰會認同自己的做法。他打從心裡感到這樣做是對的，就連阿邦也點頭表示贊同。

「你什麼時候要告知其他達馬基？」阿山問。

「準備好後再說。」賈迪爾說。「不給安卡吉以及其他人任何反對的機會，我要所有人在搞清楚狀況前就已離開大城門。」

「然後呢？」阿邦問。「來森堡？」

賈迪爾搖頭。「首先是安納克桑，然後再去綠地。」

「你找到失落之城了？」阿邦問。

賈迪爾比向一張放滿地圖的桌子。「它從來不曾眞的失落。沙拉克霍拉中一直保有鉅細靡遺的地圖。只是我們在大回歸後就不再前往那裡了。」

「難以置信。」阿邦說。

賈迪爾看向他。「我想不透的是帕爾青恩怎麼找得到它。盲目搜索沙漠要花上一輩子的時間，一定有人幫他。想要這種東西，他會去找誰？」

阿邦聳肩。「大市集裡有百來個商人在販售通往安納克桑城的地圖。」

「都是假貨。」賈迪爾說。

「顯然並非全是假貨。」阿邦說。

賈迪爾知道這傢伙說謊就和呼吸一樣自然。「英內薇拉，」他終於說道，舉起卡吉之矛。「一切都是艾弗倫的旨意。」

第十一章 安納克桑 332 AR

黎明綠洲是個非常美麗的地方，由一連串刻有魔印的巨型沙岩所守護的大片草地、幾株果樹，以及一座水質清澈的大池塘組成，水源來自供給沙漠之矛飲水的地下河。其中一顆巨石底下有道深入阿拉的石階，通往一座以火把照明的地下石室，人們可以在那裡將魚網撒入地下河道，輕鬆捕到豐富的漁獲。

這是座小綠洲，本來是提供商隊在旅程途中休息之用，不過路過的大多還是獨行信使。當然，這裡絕對不是用來讓數百年內世上規模最龐大的軍隊休息用的。

賈迪爾的部隊如同蝗蟲過境，沿著魔印巨岩搭建了數千座營帳和大帳。早在大多數克拉西亞人抵達前，水果就已經被摘光，樹木都被砍下充當柴火，青草被遊牧牲口吃完，徹底夷為平地。數千人跳入池塘中一邊洗腳，一邊補充水袋，最後只留下一片泥濘不堪的臭水窪。他們在地下捕魚室中撒網，但對於商隊而言，豐富的漁獲在全克拉西亞人面前根本不夠塞牙縫。

「解放者，」阿邦說，在賈迪爾打量營地時走近。「有樣東西我認為你該看看。」

賈迪爾點頭，阿邦帶他來到一大塊刻滿文字的沙岩前。有些只是淺淺的線條，因為年代久遠而風化殆盡，其他新刻的則清晰可辨。有些筆劃潦草，有些則字跡工整得堪稱藝術。它們都是北方文字，一種賈迪爾涉略不深的醜陋文字。

「什麼東西？」他問。

「信使標記，解放者。」阿邦說。「綠洲上到處都是，所有曾在前往沙漠之矛途中路過此地的人都會在此留名。」

賈迪爾聳肩。「那又怎樣？」

阿邦指向石頭上一大片刻著流暢字跡的區域。賈迪爾不認得那些字，但就連他也能感受到它們的美麗。

「這裡，」阿邦說。「寫著『提貝溪鎮的亞倫·貝爾斯。』」

「帕爾青恩。」賈迪爾說，阿邦點頭。

「還寫了些什麼？」賈迪爾問。

「上面寫著：『密爾恩的信使、卡伯之徒、公爵信使，克拉西亞人稱帕爾青恩，沙漠之矛沙羅姆卡、阿曼恩·賈迪爾的摯友。』」

阿邦暫停片刻，讓賈迪爾消化這些字眼；賈迪爾皺眉。「繼續唸下去。」他低聲吼道。

「我曾到過五座人口眾多的城市。」阿邦唸道，指著那些以向上矛頭標示出來的城市名。「還有幾乎所有提沙境內的小村莊。」阿邦指向另一排更長的名單，這一排裡刻有數十個村名。

「這些標有朝下矛頭的名稱，都是他曾造訪的廢墟。」阿邦說著指向另一長排名單。「帕爾青恩待在沙漠之矛外的時間一直都很忙，這裡甚至還有一些克拉西亞廢墟。」

「喔？」賈迪爾問。

「帕爾青恩會在大市集裡尋找地圖以及歷史文物。」阿邦說。

賈迪爾看回名單。「巴哈卡德艾弗倫在裡面嗎？」在察覺阿邦沒有立刻回答時，他轉向卡非特。「不要讓我問兩次。如果我要青恩囚犯過來翻譯，並且發現你撒謊……」

「是的。」阿邦說。

賈迪爾點頭。「所以阿邦終於弄到了剩下的德拉瓦西陶製品？」他的語氣並不是詢問。阿邦沒有回答，不過也不須回答。

「最後一個是什麼？」賈迪爾問，指著名單最後用較大字體刻下的地名，雖然他自己也猜得到。

「就是帕爾青恩前來沙漠之矛前去過的最後一個地方。」阿邦說。

「安納克桑。」賈迪爾說。阿邦點頭。

「還有其他商人看得懂這些字嗎？」賈迪爾問。

阿邦聳肩。「或許有幾個。」

賈迪爾咕噥一聲。「叫人用大鎚把這塊巨石打成沙礫。」

「不讓人知道沙達馬卡是在追尋一名已故青恩的腳步？」阿邦問。

賈迪爾一拳把阿邦捶倒。胖子卡非特擦拭嘴角的鮮血，但沒有發出慣有的那種可悲哀號。他們四目相對，賈迪爾的怒火當即熄滅，他感到羞愧難當。他轉過身去，望向自己的部隊在沙漠中留下的足跡，不知道有沒有人在不知不覺間踏過他朋友的骸骨。

*

「你有心事……」英內薇拉在賈迪爾回帳休息時說道。她的語氣並不是詢問。

「我在想每當面臨抉擇時，真正的解放者會不會如此困惑。」賈迪爾說。「還是會感應到艾弗倫引導他的行動，單純地踏上鋪在眼前的大道。」

「你就是真正的解放者，」英內薇拉說。「所以我想卡吉面臨的挑戰應該和你差不多。」

「我是嗎？」賈迪爾問。

「你認爲，卡吉之矛剛好在你處在可以掌控全克拉西亞的地位時落到你的手中，是種巧合嗎？」英內薇拉問。

「巧合？」賈迪爾問。「不是。妳已經幫我掌握『地位』超過二十年了，我的崛起是由惡魔骰引導，與命中註定無關。」

「是惡魔骰贏得卡非特的心，統一全城人民嗎？」英內薇拉問。「看見卡吉之矛前，是惡魔骰助你在大迷宮中一再取得勝利的嗎？現在行軍至此難道是惡魔骰的意思嗎？」

賈迪爾搖頭。「不，當然不是。」

「你心情不好是因爲帕爾青恩刻在巨石上的字。」英內薇拉說。

「妳怎麼知道那件事？」賈迪爾問。

英內薇拉不屑回答這個問題。「帕爾青恩除了是盜墓者，什麼都不是。是勇敢的盜墓者。」她承認，手指放在賈迪爾嘴前，搶先阻止他出聲抗議。「機智勇敢，不過還是個小賊。」

「那我又算什麼，搶他的大賊？」賈迪爾問。

「你就是你選擇成爲的人。」英內薇拉說。「你可以選擇成爲全人類的救主，或是爲了過去內疚而放棄眼前的機會。」

她湊上前去吻他的唇。溫暖而深情的吻，不待他索求的吻，提醒賈迪爾他至今深愛著她的吻。

「我對你有信心，即使你沒有。骨骰道出艾弗倫的旨意，如果我或骨骰都不相信你，只有你而不是別人能夠肩負起重責大任，我們絕對無法助你崛起。殺死帕爾青恩是必要之惡，就像殺死阿馬戴佛倫。如果可以，你一定會饒恕他們的性命。」

她滑入他的懷中，他伸手擁她入懷，感覺某種力量再度回到體內。*必要之惡*。伊弗佳提過這個字眼，卡吉在征服北地青恩的過程中也曾做過這種事。每殺一頭阿拉蓋就能抵消一點必要之惡，而賈迪爾打算在去見造物主前把它們通通殺光，然後再拿自己一輩子的作爲去接受審判。

偵察兵騎著駱駝來到騎白馬的賈迪爾面前，停在一定的距離之外，一拳猛擊自己胸口。

「沙達馬卡，」他問候道。「我們找到失落之城了。它半埋在沙漠中，大體上完整無缺。城內有幾口應該可以修復的水井，但只找到少量的食物和牧草。」

賈迪爾點頭。「艾弗倫爲我們保存聖城。派遣先遣部隊繪製城內地圖並且修復水井，屠宰牲口、補充存糧。」

「危險的做法。」阿邦說。「屠宰所有牲口就不能繼續補充牲口。」

「我們必須把希望寄託在綠地上。」賈迪爾說。「此時此刻，我們需要盡可能擠出最多時間來探索聖城。」

他的族人行進緩慢，幾天後才與偵察隊伍會合，當時他們已經大致繪製完地圖，儘管安納克桑比沙漠之矛要大上許多，很可能還有沒被發現的區域。偵察部隊繪製的地圖和沙利克霍拉裡的古老卷軸之間有許多不一致。

「我們依照部族分配城內區域，讓各族達馬基根據最頂尖的達馬和魔印師的建議去監督挖掘作業。每天所有挖掘出來的古物都要分門別類呈交給我過目。」

阿山點頭。「我會遵命行事，解放者。」他說，然後前去指示其他達馬基。

接下來的一星期，各部族仔細搜查古城，挖穿石牆，搜刮墓穴，移動整塊魔印石牆和石柱。當他們抵達時，並沒有發現多少帕爾青恩曾造訪的跡象，但克拉西亞人並不在乎破不破壞古蹟這種事。到處都是瓦礫堆，一整區的街道和建築在其下的通道挖開時倒塌。

每天下午，達馬基都會來到賈迪爾面前，回報他們的發現。數以百計的新魔印，許多都是用來傷害惡魔或是製造其他魔法效果。魔印武器與護甲、描繪古代戰爭的鑲嵌圖案與畫像，有些甚至繪有卡吉本人。

每天晚上他們都會戰鬥。惡魔依然成群結隊擁入城市，隨著太陽西下，賈迪爾的手下就會放下手邊的工作，拿起長矛與盾牌。他們的魔印即使握在最弱的卡沙羅姆手中依然威力強大，每晚都能殺掉數千頭阿拉蓋，沒過多久聖地附近的阿拉蓋就已片甲不留。沙羅姆持續巡邏，不過聖城看來已經徹底淨化，彷彿艾弗倫在指引他們邁向正確的道路。

5

「解放者，」阿山說，與阿桑和阿蘇卡吉一同進入帳篷。「我們找到了。」

賈迪爾不須問找到什麼，即刻放下手中的綠地地圖，換上他的白袍。他還沒有走到帳篷門簾，英內薇拉已經帶領他的達馬丁妻子現身帳內，她們的出現證實了阿山所言不虛。女人們默不作聲地跟在他的身後穿越古城。

「哪個部族發現的？」賈迪爾問。

「梅寒丁，父親。」阿桑說。他已十六歲，成爲頂天立地的男人，舉手投足間都透露出一股沙魯沙克大師的氣勢。他輕柔的語調來自裹在白袍下的高瘦身軀，就像包在布匹下的長矛般危險。

「很好……」賈迪爾喃喃說道。由對他最不忠心的達馬基找到卡吉之墓眞是再恰當不過了。

當他們抵達時，安卡吉和賈迪爾那還穿著奈達馬拜多布的梅寒丁子嗣沙瓦斯正等在裡面。

「沙達馬卡！」達馬基叫道，拜倒於積塵滿布的墓室地板上。「我很榮幸將卡吉之墓獻給你。」

賈迪爾點頭：「狀況良好嗎？」

安卡吉起身，一手揮向大理石棺，石棺棺蓋已被掀起。

「帕爾青恩恐怕已將此墓洗劫一空。」安卡吉說。「卡吉之矛不在，但你已經奪回來了。」他指向棺中骷髏身上的破布。「我看不出這些布條是不是卡吉斗篷。」

「卡吉之冠呢？」卡吉的語氣彷彿這樣物品無關緊要，然而所有人都知道它有多重要。

安卡吉聳肩。「遭竊。帕爾青恩——」

「前往沙漠之矛時並沒有帶在身上。」賈迪爾打斷他道。

「他一定是藏起來了。」安卡吉說。

「他在說謊。」阿邦在賈迪爾的耳邊低聲道。

「你怎麼知道？」賈迪爾問。

「騙子認得出同類。」阿邦說。

賈迪爾轉向哈席克。「封鎖墓穴。」他下令。哈席克指示走廊上的沙羅姆，他們將大石門推回原位。

「這是幹嘛？」安卡吉在走廊上的火把光芒消失時問道。墓穴內只剩下幾支隱密火把還在燃放搖曳的微光。

「熄掉火把。」賈迪爾下令。「讓達馬佳投擲骨骰，查出是誰偷走卡吉之冠。」

安卡吉臉色發白，賈迪爾立刻知道阿邦說得沒錯。他走向達馬基，逼他一路後退到背部抵上牆。

「不交出王冠，我就每隔一分鐘閹掉你一個兒子或孫子，從長子開始。」

片刻後，賈迪爾自卡吉某個曾孫的墓穴中取得卡吉之冠。

那是一只由黃金與珠寶鑲造而成的薄飾環，表面繪有一圈不明魔印，在佩戴者頭上形成一道魔印網。它看起來十分脆弱，但不管賈迪爾如何使勁都無法將金飾環扳彎。

英內薇拉彎腰拾起卡吉之冠，套上他的頭巾。儘管輕如鴻毛，賈迪爾卻在它接觸到自己額頭時感到前所未有的壓力。

「現在，我們可以入侵綠地了。」他說。

第二部

外來勢力

第十二章　女巫　333AR　冬

黎莎父母的住所映入眼簾。以她父親的財力而言，這間小屋堪稱簡樸，它倚著父親造紙店的後牆而建，多年來盡職地滿足他們一家所需；魔印守護著通往前門的道路。

倒不是說羅傑有在注意這些細節，他特意落後黎莎一點，以便在不被發現的情況下偷看她。她白皙的肌膚和漆黑秀髮形成強烈對比，她的雙眼是晴朗白晝的天空藍；他的目光瞟向她曼妙的曲線。

黎莎突然轉向他，羅傑大吃一驚，目光立刻上揚。

「再次謝謝你陪我一起來，羅傑。」黎莎說。

說得好像羅傑會拒絕她的要求一樣。「陪妳家人吃頓飯算不上什麼苦差事，就算妳母親煮的菜連惡魔都不敢吃。」他說。

「對你而言或許不是。」黎莎說。「如果我一個人去，她會一直嘮叨，嘮叨到我想嫁人時一看到男人就會想吐。有你在場，或許她會少講兩句，或許甚至會把我們當成一對，然後不提這個話題。」

羅傑凝視著他，開心得心跳都停了。他換上吟遊詩人的面具，表情和語氣完全沒有透露自己的感覺，問道：「妳不介意讓妳母親以為我們是一對？」

黎莎大笑。「我很希望她會這麼想，鎮上大多數人也會接受這種想法。只有你、亞倫和我曉得這有多荒謬。」

羅傑覺得被她甩了一巴掌，但他的心臟再度開始跳動。由於他已經換上面具，所以黎莎完全沒有注意這些變化。

「我希望妳不要那樣叫他。」羅傑說，轉移話題。

「亞倫？」黎莎問，羅傑皺起眉。「亞倫！亞倫！亞倫！」她笑著說道。「那只是他的名字，羅傑。我不會假裝他沒有名字，不管他多想要維持神祕。」

「就讓他保持神祕吧。」羅傑說。「艾利克常說，如果你常常排練一種不希望讓觀眾欣賞的演出，遲早還是會被觀眾發現的。只要說溜嘴一次，鎮上所有人就會開始談論他的名字。」

「那又怎樣呢？」黎莎問。「魔印人之所以在鎮上感到不自在，都是因為鎮民對待他的方式不同，承認他也有名有姓或許會大大改善這種情況。」

「妳不知道他擺脫了什麼樣的過去。」羅傑說。「如果洩露他的名字，說不定會有人因而受累，也可能會有人為了報仇而來獵殺他。我知道過那種生活是什麼感覺，黎莎。魔印人救過我的命，如果他不希望自己的名字洩露，我絕對願意忘掉所知的一切，即使這表示我得放棄世紀之歌也無所謂。」

「你無法就這麼忘掉自己知道的事。」黎莎說。

「並不是所有人的腦袋都像妳那麼大。」羅傑說著輕敲自己的太陽穴。「有些人的腦袋一下就裝滿了，隨時可以忘掉沒用的東西。」

「胡說八道。」黎莎說。羅傑聳肩。

「總之，再次謝謝你。」黎莎說。「自願站在我和惡魔之間的男人多得是，但自願站在我和母親面前的男人一個也沒有。」

「我想加爾德會很樂意的。」羅傑說。

黎莎輕哼一聲。「他簡直就是我母親的寵物。加爾德毀了我的一生，而我母親還是希望我能原諒他、幫他生孩子，好像他會殺惡魔就突然變成值得託付終身的人了。她是個擅於操縱人心的女巫，能夠腐化周遭所有人的心靈。」

「呿！」羅傑說。「她才沒那麼糟糕呢。多了解她一點，妳就可以像駕馭小提琴般駕馭她。」

「你太小看她了。」黎莎說。「男人只會看見她的美貌，不願看穿她的內心。你會以爲是你在釋放魅力，實際上卻是她在引誘你，就像她引誘所有男人，讓他們與我爲敵。」

「妳潭普草吃多了。」羅傑說。「伊羅娜並非致力毀掉妳人生的地心魔物。」

「你對她的了解還不夠深。」黎莎說。

羅傑搖頭。「艾利克曾教我關於女人的一切，也提過像妳母親那種女人，曾經美艷無比，但現在開始顯露歲月的痕跡，他說那種女人都是一樣的。伊羅娜年輕時一直是目光焦點，她只知道用這種方式與世界互動。妳和妳父親老是談論魔印之類她一無所知的話題，這讓她迫切地想要引人注目，不管透過什麼方式。讓她自認是目光焦點，就算她不是也無所謂，到時候她就不會來煩妳了。」

黎莎凝視他片刻，然後哈哈大笑。「你老師根本一點也不了解女人。」

「他看起來像是很了解的樣子。」羅傑回道。「看他和多少女人上床就知道了。」

黎莎朝他揚起一邊眉毛。「那他的學徒利用這些高超的技巧和多少女人上過床？」

羅傑微笑。「我不喜歡講這種羅曼史，不過我敢賭一枚密爾恩金陽幣，賭妳母親會拜倒在我的技巧下。」

「賭了。」黎莎說。

「於是商人告訴艾利克：『我是付錢叫你教我老婆跳舞的！』」羅傑說。「而艾利克一臉平靜地看著他說道：『是呀，但你老婆喜歡躺著跳又不是我的錯。』」

伊羅娜哈哈大笑，拿杯子敲擊桌面，濺出許多紅酒。羅傑和她一起敲，接著他們碰杯喝酒。

坐在餐桌另一邊與父親交談的黎莎皺起眉看向他們。她眞的不知道哪種情況比較令她害怕：贏得與羅傑的賭注，或是輸掉。或許帶他同來並非什麼好主意。光是那些下流故事就已經夠糟糕了，更糟的是羅傑的目光不斷飄向她母親的乳溝，雖然從伊羅娜刻意裸露的方式來看，她並不能責怪羅傑。

餐盤早就被清空了。厄尼坐著翻閱黎莎帶給他的書籍，雙眼在彷彿從來不曾離開鼻梁的厚框眼鏡後顯得格外渺小。最後，他咕噥一聲放下書本，並比向黎莎面前那疊皮革封面的空白書本。

「時間只夠做幾本。」他說。「妳塡滿它們的速度比我製書還快。」

「這只能怪我的學徒。」黎莎說，自火爐上取下茶壺。「我每寫好一本，她們就可以抄完三本。」

「儘管如此，」厄尼說。「我這輩子只寫了一本魔印寶典，而且還沒塡滿。這是妳寫的第幾本了？」

「第十七本。」黎莎說。「不過其中惡魔學和魔印各佔一半，而且大多來自魔印人。光是重繪他身上所紋的魔印刺青就塡滿了好幾本書。」

「喔？」伊羅娜抬頭問道。「那妳已經看過他身體哪些部位了？」

「媽！」黎莎叫道。

「我並不是在批評妳。」伊羅娜說。「儘管魔印人奇醜無比，妳還是有可能遇上更糟糕的男人。但如果妳打算這麼做，最好快點動手，要不了多久就會有許多比妳年輕又能生的女孩開始和妳競爭了。」

「他並不是解放者，媽。」黎莎說。

「其他人可不是這麼說的。」伊羅娜說。「就連加爾德都崇拜他。」

「喔，既然連加爾德・卡特這麼想，那就『一定』是對的。」黎莎說著，兩眼一翻。

羅傑在伊羅娜耳邊喃喃低語，她再度大笑，注意力回到他身上。黎莎頓時鬆了一口氣。

「說起魔印人，」厄尼說。「他上哪去了？史密特說又有一名信使代表公爵前來傳喚他，但信使日那天他又再度消失無蹤。」

黎莎聳肩。「我想，他並不想要去見公爵，他不認爲自己是林白克的子民。」

「妳最好教他考慮清楚，」厄尼說。「我們村子沒有像往年一樣量產木材，林白克對此十分不滿。避開信使可以拖延一時，因爲道上積雪，所以他無法派遣軍隊，但等到春雪消融後，林白克會要求答案，並且確認解放者窪地依然對他效忠。」

「是這樣嗎？」羅傑抬頭問。「如果魔印人打算對抗林白克，窪地居民多半會立刻加入他的陣營。」

「沒錯。」厄尼說。「其他小村落也一樣，甚至有不少安吉爾斯堡的人民也是如此。魔印人只要一句話就能掀起內戰，這就是爲什麼他最好在林白克採取任何莽撞舉動前表明自己的立場。」

黎莎點頭。「我會和他談，我在安吉爾斯也有事情還沒處理完。」

「妳唯一沒處理完的事就在妳的裙襬底下。」伊羅娜喃喃說道。羅傑突然嗆到，鼻孔中噴出酒來。伊羅娜得意洋洋地笑著，啜著自己的酒杯。

「至少我可以讓裙襬保持在腳踝附近！」黎莎突然說道。

「不准妳用那種語氣對我說話，」伊羅娜說。「我或許不懂政治或惡魔學，但我知道妳再過不久就會變成沒人要的老太婆。不管這輩子殺掉多少惡魔，進墳墓後妳還是會後悔自己沒有爲世界帶來任何生命。」

「我是鎮上的藥草師。」黎莎說。「拯救瀕死者都不算是爲世界帶來生命？」

「薇卡也在拯救生命。」伊羅娜說，提起黎莎的藥草師同行。「但她還是幫約拿牧師生了一大堆孩子。如果接生婆妲西有機會也會生，如果她能找到願意閉上眼睛，並且保持堅挺直到在她溫暖子宮中種下後代的男人。」

「妲西對我們鎮上的貢獻比妳多，母親。」黎莎說。她和妲西之前都是老巫婆布魯娜的學徒，曾經水火不容，現已盡釋前嫌。現在妲西或許算不上她最好的學生，但肯定是最盡心盡力的。

「胡說。」伊羅娜說。「我盡忠職守，爲鎮上貢獻了妳。妳或許不知感恩，但我認爲解放者窪地因爲我的貢獻而獲益良多。」

黎莎皺眉。

「隨便哪個白痴都看得出來妳和魔印人有一腿。」伊羅娜繼續說道。「而且你們倆都還慾求不滿。他在床上不行嗎？」她問。「妲西在你爸不行時曾開過藥——」

「這太荒謬了！」羅傑在厄尼滿臉通紅時叫道。「黎莎才不會——」

伊羅娜不屑地打斷他。「反正她又不會和你好。誰看不出來你對她有好感，但你不配，小提琴男孩，你自己也很清楚。」羅傑的臉紅得像甜菜。他張開嘴，但說不出話。

「妳無權那樣和他講話，母親。」黎莎說。「妳不知道——」

「每次都是我不知道！」伊羅娜叫道。「好像妳可憐的母親就是蠢得看不見照在臉上的陽光！」

她豪飲一大口酒，蒙上一層黎莎知曉並恐懼的陰霾。

「我可是知道那首關於魔印人在妳被強盜丟在路邊後找到妳的歌謠內情，」伊羅娜說。「我知道男人在沒有人阻止他們時會如何對待我們這樣的女人。」

「母親！」黎莎警告，語氣嚴峻。

「那並非我希望妳失去童貞的方式，」伊羅娜說。「但也該是時候了，而我還期待妳從此開竅呢。」

黎莎一掌拍在桌上，瞪著自己母親。「拿你的斗篷，羅傑。」她說。「天要黑了，我們和惡魔在一起比較安全。」她將空白書本放入背袋，揹上肩，然後自門旁的短樁上取下繡滿魔印的斗篷，披上自己肩膀，以魔印銀針固定在喉嚨前方。

厄尼走過來，攤開雙手致歉。黎莎在羅傑披斗篷時擁抱父親。伊羅娜則待在餐桌旁喝酒。

「不管有沒有魔法斗篷，我都希望妳不要在天黑後外出遊蕩。」厄尼說。「妳的地位無人能取代。」

「羅傑帶著小提琴。」黎莎說。「如果被惡魔發現，我除了隱形魔印，還攜帶很多火焰棒。我們很安全。」

「妳可以利用巫術控制整支地心魔域的大軍，卻贏不了一個男人的心。」伊羅娜對著杯子嘲諷道。

黎莎不理會她，戴上兜帽，步入黃昏中。

「這下你相信我了？」她在身後屋門關閉時問羅傑。

「看來我欠妳一枚金陽幣。」羅傑認輸道。

黎莎和羅傑朝鎮上的方向前進，積雪在鞋底嘎吱作響。他們呼出來的空氣在寒冬中化為白霧，但他們的斗篷上縫有皮草，足以禦寒。

自從被伊羅娜批評後，羅傑一句話也沒說。他垂著腦袋，將臉深埋在長長的紅鬈髮中。他的小提琴放在琴盒內，掛在七彩斗篷底下，但她從他不停屈展手指的動作中看出他很想碰琴。每當他心煩意亂時就喜歡拉小提琴。

黎莎知道羅傑喜歡自己，幾乎所有人都知道。鎮上有半數女人認為她一定是瘋了才不好好把握他。為什麼不？羅傑有俊俏而帶著稚氣的面孔，還有過人的機智。他的音樂美得難以用言語形容，而且可以在黎莎情緒最低落時逗她發笑。他曾不只一次明白表示他願意為她而死。

儘管努力嘗試，黎莎還是沒有辦法以愛人的角度看待他。羅傑至今不滿十八，比她整整年輕十歲，而且他是她的朋友。從許多方面來說，羅傑是她唯一的朋友，她唯一信任的人。他是她不曾擁有的弟弟，她不希望傷害他。

「你的學徒坎黛兒昨天來找我。」黎莎說。「是個美麗的女孩。」

羅傑點頭。「也是我最好的學徒。」

「她問我會不會煮愛情藥水。」黎莎說。

「哈！」羅傑大叫。接著他突然停步，轉頭看她。「等一等，妳會嗎？」

黎莎大笑。「當然不會，但我不會告訴她。我給了她一劑甜茶，教她與心儀的人分享。當心她端給你喝的茶，不然你可能一整個晚上都在和她接吻。」

羅傑搖頭。「永遠不要和學徒亂來。」

「另一句艾利克大師的名言？」黎莎諷刺道。

羅傑點頭。「而且我可以很高興地說他恪守這句名言，我聽說公會裡不少學徒沒有像我這麼幸運。」

「這是兩碼子事。」黎莎說。「坎黛兒年紀與你相當，而且買愛情藥水的人可是她。」

羅傑聳肩，戴上兜帽，拉緊七彩斗篷，強化魔印網。最後一絲陽光已經消失，霧氣般的形體自雪地四面八方浮現，凝聚成許多張牙舞爪的地心魔物。它們在空氣中聞到他們的氣味，卻怎麼也找不到他們。

厄尼為了避免鄰居抱怨造紙化學藥品的氣味，而將房子蓋在距離鎮上很遠的地方，遠得已經離開守護全鎮的禁忌魔印圈守護範圍。

一頭木惡魔晃到羅傑面前，嗅聞著空氣。羅傑全身僵硬，不敢在它搜尋時移動分毫。斗篷下傳來一點動靜，黎莎知道羅傑正把魔印匕首握在掌心中。

「繞過去就好了，羅傑。」黎莎說，繼續前進。「它看不見也聽不見你。」羅傑躡手躡腳地繞過惡魔，緊張兮兮地以指尖轉動手中的匕首。他花了很多時間練習投擲飛刀，能在二十步外射中惡魔的眼睛。

「這樣實在太詭異了。」羅傑說。「如同在白晝大搖大擺地穿越大批地心魔物。」

「你這話要說多少次才會膩？」黎莎嘆氣。「這件斗篷就和房子一樣安全。」隱形斗篷是她本人的發明，以魔印人教她的困惑魔印為基礎。黎莎修改了那道魔印，以金線繡在上好的斗篷上。只要她一直用斗篷裹住全身，並以緩慢穩定的步伐行走，惡魔就看不見她的存在，就算她直接走到它們面前也一樣。

接著她又幫羅傑做了一件，配合吟遊詩人的五彩服裝以亮眼的色彩繡上魔印。她很高興羅傑鮮少脫下斗篷，就算白天也披在身上；魔印人似乎從來不曾穿過她幫他縫製的斗篷。

「不是說妳的魔印不好，但我想我永遠不會說膩。」羅傑說。

「我相信你的小提琴音樂能夠保護我。」黎莎說。「你爲什麼不能相信我的？」

「我現在不就穿著斗篷了嗎？」羅傑問，伸手拉扯自己的斗篷。「我只是覺得有點詭異。我不想這樣說，但妳母親說妳是女巫似乎也不是沒有道理的。」

黎莎瞪著他。

「至少是魔印女巫。」羅傑解釋道。

「從前他們也說藥草學是巫術。」黎莎說。「我只是在繪製魔印，就和其他人一樣。」

「妳和其他人不一樣，黎莎。」羅傑說。「一年前，妳連守護窗台的魔印都不會畫，現在連魔印人都要向妳求教。」

黎莎輕哼一聲。「才沒有。」

「快要了。」羅傑說。「妳常常和他辯論魔印的功效。」

「亞倫是比我高強三倍的魔印師。」黎莎說。「只是……這種情形很難解釋，不過在看過一定數量的魔印後，那些圖形就開始……直接和我溝通。我只要看到某個新魔印，多半就可以藉由研究其中的能量線條而猜出魔印的用途。我試著教導其他人這種技巧，但大家還是只能強記。」

「我的小提琴也是如此。」羅傑說。「音樂可以和我溝通。我可以教導學徒彈奏動人的旋律，但演奏『伐木窪地之役』並不足以安撫惡魔。你必須……撫平它們的情緒。」

「我希望有人可以撫平我媽的情緒。」黎莎喃喃說道。

「也該是時候了。」羅傑說。

「呃？」黎莎問。

「我們快到鎮上了。」羅傑說。「越早聊到妳媽，我們就可以越早聊完，然後開始去辦正事。」

黎莎停下腳步，轉頭看他。「少了你我該怎麼辦，羅傑？你是我在世上最好的朋友。」她適當地強調「朋友」這個字。

羅傑尷尬地變換姿勢，繼續前進。「我只是知道她爲什麼會令妳心煩。」

黎莎快步跟上。「我不想承認我媽對某些事情的看法有可能是對的……」

「她常常是對的，」羅傑說。「因爲她冷眼看待整個世界。」

「冷酷無情地看待才對。」黎莎說。

羅傑聳肩。「意思差不多。」

黎莎若無其事地伸手抓起一根樹枝上的積雪，但羅傑察覺她的動作，輕易避開她丟過來的雪球。雪球擊中一頭木惡魔，對方幾近瘋狂地搜尋攻擊者。

「妳想要孩子。」羅傑直言說道。

「我當然想。」黎莎說。「我一直都想，只是從來不曾找到對的時機。」

「對的時機，還是對的父親？」羅傑問。

黎莎呼出一口氣。「都對。我才二十八歲，藉由藥草的幫助，我還有二十年可以生孩子，但會比十年前，甚至五年前要難。如果當年嫁給加爾德，我們的第一個孩子今年應該十四歲了，之後多半還會有七個小孩。」

「艾利克常說：『為沒發生過的事感到遺憾不會帶來任何好處。』」羅傑說。「當然，他的一生都是奠基在這句話上過活的。」

黎莎嘆息，撫摸自己的肚子，想像著裡面的子宮，她遺憾的不是加爾德。羅傑也很清楚，她母親對於道上強盜的猜測並沒有錯。但她沒有告訴過他，也不曾告訴任何人當時是她的排卵期，她深怕自己會懷孕。

黎莎本來希望事發數日後，當她引誘亞倫時，亞倫可以在她肚子裡播種。如果他這麼做，而她眞的懷孕，她就會養育那個孩子，期望它是溫柔的產物，而非暴力。但魔印人拒絕了她，發誓他絕對不要孩子，因為他怕賦予自己力量的惡魔魔法會玷污他的子嗣。

於是黎莎煮了她曾發誓絕對不煮的藥茶，確保強盜的種子不會扎根。一切結束後，她對著空杯傷心哭泣。

那段回憶令她潸然落淚，冰冷的淚水在冬夜裡沿著臉頰劃下兩行淚痕。羅傑伸出手，她以為他想要為她拭淚，結果他卻將手伸入她的兜帽中，然後突然縮手，拿出一條五彩手帕，好像從她耳朵中取出似地。

黎莎忍不住笑出聲來，接過手帕，擦乾眼淚。

抵達鎭上時，五、六頭地心魔物跟在他們身後，順著斗篷魔力的半徑範圍嗅聞雪地裡的腳印。一名位於禁忌魔印力場邊緣的女子揚起長弓以及魔印箭矢，如同閃電般疾射而出，殺掉所有沒能及時逃生的惡魔。

解放者窪地裡所有年輕女子現在都在鑽研箭術，只要有力氣拿起弓箭便立刻開始學習。許多沒有力氣拉開長弓的年長女性就學著瞄準別人幫忙搭好的曲柄弓。這些女人輪流排班巡邏城鎮邊境，殺掉任何在附近遊蕩的惡魔。

步入火光範圍後，黎莎看見汪妲等著他們。這個女孩身材高大，親切熱情，很容易讓人忘記她才剛滿十五歲。她父親弗林死於伐木窪地之役，而汪妲也在該役中受了重傷。現在她已經痊癒，不過留下大片傷疤，並在於診所療傷期間迷上了黎莎。汪妲如同獵犬般跟隨黎莎，隨時準備除掉任何膽敢靠近的地心魔物。她攜帶魔印人給她的紫杉長弓，並且很擅長使用這把致命武器。

「我希望妳允許我護送妳，黎莎女士。」汪妲說。「妳很重要，不該獨自在禁忌魔印圈外遊蕩。」

「我父親也是這樣說。」黎莎說。

「妳父親說的對，女士。」汪妲說。

黎莎微笑。「或許等妳的隱形斗篷做好再說吧。」

「眞的嗎？」汪妲問，瞪大雙眼。每件斗篷都需要長時間製作，算是個貴重禮物。

「如果我走到哪妳一定要跟到哪，」黎莎說。「我就沒有多少選擇。我上星期已經將圖案交給我的學徒縫製了。」

「喔，感謝妳，女士！」汪妲說，伸出長長的手臂，以對一個比大多數男人都還要高壯的女人而言實在不太恰當的少女儀態擁抱黎莎。

「我喘不過氣了。」黎莎終於喘氣道，汪妲立刻鬆手後退，一臉難爲情。

「以她的年紀似乎不該離開禁忌魔印圈？」羅傑在他們朝鎮上走去時低聲問道。解放者窪地的石板路蜿蜒曲折，很不方便，不過魔印人利用這個特點設計了一道巨大而複雜的守護魔印。不論大小，沒有地心魔物可以在鎮內的土地上凝聚形體、踏足其上，或飛越上空。街道微微發光，充滿魔法的暖意。

「她已經這麼做了。」黎莎說。「上星期亞倫就兩次抓到她獨自出外狩獵惡魔。那個女孩一心一意想要殺惡魔，我得把她留在看得到的地方。」

曾經每當日落後，鎮上就變得黑暗死寂，但現在發光的石板讓人們可以自由來去。近一年前那場戰役裡，窪地折損了許多人手，但由於附近村落的居民受到魔印人傳說的吸引而前來投靠，導致鎮上的人口持續增加。這些新來者在傳說中魔印人的知交好友羅傑和黎莎走過時指指點點、交頭接耳。

他們進入魔物墳場，從前的鎮中廣場，因許多惡魔和鎮民戰死其中而得名。儘管換了這種名字，墳場本身依然是鎮民的活動中心：這裡是鎮民的訓練場，同時也是每天晚上伐木工外出獵殺惡魔前聚在一起接受約拿牧師祝福的地方。此刻他們就站在那裡，腦袋和寬厚的肩膀低垂，在約拿爲他們祈禱一夜平安的同時憑空比劃魔印。

其他鎮民站在一旁，低著頭一起接受祝福。沒有魔印人的身影，他不會把時間浪費在祈福上，此刻多半已經出門狩獵。有時他會數日不歸，在雪地裡留下一大堆等待陽光燒燬的惡魔屍體。

「妳的前未婚夫在那裡。」羅傑說著朝加爾德．卡特點頭。加爾德站在伐木工最前面，彎下腰去讓小時候經常受他欺凌的約拿牧師拿根炭棒在他額頭上繪製魔印。

黎莎的前未婚夫是個巨人，身材比其他伐木工都要高大，而伐木工中鮮少有人身高不足六呎。他留著一頭金色長髮，古銅色手臂上全是堅實的肌肉。肩膀後方露出兩把魔印斧的斧柄，腰帶上掛著一副硬皮外鑲有魔印鐵甲的護手。要不了多久，護手表面就會染滿嘶嘶作響的黑色惡魔體液。

加爾德並非最年長的伐木工，肯定也不是最聰明的，但伐木窪地之役過後他便成了就連最年長伐木工也會毫不猶豫聽他號令的領袖。白天是他在大聲督促鎮民鍛鍊，晚上是他在率領人們衝鋒陷陣，除了魔印人，全鎮殺最多惡魔的人就是他了。

「不管他對妳做過什麼，」羅傑說。「妳得承認他是那種會讓人為他塑造雕像並唱歌傳頌的人物。」

「喔，我不否認他很耀眼，」黎莎看著加爾德說道。「他向來如此，如同磁鐵般吸引人們崇拜他。我也曾是其中之一。」

她傷感地搖頭。「他父親也是一個樣子。我母親一再為了他破除婚誓，以野獸的觀點來看，這種行為甚至是可以理解的；這兩個男人從外表看來都很完美。」

她轉向羅傑。「令我不安的是內在。伐木工毫不遲疑地跟隨加爾德，但他作戰究竟是為了守衛窪地，還是為了滿足殺戮的慾望？」

「我們從前也這樣看魔印人。」羅傑提醒她。「他證明我們錯了，或許加爾德的情況也一樣。」

「我認為可能性不高。」黎莎說著偏過頭去，繼續前進。

聖堂聳立在墳場另一端，倚著聖堂側牆而建的就是新診所，於初雪前落成。

「哎，黎莎女士！羅傑！」班恩看見他們立刻叫道。班恩和他的學徒們站在一起，學徒身上揹著大片玻璃，以及各式製作玻璃的用具。旁邊站了一群小提琴手，正在吵吵鬧鬧地調整樂器。班恩對學徒迅速交代幾句，隨即過來加入他們。

「只要你準備好就可以加持魔法，羅傑。」他說。

「昨天晚上的成果如何？」黎莎問。

班恩把手伸到口袋裡，取出一只小玻璃瓶。黎莎接過瓶子，手指沿著瓶面上的魔印摸索。瓶身看起來像普通玻璃，而其上的魔印非常平滑，彷彿玻璃在被刻蝕魔印後又重新加溫過。

「摔摔看。」班恩鼓勵道。

黎莎使盡全力將瓶子摔在石板地上，但瓶子只是彈開，發出清脆的聲響。她撿起瓶子仔細打量，一點撞擊的痕跡也沒有留下。

「厲害。」她說。「你的魔印技巧越來越成熟了。」

班恩微笑鞠躬。「在鐵砧上有辦法打破，如果妳眞的鐵了心，不過並不容易。」

黎莎皺眉搖頭。「那樣也不該打得破才對，讓我看看還沒加持過的瓶子。」

班恩點頭，指示學徒拿來另一只瓶子，看起來和之前那個一模一樣。「這是我們打算今晚加持的。」

黎莎仔細打量瓶子，指甲深入刻痕中。「或許刻痕的深度也會影響加持的強度，」她思索道。「我回去想想。」她將瓶子放入圍裙口袋，晚點再研究。

「我們已經開始量產了。」羅傑說。「班恩和他的學徒白天吹玻璃並刻蝕魔印，晚上我就和我的學徒引誘地心魔物來加持魔力。再過不久每棟屋子都會設有魔印玻璃窗，而我們也可以安心存放液態惡魔火。」

黎莎點頭。「今晚我想要看看加持的過程。」

「沒問題。」羅傑說。

妲西和薇卡等在診所門口。「黎莎女士。」抵達診所時，薇卡朝她行屈膝禮。她相貌平平，不美不醜，體格結實，臀部豐滿，臉型圓潤。

「妳不用每天晚上都屈膝行禮，薇卡。」黎莎說。

「當然要。」薇卡說。「妳是本鎮藥草師。」薇卡本人也是合格藥草師，雖然她和姮西兩人都比黎莎年長，但都將黎莎視爲她們的領袖。

「我想布魯娜不會忍受這種行爲。」黎莎說。布魯娜是她的老師，也是鎮上前任藥草師，是個脾氣暴躁、視禮教如糞土的女人。

「老巫婆根本瞎得看不見她行禮了。」姮西說，走過來對黎莎點頭示意。卑躬屈膝不符合姮西的作風，但這下點頭的動作包含了與薇卡的屈膝禮和女士稱呼同等的敬意。

身爲伐木工家庭的女兒，姮西身材高大結實，不過大多是肌肉而非脂肪。她在慶典力量競賽中勝過大多數男人，而她腰間佩戴的魔印刀不只一次曾在戰陣中砍下試圖殺死傷者的惡魔肢體。

「如果伐木工回來時有人受傷，診所已準備好照料傷患。」姮西說。

「謝謝妳，姮西。」黎莎說。伐木工會在午夜時結束狩獵歸來，所以午夜總是診所最忙碌的時刻。即使手持魔印斧，木惡魔依然是可怕的敵人。在樹林的林蔭下，它們的皮膚融入樹幹中，彷彿身穿隱形斗篷，有些會在地面上行走，看起來就像樹木，其他則會像猴子般垂在樹枝上移動，突如其來地跳下來襲擊獵物。

儘管如此，伐木工的死亡人數還是很少。當一把魔印武器擊中惡魔並綻放出充滿活力的魔光時，武器會產生回饋力量。魔力會竄入持用者體內，帶來一種痴狂狀態以及無敵的感覺。感受到魔力回饋的人會變得更強壯，傷口癒合的速度也會更快，效果起碼持續到黎明；只有亞倫能在白晝時依然擁有魔力。

「學徒在做些什麼？」她問薇卡。

「年長的在繡妳的斗篷魔印。」薇卡說。「其他在消毒用具並練字。」

「我拿了幾本空白書本和一本寫好的魔印寶典。」黎莎說著拿出背袋。

薇卡點頭。「我立刻叫她們開始抄寫。」

「妳讓藥草師學徒抄寫魔印？」羅傑問。「這種事讓魔印師學徒去做不是比較好嗎？我可以和……」

黎莎搖頭。「現在我的學徒都有在上魔印課，我不會讓她們如我們從前一樣，天黑後就無法照顧自己。」

羅傑將黎莎留在診所中巡床，自己朝聚集在廣場另一端演奏台前的學徒走去。這些學徒形形色色，就像羅傑的五彩褲一樣。有些是窪地鎮民，但大多數是其他城鎮的人，被魔印人的傳說吸引而來。其中半數是年紀大得舉不起工具或武器，於是決定試試看小提琴的人，結果卻發現自己的手指沒有拉琴所須的靈巧度。還有好幾個小孩，要等多年後才能看出有沒有天分。

只有少數人眞的有點希望，而美麗的坎黛兒就是其中的佼佼者。她是來森人，才剛來鎮上不久。年紀夠大，能拉奏複雜的樂曲，又還沒大得無法快速學習，而且她在音樂方面資質甚高。她身材苗條、身手矯健，學翻觔斗和雜耍也像學小提琴一樣快。有朝一日她會成爲頂尖的吟遊詩人。

羅傑並沒有立刻向學徒招呼，而他們也知道不要主動向他打招呼。他拿出小提琴，撥弦調音。滿意後，他以斷指的手取出琴弓。他少了食指和中指，孩提時代被惡魔咬掉的，但其他手指靈活有力，琴弓彷彿是他手臂的延伸。

當晚所有隱藏在吟遊詩人面具下的情緒全部化爲音樂抒發而出，廣場上隨即縈繞在動人的旋律中。旋律層層交疊，音樂逐漸繁複，羅傑伸展肌肉，準備開始幹活。

演奏完畢後，學徒們鼓掌叫好，羅傑鞠了個躬，接著帶領他們拉奏一系列熱身用的簡單旋律。他皺眉聽著各式各樣荒腔走板的音調，只有坎黛兒跟得上他的步調，她的表情十足專注。

「太難聽了！」他叫道。「昨晚至今，除了坎黛兒，其他人都沒有拿小提琴出來練習嗎？練習！整天練！每天練！」

有些學徒低聲抱怨，但羅傑用小提琴拉了幾個刺耳的音階，把他們嚇了一跳。「我不想聽你們抱怨！」他叫道。「我們是要迷惑惡魔，不是在婚禮上演出。如果你們不打算認眞學習，現在就把小提琴放回琴盒去！」

所有人低頭看腳，羅傑知道自己太嚴格了。還不及艾利克一半，但已算是苛求了。他知道自己應該說點激勵的話，一時卻想不到什麼好說。艾利克在這一方面並沒有樹立多少榜樣。

他轉身離開，深深吸氣。但在毫無所覺的情況下，他又把琴弓放回定位，將心中的罪惡與沮喪化爲旋律。他讓情緒隨著音樂化去，然後轉頭看向學徒，讓音樂與他們溝通，賦予言語所無法表達的希望和鼓勵。隨著他的演奏，人們開始抬頭挺胸，雙眼再度綻放堅定的光芒。

「實在太動人了，羅傑。」當他終於放下琴弓時，一個聲音從身後說道。羅傑看見坎黛兒站在他身邊。他甚至沒有注意到她接近——完全迷失在音樂中。

「你渴嗎？」坎黛兒問，舉起一只石杯。「我煮了一點甜茶，還是熱的。」

黎莎打從一開始就知道她是要煮給我喝的嗎？羅傑心想。

你不配，小提琴男孩。伊羅娜說過。你自己也知道。

看來黎莎也知道，她乾脆直接給坎黛兒一把長弓算了。

「我向來不喜歡甜茶，」羅傑說。「會讓我的手發抖。」

「喔，」坎黛兒說，語氣如同洩了氣的皮球。「好吧……那沒關係。」

「今晚我想聽妳獨奏。」羅傑說。「我認為妳可以了。」

坎黛兒眼睛一亮。「眞的嗎？」她尖叫一聲，一撲而上，擁抱他一段有點太長的時間。

當然，黎莎就會選在這種時候出現。羅傑身體一僵，坎黛兒困惑地放開雙手，直到她看見黎莎。她立刻離開羅傑，朝黎莎行屈膝禮。「黎莎女士。」

「坎黛兒。」黎莎微笑招呼。「我聞到甜茶的味道了嗎？」

坎黛兒滿臉通紅。「我，呃……」

羅傑臉色一沉。「去拿妳的小提琴，坎黛兒。」他轉身面對黎莎。「坎黛兒今晚要嘗試獨奏。」

「她可以了嗎？」黎莎問。

羅傑聳肩。「這問題就像汪妲可以獵殺地心魔物了嗎？我第一次迷惑惡魔時比坎黛兒還要年輕。」

「你當時有迫切的需求。」黎莎說。

「不會有危險。」羅傑說。「必要時我會接手，女人們也會隨時搭弓戒備。」他朝魔印圈邊緣點頭，汪妲在內的弓箭手都在那邊集結。

他們開始準備，命令弓箭手清空禁忌魔印圈外圍一塊空地。接著羅傑帶領提琴手拉奏一系列吵雜尖銳的音調，四周隨即充斥著地心魔物痛恨的雜亂噪音。演奏台將這陣噪音侷限在禁忌魔印圈外圍的區域，地心魔物時常在那裡聚集，有時候數量眾多。

一旦清空後，玻璃匠的學徒就衝出禁忌魔印圈，在空地四處放置魔印玻璃。有大玻璃片、大玻璃瓶、小玻璃瓶，甚至還有一把耗費幾星期才製作出來的魔印玻璃斧。

玻璃匠安全回來後，提琴手就會改變曲調。羅傑主導音樂，一邊演奏一邊大聲下令，利用眾人的音樂強化他的特殊魔法，引誘惡魔離開樹林進入空地。接著他獨自走出禁忌魔印圈，利用自己的音樂控制每頭惡魔的步伐，直到它們全站在他滿意的定點。

「坎黛兒！」他叫，女孩踏上前來，開始演奏。羅傑音樂漸弱，自地心魔物面前退開，她則逐漸提高音量，迎向地心魔物，直到他完全停下演奏，將遭受迷惑的惡魔交給她去控制。

羅傑來到魔印圈邊緣，黎莎等待的地方。「她眞的很厲害。」他驕傲地說道。「惡魔會如同傀儡般跟隨她的腳步，加持所有它們接觸到的玻璃。」

的確，地心魔物跟隨坎黛兒小心翼翼的步伐在空地上移動。每當惡魔接觸到地上的玻璃時就會發出一陣閃光，刻蝕其上的魔印會吸收惡魔體內部分魔力，導引作全新的用途。

地心魔物低聲嘶吼，朝魔力外洩處亂抓。坎黛兒試圖改變旋律，撫平它們的情緒，但大家都聽出她在害怕，因爲她已經開始走音。她試圖加快節奏，彌補失誤，但這樣做只有讓情況更糟。惡魔逐漸開始抛開腦中的迷惑魔力。

身穿魔印斗篷的羅傑慢慢接近她，在惡魔失去控制前還有足夠的時間，但接著坎黛兒踏錯一步。一只玻璃瓶在她腳下粉碎，玻璃插入她的軟皮鞋底。她失聲大叫，琴弓滑開琴弦，發出尖銳的琴音。

地心魔物立刻恢復意識，她的魔法分崩離析。它們的鼻孔在聞到她的血腥味時張大，接著它們放聲吼叫，朝她一擁而上。

羅傑發足狂奔，但他跑太遠去和黎莎講話，在跑到夠近的距離前，一頭地心魔物的利爪已經陷入坎黛兒體內，將她拉到身前，然後對準她的肩膀狠狠咬下。鮮血浸濕她的衣衫，其他惡魔隨即撲上，爭先恐後地想要分享獵物。

「弓箭手！」羅傑絕望地叫道。

「我們會射中坎黛兒！」汪妲大叫回應，羅傑看見所有女人都拉滿了弓，只是沒人膽敢放箭。

他開始拿起小提琴，拉奏恐嚇以及逼退惡魔的曲調。它們尖聲吼叫，不再攻擊，坎黛兒摔倒在地，但空氣中瀰漫著血腥味，想要逼退它們並不容易。它們嘶聲吼叫，張牙舞爪，阻擋羅傑的去路。

「坎黛兒！」羅傑叫道。「坎黛兒！」她虛弱地抬起頭來，一邊喘息一邊朝他伸出一隻血淋淋的手掌。

突然間，某個巨大的身影衝過羅傑身邊，差點將他撞倒。他抬起頭來，看見加爾德抓住一頭木惡魔，甩到另一頭身上。兩頭木惡魔都被魁梧的伐木工給撲倒，接著他舉起魔印護手，狠狠捶打被自己壓在地上的惡魔，發出陣陣耀眼的魔光。另一頭惡魔爬起時，他也已經翻身而起，但地心魔物動作迅速，一口咬中他的手臂。

加爾德大叫一聲，伸出另一手抓住惡魔的胯下。他強壯的手臂使勁，舉起巨大的木惡魔，把它當作巨鎚般撞擊其他惡魔。當他和惡魔雙雙倒地時，其他伐木工已經衝入空地，以魔印武器砍殺地上的惡魔。

在吵雜的戰陣中，羅傑的小提琴毫無用處，於是他迅速衝到坎黛兒身邊，將斗篷披在她身上，斗篷馬上沾染一大灘血漬。坎黛兒在羅傑試圖抱起自己時發出虛弱的叫聲。場上的騷動吸引更多惡魔離開樹林，多得弓箭手都沒有時間一一射擊。

加爾德血淋淋的雙手各持一斧，朝他們殺開一條血路。他丟下武器，將坎黛兒好像羽毛般一把抱起。在弓箭手和伐木工的掩護下，他迅速將她送往診所。

「我需要人捐血！」黎莎在加爾德踢開診所大門時叫道。他們把坎黛兒放在一張床上，學徒衝去拿黎莎的器材。

「我捐。」羅傑說著捲起衣袖。

「檢查他的血符不符合。」黎莎對薇卡說，走過去刷洗手掌和手臂。薇卡立刻抽取羅傑的血液樣本，妲西則試圖檢視加爾德手上的傷。

「先去看那些重傷的人。」加爾德說，抽回手臂。他指向大門，其他受傷的伐木工正被抬進來。

藥草師開始工作，現場一片血腥。黎莎劃開、固定並縫合傷口，足足花了兩小時處理坎黛兒的傷，羅傑從頭到尾在旁觀看，因爲輸血的關係而頭昏眼花。

最後，黎莎暫停片刻，揚起血淋淋的手背擦拭額頭上的汗水。「她會沒事嗎？」羅傑問。

黎莎嘆息。「她會活下來。加爾德，把手給我看看。」

「只是擦傷。」加爾德說。

黎莎壓抑一股皺眉的衝動，提醒自己今晚加爾德有多英勇，但不管如何努力，她還是忘不了自己的一生差點毀在他的謊言中，以及解除婚約後他如何毆打每個膽敢和她說話的男人。

「你被惡魔咬傷了，加爾，」她說。「如果任由傷勢惡化，我很快就得砍掉整條手臂。過來。」

加爾德嘟噥一聲，聽命過去。「不太嚴重。」黎莎在用豬根劑清洗傷口後說道。在他吸收的魔力幫助下，惡魔利齒咬出的傷口平整，已開始癒合。她拿乾淨繃帶包紮加爾德的手臂，然後將羅傑拉到一邊。

「我就和你說坎黛兒還不能獨奏。」她憤怒地低聲說道。

「我以為……」羅傑開口。

「你根本沒在想，」黎莎說。「你只是想要獻寶，這差點害死一個女孩！這不是遊戲，羅傑！」

「我知道這不是遊戲！」羅傑叫道。

「那就謹慎點。」黎莎說。

羅傑皺眉。「並非所有人都和妳一樣完美，黎莎。」他激動不已，但黎莎看穿隱藏在他眼中的痛楚。

「到我辦公室來。」她說著，拉起他的手臂。羅傑一把甩開，但還是隨著黎莎進入她的辦公室。黎莎倒了一杯比較適合殺菌而不是拿來喝的烈酒給他。

「我很抱歉。」她說。「我太過分了。」

羅傑一臉挫敗，癱在椅子上，將杯裡的酒一飲而盡。「不，妳沒有。」他說。「我是個騙子。」

「胡說。」黎莎回道。「我們都會犯錯。」

「我不是犯錯，」羅傑說。「我是騙人。我謊稱自己可以教人如何迷惑地心魔物，但事實上我連自己怎麼辦到的都不清楚。就像去年我騙妳說我可以安然無恙地從安吉爾斯護送妳前來此地。艾利克死後，我就靠騙人在小村落裡混日子，也是靠騙人進入吟遊詩人公會；我這輩子似乎都在騙人。」

「為什麼？」黎莎問。

羅傑聳肩。「因為我一直告訴自己假裝是什麼人就可以真的變成那種人。所以只要我假裝可以像妳和魔印人一樣偉大，我就會和你們一樣偉大。」

黎莎驚訝地看著他。「我一點也不偉大，羅傑。你應該比任何人還要清楚才對。」

但羅傑哈哈大笑。「妳甚至沒看出自己的偉大。」他叫道。「無數武器和魔印出自妳的小屋，妳只要隨手一揮就能治好病患和傷者。我唯一會做的就是拉小提琴，而我拉小提琴時甚至連一條人命都救不了。妳和魔印人都已經變成偉人，而我花了好幾個月教出來的學徒卻只能在鎮民跳舞時幫忙伴奏。」

「不要小看你和你的學徒為這個艱困的小鎮所帶來的歡樂。」黎莎說。

羅傑聳肩。「我的貢獻和一桶麥酒沒什麼兩樣。」

黎莎握住他的雙手。「這樣講太荒謬了。你的魔法與亞倫或我的一樣強大，光看它這麼難學就知道你有多特別了。」

她發出悲傷的笑聲。「再說，不管我有多偉大，我媽總是有辦法把我講成十分渺小。」

當晚星月無光，而黎莎和羅傑所在之處，遠離禁忌魔印圈的光芒照耀，幾乎處於完全的黑暗中。黎莎手持一根長杖，頂端掛著綻放強光的燒瓶，為他們照亮眼前的道路。燒瓶和長杖上都刻有隱形魔印；地心魔物可以看見光芒，但看不見光芒的來源，就和看不見身穿魔印斗篷的兩人一樣。

「我不懂他為什麼不能和我們約在鎮上見面。」羅傑喃喃說道。「他或許不會冷，但我會。」

「有些事還是私下談比較好。」黎莎說。「而他很容易引人圍觀。」

魔印人站在通往黎莎小屋的魔印石板道上等待他們。他的巨型戰馬黎明舞者身披全副戰甲以及鋼刺，幾乎完全隱形於黑暗中。魔印人只穿一條纏腰布，一身刺青裸露在寒風中。

「你們遲到了。」魔印人說。

「診所裡有事。」黎莎說。「加持玻璃時出了點意外。你爲什麼不穿斗篷？」她試圖裝出隨口詢問的樣子，想到自己花了那麼多時間幫他縫製斗篷，偏偏除了丟到他身上看看合不合身的那次之外完全沒有看他穿過，她就覺得很不是滋味。

「我放在鞍袋裡。」魔印人說。「我不想躲避地心魔物。如果它們想來找我，就讓它們來，世界少幾頭惡魔會更好。」

他們將黎明舞者綁在院子裡的拴馬柱上，然後進入小屋。黎莎自圍裙中取出火柴點火，在茶壺裡裝水，然後放在爐火上煮。

「那群提琴手巫師練得怎樣？」魔印人問羅傑。

「恐怕比較像提琴手，不像巫師。」羅傑說。「他們還沒準備好。」

魔印人皺起眉。「如果有個能夠控制惡魔情緒的提琴手隨隊出巡，伐木工巡邏隊會戰力大增。」

「我可以和他們一起巡邏。」羅傑說。「我有斗篷有可以確保安全。」

魔印人搖頭。「你的職責是教導他們。」

羅傑呼出一口長氣，偷瞄黎莎一眼。「我盡力而爲。」

「窪地情況如何？」魔印人在黎莎來到桌旁時問道。

「迅速擴張。」黎莎說。「鎮上人口已經比去年流感肆虐前倍增，而且每天持續有更多人來。我們規畫新鎮區時已預估過人口成長，但人口成長的速度超過預期。」

魔印人點頭。「我們可以請伐木工夷平更多土地，規畫另外一個大魔印力場。」

「反正我們也需要木材。」黎莎同意道。「我們已經一年沒有運送木材給林白克公爵了。」

「我們得重建整座村落。」魔印人說。

黎莎聳肩。「或許你願意去向公爵解釋。他又派遣一名信使要求你前去見他，他們怕你，也怕你對窪地所做的計畫。」

魔印人搖頭。「我沒有計畫，只是不想讓窪地遭受地心魔物侵擾。此事一了，我就離開。」

「但對抗惡魔的大聖戰呢？」羅傑問。「你必須帶領人們衝鋒陷陣。」

「不要胡扯，小鬼，我不是天殺的解放者！」魔印人吼道。「這可不是什麼牧師卡農經裡的奇幻故事，我不是上天派來團結人類的使者。我只是提貝溪鎮的亞倫·貝爾斯，一個揹負太多運氣的蠢男孩，而且大多都是厄運。」

「但沒有其他人選了！」羅傑說。「如果你不出面領導，還有誰？」

魔印人聳肩。「與我無關。我不會強迫任何人上戰場，我只想要確保任何想要戰鬥的人能戰鬥。一旦達成這個使命，我就要置身事外。」

「爲什麼？」羅傑問。

「因爲他認爲自己不是人。」黎莎說，語氣中明顯充滿責備。「他認爲自己深受地心魔物的魔力污染，所以會對我們造成和地心魔物同等的威脅，雖然根本沒有任何證據支持這種想法。」

魔印人瞪她，但黎莎瞪回去。「我有證據。」他終於說道。

「什麼？」黎莎問，她語氣稍緩，但依然充滿懷疑。

魔印人看向羅傑，羅傑微微退縮。「我說的話不能洩露出去，」他警告道。「如果我在任何歌謠或是故事裡聽到相關的……」

羅傑高舉雙手。「我對炙烈的陽光發誓，絕對守口如瓶。」

魔印人凝視他，終於點了點頭。他目光低垂，開口說話。「我……在禁忌魔印圈內很不舒服。」

羅傑瞪大雙眼，黎莎深吸一大口氣，隨即屏住呼吸，心念電轉。最後，她強迫自己呼氣。她曾發誓要治癒魔印人，或至少抑制他的病徵，而她打算信守這誓言。他救過她的性命，還有全窪地鎮民的性命，這是她至少能夠爲他做的。

「有什麼症狀？」她問。「你步入魔印圈內會怎麼樣？」

「會有……阻礙。」魔印人說。「彷彿逆風而行。我感覺魔印在腳下增溫，且身體越來越冷。穿越鎮上時，感覺像走在水深及腰的池塘裡。我一直假裝沒有異常，其他人似乎都沒發現，但我自己很清楚。」

他轉向黎莎，目光哀傷。「禁忌魔印想要驅趕我，就像它想驅趕任何惡魔，它知道我已經不再屬於人類了。」

黎莎搖頭。「胡說，那只是大魔印在吸取你身上所吸收的魔力。」

「不只這樣。」魔印人說。「隱形斗篷讓我頭昏，而且我只要一接觸魔印武器就會感到它們的溫暖鋒利，我怕自己日復一日變得更像惡魔。」

黎莎自圍裙口袋中取出一只魔印玻璃瓶交給他。「壓碎它。」

魔印人聳聳肩，使盡全力擠壓。他比十個男人加起來還要強壯，可以輕易壓碎玻璃，但魔印瓶就連他也捏不碎。

「魔印玻璃。」魔印人說，檢視玻璃瓶。「那又怎樣？這把戲是我教妳的。」

「這瓶子是在你接觸到它後才加持魔力的。」黎莎說。魔印人瞪大雙眼。

「剛好證明了我的說法。」他說。

「它只證明了我們須要更多測試。」黎莎說。「我已經謄完你的刺青並且研究它們。我認爲下一步要開始找自願者實驗。」

「什麼?!」羅傑和魔印人同聲問道。

「我可以用黑柄葉製作能在皮膚上維持兩週的染料。」黎莎說。「我可以做控制實驗，標明結果。我確定我們可以——」

「絕對不行，」亞倫說。「我不准。」

「你不准?」黎莎問。「你是解放者嗎，這樣命令人?你無權不准我做任何事，提貝溪鎮的亞倫·貝爾斯。」

他瞪著她，黎莎懷疑自己會不會太過分了。他背部弓起，如同蓄勢待發的貓科動物，一時間她深怕他會撲到自己身上，但她毫不退縮。最後，他鬆懈下來。

「拜託，」他說，語氣不再嚴峻。「不要冒險。」

「人們會模仿你。」黎莎說。「約拿已經開始拿炭棒在人們身上繪製魔印。」

「只要我一句話他就會停止這種行爲。」魔印人說。

「那是因爲他認定你是解放者。」羅傑提出這點，結果在被魔印人瞪時縮回椅子上。

「那樣做沒有用的。」黎莎說。「你的傳說遲早會吸引紋身師前來窪地，到時候就會一發不可收拾。最好還是先在能控制的環境下實驗。」

「拜託，」魔印人再度說道。「不要讓更多人經歷我的詛咒。」

黎莎不悅地看著他。「你才沒被詛咒。」

「喔？」他問，接著轉向羅傑。「身上有帶飛刀嗎？」

羅傑手腕一抖，一把飛刀彈入他的掌心。他熟練地迴轉刀身，刀柄在前地交給魔印人，但魔印人搖頭不接。他站起身來，後退幾步。「射我。」

「什麼？」羅傑問。

「拿這把飛刀，」魔印人說。「射我，瞄準心臟。」

羅傑搖頭。「不。」

「你每天都在對人投擲飛刀。」魔印人說。

「那是耍把戲。」羅傑說。「我才不要對你的心臟射飛刀，你瘋了嗎？就算你能運用你的惡魔速度閃開飛刀……」

魔印人嘆氣，轉向黎莎。「那就妳來吧，隨便丟點什麼——」

他話還沒說完，黎莎已經抄起掛在火爐上的平底鍋，對他丟了過去。

但平底鍋並沒有擊中目標。魔印人化為煙霧，鐵鍋透體而過，如同以手掌揮過濃煙般吹散他的身體。鐵鍋撞上後方的牆壁，落在地板上。黎莎倒抽一口涼氣，羅傑看得張大嘴。

霧氣經過好幾秒才終於重新凝聚，再度化為魔印人的身體。他在身體成形的同時大口喘氣。

「我練過，」他說。「解體很容易。放鬆你的身體，並且好像高溫將水煮成水汽一樣讓身體擴散出去。在太陽底下辦不到，但晚上我可以隨心所欲地化煙。重新凝聚就比較困難了。有時候我深怕自己會變得太薄，然後……就此隨風飄逝。」

「聽起來真可怕。」羅傑說。

魔印人點頭。「但這還不是最糟糕的。解體後，我就會感到地心魔域在拉扯我。越接近黎明，拉扯的力道就越強。」

「就像那天黎明前在路邊那樣。」黎莎說。

「哪天？」羅傑問，但黎莎根本沒有聽見，思緒回到那個可怕的早晨。

在路上遭受強盜襲擊的三天後，黎莎身體上的傷痊癒了，內心的痛苦卻沒有絲毫減緩。她滿腦子只想到自己的子宮及可能在其中滋長的東西。布魯娜曾教她一種藥茶——可以在男人種子扎根前將之沖刷出體外的藥茶。

「我有什麼理由會想要煮這種邪惡的東西？」黎莎問。「世上的孩童已經夠少了。」

布魯娜哀傷地看著她。「孩子，我希望妳永遠沒有用得上它的時候。」

但當強盜離開時，黎莎就了解了。如果藥草袋有在身上，她一洗完身體就會立刻煮藥，但男人們連她的藥草袋也搶走了，因此她無從選擇；等他們抵達窪地時就來不及了。

但當藥草袋回到她手上後，選擇權再度回到她手上。唯一缺少的藥草是潭普草根，而她在躲進洞穴避雨時看到路旁有幾株潭普草。

當晚黎莎輾轉難眠，於是在天還沒完全亮，羅傑和魔印人都還在睡的時候起床，走出洞外砍了一些草根。即使到了那時，她還是不確定自己要不要喝下藥茶，不過不管喝不喝她都要煮。

魔印人來找她，把她嚇壞了，但她強迫自己面露微笑，與對方交談，淨說些植物和惡魔的話題，掩飾自己眞正的目的。整個交談過程中，她腦中一片混亂。

但接著她無意間侮辱了他，而他眼中受傷的神情讓她混亂的思緒爲之清明。那一瞬間，她看見從前的他，一個和她一樣心靈受創，卻仍然擁抱痛楚，並未輕言放棄的好人。

她感受到那種痛與自己的痛苦共鳴，所有翻滾的思緒突然像是大鐘裡的齒輪一般卡到定位，她知道自己該怎麼做了。

不久後，她和亞倫一起躺在泥濘中，出於絕望地瘋狂交合，結果卻被一頭木惡魔壞了好事。愛撫她的男人消失了，再度化身爲魔印人，與地心魔物扭打，離開她身邊。太陽逐漸高昇，魔印人和惡魔都開始變成煙霧。她驚懼地看著他們沉入地底。

但接著煙霧飄回地表，他們再度凝聚成形，惡魔在陽光下燒成灰燼。黎莎試圖安撫亞倫，但魔印人掉頭就走，而她爲此咒罵他。她被自己的情緒所困，完全沒有考慮他當時的感受。

⁂

黎莎搖了搖頭，拋開雜亂的思緒。

「我眞的很抱歉。」她對魔印人說。

他若無其事地揮了揮手。「是我自己的選擇。」

羅傑看著她，然後轉向他，接著又看回她。「造物主呀，妳媽說的沒錯。」他懂了。黎莎知道這個祕密會對他造成打擊，但她無能爲力。就某方面而言，她很高興公開這個祕密。

「不可能只是紋身的關係。」她說，回到之前的話題。「這毫無道理。」她看向魔印人。「我要你全部的魔印寶典。你教我的知識都是透過你自己的理解而來，我要原本的魔印來研究導致這一切的原因。」

「魔印寶典不在這裡。」魔印人說。

「那我們去拿。」黎莎說。「在哪裡？」

「最近的藏書處在安吉爾斯。」魔印人說。「雷克頓也有一份，克拉西亞沙漠上也有。」

「安吉爾斯很合適。」黎莎說。「我在吉賽兒女士那裡還有事情沒處理完，或許你還可以趁機說服公爵你不打算搶奪他的王冠。」

「這我或許幫得上忙。」羅傑說。「我是在林白克的宮殿裡長大的，當時艾利克擔任他的傳令使者。我可以順道造訪吟遊詩人公會，或許幫我的學徒雇用幾個合適的老師。」

「好吧，」魔印人說。「等積雪消融我們就出發。」

化身魔寬大的翅膀轉眼就能趕好幾哩路，但惡魔王子痛恨地面積雪的反光，整晚除了最黑暗的時刻通通遁入地心魔域藏身。今晚是新月過後的第一個夜晚，就連如此黯淡的月光對惡魔王子的眼睛都還太刺眼。回到地心魔域後，在那顆受詛咒的圓球完全月虧前它絕對不會再度現身。

解放者窪地的大魔印圈於下方映入眼簾，魔印竊取的魔力如同燈塔般閃亮。心靈惡魔朝眼前的景象低聲嘶吼，額頭鼓動，轉眼間將這幅景象傳送到南方數百哩外，與兄弟的心靈產生共鳴。

對方立刻回應，惡魔的顱骨中迴盪著兄弟的挫敗。

化身魔悄然落地，心靈惡魔跳下它的背。化身魔隨即抖落翅膀，變成一頭身手靈巧的火惡魔，衝上前去確保地心魔物王子與小鎮間的道路通暢無阻。

大魔印大得無法抹除，威力也強得就連地心魔物王子也無法突破。惡魔可以看見長期累積下來的魔力圍繞在鎮外閃閃發光——一道比石頭還要堅硬的屏障。它綻放心靈的力量，顱骨上的軟瘤不停鼓動，試圖接觸魔印力場內部的人心，但大魔印強大的力場就連心靈入侵也能阻隔。

惡魔圍著小鎮外圍遊走，觀察著魔印蜿蜒處的地形。威力強大的防禦力場只有少數弱點，而這些弱點也很難加以利用。眾多軀殼離開樹林，受到地心魔物王子吸引，但它以腦中思緒驅離它們。

它在某個地方發現兩名雌性人類站在魔印圈邊緣，手持原始的武器。惡魔仔細聆聽她們口中發出的聲音，等待某個特定代表稱謂的發音。它很快就等到了，雌性人類相互擁抱，然後拿好武器，朝不同的方向沿著魔印邊緣離去。

心靈惡魔趕到較為年長的雌性人類前方，在某個偏僻地點等待，直到雌性人類再度進入視線範圍。它向化身魔傳達指令，它的僕役身形脹大，鱗片融化，變成粉紅色皮膚，以及那些地表牲畜包在身上的衣衫。

年長雌性人類走近時，化身魔摔倒在禁忌魔印圈外圍的陰影中。它大叫對方的名字，聲音就和它的外型一樣完全模仿年輕的雌性人類。「瑪拉！」

「汪妲？」它選定的獵物叫道。她近乎瘋狂地四下找尋，但沒有看見任何惡魔，她衝向她以為是自己朋友的惡魔。「我們才剛分開！妳怎麼會跑到魔印圈外？」

心靈惡魔步出一棵樹後，雌性人類倒抽一口涼氣，立刻舉起長弓。地心魔物王子額頭上的軟瘤輕輕抽動，雌性人類立刻身體一僵，雙手不聽使喚地壓低長弓。心靈惡魔來到近處，雌性人類捧著手中的投射武器給它檢視。

投射武器上的魔印威力強大，心靈惡魔可以感受它們在吸收自己體內的魔力。它朝武器揮動利爪，驚訝地看著武器在距離自己皮膚好幾吋外的距離發光。

惡魔王子深入探測獵物的心靈，翻箱倒櫃般翻找對方腦中的影像和記憶。它查出了許多情報，多到它明白絕對不能在沒有謹愼考慮的情況下草率行動。

距離黎明還有數小時，但天際已經開始微亮。它感覺到遙遠的南方傳來兄弟的認同。他們還有時間可以研究這個問題。

心靈惡魔打量雌性人類。它可以取走這段記憶——讓她在毫不知情的情況下回去禁忌魔印圈——但與大部分都沒有使用的碩厚人類心靈接觸，激發了它的食慾。

化身魔感應到主人的慾望，揮出銳利的觸角砍斷雌性人類的腦袋。它接下頭顱，踉蹌走到主人面前，以利爪剝開頭骨，獻上珍饈。

地心魔物王子扯出頭顱內的灰色物體，開始大快朵頤。這一餐比不上它私人珍藏那些愚昧無知的腦袋可口，但地表狩獵的滿足感爲這頓大餐增添風味。

惡魔看向它的化身魔，它在地心魔物王子進食時負責警戒。它發出允許的指令，化身魔身形脹大，張開滿嘴利齒的血盆大口衝向雌性人類，一口呑下剩下的軀體。

當主人和僕役飽餐一頓後，它們化身魔霧，在天色持續轉亮時回到地心魔域。

第十三章　瑞娜　333 AR　春

瑞娜操作奶油攪拌器，強壯的手臂傳來一陣灼熱，反射出一片汗水淋漓的光澤。此刻時值早春，但她身上只穿無袖襯衣。她父親如果看到她這樣一定會大發雷霆，但他在後面切割魔印樁，而路席克和孩子們則在田裡工作。

自從路席克入住農場，娶班妮為妻、生下兩個孩子後，十四年間他們家的農場擴張了好幾倍。伊蓮和傑夫．貝爾斯私奔後，他們經歷了非常嚴苛的一季。豪爾氣得發狂，把氣都發洩在她們身上——遭殃的通常是班妮，因為她比較年長。但當胳臂粗壯、肩膀寬厚的路席克搬來住後，一切都畫下句點。豪爾從此沒有碰過她們兩姊妹，而他們家那曾經只比大花園大上一點的田地，現在一年年地逐步擴張。

想起當年就讓她再度想起亞倫．貝爾斯，以及原先可能的發展。當他們訂立婚約時，講好的是她要搬去傑夫的農場，而不是伊蓮。但亞倫在母親過世後逃入森林，從此再也沒有任何消息。鎮上的人都說他已經死了，況且傑夫前往陽光牧地也沒有找到他。步行前往自由城邦要花幾星期，沒有人可以在沒有地方住宿的情況下存活那麼久。

但瑞娜一直沒有放棄希望。她的目光總是望向東方的道路，期望有一天他會回來帶她離開。

她抬起頭，剛好看見一個男人沿著道路騎馬而來。她的心跳暫停片刻，但騎士來自西方。片刻後，她認出對方。

科比．費雪抬頭挺胸地騎著松果，老霍格眾多斑點母馬之一，他身穿仔細保養的拼裝護甲，戴著鍋蓋頭盔。他的長矛和盾牌綁在馬鞍上隨手可得的位置，不過她從來不曾聽說他使用它們。

科比喜歡幻想自己是位信使，但他沒有像真正的信使一樣在夜晚外出；他只是幫經營雜貨舖的洛斯可．霍格在提貝溪鎮裡運送貨物或傳訊。曾經有一、兩次，科比在前往陽光牧地的途中於他們家的畜棚過夜。

「啊，瑞娜！」科比叫道，舉手招呼。她以手臂擦拭額頭上的汗水，在他接近時站起身來。科比突然雙眼凸起，面紅耳赤。瑞娜這時才想起自己只穿襯衣。她的無袖襯衣長度及膝，而且胸口開得很低，露出大片乳溝。她一臉得意，笑嘻嘻地看著他的窘態。

「又要去陽光牧地了？」她問，完全不打算遮蔽自己。

科比搖頭。「我有口信要帶給路席克。」

「這麼晚？」瑞娜問。「什麼事這麼……」她看見科比的目光，不禁開始擔心。上次有人捎口信給路席克是在近兩年前，當時他哥哥坎納拿大缸當容器喝麥酒喝得爛醉如泥，不小心跑出魔印力場。等到太陽驅逐惡魔時，已經沒有剩下多少屍體可供火葬。

「大家都還好吧，是不是？」她問，害怕聽到答案。

科比搖頭。他彎腰向前，儘管附近沒人依然壓低音量。「路席克的父親今早去世了。」他透露道。

瑞娜倒抽一口涼氣，伸手摀住嘴。佛南．博金過來探望孫子時一直對她很好。她會想念他。還有可憐的路席克……

「瑞娜！」她父親吼道。「進來加件衣服，女孩！這裡不是安吉爾斯的罪孽之屋！」他以寶貴的獵刀指向房門。刀鋒是密爾恩鋼鐵所鑄，刀柄是獸骨，從來不曾遠離他的雙手。

瑞娜知道這種語氣代表什麼意義，於是留下張嘴欲言的科比，匆忙跑回屋內。她在門口停步，看著豪爾大步出門迎向科比，科比則將松果綁上拴馬柱。

她父親頭髮花白、滿臉皺紋，但老當益壯，在田裡工作練就一身肌肉，皮膚如同皮革般堅硬。伊蓮離家前，豪爾本來打算幫瑞娜找個丈夫，但在那之後，他把所有膽敢多看她一眼的男人通通嚇跑。

科比比豪爾高，也比他壯，是提貝溪鎮身材最壯碩的男人。霍格選擇他擔任自己的使者是因爲他是個不會輕易退縮的惡霸，特別是當他穿上護具的時候。瑞娜聽不見他們在談論什麼，但當他們握手時，她父親的口吻十分恭敬。

「外面在吵什麼？」班妮在火爐旁一邊切菜一邊問道。

「科比．費雪從鎮中廣場跑來。」瑞娜說。

「他有說原因嗎？」班妮問，臉上蒙上一層陰霾。「信使不會只是跑來打招呼。」

瑞娜嚥下口水。「他還沒說，爸就叫我進來。」她撒謊，然後快步走到客廳屬於自己角落的簾幕後，脫掉髒兮兮的襯衣，換上連身裙。她還沒綁好鬆緊帶就走出簾幕，結果發現科比又在看她。

「可惡，瑞娜！」豪爾吼道，她縮回簾幕後，穿好衣服才又出來。

豪爾在她再度出現後皺起眉。「去田裡叫路席克回來，叫孩子們留在穀倉裡。信使帶來壞消息。」

瑞娜點頭，飛奔出門。她在田地另一邊找到正在保養魔印樁的路席克，不久前這塊地才被火惡魔席捲而過，淪爲焦土。

卡爾、傑斯和他一起，在父親工作時幫忙拔草。他們分別是七歲和十歲。

「晚餐時間到了？」卡爾滿心期待地問道。

「還沒，小乖乖，」瑞娜說著，撥弄他骯髒的金髮。「我們要把牲口趕入畜棚，有人來拜訪你父親。」

「呃？」路席克說。

「科比．費雪。」瑞娜說。「你媽捎來口信。」

路席克眼中閃過恐懼，立刻衝向屋子。瑞娜帶男孩們回去，將豬和牛從日間畜欄趕到大畜棚裡。瑞娜解開松果的轡繩，將母馬帶往屋後養騾子和雞的小畜棚。他們家最後一匹馬兩年前死了，所以畜棚裡有間空馬廄。瑞娜解開鞍帶，取下馬鞍和馬勒。她轉身去拿刷子，發現傑斯想拿科比的長矛。

「別亂動，除非你想挨鞭子。」她說，一把甩開他的手。「去拿刷子刷馬，然後餵豬。」

她在男孩們忙著幹活的時候餵雞，但目光老是飄到通往屋子的門上。她今年二十四歲，不過豪爾還是把她當成小孩看待，像保護孫子一樣保護著她。

片刻後，房門打開，班妮探頭進來。「晚餐好了，所有人去洗手。」

男孩們歡呼一聲，衝入屋內，但瑞娜卻待在原地，凝視姊姊的雙眼。打從孩提時代，這兩姊妹就能以眼神交流，這次也沒有什麼不同。瑞娜伸手摟住班妮，在她哭泣時緊緊擁抱她。

一陣嗚咽過後，班妮站直身子，拿圍裙擦拭眼淚，然後走入屋內。瑞娜深吸一口氣，跟著進屋。

餐桌只能坐六個人，所以男孩們就被趕去客廳的火爐旁吃飯。他們不知道出了什麼事，開開心心地跑過去，大人透過分隔客廳和餐廳的薄布簾還能聽見他們笑著和狗玩耍的聲響。

「我們明天一早就出發。」路席克在瑞娜收拾碗盤時說道。「少了爸和坎納，媽要有男人在家，不然霍格就會改買沼澤麥酒。」

「不能讓別人去幫忙嗎？」豪爾說，陰鬱地削著一根魔印樁的末端。「佛南楊已經快要成年了。」佛南楊是坎納的兒子，以他祖父的名字爲名。

「佛尼才十二歲，豪爾，」路席克說。「不能把釀酒廠交給他。」

「那你妹妹呢？」豪爾繼續。「她兩年前嫁給那個姓費雪的。」

「賈許。」科比補充道。

「他是個漁夫。」路席克說。「他或許擅長刮鱗剝魚，但完全不懂釀酒。」他看向科比。「沒有不敬的意思。」

「沒關係。」科比說。「反正賈許適合喝酒，不適合釀酒。」

「你還說人家，」豪爾突然說道。「據我所知，霍格就是因爲你付不出酒帳才讓你幫忙跑腿的。或許應該讓你去釀酒廠幫忙，順便偷點酒喝。」

「你膽子不小，老頭。」科比說著臉色一沉，自椅子上起身。豪爾和他同時站起，揚起長柄獵刀指向對方。「識相的話，小子，你就給我坐下。」他吼道。

「吵什麼吵！」路席克大叫，兩掌用力敲擊桌面。兩個男人驚訝地轉向他，路席克則狠狠瞪著他們。他的身材與科比相當，一張臉因爲憤怒而漲紅。他們坐回椅子上，豪爾拿起魔印椿末端氣沖沖地削了起來。

「所以就這樣，你把我們丟下不管，」他說。「農場怎麼辦？」

「春天播種已經結束，」路席克說。「在收成前除草和保養魔印椿的工作交給你和瑞娜就行了，我和孩子們會回來幫忙收成，順便帶佛南楊一起回來。」

「明年呢？」豪爾問。

路席克聳肩。「我不知道。我們可以都回來播種，夏天或許可以留個孩子在這裡幫忙。」

「我以為我們是一家人，孩子。」豪爾說，朝地板吐口水。「但看來你永遠都是博金家的人。」他推開椅子。「照你的意思做。帶我的女兒和外孫離開，但別想我會支持你。」

「豪爾。」路席克開口，但老人揮了揮手，大步走回自己房間，用力甩上房門。

班妮伸手放在路席克緊握的拳頭上。「他不是那個意思。」

「喔，班妮，」他哀傷地說，將另一隻手掌放在她的手掌上。「他當然是那個意思。」

「來吧，」瑞娜說，抓起科比的胳臂，將他拉開座椅。「讓他們靜一靜，我們去畜棚幫你找塊乾淨的地方和幾條毯子。」科比點頭，隨她走出布簾。

「妳爸老是這個樣子？」他在兩人離開屋子時問道。

「他的反應已經比我想像中要好了。」瑞娜說，拿起掃把打掃其中一間馬廄。屋外，太陽已然下山，傳來地心魔物測試魔印力場的叫聲和魔光。牲畜們已經習慣了這些叫聲，但還是緊張得渾身僵硬，出於本能地知道若是魔印力場崩潰會有什麼後果。

「路席克失去父親，」科比說。「我以為豪爾會表示一點同情心。」

瑞娜搖頭。「我爸不會，他除了自己的需求什麼都不在乎。」她緊咬下唇，想起路席克搬來前家裡的情況。

瑞娜幫科比在畜棚裡安頓好後回到屋裡，發現路席克正在客廳向孩子解釋一切。她躡手躡腳地繞過他們，來到班妮的房間，看到她姊姊在摺衣服，整理寥寥無幾的行李。

「帶我一起走。」瑞娜直截了當地說。

「什麼？」班妮問，語氣驚訝。

「我不想和他獨處。」瑞娜說。「我不能。」

「瑞娜，妳在說……」班妮開口，但瑞娜抓住她的肩。

「不要假裝妳不知道我在說什麼！」她道。「妳知道路席克搬來前他是什麼樣子。」

班妮噓了一聲，將她推開，走去把門關上。「妳懂什麼？」她問，聲音沙啞低沉。「妳一直都是他的小寶貝，妳從來不須忍受——」她沒有繼續說下去，表情因為憤怒與羞辱而扭曲。

瑞娜若有所指地看向自己胸部。「我已經不是小寶貝了，班妮。」

「那就把胸部綁平。」班妮說。「不要再穿著襯衣到處亂跑，不要給他任何注意到妳的機會。」

「他不會因此而罷手，妳很清楚。」瑞娜說。

「已經快要十五年了，瑞娜。」班妮說。「妳不知道他會做什麼。」

但瑞娜知道。內心深處她毫不懷疑。她看過父親凝視自己的模樣，他的雙眼如同貪婪的手掌般撫摸她全身。不然他有什麼理由在別的男人看她時如此嫉妒？幾年前就有好幾個男人前來追求她，現在他們都知道不必花那個力氣。

「拜託，」她懇求，熱淚盈眶地抓著班妮的雙手。「帶我一起走。」

「我要怎麼告訴路席克？」班妮問道。「拋下農場已經讓他感覺夠糟了。少了妳，爸絕對不可能做完所有工作。」

「妳可以實話實說。」瑞娜說。

班妮甩她一巴掌。瑞娜後退一步，訝異地摀著臉頰；她姊姊從沒打過她。

但班妮毫無悔意。「不准再有這種想法。」她低吼道。「我不會讓我的家人承受那種羞辱。要是路席克知道會把我趕出家門，要不了多久全鎮都會聽說此事。伊蓮怎麼辦？傑夫和她的孩子都得承擔那種羞辱，只因爲妳是個長不大的小鬼？」

「我不是長不大的小鬼！」瑞娜叫道。

「小聲點！」班妮低聲道。

瑞娜深吸口氣，試圖冷靜下來。「我不是長不大的小鬼，」她重複道。「我只是不想和那個怪物獨處。」

「他不是惡魔，瑞娜，他是我們的爸。」班妮說。「他供我們吃住一輩子，即使他在母親去世時就已經心碎。伊蓮和我都默默承受，如果事情走到那個地步，妳也可以承受。」

「伊蓮承受的方式就是躲到傑夫背後，」瑞娜說。「就像妳躲到路席克背後，但我能躲到誰背後呢，班妮？」

「妳不能隨我們一起走，瑞娜。」班妮再度說道。

就在此時，路席克走入屋內。「一切都還好吧？我聽見妳們大聲說話。」

「沒事。」班妮說著瞪向瑞娜，只見她嗚咽一聲，推開路席克奔向客廳裡用布簾圍起來的角落。

當晚瑞娜輾轉難眠，聽著院子裡惡魔的吼叫聲及屋內班妮的呻吟聲，她和路席克幾乎每天晚上都做。她母親在世時，豪爾房間每晚也會傳出同樣的聲音。在那之後，豪爾又逼她們的大姊伊蓮取代母親的位置。伊蓮離開後，那些聲音又在豪爾把班妮拉進去後再度傳出；當時她並沒有如此坦然面對。

瑞娜坐起身來，全身汗濕，心跳加速。她透過布簾看到男孩們都在毯子下沉睡。她身穿襯衣，慢慢走過客廳，輕輕推開畜棚的門，悄悄溜了進去。

進去後，她拿起打火石點燃油燈，畜棚中隨即籠罩在搖曳的火光中。

「呃？」科比道，眯著眼睛揚起手掌擋在眼前。「是誰？」

「瑞娜。」她說，走過去坐在他身旁的乾草上。油燈的火光在馬廄中閃爍，於毯子滑下時照亮科比寬厚的胸膛。

「不常有訪客。」她說。「所以想找你聊聊。」

「聽起來不錯。」科比說，臉上的倦意一掃而空。

「不過要小聲點，」瑞娜說。「如果被爸發現，我們可就慘了。」

科比點頭，緊張兮兮地看向屋門的方向。

「當信使是什麼感覺？」瑞娜問。

「這個嘛，我並不是眞正的信使。」科比承認道。「我沒有取得自由城邦的公會執照，就算有，我也不認爲我會蠢得去和惡魔一起露宿野外。但幫霍格先生做事總比捕魚好，我一直很討厭捕魚。」

「據我所知，你也沒捕過幾次魚。」瑞娜說。

科比大笑。「這倒是眞的。以前我只喜歡和加特、威盧鬼混，但他們都訂婚了，沒時間做那些事。在漁船上不能亂笑，會把魚嚇跑。」

「你怎麼會沒訂婚呢？」瑞娜問。

科比聳肩。「我爸說是因爲女孩們的父親都認爲我不是會安定下來養家活口的人。他說的對，我想。我對於在雜貨舖附近閒晃總是比工作來得感興趣。必要時我會去捕魚，但從來賺不到足夠支付酒錢的買賣點數。妳父親說霍格先生是因爲酒帳才派我送貨、收貨其實沒有說錯，但當鎮長要求霍格先生派我幫忙傳遞訊息後，他就讓我住在雜貨舖後的小房間裡隨時待命。」

「現在人們開始尊敬我，」科比說。「因爲我在幫鎮民做事。他們請我吃飯，並且在我無法於天黑前趕回鎮中廣場時提供住宿。」

「這樣很好，」瑞娜說。「在提貝溪鎮四處遊走，遇見不同的人；我都沒機會與人接觸。」

科比點頭。「現在我賺的錢比喝的酒多，等我存到足夠的買賣點數，我就要買匹自己的馬，然後改名科比．信使。或許在鎮中廣場蓋間房子，老了就讓兒子繼承我的工作。」

「所以現在你自認可以安定下來養家活口了？」瑞娜問。科比並不英俊，但他是個有前途的壯丁。她開始了解亞倫或許永遠不會回來找她，而生活還是得繼續。

科比點頭，凝視她的雙眼。「或許，」他說。「如果有個女孩敢託付終身。」

瑞娜湊上前去親吻他的唇。科比瞪大雙眼片刻，隨即回應她的吻，將她擁入強壯的手臂中。

「我知道身爲人妻的技巧。」瑞娜低聲說道，拉下她的襯衣，露出她的胸部。「我看班妮和路席克做過很多次，我會是個好妻子。」科比呻吟一聲，鼻子挨著她的胸，雙手沿著她的大腿撫摸。

後方傳來一聲巨響，兩人嚇了一跳。

「你們兩個在幹什麼？」豪爾大聲問道，抓起瑞娜的頭髮，將她自科比身上拉開。他另一隻手上握著長柄獵刀，刀刃鋒利。他甩開瑞娜，刀尖抵住科比的喉嚨。

「我們……我們只是……」科比結巴道，拚命後退，但他的背已頂在馬廄牆上，完全退無可退。

「我可不是傻子，小鬼。」豪爾說。「我知道你們『只是』在幹嘛！就因爲我讓你在我的魔印力場後面借宿，你就可以把我女兒當成安吉爾斯的妓女嗎？我應該現在就把你給殺了。」

「拜託！」科比懇求道。「不是那樣的！我眞心喜歡瑞娜！我想娶她爲妻！」

「顯然你想要的不只如此。」豪爾吼道，刀尖使勁在科比的喉嚨上刺出一滴鮮血。「你以爲事情是這樣幹的嗎？跑來插個女孩，然後向她求婚？」

科比的腦袋盡可能向後頂，臉上混雜著眼淚和汗水。

「夠了！」路席克叫道，抓起豪爾的手臂，扯開獵刀。豪爾立刻轉身，兩個男人站在原地對瞪。

「如果她是你女兒，你就不會這麼說了。」豪爾說。

「或許，」路席克說。「但我也不會讓你在我兒子面前行凶殺人。」

豪爾轉過頭去，只見卡爾和傑斯瞪大雙眼站在門後看，而瑞娜則躲在班妮懷中哭泣。他的火氣消了一點，肩膀微微垂下。

「好吧，」他說。「瑞娜，今天晚上妳到我房間來睡，我要好好看著妳。而你，」他再度拿獵刀指著科比，後者立刻僵在原地。「你要再敢看我女兒一眼，我就割下你的卵蛋拿去餵惡魔。」

他抓起瑞娜的手臂，怒氣沖沖地拖著她進入屋內。

豪爾把她丟上床的時候，瑞娜依然顫抖不已。她已經把襯衣拉回原位，但似乎什麼也遮不住，而她可以感受到父親的目光投射在自己身上。

「這就是有訪客睡在畜棚裡時妳會幹的事？」豪爾大聲問道。「我敢說半數鎭民都在背後嘲笑我！」

「我從來沒有這麼做過！」瑞娜說。

「喔，這下我該相信這種鬼話？」豪爾冷笑。「我今天就看到妳衣不蔽體地在他面前走來走去。我就知道那個信使小鬼來的時候，畜棚裡不會只有豬在鬼叫。」

瑞娜無言以對，一邊嗚咽一邊將拿毯子遮蔽自己的肩膀。

「現在妳會害羞了，知道要遮了？」豪爾問。「太遲了。」他脫下他的工作褲，掛在床柱上，拉開毯子躺到她身邊。瑞娜渾身發抖。

「別哭了，快點睡覺，女兒。」豪爾說。「妳又有一個姊姊拋下我們了，今後我們的日子會加倍辛苦。」

瑞娜一早醒來，發現她父親依偎在旁，一手摟在自己身上。她心裡一陣作嘔，從他手臂下滑開，逃出房間，把他一人留在裡面打呼。

她想起班妮的建議，從自己草墊的床單上扯下一大塊布條，沿著胸口纏繞幾圈，綁緊自己的胸部。綁完後，她低頭一看，嘆了口氣。即使綁平了，還是沒有人會把她誤認成男孩。

她迅速著裝，放鬆腰身，隱藏自己的曲線，在長長的棕髮上綁了個凌亂的馬尾。

男孩們在她煮粥以及擺放餐具時翻了翻身。太陽出來的時候，屋內已經人聲吵雜，路席克最後一次派小孩們到外面處理晨間雜務。

科比在早餐準備好前就已離開，瑞娜認為這樣或許比較好。豪爾或許不會不讓他過夜，但並不表示他會願意分享早餐。她希望自己有機會為他們之間發生的事向他道歉，她搞砸了兩人間的可能性。

晨間雜務處理完後，豪爾將馬車套上馬匹，帶所有人穿越鎮中廣場前往博金丘參加火葬。他們抵達時已是下午，博金丘上聚集了不少人。幾乎所有提貝溪鎮的鎮民都喝博金麥酒，很多人都來悼念佛南．博金。

聖堂座落於丘頂，哈洛牧師熱情地迎接每個人。他身材壯碩，年近五十，棕袍的衣袖捲起，露出強健的手臂向他們打招呼。「你父親是個好朋友，也是個好人。」他對路席克說，與他緊緊擁抱。「我們都會想念他。」

哈洛比比聖堂大門。「進去陪你媽一起坐在前排。」牧師對瑞娜微笑，在她路過時若有深意地眨了眨眼。

「看來那些忘恩負義的傢伙都跑出來了。」豪爾在擠入路席克、班妮，以及小孩後方的長椅時喃喃說道。瑞娜順著他的目光，在幾排長椅外看見她的大姊伊蓮。她和傑夫、諾莉安．卡特，以及她的孩子站在一起。他們全都長好大了！

「想都別想。」豪爾低聲說道，在瑞娜打算過去打招呼時抓住她的手臂，用力緊握。豪爾一直不曾原諒伊蓮離家的事，雖然那已是近十五年前的事了，而且他也不認她生的孫子。

「那個婊子養的好大膽子，竟然敢來。」豪爾瞪著傑夫低聲說道。「另一個可惡的小賊，以為我留宿他們，他們就可以拐帶我的女兒。幸好妳沒嫁給他那個一無是處的兒子。」

「亞倫並非一無是處。」瑞娜哀傷地道，想起兩人小時候親吻的景象。她曾默默在遠方仰慕他多年，能和他訂婚簡直就像美夢成真。她不願相信他死在惡魔手下，但如果他沒死，為什麼沒有回來找她？

「妳說什麼，女兒？」豪爾不太專心地問道。

「沒什麼。」瑞娜說。

儀式繼續舉行，哈洛一邊吟唱詩歌讚頌佛南・博金，一邊在包覆遺體的油布上繪製魔印，保護佛南的靈魂直奔造物主的懷抱。

儀式結束後，他們將遺體抬到外面哈洛架好的火葬台上，讓他平躺其上，點火火化。瑞娜和其他人一起在身前比劃魔印，祈禱佛南的靈魂能在火焰吞噬肉體時逃離這個惡魔肆虐的世界。

伊蓮在火焰的另一邊，以哀傷的目光凝望著她。她揚起一手招呼，瑞娜的眼淚落下。

人們在火勢漸緩後開始離去，有些前往米雅達・博金的家，她在那裡準備了點心招待爲丈夫哀悼的人們，其他人則踏上歸途。有些人大老遠跑來，但地心魔物不會因爲葬禮而晚點出現。

「來吧，女兒，我們最好動身回家。」豪爾說著握住她的手臂。

「豪爾・譚納！」哈洛牧師叫道。「佔用你一點時間！」

豪爾和瑞娜轉頭看見牧師和科比・費雪一起走來。科比一直低頭盯著自己的腳。

「喔，這下又怎麼了？」豪爾喃喃說道。

「科比告訴我昨天晚上的事了。」哈洛牧師說。

「喔，他說了？」豪爾說。「他有說我抓到他和我女兒在我的魔印屋簷下做出淫穢之事嗎？」

哈洛點頭。「是的，而他現在還有話想說。是不是，科比？」

科比點頭，盯著自己腳尖走向前來。「我爲自己的所作所爲感到抱歉。我並沒有羞辱任何人的意思，如果你允許，我希望能和瑞娜結婚。」

「我絕不允許！」豪爾吼道，科比臉色發白，後退一步。

「好了，豪爾，先等一等。」哈洛牧師說道。

「不，你才等一等，牧師。」豪爾說。「這個小子不尊重我、我的女兒，以及我家神聖的魔印，而你竟然希望我把他當作兒子看待？我寧願讓瑞娜嫁給木惡魔。」

「瑞娜已經過了適合結婚生子的年齡了。」哈洛說。

「那並不表示我得把她交給一個醉醺醺的浪蕩子，只因爲他在稻草堆上搞過她。」豪爾說。他抓起瑞娜，將她拖往馬車。離開時，瑞娜一直面帶渴望地看著科比。

第十四章　茅房之夜　333AR　春

瑞娜在農場映入眼簾時哀傷地看著後方的道路。「我知道妳在想什麼，女兒。」豪爾說。「妳想和妳那忘恩負義的大姊一樣和那個小子私奔。」

瑞娜沒有回話，但她感到臉頰發燙，這和直接承認沒有兩樣。

「好呀，妳最好考慮清楚，」豪爾說。「我不會讓妳像伊蓮一樣羞辱我們家族，和一個老婆才死一天的傢伙私奔。全鎮的人至今依然在談論此事，而他們都以異樣眼光打量老豪爾，因爲我養出這樣一個天殺的妓女。」

「妳打算踏上同樣的道路。」豪爾說。「這次不行，女兒，我寧願抹除魔印也不要再讓一切重演。只要妳動念逃跑，我就把妳關到茅房，就算我得大老遠跑到南哨去收屍也無所謂。」

瑞娜望向院子裡那間搖搖欲墜的小屋，全身血液如同凝結。她父親從來不曾把她關進去，但伊蓮被關過幾次，班妮關過一次。她至今依然清楚記得她們的慘叫聲。

瑞娜回去住班妮和路席克的小房間，從前是她和班妮一起住的。她將僅有的私人物品搬入房內，然後伸出顫抖的手門上門閂。

躺上床的時候，她撫摸自己最喜愛的貓抓抓小姐，牠此刻正在懷孕待產。這麼做的同時，她想到科比，想到鎮中廣場的房子，想到自己爲人母的模樣。這些景象爲她帶來溫暖與慰藉，但她一直注視著房門，良久才得以入眠。

接下來的幾天裡，瑞娜一有機會就避開父親。這並不困難。春季播種已經結束，儘管如此，他們還是得分攤雜務，從早忙到晚。光是餵食牲口以及打掃馬廄就要耗掉瑞娜半個早上，而她還得擠奶、剪毛並且宰殺牲口、準備三餐、補衣服、製作奶油和乳酪、處理皮革，以及處理一大堆無止盡的瑣事。她幾乎心懷感激地投入工作，因爲工作可以提供保護。

每天早上她都綁平胸部，把臉弄髒，頭髮弄亂，而豪爾工作繁忙得沒有時間起什麼淫念。光是檢查田地四周的魔印樁就要花掉好幾小時。每根魔印樁都必須仔細檢視，確保魔印乾淨清楚，並且對正角度，與隔壁的魔印樁緊密結合。只要有一點鳥糞落在魔印樁上就有可能削弱魔印的強度，讓找到縫隙的惡魔穿印而過。

檢查完後，還得下田除草、收成成熟的作物回家做飯，或醃製起來儲存。那些都忙完後，農場裡總會有東西需要修補或清理。

他們眞正相處的時間只有吃飯時，不過他們鮮少交談。瑞娜上菜以及收拾碗盤時都很小心不要靠他太近。豪爾一直沒有以異樣眼光打量她，但隨著日子一天天過去，他的脾氣開始越來越暴躁。

「造物主呀，我的背好痛。」某天晚餐時，他彎腰自火葬那天米雅達贈送的博金麥酒酒桶裡舀酒時說道。瑞娜已經算不清楚那天晚上他喝了幾杯酒。

豪爾挺直腰桿時發出痛苦的抽氣聲，接著腳下一絆，放開酒杯。瑞娜立刻上前，一邊扶他站定，一邊在麥酒灑光前接下酒杯。豪爾癱倒在她身上，讓她把自己拖回座椅。

瑞娜和班妮常常會被叫去幫豪爾揉背，此刻她想也不想就開始揉，以靈巧有力的手指舒緩父親緊繃的肌肉。

「好女孩，」她父親輕呼一聲，閉上雙眼，向後靠在她手上。「妳一直是個好孩子，瑞娜。和妳兩個姊姊不同，她們沒有半點親情。眞不知道有那兩個忘恩負義的姊姊，妳怎麼還能這麼乖。」

瑞娜揉好了背，但豪爾抓住她的腰，在她有機會掙脫前拉到身邊。她抬頭看他，眼眶已經濕潤。

「妳永遠不會離開我，女兒，是吧？」他問。

「不，爸，」瑞娜說。「當然不會。」她輕輕捏一捏他，然後迅速掙脫他的手臂，拿起他的酒杯去酒桶舀酒。

當晚瑞娜在門上傳來巨響時驚醒。她跳下床，穿上連身裙，但後來並沒有其他動靜。她趴上房門，耳朵貼緊門板，聽見一陣呼吸聲。

她小心翼翼地提起門閂，將門拉開一條縫，看見父親昏倒在地板上，睡衣上都是他吐出的麥酒。

「造物主給我力量。」瑞娜一邊祈求，一邊弄濕一塊抹布，清理父親和地板上的嘔吐物，接著半拖半抱地把父親帶回房間。

豪爾在她拉他上床時開始哭泣，不顧一切地將她抱緊。

「不能再失去妳了。」他不停嗚咽。瑞娜不知所措地坐在床緣，在他哭泣時摟著他，接著在他睡著後把他推開。她立刻衝回房間，再度閂上房門。

第二天早上，瑞娜撿完畜欄中的雞蛋回到屋內，發現豪爾正在拔除她房門鉸鏈上的釘子。

「門壞了嗎?」她問，心臟猛跳。

「沒有。」他嘟噥一聲。「要用妳的門板去補畜棚牆上的洞。沒有關係，妳不需要房門，這個家裡已經沒有夫妻了。」他舉起房門，抬到畜棚裡去，將嚇呆的瑞娜留在原地。

當天接下來的時間裡，她都覺得自己像是受驚的牲口，當晚也完全沒有闔眼，全副精神都集中在門框中的薄布簾上。

但當晚沒有人掀開布簾，第二天晚上也沒有，接下來一星期都沒有。

瑞娜不確定是什麼吵醒她的。稍早的時候，地心魔物還在測試魔印，但噪音已隨著它們去找其他較易得手的獵物而消失。

屋內唯一的光源是門框和布簾縫隙間的微弱火光，來自客廳火爐，因爲夜深而快要熄滅。她床上還能照到一點昏暗的光芒，但房內其他地方則是一片漆黑。

不過瑞娜立刻就知道房裡不只一個人，她父親已經進來了。

瑞娜小心翼翼地保持不動，觀察黑暗中的動靜，試圖說服自己一切只是一場夢，但她可以聞到麥酒和汗水的臭味，聽見他急促的呼吸聲。地板在他改變重心時嘎吱作響。她等著他動手，但他只是站在原地，默默看她。

他之前曾這麼做過嗎?溜進她房間偷看她睡覺?這個想法令她作嘔。她深怕驚動他，只敢轉動眼珠瞄向布簾，但從那裡逃走似乎不太可能。她要四步才能抵達房門，豪爾只要跨出一步就能攔住她。

窗戶比較近，但就算她能在他衝過來前拉開窗閂、推開窗葉，也不可能在惡魔環伺的深夜跑出屋外。

時間彷彿在瑞娜迫切試圖想辦法逃生時變得緩慢。如果她穿越院子，她或許可以在被地心魔物逮到前抵達畜棚。大畜棚有魔印守護，也沒有與屋子相連。如果她能夠跑到那裡，天亮前豪爾都不能追出去，或許到時候他酒就醒了。

闖入夜色中違背她所有本能，這根本是自殺。但自己還能跑到哪裡去？天亮前，她都和他一起受困屋內。

就在此時，豪爾移動腳步，她連忙屏住呼吸。他慢慢走到床邊，瑞娜全身僵硬，如同被嚇得動彈不得的兔子。

當他步入微光時，她看見他身上只穿睡衣，下襬隆起。他走到近處，伸手撫摸她的頭髮。他以手指撩起髮絲，放到鼻子前聞了一聞，放下手掌，輕輕撫摸她的臉頰。

「和妳媽一樣。」他哼道，手掌持續下移，滑過喉嚨和鎖骨，沿著光滑的皮膚一路摸到她胸部。

他用力一擠，瑞娜放聲尖叫。抓抓小姐立刻驚醒，嘶嘶亂叫，利爪深深劃入豪爾的手臂。他大吼一聲，恐懼賦予瑞娜力量。她用力一推，將他推向後方。豪爾酒醉，跌跌撞撞地摔落地板。瑞娜轉眼間已經穿越門簾。

「女兒，給我回來！」豪爾叫道，但她不理會，竭力衝向通往小畜欄的後門。他跌跌撞撞地追了上去，結果被門簾纏住，將簾子自門框上整個扯下。

她在他掙脫門簾前跑入畜棚，但畜棚門不能從裡面反鎖。她抓起一副沉重的舊馬鞍，擋在門的後面，然後衝過眾多馬廄。

「可惡，瑞娜！妳到底是怎麼回事？」豪爾撞門而入時吼道。他被馬鞍絆倒，哀號一聲，接著大聲咒罵。

「女兒，妳如果不給我滾出來，我就剝下妳屁股上的皮！」他叫，接著傳來一陣類似皮鞭的刷刷聲。他從畜棚牆壁上抄下一條皮韁繩。

瑞娜沒有出聲，趁豪爾拿打火石點油燈時彎腰躲入一間空馬廄的陰影中，在接儲存雨水的雨桶後方。他終於找到燈芯，點燃搖曳的燈火，畜棚中的陰影隨即開始翻飛擺動。

「妳去哪了，女兒？」豪爾叫道，開始搜馬廄。「要是被我拖出來，妳麻煩就大了。」他再度甩動韁繩，強調剛才的威脅，瑞娜心臟狂跳。屋外，惡魔受到吵鬧聲所吸引，再度開始瘋狂撞擊魔印。魔光穿越木牆的縫隙而來，伴隨著地心魔物的叫聲以及魔法流竄的啪啦聲。

在他逼近時，她如同彈簧般縮成一團，每條肌肉都越繃越緊，直到她肯定自己可以爆發衝刺。他嘴裡的髒話越罵越髒，開始在挫敗中胡亂甩動韁繩。

他來到數呎外時，瑞娜衝出藏身處，奔向畜欄深處。她跑到後牆前，受困角落，轉身面對父親。

「真不知道妳是怎麼回事，女兒，」豪爾說。「看來我得好好教訓妳一頓。」

這一次她絕不可能衝過他，於是瑞娜轉身爬上通往乾草棚的梯子。她爬上去後試圖抽開梯子，但豪爾大叫一聲，抓住最底下的橫板，一把拉回去，差點連瑞娜也一併拉下。她勉強在棚門上站穩，雙手再也抓不住梯子。豪爾掛上油燈，把韁繩咬在口中，開始爬上去抓她。

瑞娜在絕望裡一腳踢出，正中父親的大臉。他被踢下梯子，但地板上都是乾草，吸收了大部分下墜的力道。他再度在她抽回梯子前一把抓住，隨即迅速爬上。她舉腳又踢，但他抓住她的腳掌，用力一推，將她推倒。

接著他爬上乾草棚，她再也無路可逃。她還沒完全起身，他的拳頭已擊中她臉頰，她眼冒金星。

「這是妳自找的，女兒。」豪爾說，對著她的肚子又是一拳。她體內的空氣逸出，她痛楚喘息。他伸出強健的手掌抓緊她的睡衣，將半件睡衣扯了下來。

「求求你，爸！」她哭道。「不要！」

「不要？」他發出難聽的笑聲。「妳從什麼時候開始會在乾草棚上向男人說不了？這裡不就是妳淫亂的地方嗎？這裡不就是妳羞辱家族的地方嗎？妳可以隨便讓睡在馬廄裡的酒鬼插，但妳老爸就配不上妳？」

「不！」瑞娜哭道。

「他媽的沒錯，當然不。」豪爾說，抓緊她的後頸，把她的頭壓入乾草堆中，同時以另一隻手撩起自己的睡衣。

一切結束後，瑞娜躺在乾草堆中哭泣。豪爾依然壓在她身上，但他的四肢似乎痠軟無力。她用力一推，他毫不反抗地翻到一旁。

她很想直接把他推落乾草棚的邊緣，讓他摔斷脖子，但她哭到根本無力起身。她的臉頰和嘴唇不斷抽痛，腹部彷彿烈火灼燒，但這些都不能與她雙腳間的灼痛相比。如果豪爾有注意到她從未和男人好過的跡象，他也沒有表現出來。

「就是這樣，女兒。」豪爾說，輕輕拍著她的肩膀。「妳就好好大哭一場吧。伊蓮也是哭過就好了，在她愛上這種事之前。」

瑞娜狠狠瞪他。不管他怎麼說，伊蓮從來不曾愛上這種事。

「你要是再敢這麼做，」她說。「我就讓所有鎮中廣場的人知道你做了什麼。」

豪爾哈哈大笑。「不會有人相信妳。鎮上的好太太們只會以為妳這個蕩婦想要找藉口搬到鎮上，將魔掌伸到她們的丈夫身上，而她們絕不希望看到這種事發生。」

「再說，」他補充，伸出長滿疙瘩的手掌緊扣她喉嚨。「敢告訴任何人，女兒，我就殺了妳。」

瑞娜在魔印守護的前廊上看著太陽下山，在天際變色的同時緊緊擁抱自己。不久前，她每天傍晚都站在這裡瞭望東方，幻想著有一天亞倫·貝爾斯從自由城邦回來，兌現他的承諾，帶自己離開。

現在她還是每天傍晚凝望道路，但她看的是西方，希望看到科比·費雪前來救她。他還會想起她嗎？他說的話是真心的嗎？如果是真心的，他不是早該趕來找她了嗎？

她的希望隨著日子一天天過去而逐漸渺茫，最後只剩下一點搖曳的光芒，然後變成深埋在沙地裡的煤塊，那或許永遠不會到來的希望所殘留下來的餘溫。

但任何能讓她在屋外多待一刻的東西都是好的，就算夢想帶來的慰藉和傷害分量相當。再過不久她就得進屋服侍父親晚餐，然後在他的目光下處理夜間家務，直到他說該上床了。

然後她就會乖乖上他的床，躺在上面讓他為所欲為。她想到伊蓮，想到她經歷這種折磨的那些年，而自己還年幼得不懂這種事的日子。瑞娜無法了解她怎麼可能沒有發瘋，但伊蓮和班妮一直都比她來得堅強。

「天黑了，女兒。」豪爾叫道。「在地心魔物殺掉妳前回屋裡來，把門關上。」

一時間，那畫面躍入她心中。地心魔物轉眼就會出現，她只要踏出魔印圈就能結束自己的苦難。

但瑞娜發現自己沒有這麼做的勇氣，她轉身進屋。

「喔，別向我抱怨，小毛。」瑞娜邊剪毛邊對綿羊說道。「你該感謝我在這麼熱的天裡幫你剪毛。」

以前班妮和小男孩們常常嘲笑她把動物當成人一樣說話，但現在他們不在了，瑞娜發現自己越來越常這麼做。貓咪、狗狗，以及畜欄中的動物是她在世上僅存的朋友，當豪爾在田裡工作時，牠們就會豎起同情的耳朵傾聽瑞娜訴苦。

「瑞娜。」她身後傳來細微的聲音。她嚇了一跳，小毛在她不小心剪傷牠時咩咩亂叫，但瑞娜完全沒有注意，連忙轉身，發現科比・費雪站在數呎外。

她丟下剪刀，緊張兮兮地四下打量，但豪爾不在附近。他去田裡除草了，很可能還要忙幾小時，但她不打算冒險，抓起科比的手臂就把他拉到大畜棚後面。

「你來這裡幹嘛？」她低聲問道。

「送幾桶米去給馬克・佩斯特爾。」科比說。「我會在那裡住宿，天亮後再回廣場。」

「要是被我爸看見一定會殺了你。」瑞娜說。

科比點頭。「我知道，我不在乎。」他在信使袋中摸索，取出一條用溪石串成的長項鍊，皮繩頂端綁有魚骨釦環。

「不算貴重，但我只負擔得起這個。」他說，將項鍊交給瑞娜。

「很漂亮。」她說，收下禮物。它沿著脖子繞了兩圈，還是長得可以垂在胸前。

「我一直在想妳，瑞娜。」科比說。「哈洛牧師和我爸叫我忘了妳，但我辦不到，我只要閉上眼睛就會看見妳。我要妳明天隨我一起回去，只要我們去找牧師哀求，他一定會為我們證婚；我知道他會的。當妳姊姊和傑夫・貝爾斯私奔時，他曾為他們主持婚禮。等我們在造物主面前結合後，不管妳爸說什麼都不能拆散我們。」

「你是真心的嗎？」瑞娜熱淚盈眶地問道。

科比點頭，將她拉到身前，深深親吻。

但科比只主導了一會兒，瑞娜就把他推到畜棚牆上，然後跪在地上。他重重喘氣，指甲在她脫他褲子的同時深深陷入木板中。他雙膝痠軟，滑下地面，瑞娜雙腳跨過他的身體，撩起自己的裙襬。

「我……沒有過……」科比結巴道，但她伸出手指抵住他嘴唇，讓他閉嘴，然後騎到他身上。

科比腦袋後仰，一臉享受，瑞娜不禁微笑。這和與豪爾一起時那種粗暴而沒有快感的情況不同。這才是做愛該有的感覺。她在上上下下的同時不停親吻科比的臉頰，隨著他在自己身上肆意摸索找到屬於自己的快感。

「我愛妳。」他低聲說道，然後在她的體內播種。她嬌喘一聲，親吻他。他們溫柔地擁抱一段時間，接著站起身來，穿好衣物。瑞娜小心翼翼地打量畜棚角落，但沒有發現父親的蹤跡。

「我父親很早就會下田幹活，」瑞娜說。「吃完早飯立刻出門。如果你那時候來，他到午餐前都不會回來。」

「我們會在他發現妳不見前抵達聖堂。」科比說，緊握她手掌。「今晚打包行李，準備妥當。我明天會盡早起來。」

「沒有什麼好打包的。」瑞娜說。「我除了自己，沒有任何嫁妝，但我保證我會是個好妻子。我會煮飯，會繪製魔印，也可以讓你家……」

科比大笑，親吻她。「我不要嫁妝，我只要妳。」

瑞娜把項鍊藏在圍裙口袋裡，當天白晝和夜晚接下來的時間裡都很聽話，不給她父親任何懷疑的理由。她真的沒有什麼好打包，不過她跑去找所有動物朋友，向牠們道別。她在抓抓小姐面前落淚，對於看不見小貓出世深感遺憾。

「小貓出生後妳就是抓抓太太了。」瑞娜說。「就算那隻一無是處的斑貓不幫忙照顧小貓也一樣。」

她還顧畜棚中的動物，找到應該是貓爸爸的傢伙。「照顧你的小貓，」她警告道，壓低聲音不讓父親聽見。「不然我就回來把你丟入水槽。」

她在豪爾的鼾聲旁徹夜未眠，在第一道陽光自窗葉間灑落前，她已開始煮粥，並跑到畜棚的雞籠裡撿雞蛋。她懷抱著最後一次做這些事的心情做著晨間家務，一邊做事一邊不停遙望道路的另一端。

她沒有等待太久。遠方傳來馬匹疾馳聲，但接近後越變越小聲。片刻後，科比轉過彎道，滿頭大汗，不住喘息。

「一路狂奔。」他說著，親吻她。「等不及要見妳。」

松果得休息，於是科比在瑞娜自井中打水時將牠綁在畜棚後方。母馬貪婪地喝水，接著在他們將彼此擁入懷中時開始吃草。沒過多久，她已經將裙子纏上腰身，彎腰靠在畜棚牆上。

豪爾在這個時候發現了他們。

「我就知道！」他大叫一聲，對準科比的腦袋揮下乾草叉。叉柄擊中他腦側，打得他翻身而起。

「科比！」瑞娜大叫，連忙跑去，在他掙扎起身時將他擁入懷中。

「昨天看妳對著那些貓哭，我就知道事情不對勁了，女兒。」豪爾說。「妳當妳爸是白痴嗎？」

「我不在乎！」瑞娜大叫。「科比和我相愛，我要隨他一起離開！」

「離開個鬼。」豪爾說，抓起她手臂。「如果不想屁股脫一層皮，妳現在就給我回屋裡去。」

但科比粗壯的手臂緊扣豪爾的手腕，將其向旁扭轉，扯離瑞娜的手臂。

「很抱歉，先生。」他說。「但我不會讓你那麼做。」

豪爾轉身面對他，發出不屑的哼聲。「好吧小鬼，別說你不是自找的。」他狠狠踢中科比胯下。

科比的褲子依然垂在腳踝，完全沒有東西阻擋豪爾沉重的靴子，於是他縮成一團，雙手抱緊胯下。豪爾將瑞娜推倒，舉起乾草叉，無情地痛毆躺在地上無力抵抗的科比。

「典型的惡霸小鬼，」豪爾啐道。「我敢說你這輩子從來沒有打過眞正的架。」科比放開下體，試圖閃向一旁，但他的褲子依然纏在腳上不停絆倒他，而他每挨一下痛擊都會尖聲慘叫。

最後，當他渾身是血地躺在地上喘氣時，豪爾將乾草叉插入土中，自皮帶上的刀鞘裡拔出長柄獵刀。

「我說過要是再抓到你和我女兒一起會怎麼做。」他說著開始逼近。「向你的卵蛋道別，小鬼。」科比瞪大雙眼，滿臉恐懼。

「不！」瑞娜大叫，跳到豪爾背上，用手腳纏住他的四肢。「跑，科比！快跑！」

豪爾怒吼，兩個人開始掙扎。瑞娜一輩子努力工作，身體十分強壯，但豪爾轉身後頂，狠狠將她撞上畜棚牆壁。體內的空氣急洩而出，在她有機會吸氣前，豪爾再度頂她撞牆。然後又撞一次。她鬆開手，他抓起她的手臂，翻身將她摔倒。

痛苦襲來，儘管頭昏腦眼花，瑞娜依然看得見科比拉起褲子，爬上馬背。在豪爾有機會拔起乾草叉前，他已經重踢松果的馬腹，沿著道路急奔而去。

「這是最後一次警告，小鬼！離我女兒遠一點，不然我就讓你沒有東西可以尿尿！」

「至於妳，女兒，」豪爾說。「我告訴過妳我們家會怎麼懲罰蕩婦！」他一把抓起瑞娜的頭髮，拖著她朝屋裡走去。她痛得大叫，由於仍頭昏眼花，除了跌跌撞撞跟著他走什麼也做不了。

走到院子中央時，她發現他們並不是要回家。豪爾打算把她拖去茅房。

「不！」她尖叫，不顧頭髮拉扯的痛楚，雙腳站定，開始掙扎。「看在造物主的份上，拜託！不！」

「妳以爲造物主會幫助妳這個在光天化日下放浪形骸的蕩婦嗎，女兒？」豪爾問。「我是在奉行祂的旨意！」他用力拉扯，逼她繼續前進。

「爸！拜託！」她哭喊。「我保證我會乖！」

「妳之前就保證過了，女兒，看看現在搞成什麼樣子？」豪爾回道。「當時我就應該這麼做，妳才會把我的話當回事。」

他用力一推，瑞娜摔入茅房，重重落在板凳上，她的背肌當即拉傷。她不顧痛楚，衝上前來試圖逃跑，但豪爾一拳捶在她臉上，世界隨即陷入黑暗。

瑞娜於幾小時後醒來。一開始，她忘記自己身在何處，但背部撞上板凳的灼熱以及臉頰上的劇痛讓一切回到腦海。她在恐懼中張開雙眼。

豪爾聽見她的尖叫及敲打房門的聲音，於是走過來，拿獵刀的骨柄狠狠撞擊門板。「妳在裡面安靜點！這樣做是為妳好。」

瑞娜不管他，繼續尖叫踢門。

「要我的話就不會那樣做。」豪爾說，聲音大得足以蓋過她的狂怒。「門板都很老舊了，天黑後妳會希望它們堅固耐用。這樣踢下去，妳會踢亂魔印。」

瑞娜立刻安靜下來。

「求求你，」她在門後嗚咽道。「不要把我丟在外面過夜！我會乖的！」

「妳他媽的當然會。」豪爾說。「今晚過後，就算那個小鬼再來，妳也會親自把他趕跑！」

小茅房裡十分炎熱，空氣裡瀰漫著排泄物的臭味。牆上有個通風口，但瑞娜不敢打開，怕會破壞魔印網。蒼蠅在破爛板凳下茅坑裡的堆肥桶中嗡嗡作響。

透過木板間的縫隙，瑞娜眼看光線隨著太陽西下而逐漸轉暗。她不斷祈禱，希望豪爾會回來找她，一切都只是要嚇嚇她，但隨著最後一絲陽光消失，她的希望也隨之而逝。茅房外，地心魔物開始現形。她在圍裙口袋中摸索，緊握科比送的圓石項鍊，從中尋求力量。

惡魔悄悄出現，傳說白晝的熱氣自地底向上飄升，為它們提供從地心魔域通往地面的道路，魔霧般的形體逐漸凝聚，形成利爪、鱗片，以及刀片般的牙齒。瑞娜可以感受到心臟在胸口猛跳。

茅房門口傳來吸氣聲。瑞娜全身僵硬，害怕地緊咬下唇，在靜止的死寂中聽見利爪挖掘院子土壤的聲響，以及地心魔物聞到她的恐懼時的嗅聞聲。

突然間，惡魔尖聲吼叫，猛烈攻擊魔印。外面傳來一道魔光，刺眼得穿透木板間的縫隙，照亮茅房內部，瑞娜大聲尖叫，彷彿喉嚨都要撕裂。

魔印擋下對方的攻擊，但惡魔並未因此受挫。她聽見一陣翅膀拍擊聲，屋頂傳來另一道魔光。整間茅房都在這下攻擊中劇震，震落的塵土灑了瑞娜一身，她再度張嘴尖叫。

風惡魔一再攻擊，對著明明近在眼前卻又遠在天邊的獵物憤怒吼叫。魔印力場一次又一次地彈開惡魔，但反震的力道撼動茅房，陳舊的木材大聲哀鳴。它還能夠承受幾下攻擊？

最後地心魔物終於放棄。瑞娜聽見翅膀拍擊聲和叫聲隨著惡魔去尋找容易得手的獵物而逐漸遠去。

但考驗並沒有因此結束。沒過多久，院子裡所有地心魔物通通聞到她的氣味。她忍受著火惡魔小小利爪所引發的魔光，在火焰唾液遇上魔印所化的寒風中不住顫抖。最可怕的是木惡魔，它們沒過多久就趕跑了其他惡魔，然後猛力攻擊魔印力場，每次攻擊都導致整間茅房猛震。瑞娜覺得每道魔光都像某種心靈攻擊，她整個人縮在地上，蜷曲成一團，難以克制地哭泣。

這種情況似乎永遠不會停止。在經過只有造物主才知道多久的時間後，瑞娜發現自己竟然在祈禱魔印崩潰——反正它們肯定會在今晚結束前崩潰——好讓一切盡快結束。如果她有力氣起身，她早就已經打開房門讓它們進來了。

時間繼續流動，她發現自己連哭泣的力氣都沒了。魔法的光芒、黑夜中的吼叫、糞坑的臭味全部開始消失，因為她逐漸沉入一種強大的原始恐懼中，所有細節通通不再存在。

她蜷縮在地，所有肌肉緊繃，恐懼在她瞪視黑暗時從瞪大的雙眼無聲湧出。她呼吸急促、心跳快得如同蜂鳥振翅。她的指甲在地板上挖出一條條爪痕，絲毫不在意沾染其上的鮮血和木屑。

她甚至沒有注意到魔光和吼叫停止，惡魔返回地心魔域。

屋外的門閂在一聲悶響中被人提起，但瑞娜沒有反應，直到屋門開啓，刺眼的陽光灑入茅房。在凝視黑暗數小時後，陽光令她雙眼灼痛，將她的心喚回現實。她深深吸了一大口氣，隨即彈坐而起，伸出一手擋在眼前，在尖叫聲中狂踢身前的地面，直到背部撞上茅房後牆。

豪爾伸出雙手擁抱她，撫弄她的髮絲。「沒事了，沒事了，女兒。」他低聲說道，輕摸她的頭髮。「我也和妳一樣難過。」他抱著她，堅定卻溫柔，在她嗚咽時輕輕搖晃。

「就是這樣，女兒。」他說。「妳好好哭一場，徹底發洩出來。」

她照做，緊抱著他，在悲傷中顫抖，最後終於冷靜下來。

「妳以後會聽我的話了嗎？」豪爾在她終於恢復理智後問道。「我不想再懲罰妳。」

瑞娜連忙點頭。「我保證，爸。」她的聲音因為尖叫而沙啞。

「好孩子。」豪爾說，將她抱在懷裡，返回屋內。他把她放在她自己的床上，幫她煮了一碗熱湯，將午餐和晚餐放在木板上端到床上給她吃。那是瑞娜第一次看他做飯，但這一餐美味可口，而且菜量豐富。

「妳明天待在家裡睡覺。」那天晚上他說。「好好休息，等到下午妳就會好起來了。」的確，第二天瑞娜感覺好多了，第三天感覺又更好了。豪爾晚上沒有跑來找她，而且白天也不會催促她工作。日子一天天過去，很快她就肯定科比不會再回來了。這樣也好。瑞娜心想。

有時候，在工作間的空檔，她會想起茅房那晚的魔光，但她立刻就將它們埋入心底。那已經結束了，從今以後她會當個好女兒，所以她不必害怕再度回到那裡。

第十五章　馬力克的故事　333 AR　冬

傍晚時分，天色還橘紫交加，人們開始聚集在黎莎的小屋門口。一開始只有妲西、薇卡和她們的學徒，但接著加爾德和其他伐木工開始出現，肩上扛著他們的魔印斧，然後是厄尼以及窪地裡的其他魔印師，加上他們的學徒。沒過多久羅傑也到了，還有玻璃匠班恩。越來越多人聚集而來，最後院子裡擠滿圍觀群眾，多得她絕不可能全部留宿。有些人帶了帳篷來，打算在上完課後直接紮營。

許多訪客都在太陽下山時不安地改變站姿，但他們相信黎莎以及她的魔印威力。人們點燃油燈，照亮位於群眾中央的一張石桌。

天色全黑後，幾條魔霧身影滲出地面，但地心魔物凝聚成形後立刻轉身逃跑。它們已經學到試圖突破黎莎的魔印將會招來比彈開還要可怕的後果。

沒過多久，魔印人抵達現場，與他的巨馬並肩而行。馬背上掛著幾頭惡魔的屍體。

魔印師立刻行動，解除魔印網的一塊力場，讓魔印人帶著地心魔物的屍體穿越。接著伐木工接手，在魔印師重建魔印網時將屍體抬上石桌。

「你動作還眞快。」黎莎在魔印人接近時說道。

對方聳肩。「每種惡魔都只要一頭，這算不上什麼挑戰。」

黎莎微笑，拿出魔印解剖刀。「所有人，注意。」她大聲叫道，來到木惡魔之前，準備劃下第一刀。「上課了。」

第二天早上，留在小屋附近過夜的人們共享早餐。黎莎上完課後，伐木工在魔印人的帶領下離開，實際去運用在課堂上學到的知識，但大多數人都在她的魔印後方待到天亮。

黎莎讓學徒煮了一大鍋粥，並在大鍋旁煮茶，她們在訪客睡眼惺忪地步出營帳時分發粥碗和茶杯。

羅傑一個人獨坐，在黎莎的前廊上幫小提琴調音。

「獨自一個人坐眞不像你。」黎莎說，拿給他一碗粥，然後在他身旁坐下。

「不太餓。」羅傑說，心不在焉地拿湯匙在碗裡攪拌。

「坎黛兒會好起來的。」黎莎說。「她恢復得很快，而且她沒有責怪任何人。」

「或許她應該責怪。」羅傑說。

「你擁有獨特的天賦。」黎莎說。「無法傳授於人又不是你的錯。」

「不是嗎？」羅傑問。黎莎好奇地看著他，但他沒有說下去，只是轉過頭去，看向院子。「妳可以早點告訴我。」

「告訴你什麼？」黎莎問，不過其實心裡有數。

「妳和『亞倫』的事情。」羅傑說。

「我認爲那不關你的事。」黎莎說。

「但坎黛兒的愛情藥水就關妳的事了？」羅傑突然說道。「或許我的教法沒有問題。或許那個女孩只是滿腦子想著甜茶，沒有專心應付惡魔。」

「這樣說不公平，」黎莎說。「我以爲我是在幫你。」

羅傑對她低吼，露出一副她只有在默劇表演時看他做過的表情。「不，妳以爲妳是在把我推到別的女孩懷裡，藉以減輕妳對我不感興趣的罪惡感。妳比妳想像中更像妳母親。」

黎莎張嘴欲言，但說不出話。羅傑放下粥碗走向一旁，將小提琴抵在下頷下，演奏一首憤怒的曲調，蓋過所有黎莎可能會說的話。

黎莎和其他人回到鎮上時，魔物墳場正處於一片混亂。數百名大部分都有負傷的人擠滿廣場中，沒有一張熟面孔。他們都髒兮兮的，衣衫破爛、飢腸轆轆。他們疲憊不堪、淒涼地坐在冰冷的石板地上休息。

約拿牧師來回奔走，對著努力安撫亟需幫助者的輔祭們大聲下令。伐木工將木材拖入廣場，好讓人們起碼都有地方坐，不過這似乎不太可能。

「感謝造物主！」牧師看見他們立刻叫道。他的妻子薇卡，在他快步走來時迎上去擁抱他。

「怎麼回事？」黎莎問。

「來森堡的難民。」約拿說。「今天早上日出後不久，他們就開始擁入鎮上。現在還是不斷有人抵達。」

「解放者在哪裡？」群眾中有個女人叫道。「他們說他在這裡！」

「全城的魔印通通失效？」黎莎問。

「不可能。」厄尼說。「來森堡境內共有上百座村落，都有獨立的魔印守護。為什麼全逃來這裡？」

「不是地心魔物幹的。」一個熟悉的聲音說道。黎莎轉身，隨即瞪大雙眼。

「馬力克！」她叫道。「你在這裡做什麼？」信使還是和往常一樣英俊，但臉上有些連長髮和鬍鬚都遮掩不了的瘀傷，而且走過來時有點跛。

「誤選在來森堡過冬。」馬力克說。「這通常是個好主意，南方的冬季比較溫暖。」他陰鬱地笑了幾聲。「今年不同。」

「如果不是惡魔幹的，那是怎麼回事？」黎莎問。

「克拉西亞人。」馬力克朝雪地吐口水。「看來沙漠老鼠吃膩了黃沙，決定跑來獵殺文明人。」

黎莎轉向羅傑。「去找亞倫。」她低聲說道。「叫他低調前來，去史密特旅店的密室和我們會合。」羅傑點頭，當即離去。

「妲西，薇卡。」黎莎說。「讓學徒分類傷患，依照傷勢輕重帶去診所看診。」

兩名藥草師點頭，立刻跑去安排。

「約拿，」黎莎說。「請你的輔祭去診所拿擔架，下去幫忙學徒。」約拿鞠躬而去。

眾人看到黎莎分配任務，紛紛聚集而來。就連鎮長兼旅店主人史密特，也等著聽她發號施令。

「食物可以晚點再說。」黎莎告訴他。「但這些人立刻就要飲水和住所，架起婚禮大帳和所有找得到的帳篷，讓多餘人手下去打水。如果水井和河岸打水不及，就拿大鍋燒雪。」

「我會處理。」史密特說。

「窪地什麼時候開始聽妳指揮了？」馬力克微笑問道。

黎莎看向他。「此刻我得照料傷者，馬力克大師，但忙完後我有很多問題要問你。」

「我隨傳隨到。」馬力克說著鞠躬。

「謝謝。」黎莎說。「你可以先召集其他難民領袖把你不清楚的部分補足。」

「當然。」馬力克說。

「我安排他們去旅店等候，」史密特的妻子史黛芙妮說道。「我肯定你會需要一杯冰涼的麥酒及食物。」她對信使道。

「妳想像不到我有多需要。」馬力克說。

有些人要接骨，有些人要消炎，很多人腳掌上的水泡破裂，但因爲趕路超過一星期所以沒有處理，心知只要脫離主要隊伍幾乎等於死定了。因爲太多人擠在臨時趕工的魔印圈裡，不少旅人身上也有地心魔物造成的傷口。他們可以抵達解放者窪地簡直算是奇蹟，黎莎從他們口中得知有很多人不幸罹難。

難民中有幾名醫術不一的藥草師，黎莎迅速檢視她們的傷勢後，指示她們投入醫療工作。這些女人都沒有抱怨，藥草師總是願意爲了照料傷患而放棄自己的需求。

「要不是有馬力克信使在，我們永遠不可能抵達。」一名女子在黎莎治療她腳上的凍瘡時說道。「他每天都騎馬先行，爲當晚的營地繪製魔印，抵擋地心魔物。要是沒有他，我們連一個晚上都撐不住。他甚至獵殺野鹿，留在路上供我們食用。」

羅傑回來時，傷勢最嚴重的傷患已處理完畢。她將診所留給妲西和薇卡照料，和他一起前往她的辦公室。

關上房門後，黎莎立刻癱在羅傑身上，終於展露疲態。已經下午了，她連續工作好幾小時沒有休息，一邊醫治傷患，一邊爲學徒及鎮民解答問題。再過幾小時天就要黑了。

「妳得休息。」羅傑說，但黎莎搖頭，在臉盆中倒滿清水，然後灑在臉上。

「現在沒時間休息。」她說。「我們幫所有人找到落腳的地方了沒？」

「勉強有。」羅傑說。「全加起來，難民數量比解放者窪地的居民總數多上兩倍，而我肯定明天還會有更多人來。鎮民已經敞開家門，但約拿牧師還是得讓人坐在聖堂裡的長板凳上過夜，讓他們有個遮蔽處。如果這種情況繼續下去，本週結束前，大魔印圈裡的所有空地都會紮滿營帳。」

黎莎點頭。「那些明天早上再來擔心，亞倫已經在史密特那裡等了？」

「魔印人在那裡等。」羅傑說。「不要在那麼多人面前叫他亞倫。」

「那是他的名字，羅傑。」黎莎說。

「我不在乎，」羅傑大聲說道，黎莎被他激烈的反應給嚇了一跳。「這些人得相信某樣超越世俗凡塵的東西，此刻他就是了。沒有人要求妳叫他解放者。」

黎莎眨了眨眼，一臉訝異。「我已經習慣了所有人乖乖聽我指示。」

「我保證我不會是其中之一。」羅傑說。

黎莎微笑。「我也不希望你是。來吧，我們去見魔印人。」

羅傑和黎莎抵達時，史密特旅店的吧台已人滿為患，而新旅店在去年大火後重建，已經比原先大上兩倍。

史密特在他們進入時點頭示意，接著朝密室的方向偏了偏頭。他們迅速穿越人群，矮身閃入沉重的房門。

魔印人在密室中，如同野獸般來回踱步。

「我應該在天黑前出去多接一些倖存者回來，不是等待開會。」他說。

「我們盡快開完，」黎莎說。「開會時我們最好都在。」

魔印人點頭，不過她透過他緊握的拳頭看出他的不耐。片刻後，史密特帶領馬力克進來，另外還有史黛芙妮、約拿牧師、戹尼，以及伊羅娜。

馬力克瞪視魔印人，雖然他已拉起兜帽，並且將手臂藏在寬鬆的衣袖裡。

「你就是……他嗎？」馬力克問。

魔印人拉下兜帽，露出滿臉刺青，馬力克倒抽一口涼氣。

「你就是解放者，像他們說的一樣？」馬力克問。

魔印人搖頭。「只是個會殺惡魔的普通人。」

約拿輕哼一聲。

「喉嚨裡有東西嗎，牧師？」魔印人問。

「歷代解放者都不會自稱解放者，」約拿說。「這個頭銜是其他人封的。」魔印人皺眉看他，但約拿只是低頭鞠躬。

「我想這無關緊要。」馬力克說，雖然語氣有點失望。「我並不期待會在你頭上看見光圈。」

「到底怎麼回事？」魔印人問。

「十二天前，克拉西亞人攻佔來森堡。」馬力克說。「他們趁夜突襲，穿越外圍村落，除掉城牆守衛，於黎明前打開中央主城的城門。殺戮開始時，我們都還在床上安睡。」

「他們趁夜突襲？」黎莎問。「這怎麼可能？」

「他們擁有可以殺死惡魔的魔印武器，」馬力克說。「就和你們窪地居民一樣。從他們的言語間得知，好像世界上最重要的事就是殺惡魔，而佔領來森堡只是他們在天黑前的娛樂。」

「繼續。」魔印人催促。

「好，」馬力克說。「很明顯他們的目標是城內的穀倉，因爲那是他們第一個攻佔的地方。他們的戰士殺死任何抵抗的男人，強暴任何看起來可以生育的女人。」他看向在場的女人，臉色一紅。

「男人在不必負責的時候什麼事都做得出來。」伊羅娜憤慨地說。「繼續說下去，信使。」

馬力克點頭。「第一天早上他們必定殺了數千人，並且佔領城牆，不讓剩下的人離城。他們毆打我們，將我們綁在一起，如同牲畜般拖入倉庫。」

「你們如何逃脫的？」魔印人問。

「本來我以爲沙漠老鼠都不會說文明的語言。」馬力克說。「我從其他信使那裡學過幾個沙漠字眼，但幾乎都是髒話，無法用以交談。我以爲自己死定了，但一天過後，一個彷彿天生會說提沙語的胖子來到我們面前。他開始召集王室、地主，以及手藝工匠，帶他們去見克拉西亞公爵，我就是其中之一。」

「你見到他們領袖了?」魔印人問。

「喔,我確實看到那個大渾蛋了。」馬力克說。「他們把被五花大綁、狼狽不堪的我帶到他面前,當他聽說我是個魔印師時,立刻下令釋放我,好像什麼事情都沒發生。甚至還賜給我一袋金幣,彌補我受到的對待!我認爲他想要我教導他們我們的魔印,但第二天一早我就已經逃出城門。」

「他們的領袖,」魔印人繼續問道。「他穿什麼服飾?」

馬力克眨眼。「敞開的白袍和頭巾,」他說。「底下是黑衣,就和他們的戰士一樣。他還戴了一頂王冠,所以我才知道他是他們的公爵。」

「王冠?」魔印人問。「你確定嗎?不是在頭巾上鑲珠寶?」

馬力克點頭。「我確定。黃金打造的王冠,上面都是珠寶和魔印。那玩意一定比其他公爵的王冠加起來還要值錢。」

「那個公爵會說我們的語言嗎?」魔印人問。

「比我認識的一些安吉爾斯人還要流利。」馬力克說。

「他叫什麼名字?」魔印人問。

馬力克聳肩。「我不認爲有人直呼其名,他們都以某個沙漠詞彙稱呼他,沙馬卡之類的稱呼。我想那是『公爵』的意思。」

「沙達馬卡?」魔印人問。

「對。」馬力克點頭。「就是這個。」

魔印人低聲咒罵。

「怎麼了?」黎莎問,但他沒理她,湊到信使面前。

「他是不是大概這麼高？」他問，舉起手掌比在自己頭上。「蓄著上油的山羊鬍，還有高挺的鷹鉤鼻？」

馬力克點頭。

「他有攜帶一根魔印長矛嗎？」魔印人問。

「他們全都攜帶魔印長矛。」馬力克說。

「那是一根很顯眼的長矛。」魔印人說。

馬力克再度點頭。「那是根金屬長矛，而且表面刻滿魔印。」

魔印人喉嚨中發出的吼叫聲，恐怖得就連通常天不怕地不怕的馬力克也被嚇得後退一步。

「怎麼了？」黎莎再度問道。

「阿曼恩·賈迪爾。」魔印人說。「我認識他。」

「這代表什麼意思？」她問，但魔印人揮手不答。

「現在已不代表任何意義。」他說。「繼續。」他對馬力克道。「後來怎麼了？」

「就像我說的，他們一釋放我，我立刻爬過高牆，逃出主城。」馬力克說。「沿路上的小村落都已經沒剩下多少人了。消息傳開後，主城石板道上的血跡都還沒乾，村裡機伶的人就已經收拾行李動身逃難，身體狀況不適合長途跋涉，以及不敢在外過夜的人就留在村裡。我想留下來的人比走的人多，不過路上還是有數萬難民。」

「我向某個留下來的老人買了匹馬，然後策馬上路。沒過多久我就追上了逃走的村民。難民太多，根本不可能聚在一起；沒有任何城市可能收留這麼多人。大多數人都前往雷克頓及其附屬村落，因爲那裡只要有釣線和釣鉤就可以塡飽肚子，但吟遊詩人提起不少關於你的事蹟。」他指向魔印人。

「而那些深信你就是眞正解放者的人就來此聚集。我得回去安吉爾斯向公爵回報，但我不能把這些沒幾個魔印師隨行的人留在路上，所以我就留下來幫助他們。」

「你做了件好事，馬力克。」黎莎說，伸手觸摸他的手臂。「要不是你，這些人絕對到不了這裡。去酒吧休息吧，我們會討論你帶來的消息。」

「我在樓上幫你留了一間房。」史密特補充道。「史黛芙妮會帶你上去。」

信使離開後，魔印人立刻戴上兜帽。「天就要黑了。如果路上還有難民，我得確保他們可以看見黎明。」

黎莎點頭。「帶加爾德和所有會騎馬的伐木工去。」

「去拿你的斗篷，」魔印人對羅傑說。「你和我們一起去。」羅傑點頭，他們朝後門走去。

「你們會需要魔印師。」厄尼說，推推細框眼鏡，自椅子上起身。「我去。」

伊羅娜立刻站起，抓住他的手臂。「你不准去，厄奈爾。」

厄尼眨眼。「妳老是抱怨我不夠勇敢，現在妳要在人們需要我時躲起來？」

「你去送死不能向我證明什麼。」伊羅娜說。「你已經很多年沒騎過馬了。」

「她說的有道理，爸。」黎莎說。

「妳別管這件事。」厄尼說。「或許全鎭的人都聽妳號令，但我還是妳父親。」

「沒時間聽你們爭辯。」魔印人說。「你到底來不來？」

「不。」伊羅娜堅決說道。

「來。」厄尼說，甩開她的手掌，跟隨其他人離去。

「那個白痴！」伊羅娜在後門關閉時叫道。所有人面面相覷。

「你們想在這裡待多久就待多久。」史密特說。「我得到外面去。」他、史黛芙妮，以及約拿迅速離開房間，留下黎莎一人面對她勃然大怒的母親。

「他不會有事，媽。」黎莎說。「和羅傑還有魔印人一起上路是世上最安全的事。」

「他年紀大了！」伊羅娜說。「他不能和年輕人並騎而行，而且他會冷死的！去年流感過後他的身體狀況就大不如前了。」

「母親，」黎莎說，語氣驚訝。「聽起來妳好像真的很關心他。」

「不要用那種語氣對我說話，」伊羅娜大聲說道。「我當然關心，他是我丈夫。如果妳知道結婚近三十年是什麼樣子，妳就不會問我這種問題。」

黎莎很想吼回去，吼出多年來她母親對她父親做過的壞事，一再與加爾德父親史帝夫通姦的事只是其中之一，但她母親語氣中的眞誠阻止了她。

「妳說的對，媽，我很抱歉。」她說。

伊羅娜眨眼。「我說的對？妳剛剛說我說的對？」

「我是這麼說的。」黎莎微笑。

伊羅娜攤開雙手。「擁抱我，孩子，趁著感動還沒有消失前。」黎莎大笑，緊緊抱住她。

「他不會有事。」黎莎說，不只說她媽聽，也說給她自己聽。

伊羅娜點頭。「妳說的對。他或許看起來很糟，但沒有惡魔能夠對抗妳那個渾身刺青的朋友。」

「今晚我們倆說的都對，偏偏父親沒有見證這一幕。」黎莎說。

「他絕對不會相信。」伊羅娜同意。她拿手帕擦拭眼角，黎莎假裝沒有注意。

「所以那是妳以前喜歡的那個馬力克嗎？」伊羅娜問。「帶妳私奔到安吉爾斯的那個？」

「我沒有喜歡過他，母親。」黎莎說。

伊羅娜嘲笑。「去向不認識妳的人說那種潭普草鬼話吧。全鎮的人都知道妳想要他，只不過妳矜持得不敢行動。爲什麼不呢？他像野狼一樣英俊，而且又是個信使。這樣的男人配得上任何女人，妳以爲當年加爾德幹嘛那麼嫉妒他？」

「任何事都能讓加爾德嫉妒，媽。」黎莎說。

伊羅娜點頭。「他就和他爸一個樣子：單純，被體內的熱情支配。」她露出憂傷的微笑，黎莎知道她想起她的初戀史帝夫，他因去年流感肆虐導致魔印失效而死。

「獨處野外的馬力克與他們也沒有多大不同。」黎莎說。

「偏偏妳利用藥草師的把戲阻止他得逞。」伊羅娜猜道。「而不是把那當作遊戲人間的絕佳機會。」她說的沒錯，當年黎莎偷偷給馬力克下陽痿藥，防止他在道上佔她便宜。

「要是妳就會？」黎莎忍不住問道。

「沒錯。」伊羅娜說。「爲什麼不？裙子會往上掀不是沒有理由的。女人像男人一樣有需求，不要欺騙自己假裝沒這回事。」

「我知道，媽。」黎莎說。

「妳知道。」伊羅娜同意。「但妳還是把妳的襯裙縫死，以爲不和人做愛可以讓妳變得偉大。不了解自己的需求，妳要怎麼幫助鎮上其他人？」

黎莎沒有回話。她母親能用一種令她深感不安的方式看穿她的心思。

「妳應該趁其他追求者不在鎮上時上樓去和馬力克談談。」伊羅娜說。「他經歷過歲月和苦難的歷練，現在已經成爲英雄。外面的難民不停歌頌他，或許妳會喜歡現在的他。」

「我不知道……」黎莎說。

「喔，去啦！」伊羅娜說。「帶盤食物去他房間聊聊，又不是叫妳今天晚上就去讓他上。」她微笑眨眼。「不過那總比把夜晚浪費在擔心明天仍不會消失的麻煩來得好。」

黎莎忍不住大笑，再度擁抱母親。

他們路過數個屠殺現場；有的只有一具屍體，有的是一堆，在夜晚降臨又缺乏避難所的情況下被地心魔物撕成碎片。

魔印人破口大罵，催促黎明舞者，在路過第一個屠殺現場後就再也沒有停馬察看。其他跟隨在後的人都是缺乏經驗的騎士，遠遠落在他強壯的戰馬後，包括加爾德和伐木工，但他並不在乎。道上還有被阿曼恩·賈迪爾那個他曾經蠢得結爲朋友的男人趕出家園的難民，他得在黑夜降臨前盡可能找出並保護他們。

他會把所有人命通通算到賈迪爾頭上，並誓死要讓對方付出代價。

狂奔一個多小時後，他終於找到一大群難民。天際在夕陽西落時逐漸黯淡，但難民們依然在搭建魔印圈。他們將魔印繪製在木牌上，可是附近地勢崎嶇，魔印網難以對齊。

他策馬趕到魔印網邊緣，命黎明舞者停下，帶著魔印工具一躍而下。人們一看見他立刻驚叫，但他不理會他們，檢視他們的魔印。

「是他。」一名魔印師對另一人低聲道。「解放者。」魔印人不去管他，專注在眼前的工作上。他轉動其中一些魔印牌去對齊其他魔印，不少魔印被他拿木炭修改，或直接翻過木牌重畫。

人們開始在他附近聚集，大家緊握彼此雙手，低聲交談，盯著他紋滿刺青的手掌，試圖偷看他兜帽底下的模樣。不過沒人膽敢上前攀談，也沒有干擾他工作。他的同伴終於趕來，厄尼下馬擠過去幫忙。羅傑和其他人擋在他和群眾間。

「解放者！」一名女子對他大叫。他斜眼瞄去，看見對方在加爾德粗如樹幹的手臂前白費力氣地大力掙扎，眼中綻放著瘋狂的火焰。他繼續回去工作。

「求求你！」女人叫道。「我姊姊還在路上！」

魔印人立刻抬頭。「你來接手，」他對厄尼道。「得重畫多少就重畫多少。我留兩名弓箭手來幫你爭取時間。」厄尼吞嚥口水，但他點一點頭，隨即召喚站在其他難民中的來森魔印師。

「放開她。」魔印人走過去後對加爾德道。加爾德立刻遵命，女人在他面前跪倒，抱緊他的腳。

「求求你，解放者，」她說。「我姊姊懷孕了，肚子太大不能騎馬。她和我們年長的父母跟不上隊伍的腳步，所以我們的丈夫吩咐我帶孩子先走，他們則留在後面慢慢走。」

「而他們還沒跟上。」魔印人幫她說完。

「已經快天黑了。」女人說著緊抓他的袍緣，淚水滴在他腳背上。「求求你，解放者，救救他們。」

魔印人伸出手，觸碰她的下頷，輕輕拉她站起。「我不是解放者。」他說。「但我保證會盡力拯救妳的家人。」

他轉向加爾德。「挑選兩名弓箭手留下來協助厄尼完成魔印力場。」他說。「其他人隨我來。」

加爾德點頭，片刻過後，他們離開營地，以比之前更快的速度疾奔而去。

找到他們的時候，天色已全黑：五個人，一如那絕望的女人所說。他們站在小小的臨時魔印圈中，被十幾頭地心魔物團團圍住。火惡魔不斷噴火，風惡魔則自上空襲擊，甚至還有頭石惡魔聳立在其他同伴中。

每當惡魔攻擊，魔印網綻放魔光時，羅傑就能看出魔印網的缺口，那大得足以讓惡魔鑽入。兩名年輕人站在缺口旁以乾草叉驅趕惡魔，一對年長的夫婦則在照料他們之所以落後的明顯緣故。

魔印圈中央的年輕女子正在生產。

魔印人大叫一聲，一馬當先，將其他人拋在後方。他解開長袍，拋在身後的地面上。加爾德和伐木工一聲發喊，緊跟在後，拔出魔印斧衝向惡魔群。

魔印人直接驅趕黎明舞者衝向石惡魔，焊接在戰馬護甲上的魔印鋼角在刺穿惡魔腹部的黑色硬殼時發出滋滋電光。魔印人趁惡魔後退時跳下馬背，抓起它的魔角將地心魔物壓在地上，舉起魔印拳頭一再捶打惡魔的喉嚨。

接著他隨即起身，截住一頭火惡魔，一把撕開它的下頜。這時伐木工趕到，以魔印護盾擋下惡魔火，如同劈裂木材般砍殺惡魔。

汪妲和弓箭手採取不同戰術，將馬停在數十碼外，注意在天上盤旋的風惡魔。它們一隻接著一隻摔落地面，硬皮身體上插滿羽毛箭尾。

羅傑滑下馬背，將馬留在弓箭手附近，拿出他的小提琴，一邊奔向小魔印圈一邊拉奏旋律。就像黎莎的隱形斗篷一樣，他的音樂可以在他穿越惡魔防線時產生隱形效果，而且還不須放慢腳步。片刻過後，他已經進入魔印圈，隨即改變旋律，拉奏趕跑惡魔的尖銳音調。

年輕女子在混戰中放聲尖叫，黑色的惡魔體液濺滿夜空。她的父母盡力安撫她，但從他們手忙腳亂的情況來看，他們顯然不懂助產。

「她需要幫助！」羅傑叫道。「我們得帶她去找藥草師！」

魔印人丟下手邊的惡魔，瞬間來到羅傑身旁。他只穿一條纏腰布，身上布滿惡魔體液和刺青。來森人驚懼地退向一旁，但女人已經痛得毫不在意。

「去拿我的藥草袋。」魔印人說，跪倒在女孩身旁，動作出奇溫柔，檢視她的狀況。「羊水破了，收縮間隔很短，沒時間去找藥草師。」

羅傑跑到黎明舞者身旁，但戰馬陷入狂怒狀態，正在將兩頭火惡魔踩入雪地泥漿中。羅傑掀開魔印斗篷，再度拿出小提琴。就像惡魔一樣，羅傑的音樂也能與動物產生共鳴，沒過多久戰馬就冷靜下來，讓羅傑拿取寶貴的藥草袋。

他將袋子交給魔印人，他很快就將藥草磨成粉末，然後與水混合。女孩的家人擠在一旁，驚懼地看著伐木工們砍倒四面八方的惡魔。

「你知道自己在做什麼嗎？」羅傑在魔印人將藥水放到呻吟女子的嘴邊時緊張兮兮地問道。

「我接受信使訓練時曾擔任六個月的藥草師學徒。」魔印人說。「我看人家做過。」

「看？」羅傑問。

「還是你想動手？」魔印人看著他問道。羅傑臉色發白，立刻搖頭。「那就在我動手時拉奏美妙的音樂阻擋惡魔。」羅傑點頭，將琴弓放上琴弦。

數小時後，戰鬥聲早已消失許久，一聲哭喊劃破黑夜。羅傑看著大叫的嬰兒，面露微笑。

「這下有人叫你解放者【註】的時候，你就沒得否認了。」他說。

魔印人狠狠瞪他，但羅傑哈哈大笑。

黎莎端著熱騰騰的餐盤踏上史密特旅店的樓梯，心臟猛跳。她曾兩度考慮獻身給馬力克，那英俊又機智的男人。但每次到了關鍵時刻，馬力克的個性就會把事情搞砸，讓黎莎覺得在他心裡她的需求總是排在第二順位——如果他眞的考慮過她的需求。

但她母親這回又說對了。她的想法常常都很正確，就算當她利用這種洞察力去傷害他人時也一樣。黎莎已厭倦孤獨，而在她內心深處，她很清楚亞倫絕對不會幫她填補空洞。她已不只一次希望自己可以愛上羅傑，但那是不可能的事。她愛羅傑，但一點也不想與他分享自己的床。馬力克已經在來森堡人面前證明自己是個在必要時刻值得依賴的男人，或許到了該忘記他從前所犯過錯的時候了。

【註】解放者（Deliverer），也有接生婆的意思。

她撫平裙子上的褶痕，然後覺得自己很蠢，伸手敲他房門。

「誰？」馬力克開門問道。他上身赤膊，濕淋淋的，剛剛才從熱臉盆那裡過來。看見黎莎後，他立刻瞪大雙眼。

「我不想打擾你，」黎莎說。「只是猜想你睡前可能想要來點熱食。」

「我……是，謝謝妳。」馬力克說，抓起上衣穿在身上。黎莎在他穿衣服時偏過頭去，不過他渾身肌肉的模樣還是在腦中揮之不去。

馬力克接過餐盤，深深吸了一大口香氣，然後拿到床邊的小桌椅上放好。他打開盤蓋，裡面是一盤熱騰騰的烤肉，汁水淋漓，擺在辣馬鈴薯和蒸青菜中。

「解放者窪地的食物很快就會短缺，」黎莎說。「不過史密特的店起碼還能撐上一晚。」

「在露宿雪地將近兩星期後，有床睡就已經很開心了。」馬力克說。「這簡直是來自造物主的禮物。」他撕下烤肉就吃，黎莎看著他吃自己準備的食物時，心中浮現一股奇特的滿足感。她隱約記得這種感覺，她和加爾德許有婚約時的感覺，她第一次爲他做飯時的感覺。那感覺好像是百年前的事、上輩子的事。

「很好吃。」馬力克吃完後說道，抬起手以衣袖擦嘴。

「爲你所做所爲表達小小的感激。」黎莎說。「你在那些人需要時帶領他們到安全的地方。」

「即使我沒有在妳需要時護送妳前往目的地？」馬力克問，黎莎驚訝地看著他。

「去年，」馬力克說。「流感侵襲窪地，妳得回家的時候，我向妳提出……不公平的要求，以換取我的協助。」

「馬力克……」黎莎柔聲說道。

「不，讓我說完。」馬力克說。「在第一次前往安吉爾斯的路上時，我深深爲妳著迷，我以爲我們會在一年內生兒育女。但那時候，在帳篷裡，當我無法……當個男人時，我……」

「馬力克……」黎莎再度說道。

「那令我發狂。」馬力克說。「我覺得自己得盡量遠離妳，但離開妳後，我又沒有辦法不再想妳，即使當我……和別的女人睡覺時也一樣。」他偏開頭去。

「但當我再度見到妳時，」他繼續。「我覺得很……硬，我很想盡快彌補之前的失敗，深怕發生其他變數。那樣對妳太不公平了，我很抱歉。」

黎莎伸手放在他的手臂上。「我不是小孩。」她說。「那些事我和你一樣要負責。」這話的確是事實，而此時此刻她覺得自己過去的行爲非常糟糕。事發當時似乎名正言順，但事實上她就是對他下藥，然後利用他來達成自己的目的，並在他心裡留下數年不癒的傷痕。或許羅傑說的對，她比自己想像中更像她媽。

「妳這樣說太好心了。」馬力克說，輕捏她的手臂。「但妳和我都知道那不是事實。我很高興妳想出辦法回到家鄉，」他補充道。「而且不必因此而付出妳的貞操。」

黎莎本來已經開始朝他靠去，但一聽到這話又縮了回來，她確實在那次旅程中失去了貞操，在沒有稱職的保鏢守護下而被攔路打劫的強盜奪走。一切都是因爲馬力克缺乏耐心，並且總是優先考量自己的需求。

馬力克似乎沒有注意到她的舉動變化。他輕笑一聲，搖了搖頭。「還是很難想像妳現在掌管窪地的模樣。那個吸引所有男人目光的柔弱女子到底怎麼了？一夜間妳就變成了老巫婆布魯娜，我敢說現在就連地心魔物也會怕妳。」

老巫婆布魯娜？鎮民現在就是這樣看她的嗎？威嚇鎮上所有人的孤獨老太婆？這就是她失去童貞後的改變嗎？

她母親也察覺到她的改變。「也該是時候了。」她媽曾經說過。「而我還期待妳從此開竅呢。」

黎莎搖頭拋開這個想法，覺得分享心事的時刻已經過去。「你現在有什麼打算？」她問。「你要幫助我們去找更多倖存者，還是要帶跟隨你的難民直接前往安吉爾斯？」

馬力克訝異地看著她。「都不是。」

「什麼意思？」黎莎問。

「現在來森人安全了，我也該離開了。」馬力克說。「公爵必須知道克拉西亞入侵的消息，我已經被他們拖延太久。」

「拖延？」黎莎問。「他們把性命託付給你！」

馬力克點頭。「我不能在沒有避難所的情況下把人們留在野外，但現在他們找到避難所了。我不是來森人，我沒有義務繼續照顧他們。」

「但解放者窪地不可能收留這麼多人！」黎莎叫道。

馬力克聳肩。「我會告知公爵。這會是他的問題。」

「他們不是問題，馬力克，他們是人！」黎莎說。

「妳期望我做什麼？」馬力克問。「把餘生都用來照顧他們？信使不是這樣幹的。」

「好吧，我很高興我們沒有一起生兒育女。」黎莎大聲道。「享受你的床，信使。」她拿起餐盤離開，大力甩上房門。

「我們要怎麼做？」史密特問。黎莎深夜召集鎮議會，商討馬力克打算把難民留在解放者窪地，明天一早立刻離開的事。

「收留他們，當然。」黎莎說。「一方面敞開我們的家門，一方面幫助他們修築新家。我們不能讓這些難民沒地方住、沒東西吃。」

「大魔印沒辦法容納這麼多房屋。」史密特說。

「那就再造一個大魔印。」黎莎說。「我們有將近兩千隻手可用，還有好幾哩地的森林當作建材。」

「我不是想潑冷水，」妲西說。「但我們在寒冬中要怎麼餵飽這麼多人？如果還有更多難民要來，不用多久我們就要開始吃雪了。」

黎莎想過這問題。「現在窪地所有少女都會使用弓箭。派她們出外打獵，讓男孩們架設陷阱。」

「那樣增加的食物有限。」薇卡說。

黎莎點頭。「軟木草或許又硬又苦，但營養豐富，隨處可見，而且整年都能生長。讓更年幼的小孩去採集軟木草，我來想辦法大量煮食調味。如果這樣還不夠，有些能吃的樹皮和昆蟲一樣能拿來充飢。」

「雜草和昆蟲？」伊羅娜問。「妳打算叫大家吃蟲？」

「我要確保鎮民不會挨餓，母親。」黎莎說。「如果我得坐下來在大家面前示範吃蟲，我會那麼做。」

「妳或許可以吃蟲。」伊羅娜說。「但別指望我跟著吃。」

「妳有妳的工作要做。」黎莎說。

伊羅娜瞪著她。「我絕不會把我家變成旅館，招待所有路過的流浪漢進來住。」

黎莎嘆氣。「天色已晚，母親，妳最好先回家。我們明天早上再談。」

其他人將這話當作會議的結尾，於是跟在伊羅娜身後離開房間，最後只剩下黎莎和史黛芙妮。

「不要擔心。」史黛芙妮說。「我相信妳母親會很樂意提供協助，為大陽具的來森男人敞開家門。」

黎莎瞪她一眼。「我媽不是鎮上唯一不遵守婚禮誓言的女人。」她提醒道。史黛芙妮的小兒子基特，已近二十歲，並非史密特親生，而是鎮上前任牧師米歐爾的兒子。史密特和鎮上其他人依然不知道這個祕密，但接生基特的布魯娜打從一開始就知道是怎麼回事。

「不要以為布魯娜的祕密會隨她的死亡埋葬。」黎莎警告道。「把妳的偽善放在心裡。」

史黛芙妮臉色發白，連忙點頭。黎莎饒富興味地看著她奪門而出，接著心裡突然一驚，發現自己的語氣就和布魯娜一模一樣。

※

馬力克離開後一星期——在他遺棄的難民夾道歡送下——魔印人及羅傑回來了。厄尼和伐木工在前幾天內陸續回來，每批人都帶領幾群難民一起回來，但魔印人和羅傑持續搜尋，所有前來窪地的難民都講述著遇上他們的故事。

黎莎對於亞倫和羅傑拯救這麼多人命感到驕傲，但當他們回來時，難民的人數已經多到食物不夠餵飽所有人了，要嘛就吃雜草和昆蟲，不然就餓肚子。

「我們盡可能地接近來森，」回來當天，羅傑在她的小屋裡邊喝熱茶邊道。「我想我們已經找到所有走大路的難民，不過可能有人直接穿越田野。克拉西亞人已駐守當地，並派出部隊巡邏。」

「他們只是臨時駐守而已，」魔印人說。「要不了多久他們就會再度移防。」

「回去可惡的沙漠，我希望。」羅傑說。

魔印人搖頭。「不。他們會征服雷克頓，然後轉而向北，朝窪地而來。」

黎莎覺得臉頰發冷，羅傑則是一副快要吐了的樣子。

「你怎麼知道？」她問。

「克拉西亞人相信第一任解放者卡吉曾統一克拉西亞各部族，領兵離開沙漠，耗費二十年征服北地。」魔印人說。「他稱之爲沙拉克桑，白晝戰爭，徵召北地人參與沙拉克卡，對抗惡魔的大聖戰。如果阿曼恩·賈迪爾自認解放者轉世，他會試圖踏上同樣的道路。」

「我們該怎麼辦？」黎莎問。

「建立防禦工事。」魔印人說。「對抗他們，絕不妥協。」

黎莎搖頭。「不，我不支持這種做法。你要殺的不是惡魔，亞倫。他們是人類。」

「妳以爲我不知道？」魔印人說。「我在克拉西亞有朋友，黎莎！妳有嗎？」黎莎驚訝地看著他，但她迅速恢復，搖了搖頭。

「不要搞錯了，」魔印人說，音量變小，但情緒同樣激動。「克拉西亞人相信所有北地人都比他們中最低賤的人還要低賤。他們或許會惺惺作態地向有利用價值的領導人展現寬恕，但一般平民百姓絕不可能享受這種禮遇。他們會殺死或奴役所有不願宣誓效忠賈迪爾或伊弗佳的人，我們必須起身戰鬥。」

「我們可以退守安吉爾斯。」黎莎說。「躲在城牆後。」

魔印人搖頭。「我們絕對不能讓步。我熟悉這些人，如果露出恐懼的徵兆並撤退，他們會認定我們儒弱，然後持續進逼。」

「我還是不喜歡這種做法。」黎莎說。

魔印人聳肩。「妳喜不喜歡無關緊要。好消息是我想他們只有不到六千名處於戰鬥年齡的戰士，壞消息是就連最弱的克拉西亞戰士都能打贏三名伐木工，而當他們準備移防時，他們會從來森堡裡徵召數千名奴隸部隊。」

「我們要怎麼對抗那種規模的部隊？」羅傑問。

「團結。」魔印人說。「我們得趁著道路還暢通時立刻去和雷克頓交涉，並且說服安吉爾斯和密爾恩公爵放棄成見，聯手抗敵。」

「我不認識密爾恩公爵，」羅傑說。「但我是在林白克的宮殿裡長大的，當時我老師艾利克擔任他的使者。林白克寧願與地心魔物談和也不可能對歐可放下成見。」

「那我們得親自說服他。」黎莎說。她看向魔印人。「我們一起去。」

魔印人嘆氣。「我不去雷克頓也好。我在那裡……不受歡迎。」

「所以傳聞是真的？」羅傑問。「船務官有派人殺你？」

「做做樣子而已。」魔印人說。

那天晚上，羅傑坐在舞台上演奏音樂，安撫數百名依然在魔物墳場上搭帳過夜的難民。很多人走過來坐在舞台附近，沉迷在羅傑的魔法中，沐浴在溫暖的大魔印光芒裡。他的音樂帶領他們短暫忘卻生活毀於一旦的煩惱。

他覺得這只是種微不足道的小禮物，但他也只能提供這麼多了。他換上吟遊詩人的面具，不讓觀眾看見自己內心的陰鬱。

演奏完畢後，他發現約拿牧師正在等他。聖徒十分年輕，還不到三十歲，但深受窪地居民愛戴，撫慰難民不遺餘力。除了幫助難民張羅大部分的食物和住所，牧師還穿梭於難民之間，記住他們的名字，讓他們知道自己並不孤獨。他爲死者祈禱，找人照顧孤兒，並且爲在悲劇中相愛的人們證婚。

「謝謝你這麼做，」約拿說。「我感覺得出你的演出振奮了他們的心靈，也振奮了我的心靈。」

「只要沒事，我每天晚上都會演奏。」羅傑說。

「祝福你。」約拿說。「你的音樂賜給他們力量。」

「我希望它也可以賜給我一些力量。」羅傑說。「有時候我認爲音樂對我的效果剛好相反。」

「沒這回事。」約拿說。「心靈的力量並非有限定的形式，不是一定要失去什麼才能擁有。造物主賜給所有人力量和缺陷。是什麼令你感到無力，孩子？」

「孩子？」羅傑大笑。「我不是你的信徒，牧師。我有我的小提琴，」他舉起樂器。「而你也有你的。」他用他的琴弓指向約拿手中的皮革封面卡農經。

羅傑知道自己的話傷了牧師，而這個男人不該遭受這種對待，但他心情欠佳，約拿又剛好挑上這種時候前來攀談。他等待聖徒大聲責罵，打算要好好與他對罵一番。

但約拿並沒有生氣。他將卡農經放回專門爲了這種情況準備的背袋裡，攤開雙手，表示自己什麼都沒拿。「那就當我是朋友，某個了解你的痛苦的人。」

「你怎麼可能了解我的痛苦？」羅傑大聲問道。

約拿微笑。「我也愛她，羅傑。我不認爲我曾遇過任何不愛她的男人，她以前幾乎每天都會來聖堂讀書，而我們會交談好幾小時。我看著她喜歡上配不上她的男人，也知道她從來不曾把我當作男人看待。」

羅傑試圖保持吟遊詩人的面具，但約拿眞誠的語氣突破了他的防線。「你是如何處理這種事的？你要如何停止去愛一個人？」

「造物主創造的愛情是沒有條件的。」約拿說。「愛是我們身而爲人的關鍵，是我們與地心魔物最大的不同。愛情擁有存在的價值，就算你得不到對方的愛也一樣。」

「你依然愛她？」羅傑問。

約拿點頭。「但我更愛我的薇卡和我們的孩子，愛和心靈一樣並不是只有某種形式。」他伸手搭著羅傑的肩膀。「不要把時間浪費在哀悼你和她不曾分享過的一切。你應該珍惜你曾和她分享的每一刻。如果你需要找個了解你的煩惱的人述說心事，來找我。我保證會把卡農經留在袋子裡。」

他拍拍羅傑的肩膀，舉步離開，將彷彿放下心頭重擔的羅傑留在原地。

羅傑抵達時，黎莎的小屋燈火通明，前門敞開。儘管穿了魔印斗篷，羅傑還是拉奏小提琴趕跑地心魔物，讓黎莎知道他要來了。

這是他們分享的老習慣。黎莎總是醒著在工作，但每當聽見他的提琴聲時，她就會爲他打開房門。羅傑會在進屋後發現她在讀書或是縫衣，磨藥或是照料花園。

羅傑踏上黎莎的魔印石板道後就不再演奏，除了遠方的惡魔吼叫，寒冷的夜晚一片死寂。但在惡魔間歇的叫聲中，羅傑聽見哭泣聲。

他發現黎莎蜷縮在老舊的搖椅上，裹在一條破爛的老披肩裡。這些都是她老師布魯娜的遺物，每當黎莎心生疑慮時就會寄情在它們上。

她雙眼紅腫，手裡縐巴巴的手帕完全浸濕。他看著她，突然了解約拿所謂珍惜和她分享的時刻是什麼意思。即使當她心情跌落谷底時，她還是爲他敞開大門。她生命中其他男人可曾擁有這樣的待遇？

「你不會還在生我的氣吧？」黎莎問。

「當然不會。」羅傑說。「我們都吐了一點苦水，沒什麼大不了。」

黎莎擠出一絲微笑。「很高興你這麼想。」

「妳的手帕濕了。」羅傑說。他抖抖手腕，拉出藏在衣袖裡眾多彩色手帕中的一條。他將手帕遞給她，但當她伸手去拿時，他將手帕拋入空中，彷彿憑空變出來一樣添加了好幾條手帕。羅傑開始拋接手帕，在空中形成一道彩色布圈。黎莎笑著鼓掌。

羅傑的老師艾利克能拋接房內任何東西，但羅傑手掌殘缺，唯一肯定不會漏接的就只有手帕。

「挑個顏色。」

「綠色。」黎莎說，接著他以迅雷不及掩耳的速度抽出綠手帕，對她拋去，彷彿手帕自己跳出彩圈。黎莎擦拭眼淚的同時，羅傑接下其他手帕，塞回衣袖中。

「怎麼回事？」他問。

「惡魔在夜晚獵殺我們就已經夠糟糕了。」黎莎說。「現在人類還要在白晝自相殘殺。亞倫要我們與兩者爲敵，我怎麼能夠支持這種行爲？」

「我不知道妳有多少選擇。」羅傑說。「如果他說得沒錯，不管我們支不支持都沒辦法避免白晝戰爭。」

黎莎嘆息，拉緊披肩，儘管院子裡的加熱魔印已經讓室溫溫暖宜人。「你記得洞穴裡那天晚上嗎？」

羅傑點頭。那是去年夏天，魔印人在道上解救他們幾天後的事。他們三人在洞穴裡避雨，就在那裡，黎莎得知羅傑和魔印人害死搶劫他們並且強暴黎莎的強盜。她大發雷霆，說他們是殺人凶手。

「你知道我爲什麼那麼氣你和亞倫嗎？」黎莎問。羅傑搖頭。「因爲如果我願意，早就把他們通通殺了。」她在裙子口袋裡摸索，拿出一根綠油油的細針。

「我攜帶這些針是爲了毒殺發狂的牲口。」黎莎說。「我把它們放在裙子口袋裡，因爲它們太危險了，不能隨意放在藥草布中，甚至不能放在我的圍裙裡，因爲有時候我會脫掉圍裙。中針的人絕不可能存活，就算只是擦到一點也會在一段時間過後致命。」

「以後我在妳身邊絕不亂說話。」羅傑說，但黎莎沒有笑。

「我對強盜首領灑盲目藥粉的時候，另一隻手中就握著一根。」黎莎說。「如果我在沉默大漢抓住我時用針刺他，他在首領起身前就會死去，而我本來也可以直接刺他的。」

「我本來可以對付第三名強盜。」羅傑說。他揚起空蕩蕩的手掌，接著一把匕首突然出現。他迅速刺出，憑空扭轉刀身。「妳爲什麼沒殺他們？」

「因爲殺地心魔物是一回事，」黎莎說。「殺人又是另外一回事，就算是壞人也一樣。我很想殺他們，有時當我回想這件事，會希望自己把他們殺了；但事發當時我下不了手。」

羅傑看著手中的匕首片刻，接著嘆氣一聲，將匕首插回手臂上的護套，重新扣好袖口。

「我想我也辦不到。」他悲傷地承認道。「我五歲就開始學射飛刀，但一切都是表演，我從來不曾射傷任何人。」

「當我知道自己下不了手，他們推倒我時我就不再抵抗。」黎莎說。「黑夜呀，第一個強盜脫褲子的時候，我甚至在手掌上吐口水，弄濕自己的下體。但就連他們把我留在泥濘中哭泣時，我還是不希望自己動手殺掉他們。」

「妳希望他們動手殺了妳。」羅傑說。

黎莎點頭。

「傑卡伯大師死時，我也是這種感覺。」羅傑道。「我不想報仇，我只希望痛苦結束。」

「我記得。」黎莎說。「你求我讓你死去。」

羅傑點頭。「那就是我和魔印人前往強盜營地的原因。」

「爲了我？」黎莎問。

羅傑搖頭。「那些人就如瘋馬一樣必須除去，黎莎。我們不是第一批被他們劫掠的旅人，也不會是最後一批，況且他們奪走了我的攜帶式魔印圈。但我們沒有殺死他們，魔印人走入營地，牽走妳的馬，我則拿走魔印圈，然後我們就走了。我們離開時他們都還活著，身上沒有半點傷。」

「他們成了惡魔的食物。」黎莎說。

羅傑聳肩。「魔印人已經殺掉那附近大多數的惡魔。我們步入他們營地時沒有看見任何惡魔，而再過幾小時天就亮了。那比他們留給我們的存活機會要大多了。」

黎莎嘆氣，但沒說什麼。他看著她。「人們爲什麼要請藥草師毒殺牲口？用斧頭或大鎚就可以了。」

黎莎聳肩。「他們無法動手殺害忠心的牲口，或許他們期望我有辦法治好牠們。但有時候我束手無策，而牲口卻在受苦。毒針是迅速而又人道的做法。」

「或許魔印人也有同樣的想法。」羅傑說。

「你的意思是我們應該對抗克拉西亞人？」黎莎問。

羅傑聳肩。「我不知道。但不管會不會拿出來用，我認爲我們必須把毒針準備在手裡。」

第十六章 一組杯盤 333 AR 春

黎莎看著汪妲和加爾德在魔物墳場上緩緩繞圈，準備搏鬥。汪妲比窪地裡所有女人都要高大，包括難民，但巨人加爾德還是讓她相形見絀。她十五歲，加爾德近三十歲。儘管如此，加爾德依然一臉專注，汪妲則是臉色平靜。

他突然展開攻擊，一把向她抓去，但汪妲一手緊握他的手腕，當作支點，向旁跨出一步，另一手用力壓向他的手肘，利用他本身的力道將他摔倒。

「可惡！」加爾德吼道。

「做得好。」魔印人在汪妲伸手扶起加爾德時鼓勵道。自從他開始傳授窪地居民沙魯沙克後，她一直都是他最頂尖的學生。

「沙魯沙克著重借力打力。」魔印人提醒加爾德。「你不能老像對付地心魔物一樣大幅揮拳。」

「或是砍樹。」汪妲補充，在女學生中掀起一陣竊笑。伐木工們瞪著她們。不少伐木工都曾敗在女學生手裡，而男人對這種情況並不習慣。

「再來一次，」魔印人說。「四肢貼身，注意平衡。不要讓她有機可乘。」

「還有妳，」他說著轉向汪妲。「不要志得意滿。就算最差勁的戴爾沙羅姆一輩子也都沉浸在訓練中，而妳只學了幾個月。他們才是真正的挑戰。」汪妲點頭，臉上的笑容消失，與加爾德互相鞠躬，然後再度開始繞圈。

「他們學得很快。」黎莎在魔印人走到她和羅傑身前時說道。她從未與其他窪地居民一同訓練，但她每天都會仔細觀察他們練習沙魯金，她靈活的心思將所有動作牢記在心。

汪妲再次將加爾德摔倒在地。黎莎哀傷地搖了搖頭。「眞是一門優美的藝術，只可惜它唯一的目的就是打殘或打死其他人。」

「發明它的人也是一樣。」魔印人說。「聰明、美麗、極爲致命。」

「你肯定他們會來？」黎莎問。

「毫不懷疑。」魔印人說。「雖然我希望他們不來。」

「你認爲林白克公爵會如何反應？」她問。

魔印人聳肩。「我當信使時見過他幾次，但我對他本人並不了解。」

「沒有什麼好了解的。」羅傑說。「林白克把時間都花在三件事上：數錢、喝酒，以及和越來越年輕的妻子上床，期望其中一人能幫他生個兒子。」

「他沒有種子？」黎莎驚訝地問道。

「我不會在任何會被聽見的地方這麼說他。」羅傑警告道。「他曾爲更小的事吊死藥草師，他把過錯歸咎於妻子。」

「他們總是如此。」黎莎說。「好像沒有種子會讓他們變得不是男人。」

「不是這樣子的嗎？」羅傑問。

「少荒謬了。」黎莎說，但就連魔印人也對她露出懷疑的神色。

「不論如何，」黎莎說。「生兒育女是布魯娜的專長之一，而她對我傾囊相授。或許我可以藉由治療他獲取他的支持。」

「支持？」羅傑問。「他會爲此封妳爲公爵夫人，讓妳爲他生兒育女。」

「無關緊要。」魔印人說。「就算妳的藥草能夠喚醒他的種子，還是要幾個月才看得出效果；我們需要更多籌碼。」

「一群殺到家門口的沙漠戰士還不夠嗎？」羅傑問。

「想要阻止賈迪爾，林白克就得及早開始動員。」魔印人說。「而通常你得耗費很多脣舌才能說服那些公爵去冒這麼大的風險。」

「你還得滿足林白克兄弟的需求。」羅傑說。「如果林白克死時沒有子嗣，麥卡爾王子就會繼任公爵，而比瑟王子是造物主牧師的牧者。最小的王子湯姆士則統領林白克的侍衛，林木軍團。」

「這些王子當中有人能講道理嗎？」黎莎問。

「應該沒有。」羅傑說。「想講理就得去找詹森大人，安吉爾斯總管大臣。少了詹森，這些王子連鞋子也找不到。安吉爾斯大小事務都逃不過詹森的眼線，王室家族幾乎將所有事都交給他處理。」

「所以要是詹森不支持我們，公爵就不太可能支持我們。」魔印人說。

羅傑點頭。「詹森是個懦夫。」他警告道。「要讓他同意開戰……」他聳肩。「不容易，或許得採取其他手段。」

魔印人和黎莎好奇地看著他。

「你是傳說中的魔印人。」羅傑說。「密爾恩以南已經有過半人民相信你就是解放者。只要和牧師見幾次面，然後透過吟遊詩人公會散布一些故事，其他人也會深信不疑。」

「不。」魔印人說。「我不會假扮他人，就算為了這種目的。」

「誰能說你不是解放者？」黎莎問。

魔印人驚訝地轉向她。「不要連妳也這麼說。光是渴望故事的吟遊詩人和被信仰沖昏頭的牧師就已經夠頭大了，妳可是個藥草師呀。治療病患的是知識，不是祈禱。」

「我同時也是個魔印女巫。」黎莎說。「那可是你造成的。我確實對科學書籍的信心大於牧師的卡農經，但科學無法解釋爲什麼地上一些潦草的線條就能夠阻擋惡魔甚至傷害它們。世界上並非只有科學，或許解放者也不是什麼無稽之談。」

「我不是上天派來的使者。」魔印人說。「我曾做過的事……絕不見容於天堂。」

「很多人相信古代的解放者都只是人類，就和你一樣。」黎莎說。「在人類需要的正確時機挺身而出的領導者。你會因爲修辭學上的認知不同而背棄人類嗎？」

「這不是修辭認知。」魔印人說。「一旦人們習慣仰賴我去解決他們的問題，他們就永遠學不會自己解決。」

他轉向羅傑。「一切準備妥當了嗎？」

羅傑點頭。「行李和馬鞍都已經上馬了，你準備好我們就出發。」

春雪消融至今已一個月了，通往安吉爾斯的信使大道兩旁樹木都已經長滿綠葉。羅傑緊緊抱著黎莎共騎一馬。他的騎術一直不好，而且不相信馬匹，特別是那些沒有套在馬車上的馬。幸運的是，他身材瘦小，可以在不壓垮馬背的情況下與黎莎同騎一匹馬。就像所有用心學過的事物一樣，黎莎在很短的時間內學會騎馬，對於駕馭馬匹信心十足。

回安吉爾斯令羅傑感到滿心恐懼。一年前和黎莎一起離開時，他不單只是爲了協助她回家，同時也是爲了逃命。他並不渴望回去，即使是和力量強大的朋友結伴同行；何況如此一來吟遊詩人公會便會得知他還活著。

「他胖嗎？」黎莎問。

「嗯？」羅傑說。

「林白克公爵，」黎莎道。「他胖嗎？他喝酒嗎？」

「胖又喝酒。」羅傑說。「他看起來像是吞下一整個啤酒桶，不誇張。」

黎莎已經問了他一個早上關於公爵的問題，她永不休息的腦子已經開始診斷並且想辦法治療公爵了，雖然她根本沒有見過對方。羅傑知道她的工作很重要，但他搬離宮殿已經十年了。她詢問的問題中有很多都在挑戰他的記憶，他無法肯定自己的回答是否正確。

「他有沒有那方面的障礙？」黎莎問。

「我他媽的怎麼知道？」羅傑大聲說道。「他又不喜歡搞小男孩。」

「你在煩什麼，羅傑？」她問。「你整個早上都心不在焉。」

黎莎皺眉看他，羅傑立刻感到羞愧。

「沒什麼。」羅傑說。

「不要騙我。」黎莎道。「你向來不會騙人。」

「回到這條路上讓我想起去年的事。」羅傑說。

「到處都是不好的回憶。」黎莎同意道，目光飄向路邊。「我一直在等強盜跳出樹林。」

「有她在就不可能。」羅傑說，朝他們前方的汪妲點頭。汪妲騎著一匹駿馬，長弓插在馬鞍的弓鞘裡。她抬頭挺胸，一手搭箭，另一手放在鞍旁的劍鞘上，疤臉上的雙眼炯炯有神。加爾德跟在他們後面，騎著一匹高大的加倫馬，這個巨人讓這匹巨馬看起來像匹體形一般的馬。他的巨斧斧柄置於雙肩後方，隨時可以拔出來使用。兩人都是訓練有素的惡魔獵人，在他們的守護下心懷不軌的人類根本不足為懼。

但即使在白晝，最令人安心的還是魔印人。他騎著黑色巨型戰馬，領頭走在隊伍前方，迴避所有閒聊話題，但他的存在提醒眾人只要有他在就不會有人受傷。

「是道路令你心煩，還是道路終點的目的地？」黎莎問。

羅傑看向她，納悶她是如何看穿自己的想法。

「妳是什麼意思？」他問，儘管他心知肚明。

「你從來不曾告訴我去年你為什麼會被人打得半死，淪落到我的診所。」黎莎說。「而你一直沒有去向守衛報案，也沒有告知吟遊詩人公會你還活著，即使在他們埋葬傑卡伯大師之後。」

羅傑想起艾利克的老師傑卡伯，那個艾利克死後待自己如同孫子的男人。傑卡伯在他走投無路時收留他，拿自己的名聲當賭注，開啟羅傑的職業生涯。老人為了自己的好心付出沉重的代價，因為羅傑招惹的麻煩而被毆打致死。

羅傑試圖說話，但聲音突然哽咽，眼中熱淚盈眶。

「噓——噓……」黎莎低聲道，拉起他的手掌，讓他緊抱自己。「等你準備好後再談。」他湊上前去，嗅著她髮絲中的香氣，感覺自己再度平靜下來。

※

在距離安吉爾斯約兩天的路程，離魔印人、黎莎及羅傑初見面不遠處，魔印人突然改變方向，騎入樹林中。

黎莎策馬上前，穿越樹林，直到與魔印人並騎而行。他們沿著天然小徑行走，大多地方僅容兩騎並行，他們得不斷轉向、壓低身子避開低矮的樹枝。加爾德被迫下馬步行。

「我們要去哪裡？」黎莎問。

「去拿妳的魔印寶典。」魔印人回答。

「我以為你說它們在安吉爾斯。」她說。

「安吉爾斯領地，不是安吉爾斯堡。」魔印人笑道。

小徑逐漸變寬，在一般人眼中依然像天然形成的。然而黎莎是藥草師，對各種植物瞭若指掌。

「這條路是你鋪的。」她說。「你砍倒樹木、拓寬小徑、掩飾蹤跡，不讓人看出這裡有路。」

「我很注重隱私。」魔印人說。

「你一定花了多年的時間鋪這條路！」黎莎說。

魔印人搖頭。「我的力氣很大，砍樹的速度幾乎和加爾德一樣快，把樹拖走比用馬拖還方便。」

他們沿著祕徑深入樹林，直到祕徑突然轉向左方。魔印人忽略路跡明顯的小徑，轉而向右，再度闖入茂密的樹林中。其他人跟隨在後，推開樹枝，然後同時倒抽一口涼氣。

眼前的空地中隱藏著一堵石牆，牆上爬滿藤蔓和苔蘚，不近看根本看不出來。

「我不敢相信這座廢墟就這樣立在如此接近小徑的地方。」羅傑說。

「樹林裡有數百座類似的廢墟。」魔印人說。「大回歸後，樹木迅速佔據大地。有些廢墟成為信使常用的休息站，但其他廢墟數百年來人跡罕至，像是這一座。」

他們沿著石牆走，來到一扇鏽跡斑斑的古老柵門前，柵門緊閉。魔印人自長袍中取出鑰匙，插入門鎖，輕輕轉動，柵門發出上過油般的喀啦聲，悄然開啓。

柵門後方是一間前半部坍塌、後半部依然完整寬敞的馬廄，其內放有一輛用布蓋著的馬車，空間足以容納他們的四匹馬。

就和整座廢墟其他地方一樣，主樓本身殘破不堪，屋頂坍塌，看起來一點也不牢固。魔印人帶領他們繞道後方的僕役房，從生長於小村落的人眼中看來依然十分寬敞。僕役房坍了一半，就和馬廄一樣，但魔印人帶領他們穿越一扇又厚又重並且上鎖的房門。

那扇門通往一個大房間，其中的陳設看起來像是間工作室。所有平坦之處都擺著魔印工具、裝有墨水和油漆的密封罐、許多半成品，以及一大堆材料。

火爐旁擺有一個小櫥櫃。黎莎打開櫃門，裡面擺有杯子、盤子、碗和調羹各一。壁爐上掛著一只鍋子，鍋旁的砧板上插著一把菜刀。

「如此冰冷，」黎莎低聲道。「如此孤獨。」

「他甚至沒有擺床。」羅傑喃喃說道。「一定是睡在地上。」

「以前住在布魯娜小屋的時候，我就自認非常孤獨了。」黎莎說。「但這個……」

「在這裡。」魔印人說，走到角落的大書櫃前。書櫃立刻吸引了黎莎的目光，她走了過去。

「這些就是魔印寶典？」她問，掩飾不住語氣中的熱切。

魔印人看了書櫃一眼，隨即搖頭。「那些不算什麼。」她說。「都是一般的魔印、歷史和基本地圖等書籍，隨便哪個魔印師或信使家裡都會收藏的東西。」

「那在哪裡……」黎莎開口詢問，魔印人移動到地板上一塊毫不起眼的區域，瞄準某個定點用力踏下。那塊木板下方設有支點，木板的一端下沉，另一端隨即翹起，露出一只小金屬環。魔印人抓起金屬環向上一拉，打開地板上一扇暗門，暗門邊緣呈不規則形，鋪滿木屑，看起來就和附近的地板沒有兩樣。

他點燃一盞油燈，領頭走下石階，來到一間大地下室。牆壁是石牆，地下室內部乾燥寒冷。旁邊有一條走廊通往主屋，不過上方的一塊巨石掉落，封閉了整條走廊。

地上和牆上到處都是魔印武器。斧頭、不同長度的矛、戰戟，以及匕首，所有武器表面都刻有戰鬥魔印，數十支曲柄弓的箭矢；數千支弓箭草草綁在一起。

此外還有戰利品，惡魔頭骨、魔角、魔爪，凹陷的護盾及斷矛。加爾德和汪妲憑空比劃魔印。

「拿去，」魔印人對汪妲說，交給她一些箭，木頭箭桿和金屬箭鏃上刻著密密麻麻的魔印。「這些比妳箭袋裡的那些威力更強。」

汪妲伸出顫抖的雙手接下禮物。她激動得說不出話，只能低頭鞠躬，魔印人隨即低頭回禮。

「加爾德……」魔印人說，在加爾德上前時東張西望。他挑了一把刀身上刻有數百個小魔印的沉重彎刀。「這把刀在你手上，砍斷木惡魔的四肢就像砍藤蔓一樣輕鬆。」他說，刀柄朝前將武器交給加爾德。加爾德突然跪倒。

「起來，」魔印人大聲道。「我不是天殺的解放者！」

「我沒說你是，」加爾德說，雙眼看著地面。「我只知道我一輩子都是個自私的笨蛋，但在你來到窪地後，我看見了太陽。我終於了解我被自己的驕傲和……淫慾，」他偷瞥黎莎一眼，只短短一瞬。「所蒙蔽。造物主賜給我一雙強壯的手臂是爲了殺惡魔，不是爲了欺凌弱小。」

魔印人伸出手掌，在加爾德握住後便拉他起身。加爾德體重超過三百磅，但在他手中就和小孩沒兩樣。

「或許你看見了太陽，加爾德，」他說。「那並不表示是我讓你看見的。你父親在我抵達的前一天去世，那足以令每個男人成長，讓他看清生命中重要的事物。」

他再度舉起大彎刀，加爾德伸手接下。那是把巨刀，但在加爾德的大手中只比匕首大上一點。他讚歎地看著刀身上線條緻密的魔印。

魔印人看向黎莎。「那些……」他指向位於地下室另一端的幾個書櫃。「就是魔印寶典。」黎莎立刻朝書櫃移動，但他抓起她的手臂。「現在讓妳過去，接下來十小時妳都不會理我們了。」

黎莎皺眉，一心只想甩開他的手掌，埋首在沉重的皮革典籍中，但她壓抑下那股衝動；這裡不是她的家。她點頭。

「我們離開時會帶那些書一起走。」魔印人說。「我還有其他副本，這些是送妳的。」

羅傑看著魔印人。「除了我，大家都有禮物？」

魔印人微笑。「我們幫你找個合適的禮物。」他走向堵塞的走廊。拱道上坍落的拱心石起碼重達數百磅，但他舉重若輕地推開巨石，帶領他們來到一扇隱沒於黑暗中，沉重且上鎖的大門前。

他自長袍中取出另一把鑰匙，插入鎖孔打開大門，步入其中。他觸摸門旁一盞大油燈的燈芯，油燈隨即點燃，反射在周密擺放於房間四周的大鏡子上。大廳立刻籠罩在耀眼的光線中，所有訪客同時倒抽一口涼氣。

地上鋪著厚重的地毯，上面繡有多年前曾流行的花紋。牆壁上掛著數十幅繪有歷史人物和事件的油畫，都是大師級作品，裱在鍍金畫框中；更有金屬框的鏡子以及精緻的家具。大廳中隨處可見塞滿寶物的大型接雨桶，裡面全是古代金幣、寶石，以及首飾。用途不明的半毀機器一旁還放著巨大的大理石雕像、半身塑像、樂器，以及數不清的貴重物品。四面八方都有書櫃。

「這怎麼可能？」黎莎問。

「地心魔物並不在乎財寶。」魔印人說。「信使們搜刮了最容易抵達的廢墟，但無人涉足的廢墟依然多得難以計數，甚至還有整座城市遭到惡魔摧毀、被大地吞噬。我努力保存沒有被自然環境侵蝕的部分。」

「你比世上所有公爵加起來還要有錢。」羅傑難以置信地道。

魔印人聳肩。「我用不到這些東西，想要什麼就拿。」

羅傑歡呼一聲，衝入大殿，觸碰一堆又一堆的金銀珠寶，拿起小雕像和遠古武器。他拿起一根黃銅號角吹奏一個音階，接著發出一聲吶喊，縱身躍入一座破爛雕像後方，再次出現時手裡已經多了一把小提琴。琴弦已經爛光了，但琴身依然堅硬光滑。他哈哈大笑，開心地高舉自己的獎品。

加爾德環顧四周。「我比較喜歡剛才的房間。」他對汪妲說，她點頭表示認同。

安吉爾斯堡的城門緊閉。

「在大白天關閉城門？」羅傑驚訝地問道。「他們通常會爲伐木工和他們的馬車大開城門。」他坐在馬車駕駛座上，這輛馬車是從魔印人的堡壘裡帶出來的，由黎莎的馬拉車。她坐在他旁邊，後面擺著幾大袋書籍，以及其他用以掩飾馬車夾層的物品。夾層裡放滿各許多魔印武器及金銀珠寶。

「或許林白克比我們想像中更加認眞看待克拉西亞的威脅。」黎莎說。馬車逐漸接近後，他們看見城門上有不少手持曲柄弓的守衛來回巡邏，還有木匠在下層城牆上切割箭身。原先只有兩人駐守的城門，如今增添了數名守衛，全都手持長矛，全神戒備。

「馬力克的故事或許讓全城進入警戒狀態。」魔印人同意道。「但我敢說那些守衛的任務是防止難民擁入城內，而不是抵抗克拉西亞進攻。」

「公爵絕不可能拒絕收留難民。」黎莎說。

「爲什麼不？」魔印人問。「歐可公爵任由密爾恩的乞丐每天睡在沒有魔印守護的街道上。」

「好了，說明來意！」一名守衛在他們接近時喝道。魔印人壓低兜帽，移動到眾人後方。

「我們自解放者窪地而來，」羅傑說。「我是羅傑·半掌，持有吟遊詩人公會執照，這些是我的同伴。」

「半掌？」一名守衛問道。「那個小提琴手？」

「正是。」羅傑說，揚起魔印人送他的新小提琴。

「欣賞過你的演出。」守衛嘟噥道。「其他人是？」

「這是解放者窪地的藥草師黎莎，原先在安吉爾斯的吉賽兒女士診所看診。」羅傑說，指向黎莎。「其他人是護送我們前來的窪地居民，加爾德、汪妲，以及……呃……弗林。」

汪妲深吸一口氣。弗林·卡特是她父親的名字，近一年前死於伐木窪地之役。羅傑立刻後悔自己挑錯名字。

「他爲什麼全身包得那麼緊？」守衛問，揚起下頷指向魔印人。

羅傑湊向前去，壓低音量。「他臉上有大片惡魔傷疤，不喜歡被人看見自己畸形的模樣。」

「傳說是眞的嗎？」守衛問。「窪地鎮民眞的在殺地心魔物嗎？傳說解放者出現在那裡，爲人們帶來古老的戰鬥魔印。」

羅傑點頭。「這位加爾德曾殺過幾十頭惡魔。」

「我願意付出一切在我的長矛上刻劃能殺惡魔的魔印。」一名守衛說。

「我們是來交易的。」羅傑說。「你的夢想很快就會成眞。」

「也就是放在你們馬車裡的東西？」守衛問。「武器？」他說話的同時，數名守衛走到後方檢視車內物品。

「沒有武器。」羅傑說，一想到對方可能會發現夾層，他的喉嚨就爲之一緊。

「看起來像是魔印書。」其中一名守衛打開某個袋子說道。

「我的書。」黎莎說。「我是魔印師。」

「他不是說妳是藥草師？」守衛問。

「都是。」黎莎說。

守衛看看她，然後轉向汪妲，接著搖了搖頭。「女戰士、女魔印師。」他嗤之以鼻。「小村落的男人都不管管他們的女人。」黎莎一聽就火大，但羅傑伸手碰碰她的手臂，她立刻冷靜下來。

某個守衛走到騎在黎明舞者背上的魔印人面前。戰馬的傲人戰甲大多都被遮起來了，但牠的體形還是十分引人注目，就像全身裹在斗篷下的騎士一樣。守衛持續逼近，試圖偷看魔印人兜帽下的容貌。魔印人順應他的要求，微微抬頭，任由一絲陽光灑入兜帽的陰影內。

守衛倒抽一口涼氣，向後退開，連忙跑到還在與羅傑交談的長官身旁。他在軍官的耳邊低語，軍官隨即瞪大雙眼。

「讓路！」軍官對其他守衛下令。「讓他們通過！」他揮手招呼，城門開啓，任由他們入城。

「我不確定這是好事還是壞事。」羅傑說。

「木已成舟，」魔印人說。「我們在消息傳開前盡快移動。」

他們進入喧囂的街道，地面全部鋪滿木板，藉以防止地心魔物在城市的魔印網內凝聚成形。他們必須下馬步行，這大幅減慢前進的速度，但這樣做同時也能讓魔印人隱身在馬匹和馬車間，消失在群眾的視線前。

儘管如此，他們還是沒有擺脫他人的目光。「我們被跟蹤了。」魔印人在木板道寬敞得足以讓他和馬車並肩而行時，走上前說道。「有個守衛打從我們進城後就一直跟著。」

羅傑回頭，剛好看到守衛制服的衣角隱沒在某個攤位的棚子後方。

「我們該怎麼做？」他問。

「沒什麼可做的。」魔印人說。「只是讓你們知道而已。」

羅傑熟悉安吉爾斯如同迷宮般的街道，帶領他們在擁擠的鬧區中迂迴而行，希望能藉此甩開跟蹤者。他不斷回頭察看，假裝在欣賞路過的女子和攤販的商品，但守衛一直跟在後面，位於視線範圍的邊緣。

「我們不能這樣一直繞下去，羅傑。」黎莎終於說道。「趁著天黑前先去吉賽兒的診所再說。」

羅傑點頭，掉轉馬車，朝吉賽兒女士的診所前進，沒過多久就到了。那是一間兩層樓的寬敞建築，一如安吉爾斯城內所有建築，幾乎完全是木造的。診所側面有間小的訪客馬廄。

✻

「黎莎女士？」打理馬廄的女孩看見他們，驚訝地問道。

「對，是我，朗妮。」黎莎微笑。「看看妳長多大了！我不在的時候妳有用心學習嗎？」

「喔，有，女士！」朗妮說，但她的目光已經飄到羅傑身上，接著又看向加爾德，然後就停在那裡了。朗妮是個很有天賦的學徒，但太容易分心，特別是對男人。她今年十五歲、發育完全，如果生在小村落，早就已經結婚生子，但自由城邦裡的女人比較晚婚，而黎莎對此感到慶幸。

「去通知吉賽兒女士我們抵達了。」黎莎說。「沒時間寫信，或許房間不夠讓我們所有人住。」

朗妮點頭，快步離開，在他們刷完馬前，一名女子叫道：「黎莎！」黎莎轉身，結果被吉賽兒女士一把抱住，整張臉塞在年長女子雄偉的胸部裡。

儘管圍裙下的體形豐腴，年過六十的吉賽兒女士依然身強體壯。她和黎莎一樣曾是布魯娜的學徒，在安吉爾斯行醫已超過二十年。

「很高興妳回來了。」吉賽兒說，直到黎莎瘦小身軀中的空氣通通被擠光後才放開她。

「還有年輕的羅傑大師！」吉賽兒大聲說道，照樣把羅傑抓過去擁抱。「看來我欠你三份人情，護送黎莎回家算一份，護送她回來可抵兩份！」

「那沒什麼。」羅傑說。「我欠妳們兩位的一輩子也還不完。」

「今晚來爲病患演奏小提琴就好了。」吉賽兒說。

「如果沒有房間，我們就不想麻煩妳。」黎莎說。「我們可以投宿旅店。」

「不可以，」吉賽兒說。「你們都要留下來，沒得商量。我們有好多話要說，所有女孩都想見妳。」

「謝謝。」黎莎說。

「現在介紹一下妳的朋友？」吉賽兒問，轉向其他人。「不，讓我猜，」她在黎莎張口時說道。

「來看看妳信裡描述的是否精確。」她上下打量加爾德，抬起頭來直視他的雙眼。「你一定是加爾德・卡特。」她猜道。

加爾德鞠躬。「是的，女士。」他說。

「壯得像熊，但很有禮貌。」吉賽兒說，拍拍加爾德魁梧的二頭肌。「我們會相處愉快的。」她轉向汪妲，對於年輕女子臉上駭人的紅色疤痕絲毫不以為意。「我猜是汪妲？」她問道。

「是的，女士。」汪妲邊說邊鞠躬。

「看來窪地裡住滿了彬彬有禮的巨人。」吉賽兒說。她在安吉爾斯絕不算矮，但汪妲還是比她高上許多。「歡迎。」

「謝謝妳，女士。」汪妲說。

吉賽兒最後轉向依然隱身在兜帽長袍下的魔印人。「好了，我猜你就不須介紹了。」她說。「讓我們看看吧。」

魔印人寬鬆的衣袖在他揚起手臂推開兜帽時滑到手肘。吉賽兒在刺青映入眼簾時微微瞪大雙眼，不過她還是直視他的目光，拉過他的手掌，熱情地握了握。

「謝謝你救黎莎一命。」她說。在他有機會反應前，她一把將他抱住。魔印人滿臉訝異地看向黎莎，尷尬地回應對方的擁抱。

「現在，如果你們其他人願意幫忙打理馬匹，我想先和黎莎私下說幾句話。」她說。其他人點頭，吉賽兒帶著黎莎進入診所。

黎莎曾在吉賽兒的診所裡居住數年，這裡至今依然給她熟悉的感覺，不過看起來似乎比一年前要小了一點。

「妳的房間和妳離開時一樣。」吉賽兒說，彷彿看穿她的心思。「凱蒂和其他女孩想要搬進去，但在我看來，除非妳說不要了，不然它永遠都是妳的房間。妳可以睡在那裡，其他人就睡在病房的病床上。」她突然面露微笑。「除非妳要其中一個男人和妳分享房間。」她對黎莎眨了眨眼。

黎莎大笑。吉賽兒一點也沒變，依然想幫黎莎說媒。「這樣就好了。」

「眞是浪費。」吉賽兒說。「妳說加爾德很英俊，但妳還是不願和他一起，而且城內有半數的吟遊詩人和牧師都說妳的魔印人就是解放者。更別提羅傑，就任何女孩的標準而言都是個好男人，而我們都知道他喜歡妳。」

「羅傑和我只是朋友，吉賽兒。」黎莎說。「其他人也都一樣。」

吉賽兒聳肩，結束這個話題。「很高興妳回來了。」

黎莎伸手放在她的手臂上。「我只會停留一陣子，現在解放者窪地才是我的家。小村落已經膨脹成一座小城市，他們需要許多藥草師。我不能停留太久。」

吉賽兒嘆氣。「薇卡跑去窪地已經很糟了，現在連妳也回去了。如果那個地方繼續偷走我的學徒，我乾脆賣掉診所，搬過去開業算了。」

「我們需要更多藥草師。」黎莎說。「但鎭上的難民超過我們糧食所能負擔的三倍，現在那裡並不適合妳和女孩們。」

「或許那裡才是最需要我們的地方。」吉賽兒說。

黎莎搖頭。「我想要不了多久，安吉爾斯也會擁入大批難民。」

《沙漠之矛》上冊・完

克拉西亞名詞解釋

伊弗佳	Evejan law	克拉西亞的聖典
凱沙羅姆	Kai'Sharum	阿拉蓋沙拉克指揮官
卡吉	Kaji	艾弗倫的使者，第一任解放者
卡沙羅姆	Kha'Sharum	原爲卡非特的戰士
卡非特	Khaffit	非祭司或戰士的階級，最低賤的階級
吉娃卡	Jiwah Ka	第一妻室
吉娃森	Jiwah Sen	吉娃卡之後入門的妻妾
吉娃沙羅姆	Jiwah'Sharum	大後宮的集體妻子
奈	Nie	與艾弗倫敵對的神祇，帶來黑暗與混亂
奈卡	Nie Ka	本意爲「第一位」，有權指揮其他男孩的第一奈沙羅姆
奈沙羅姆	Nie'Sharum	見習戰士
奈達馬	Nie'dama	見習達馬
奈達馬丁	Nie'Dama'ting	見習達馬丁
安德拉	Andrah	克拉西亞的最終決策者，艾弗倫最寵愛的達馬
帕爾青恩	Par'chin	勇敢的外地人，指亞倫
庫西酒	Couzi	非法的克拉西亞酒精
阿拉蓋	Alagai	惡魔／地心魔物
戴爾沙羅姆	Dal'Sharum	克拉西亞菁英戰士
普緒丁	Push'ting	假女人
沙利克霍拉	Sharik Hora	本意爲「英雄骸骨」，艾弗倫的神廟
沙拉克	Sharak	戰爭
沙拉克卡	Sharak Ka	大聖戰、最終戰役
沙拉克桑	Sharak Sun	白晝戰爭，征服綠地的戰爭

沙拉吉	Sharaji	學校
沙羅姆	Sharum	戰士
沙羅姆丁	Sharum'ting	殺死惡魔的女戰士
沙羅姆卡	Sharum Ka	統御所有凱沙羅姆的第一勇士
沙達馬卡	Shar'Dama Ka	解放者
沙魯沙克	Sharusahk	徒手格鬥技
沙魯金	Sharukin	一套套連貫沙魯沙克招式的搏擊技巧
漢奴帕許	Hannu Pash	意即人生之道，少年少女進入訓練營接受祭司或戰士訓練的階段
艾弗倫	Everam	造物主
艾弗倫恩惠	Everam's Bounty	賈迪爾征服來森堡後替它取的新名字
英內薇拉	Inevera	艾弗倫的旨意，也是賈迪爾妻子的名字
達馬	Dama	祭司，克拉西亞的聖徒兼世俗領導人
達馬丁	Dama'ting	精擅占卜和醫療的女祭司
達馬佳	Damajah	對英內薇拉的敬稱
達馬基	Damaji	克拉西亞十二個部族之中地位最高的達馬所組成的統治議會
達馬基丁	Damaji'ting	各部族達馬丁的領袖
阿拉	Ala	世界之意
阿拉蓋丁卡	Alagai'ting Ka	惡魔之母，奈的僕人
阿拉蓋卡	Alagai Ka	惡魔之父
阿拉蓋沙拉克	Alagai's Sharak	聖戰
阿拉蓋霍拉	Alagai hora	惡魔骨，常用來製作骨骰
阿金帕爾	Ajin'pal	血誓弟兄
青恩	Chin	來自北方綠地的外來者

國家圖書館出版品預行編目資料

沙漠之矛（上）／彼得·布雷特（Peter V. Brett）著；戚建邦譯
.——初版.——台北市：蓋亞文化，2011.12-
冊；公分.——（Fever；FR020）
譯自：The Desert Spear
ISBN 978-986-6157-64-6（上冊；平裝）.——
ISBN 978-986-6157-71-4（下冊；平裝）.——

874.57　　100006053

Fever 019

沙漠之矛 上 THE DESERT SPEAR

作者／彼得·布雷特（Peter V. Brett）
譯者／戚建邦
封面插畫／Larry Rostant　　地圖插畫／爆野家
封面設計／克里斯
出版／蓋亞文化有限公司
地址◎台北市103承德路二段75巷35號1樓
電話◎（02）25585438　　傳真◎（02）25585439
網址◎www.gaeabooks.com.tw
電子信箱◎gaea@gaeabooks.com.tw
投稿信箱◎editor@gaeabooks.com.tw
郵撥帳號◎19769541　戶名：蓋亞文化有限公司
法律顧問／宇達經貿法律事務所
總經銷／聯合發行股份有限公司
地址◎新北市新店區寶橋路二三五巷六弄六號二樓
電話◎（02）29178022　　傳真◎（02）29156275
港澳地區／一代匯集
電話◎（852）27838102　　傳真◎（852）23960050
地址◎九龍旺角塘尾道64號龍駒企業大廈10樓B&D室
初版三刷／2020年12月　　定價／新台幣 640 元（上下冊不分售）
Printed in Taiwan

ISBN／978-986-6157-64-6

GAEA